Christian Buder
Der Tote im Moor

atb aufbau taschenbuch

CHRISTIAN BUDER wurde 1968 in Memmingen geboren. Er studierte erst Betriebswirtschaft und dann Philosophie in Marburg, Paris und Chicago. Er lebt mit seiner Frau und seiner Tochter in Berlin.

Bisher bei atb: »Die Eistoten« – der erste Roman mit Alice.

Wie Wittgenstein, der Philosoph, den sie verehrt und mit dem sie gelegentlich spricht, kann auch Alice Geburtstage nicht ausstehen. Ihr zwölfter Geburtstag steht bevor – und ihre einzige Freundin Lisa wird beschuldigt, ihren Vater erstochen zu haben. Nur Alice glaubt nicht daran. Unmittelbar vor seinem Tod hat Lisas Vater eine Moorleiche untersucht, die angeblich uralt ist, doch wenig später spurlos verschwindet. Kurz zuvor aber hat Alice sie heimlich untersucht und eine unglaubliche Entdeckung gemacht.

CHRISTIAN BUDER

DER TOTE IM MOOR

THRILLER

aufbau taschenbuch

FSC
www.fsc.org
MIX
Papier aus verantwortungsvollen Quellen
FSC® C083411

ISBN 978-3-7466-3129-5

Aufbau Taschenbuch ist eine Marke
der Aufbau Verlag GmbH & Co. KG

1. Auflage 2015

Umschlaggestaltung morgen, Kai Dieterich
unter Verwendung von Motiven von
© Christine Amat / Trevillion Images,
© Lee Avison / plainpicture, © pashabo / iStockphoto
Gesetzt aus der Original Garamond BT und Portmanteau
durch die LVD GmbH, Berlin
Druck und Binden CPI books GmbH, Leck, Germany
Printed in Germany

www.aufbau-verlag.de

Für meine Familie

»Wenn die Abgründe des menschlichen Herzens im Bösen sich aufthun, und jene schrecklichen Gedanken hervorkommen, die auf ewig in Nacht und Finsterniß begraben seyn sollten: dann erst wissen wir, was im Menschen der Möglichkeit nach liegt, und wie eigentlich seine Natur für sich und sich selbst überlassen beschaffen ist.«

FRIEDRICH WILHELM JOSEPH SCHELLING, DIE WELTALTER,
SW I, 8, S. 268

»Der Philosoph behandelt eine Frage; wie eine Krankheit.«

WITTGENSTEIN, PHILOSOPHISCHE UNTERSUCHUNGEN, S. 255

»Im menschlichen Wesen, das zum Lasttier geworden ist, folgt das Fehlen der Vernunft der Weisheit und ihrem Befehl: der Wahnsinn ist dann geheilt, weil er in etwas verändert worden ist, das nichts anderes als seine Wahrheit ist.«

MICHEL FOUCAULT, WAHNSINN UND GESELLSCHAFT,
FRANKFURT 1993, S. 146

TEIL EINS

Ein Toter kehrt zurück

PROLOG

Dreißig Jahre vorher

In den Bergen regnet es nicht, die Wolken drücken sich in die Täler und ersticken alles, was darin lebt. Ulrike Horos fragte sich, wie der Busfahrer durch die Wassermassen noch die Straße erkennen konnte. Die Scheibenwischer hatten den Kampf gegen den Regen längst verloren. Der Busfahrer orientierte sich an den Begrenzungspfosten, die in den Scheinwerfern aufleuchteten.

»Wann sind wir da?«, fragte Toni und drückte seinem Big Jim auf den Rücken. Big Jims Arm zuckte nach unten. Zack und zack. Big Jim blickte durch die Scheibe hinaus, doch er sah nicht mehr als Toni. Wasserschlieren, weiße Begrenzungspfosten und auf der anderen Seite der schwarze Fels. Der Bus schraubte sich endlos über den schmalen Pass des Kaltenlocher Tobels. Big Jim hat alle Kraft der Welt, sagte Toni zu sich selbst, doch gegen die Regen war auch er machtlos.

Ulrike Horos hatte sich schon in die erste Reihe gesetzt, weil ihr im Bus immer schlecht wurde. Sie musste sich auf die Straße vor ihr konzentrieren. Ein Problem des Mittelohrs, eine Störung des Gleichgewichtssinns, meinte ihr Arzt. Draußen gab es nichts außer Regen, kein Orientierungspunkt, keine fixe Linie, kein Halt, nur dieses Gefühl der Rotation, wenn der Bus um die engen Kurven bog.

»Wir sind bald da«, antwortete sie, ohne den Blick von der Windschutzscheibe zu nehmen. Sie hatte das Gefühl zu trudeln. Bäume und Felsen tauchten verschwommen auf, so als steckten sie in schmutzigem Spülwasser. Wenn sie jetzt noch zu Toni schaute, dann war es ganz aus, und sie würde die zwei Eier und den Kaffee vom Frühstück in die Tüte würgen, die sie vor sich hinhielt.

Für einen Moment hatte Ulrike die Augen geschlossen, als der Bus stoppte. Die vorderen Türen gingen auf. Im Regen stand ein Polizist mit Regenmantel und Leuchtweste. Im hinteren Teil des Busses sang eine Gruppe von Jungs einen Song aus dem Radio nach: *Hurra, hurra, die Schule brennt …* Sie waren lauter als das Radio und kannten den Song auswendig. Der Busfahrer nickte dem Polizisten zu. Herabfallende Felsen, mehr hatte sie nicht gehört. Der Polizist sprang in den Bus und stellte sich neben den Fahrer. Es beruhigte Ulrike, dass ein Polizist im Bus war. Der Regen und die engen Kurven machten ihr Angst. Die Türen schlossen sich wieder. Der Motor übertönte das Geprassel des Regens. Der Polizist hatte seine Kapuze nicht abgenommen. Er redete mit dem Fahrer. Der Bus machte einen Satz nach vorne. Der Motor heulte kurz auf. Nur keine Panne, dachte sie sich. Für diesen Regen hatte sie keine Schuhe, und sie wollte bei Arthur nicht völlig durchnässt ankommen. Wenn der Motor versagte, wenn sie alle aussteigen mussten. Sie würde sitzen bleiben, bis ein anderer Bus kam und sie entweder zurück nach München brachte oder nach Kaltenloch.

Ulrike drehte sich um. Greta, Arthurs Schwester, hatte die Augen geschlossen und schlief, ihr Mann neben ihr blätterte in der aktuellen Ausgabe des Allgäuer-Blattes. Der Motor heulte erneut auf. Ulrike blickte wieder nach vorne. Sie begriff zunächst nicht, was geschehen war. Der Polizist war verschwunden. Der Fahrer saß hinter seinem Lenkrad. Doch etwas stimmte nicht. Toni drückte seinen Big Jim an die Fensterscheibe. Zack …

»Mama, warum ist der Polizist aus dem Bus gesprungen?«

Jetzt wusste Ulrike auch, was sie störte. Die automatische Flügeltüre stand offen. Regen wehte herein. Die Notverriegelung war geöffnet. Der Bus beschleunigte. Ulrike sah die Begrenzungspfosten. Sie wollte dem Fahrer noch etwas zurufen, als ein Ruck durch den

Sitz ging. Toni klammerte sich an die Haltestange vor ihm, in der anderen Hand hielt er Big Jim.

»Die Straße … zum Teufel!«, rief Ulrike dem Fahrer zu. Eine andere Stimme hinter ihr schrie, doch da war es zu spät. Der Fahrer kippte zur Seite und fiel über die Absperrung auf den Boden. Metallisches Knirschen. Der Bus schrammte an der Leitplanke entlang. Ulrike schaffte es aufzustehen. Sie fiel nach vorne, als der Bus schlingerte. Der Busfahrer lag reglos auf den Stufen vor der offenen Tür. Jemand rief ihr zu, das Steuer zu greifen. Sie bückte sich, um nach dem Fahrer zu sehen. Sekunden später wusste sie, dass sie einen Fehler begangen hatte, den sie nicht mehr korrigieren konnte. Es gab keine zweite Chance. Als sie sich aufrichtete, durchbrach der Bus die Leitplanke. Ein Baum durchschlug die Windschutzscheibe. Zwölf Tonnen bahnten sich eine Schneise durch die Kiefern. Regen peitschte in das Innere. Toni hatte seinen Big Jim losgelassen und klammerte sich an ihren Arm.

»Es ist so kalt …«

Ein zweiter Baum hatte den Bus von der Seite durchschlagen. Auf dem Platz, auf dem Greta gesessen hatte, war nur noch die zerrissene Polsterung. Eine klebrige Masse verteilte sich auf dem gesamten Sitz hinter ihr. Ihr Mann, der neben ihr gesessen hatte, hatte keinen Oberkörper mehr. Es war seine Stimme, die Ulrike gehört hatte, das Lenkrad zu greifen. Die schwarze Felswand stoppte die Vorwärtsbewegung des Busses. Ulrike hielt Toni fest. Sie musste aus dem Bus, bevor … Der Busfahrer war durch den Aufprall herausgeschleudert worden. Ulrike packte Toni, doch ihr Sohn war wie erstarrt und schüttelte den Kopf.

»Wir müssen raus, schnell!«

Toni klammerte sich an die Haltestange. Dann kippte der Bus zur Seite, und Ulrike erkannte durch die Seitenfenster, was Toni schon vorher gesehen hatte. Der Bus machte eine Rolle nach rechts, langsam wie ein verwundetes Tier, das taumelt, bevor es stirbt. Sie fiel auf

Toni, der zu weinen begann. Durch das Seitenfenster sah sie den reißenden Fluss in der Tiefe. Sie hingen über dem Abgrund, dreißig oder vierzig Meter über dem Tobel, ein Loch aus scharfkantigen Klippen, schwarzen Felsen und herabstürzenden Wassermassen. Erdklumpen und Steine rutschten über die Kante in die Tiefe. Sie rasten an den kantigen Felsen entlang, bis sie in den Fluten verschwanden. Der Bus kippte nicht weiter. Ulrike verstand nicht, was den Bus festhielt. Es dauerte einen Moment, bis ihr Verstand aus den Bildern einen Gedanken formte. Der Baum hatte den Bus durchbohrt und hielt ihn fest. An der Spitze hingen Teile der Nackenstütze, die Greta benutzt hatte, und draußen am Wipfel des Baumes hing zwischen einer Astgabel der Oberkörper ihres Mannes, in seinen Händen noch die Zeitung.

Ulrike griff nach Toni. Er war starr vor Angst. Sie wusste, wenn sie jetzt nicht sofort handelte, dann war es vorbei. Toni würde ewig ein Kind bleiben, festgemeißelt in einem Grabstein, er würde nie ein Mann werden, sie würde nie Großmutter werden. Sie konnte sich bewegen, das war das Wichtigste, obwohl der Bus auf der Seite lag. Unter ihnen gähnte der Abgrund. Sie spürte die Kälte des reißenden Wassers. Sie musste nach oben klettern, dem Baum folgen und an ihm zurückklettern. Toni schrie nicht, er bewegte sich nicht. Ulrike zerrte ihn an seinen kleinen Händen. Sie fasste nach dem Baum. Die nasse Rinde, blutverschmiert. Greta und ihr Mann hatten nicht einmal gespürt, was mit ihnen geschehen war. Gretas Mann hatte noch Sekunden gelebt, seine Augen bewegten sich noch weiter über die Anzeigen der Kleinanzeigen, als sein Oberkörper in der Astgabel hing.

Verschenke Gartenmöbel … Seine Finger lösten sich nicht von der Zeitung, obwohl er schon tot war.

Ulrike kletterte an dem Baum zum oberen Fenster. Toni wimmerte. »Big Jim …«

Der Schlag war kaum zu spüren. Es war nur ein Ruck, ein störendes Geräusch. Das Fenster neben ihrem Platz zersprang, und Big Jim sank in die Tiefe und hätte Ulrike ihn nicht festgehalten, dann wäre auch Toni durch das Fenster gestürzt. Sie hielt ihn an seinem Handgelenk. Toni war nicht schwer, doch Ulrikes Kraft ließ nach. Dann wurde Toni leichter, immer leichter. Sie konnte ihn an sich heranziehen. Sie drückte Toni fest an ihre Brust. Er zitterte. Alles war plötzlich so leicht, und sie erkannte auch warum. Sie presste Toni an ihre Brust. Schwerelos schwebten sie im Innern des Busses.

»Alles wird gut«, sagte sie zu Toni, der seine Arme um ihren Hals geschlungen hatte. Du drückst mir die Luft ab, nicht so fest ... Doch mehr als zwei Atemzüge würden ihr nicht mehr bleiben. Toni konnte so fest zudrücken, wie er wollte. Der Bus hatte sich seitlich gelegt, als der Baum abgebrochen war. Der hintere Teil schlug gegen einen Felsen, was den Bus auseinanderriss. Zwei Mädchen verschwanden mit Schreien zwischen den Felsen. Wieder Schwerelosigkeit. Ulrike atmete ein, aus, ein ... Tonis Kinderarme um ihren Hals. Du darfst zudrücken, zack, zack ... Alles ist jetzt egal. Sie atmete ruhig ein, wieder ein Schlag, über ihr drehte sich der graue Himmel, der schwarze Felsen, Baumstämme, die neben ihnen mit abstürzten. Ulrike atmete ein ... Ein Baum traf sie, sie spürte ihre Schulter nicht mehr. Sie fühlte Tonis Arme nicht mehr, sie sah ihn, wie er in den Wassermassen verschwand, der Bus hing an einem Felsvorsprung und rutschte tiefer. Toni ... Ulrike wollte sich abdrücken, um dahin zu springen, wo Toni verschwunden war. Ihre Schulter gehorchte ihr nicht, als sie sah, dass ihr ganzer Arm abgerissen war. Es knirschte, Metall auf Felsen, ihr letzter Blick nach oben, am Felsen überall Körperteile zwischen Schulranzen und zerfledderten Heften, herausgerissene Sitze, Blut, dann ein Ruck, sie spürte das eisige Wasser, und dann war nur noch das Rauschen des Tobels.

Noch Tage später würden die Krähen mit dem Picken von Eingeweiden und Gliedmaßen beschäftigt sein. Ein Feuerwehrmann glaubte eine Krähe zu sehen, die mit einer ganzen Hand über den Wald flog. Den Rest wusch der Regen von den Felsen in den Tobel. Lose Blätter und zerfetzte Hefte hingen wie Girlanden in den krummen Ästen der Latschenkiefern.

Drei Kilometer weiter, auf der anderen Seite des Tobels fischte das Technische Hilfswerk heraus, was der Tobel übrig gelassen hatte. Schuhe mit Füßen darin, Zähne mit Kieferknochen, abgerissene Ohren, Schulranzen. Ein freiwilliger Helfer griff in sein Netz, als er den zerschundenen Kopf einer Puppe in der Hand hielt. Sie war noch intakt. Sein Sohn hatte ebenfalls einen Big Jim. Er drückte auf den Rücken der Puppe. Zack ... Der Arm schnellte nach unten. Er steckte ihn in seine Tasche.

Der Regen hielt noch drei Tage an.

Manche Wrackteile des Busses konnten nie geborgen werden.

1.

Das Moor nimmt, doch es behält nichts für ewig. Die Kaltenlocher kannten das Moor. Sie kannten die Erzählungen von Pferden, die samt der Gespanne in die Tiefe gezogen wurden, von unachtsamen Pilzsammlern, die, ohne eine Spur zu hinterlassen, vom Erdboden verschluckt wurden, und die Geschichte der Hexen, die der Henker kurz nach dem Dreißigjährigen Krieg mit gefesselten Händen ins Moor werfen ließ.

Josef Bork hatte seinen Dienst in der Klinik beendet. Als Arzt hatte er sein Notfall-Handy in der Hosentasche. Der Wetterbericht hatte Regen angesagt. Er hatte den Hund mitgenommen und parkte auf einem der Plätze, die man für Moorwanderer eingerichtet hatte. Holztafeln erklärten die Entstehungsgeschichte des Moors, und bis man im Wald war, war man an mehr als zehn Warnschildern vorbeigelaufen. *Was man im Moor auf keinen Fall tun sollte … Verlassen Sie niemals den Weg.*

Josef Bork ließ den Hund von der Leine. Als er nach fünf Minuten nichts von seinem Hund sah oder hörte, rief er ihn. Er pfiff, doch keine Spur von seinem Hund. Bork folgte den Spuren in der aufgeweichten Erde. Das Moos unter seinen Schuhen gab nach. Moore waren eigentlich nur zugewachsene Gewässer. Verlassen Sie niemals den Weg. Es hatte die letzten zwei Tage geregnet. Der Moorboden war noch relativ fest. Er hatte keine Lust, bis zu den Knien im Schlamm zu stecken. Es war ein Fehler, den Hund loszumachen, dachte er sich. Bork war müde und rief lauter. *Ajax …* Doch der Terrier reagierte nicht. Als er seinen Hund vor dem umgestürzten Baum sah, wie er in das aufgerissene Loch im Torf starrte und dabei mit dem Schwanz wedelte, dachte Bork zuerst an einen Fuchsbau. Kein Fuchs, von weitem hätte man das Ding für einen schwarzen Baumstamm halten können. Bork zog den Hund zurück und beugte sich zu den Überresten, die einmal ein Mensch gewesen waren.

Das Moor behält nichts für ewig.

Die Haut der Leiche war schwarz, das Haar rot, die Lippen zu einem starren Grinsen zurückgezogen.

Einen Tag später, nachdem die Feuerwehr die Moorleiche geborgen hatte, lag sie auf einem der Metalltische in der Pathologie der Klinik. Die Polizei hatten Fotos vom Fundort gemacht, doch das war auch schon alles. Die Spurensicherung steckte den Fundort ab. Ein Polizist wartete gelangweilt unter einem Regenschirm, bis die Spurensicherung fertig war. Keine Hinweise auf ein Gewaltverbrechen, sagte der Polizist, jedenfalls kein Verbrechen, das sie etwas anginge. »Das ist eine Mumie, als hier die Menschen noch in Höhlen wohnten. Bringt sie in die Pathologie. Sollen die Rechtsmediziner ihren Spaß an dem vertrockneten Ding haben.«

So zog die Moorleiche aus ihrem nassen Grab in die Pathologie. Und keiner hätte von ihr erfahren, wenn nicht Christian Moosinger eine Schwäche für Mumien gehabt hätte. Seit zwei Jahren war er beim Radio und moderierte die Morgensendung. Kein anstrengender Job. Er war die Stimme zwischen den Werbeblöcken. Ab und zu gab es Verkehrsmeldungen. Als er die Meldung vom Liveticker der Polizei bekam, sprang er fast von seinem Sitz auf. Die Schlagzeile des Monats. Seine Fahrkarte zu einem größeren Sender. Er würde eine ganze Story daraus machen. Die Chance, von diesem Lokalradio wegzukommen. Er hatte mehr drauf, das wusste er. Mit einer Hand tippte er in den Laptop die Schlagzeile, in der anderen fieselte er sein Hähnderl ab und schleckte jeden einzelnen Finger sauber. Er war der Erste, der auf diese Meldung gestoßen war, sagte er sich und bereitete sich auf seine Sendung vor.

Allgäuer Ötzi entdeckt. Mumie lag über tausend Jahre im Moor. Wie der Journalist des Kemptener Lokalradios auf tausend Jahre kam, wusste wahrscheinlich keiner. Bork hatte den Kurzbericht auf dem Rückweg nach Kaltenloch im Radio gehört. Seit sein Hund gestern auf die verschrumpelte Leiche gestoßen war, beunruhigte ihn etwas. Bork hatte schon viele Leichen gesehen, geköpfte Motorradfahrer, Bergsteiger, bei denen kein Knochen mehr ganz war, und seit einigen Jahren die Gleitschirmflieger, die die Fallwinde unterschätzt hatten, aber noch nie eine Moorleiche. War die Mumie tatsächlich über tausend Jahre alt? Die Mumie lag noch in den Kühlräumen der Klinik. So eine Gelegenheit ergab sich nie wieder. Schließlich hatte sein Hund die Mumie entdeckt. Bork würde sie nur kurz anschauen. Wenn der Ötzi tatsächlich über tausend Jahre im Moor darauf gewartet hatte, dass jemand die Wahrheit über seinen Tod erzählte ... Er könnte einen Roman schreiben oder einen Artikel im *Geographic* veröffentlichen.

Leichter Regen fiel, als Bork in der Klinik ankam. Er zog sich seinen Operationskittel an und stülpte sich lange Gummihandschuhe über. In der Pathologie brannte kein Licht mehr. Der Kühlraum wurde durch eine Metalltür von den anderen Untersuchungsräumen abgetrennt. Bork roch sofort den muffigen Geruch. Die Moorleiche hatte lange Zeit in einem Säurebad gelegen, luftdicht verpackt, in eisigem Schlammwasser. Jetzt ruhten die sterblichen Überreste auf einem Metalltisch wie ein Ausstellungsstück in einem Museum. Bork gab acht, dass er die Leiche nicht beschädigte. Die Staatsanwaltschaft hatte sie noch nicht freigegeben, und bis der Rechtsmediziner sie nicht begutachtet hatte, durfte sie niemand anrühren. Doch wer sollte schon davon erfahren?

Josef Bork wollte die Mumie schon wieder zudecken, als ihm etwas auffiel. Die Leiche war im Gesicht verstümmelt worden, auch die Fingerkuppen waren beschädigt. Der Rest der schwarzen Haut war intakt. Im Gesicht und auf den Fingern schien jemand mit einem Messer Rillen eingeritzt zu haben. Aber da war noch etwas anderes, das da gar nicht sein konnte … Bork leuchtete mit seiner Lampe auf das Fußgelenk. Die Narbe war nicht zu übersehen. Bork wich zurück, griff nach seinem Handy und wählte die Nummer der Klinik. Er musste sichergehen, dass dies hier einfach ein dummer Zufall war. Die Zentrale der Klinik gab ihm die Nummer, die er gesucht hatte. Sollte er die Polizei rufen? Was sollte er erzählen? Es war nur ein Zufall. Niemand ging ran. Bork schrieb eine SMS. Einige Minuten später kam die Antwort:

WAS FÜR EIN ZUFALL. WARTEN SIE AUF MICH.

Bork wartete eine halbe Stunde. Als niemand kam, schrieb er seiner Frau eine SMS. KOMME ZUM ESSEN. Er schickte sie ab, dann streifte er die Handschuhe ab und zog den grünen Kittel aus. Er war schon auf dem halben Weg zum Aufzug, als er Schritte hörte. Es war bereits nach neun Uhr abends. Niemand war um diese Uhrzeit mehr hier unten. Niemand durfte hier sein. Doch er hatte sich nicht verhört. Noch einen Schritt bis zum Aufzug. Die Schritte folgten ihm. Niemand war zu sehen.

»Hallo, ist da jemand?«

Bis auf sein Echo antwortete niemand. Als die Aufzugtür aufglitt, hatte jemand das Licht ausgemacht. Überall in der Pathologie war es jetzt finster. Jemand musste die Hauptsicherung für die gesamte Etage herausgedreht haben. Bork machte einen Schritt in die helle Aufzugkabine. Die Türen schlossen sich, und Bork glaubte etwas zu sehen, das auf ihn aus der Dunkelheit zuschnellte. Zwei Stockwerke höher öffneten sich die Aufzugtüren. Die vertrauten kahlen Wände mit den Bildern von Klimt. Borks Blick fiel auf den Boden des Aufzugs. Sein Fuß hatte einen schimmernden Gegenstand berührt. Bork bückte sich und hob das vordere Stück der abgebrochenen Klinge auf. *Etwas war ihm in der Dunkelheit gefolgt und war noch immer da …* Es war die Klinge eines Küchenmessers. Entweder hatte sie schon vorher im Aufzug gelegen, oder sie war abgebrochen, als sich die Türen geschlossen hatten. Eine abgebrochene Klinge, die ihn verfehlt hatte? Hätte er sich noch umgedreht, dann läge er vielleicht jetzt tot im Aufzug? Im Auto war er erst einmal sicher. Er verriegelte die Türen und blickte um sich. Der Parkplatz war leer. Die meisten Angestellten nutzten den größeren Parkplatz am Haupteingang. Der Weg zur Klinik war kürzer, obwohl die Plätze nicht für das Personal reserviert waren.

Als er seinen Wagen in seine Hofeinfahrt lenkte, warf er einen Blick in den Rückspiegel. Niemand war ihm gefolgt. Er stellte den Motor ab. Regentropfen fielen gleichmäßig auf das Blechdach. Es beruhigte ihn.

Vor der Hauseingangstür drehte er sich noch einmal um. Sein Blick wanderte durch den schmalen Vorgarten mit den zwei Gartenzwergen, die Maria unbedingt hatte aufstellen wollen. Zwerge bringen Glück, erklärte sie, und sie seien ein Teil ihrer Kindheit. Mit ihren toten Augen starrten die Zwerge auf den weißen Gartenzaun, der wie eine imaginäre Linie zu den Kaltenlochern, den Bergen und der Klinik war. Doch Bork hatte das Gefühl, dass ihm etwas in die heile Welt weißer Gartenzäune gefolgt war. Gegen dieses Etwas stellte man Zäune auf, baute man Sicherheitsschlösser ein, installierte man Alarmanlagen. Nur um das Gefühl zu haben, man könnte es aussperren.

Er fingerte nach seinen Hausschlüsseln in der Jackentasche, als er die Alte sah. Auf der anderen Straßenseite, schwarz gekleidet, mit Kopftuch. Regen und Wind zerrten an ihren Kleidern. Die alte Hofer war verrückt, das wusste in Kaltenloch jeder, doch solange sie keine öffentliche Gefahr darstellte, ließ man sie frei herumlaufen. Auch wenn ihr prophetisches Gerede selbst dem Bürgermeister auf den Geist ging. Schlecht für den Tourismus, so eine schrullige Alte. Seit ihr Mann tot und ihr Sohn bei dem großen Brand in Niederdorf ums Leben gekommen war, verbrachte sie den halben Tag auf dem Friedhof und redete mit den Toten. Den Rest des Tages lief sie durchs

Dorf und starrte Leute an oder ihre Häuser. An den Anblick der schwarzen Hofer oder der schwarzen Witwe, wie manche sie nannten, konnte man sich noch gewöhnen, nicht jedoch an ihre Prophezeiungen. Es lagen einige Anzeigen bei der Polizei vor. Es gab einige der Verfolgten, die es nicht komisch fanden, dass Gertrude Hofer sie am Ärmel zupfte, um ihnen den Tag ihres Todes zuzuflüstern. Dummes Geschwätz einer alten Frau, die nicht mehr alle Tassen im Schrank hatte. Das dachte am Anfang jeder, doch als dann Menschen unerwartet starben, deren frühen Tod Gertrude Hofer angekündigt hatte, da ätzte sich der Aberglauben durch die Weltanschauung einiger Kaltenlocher. *Es gibt Dinge, die kann man wissenschaftlich nicht erklären.* Selbst in Hintereck war Gertrude Hofer bekannt, und man war froh, dass sie sich nur selten außerhalb von Kaltenloch zeigte. Es waren nur Zufälle und das Geschwätz einer alten Frau, dachte sich Josef Bork. Sonst ist da nichts. Doch warum stand sie jetzt auf der anderen Straßenseite und starrte zu ihm herüber? Sie musste dort schon länger stehen. Sie hatte auf ihn gewartet. Warum konnte sie nicht das tun, was alle Leute in ihrem Alter tun: Gemüse zu stinkenden Suppen kochen, Marmelade einmachen, vor dem Fernseher sitzen und warten, bis sie sterben? Setz dich auf deine Holzbank vor dem Haus und glotz dort die Berge an, dachte Bork und ging zurück zu seinem Gartenzaun. Die schwarze Hofer rührte sich nicht vom Fleck. Josef Bork war für Scherze nicht aufgelegt.

»Verschwinde, alte Hexe, sonst rufe ich die Polizei.« Drei Schritte, dann war er auf der anderen Seite der Straße. Das Kopftuch bedeckte fast gänzlich das Gesicht der Gertrude Hofer. Mit einer Sense in der Hand ... Josef Bork legte seine Hand auf ihren Arm. Plötzlich hob sie ihren Kopf, und er sah ihre faltigen Lippen, die sich kaum sichtbar bewegten.

»Mach deinen Frieden mit dir. Deine Tage sind gezählt.«

»Verschwinde, und zwar sofort. Hör auf, mich zu belästigen.«

»Ich bin nur der Bote ... nur der Bote ... mach deinen Frieden mit dir, bevor du von dieser Welt gehst.« Dann senkte Gertrude Hofer ihren Kopf und verschwand im Dunst des einsetzenden Regens.

Josef Bork ging über den schmalen Kiesweg und steckte den Schlüssel in das Sicherheitsschloss. Die Riegel gaben nicht nach. Er drehte in die andere Richtung, bis er begriff. *Sie war nicht verschlossen. Türen gehören abgesperrt.* Die Alarmanlage war deaktiviert. *Maria.* Er hatte ihren Namen gerufen. Um diese Zeit saß Lisa normalerweise am Küchentisch und machte ihre Hausaufgaben. Die Terrassentür war geschlossen. Er rief nochmals Lisas Namen. Alles wirkte so vertraut. Nur die Stille war fremd, und plötzlich fühlte er sich in seinem eigenen Haus wie ein Eindringling. *An der Tür waren keine Einbruchsspuren. Ruf die Polizei ... und mach dich lächerlich, wenn Maria nur vergessen hat, die Tür richtig abzusperren.* Er hatte sie abgesperrt. Warum antwortete niemand? Lisa ... Maria. Im Wohnzimmer lag Lisas Schulranzen auf dem Boden. *Kannst du ihn nicht endlich einmal aufräumen?* Im Augenblick wäre er froh gewesen, Lisa säße auf der Couch, im Ohr die Kopfhörer ihres MP3-Players, Robin William in der Endlosschleife. Im ersten Stock des Hauses war ebenso niemand. Das Haus war leer, und die Tür hatte offen gestanden ...

Setz dich ins Auto und fahr zur Polizei. Sofort ... Mach deinen Frieden ... Verrückte Alte.

Er wählte Marias Nummer. Er musste mit ihr sprechen, bevor er zur Polizei ging. Diesmal sprang der Anrufbeantworter nicht sofort an. *Geh ran.* Dann hörte er Marias Handy. *Stabat Mater dolorosa.* Lisa hatte die schönste Stimme im Kirchenchor. Er hatte die Aufnahme als Klingelton für Marias Handy eingestellt. Sie hatte ihr Handy vergessen. Es musste irgendwo im Flur auf dem Tischchen liegen.

Stabat mater dolorosa Iuxta crucem lacrimosa ...

Er wollte gerade das Gespräch unterbrechen, als jemand an Marias Handy ging. Atem, gleichmäßig, gleichzeitig an seinem Ohr und dann hinter ihm. Das Telefon glitt ihm aus der Hand. Er bückte sich und hielt sich an der Küchenkommode fest, um das Handy aufzuheben, als ihm schwindlig wurde. Atme ruhig. Das ist dein niedriger Blutdruck. Er griff nach dem Handy und wollte es an sein Ohr heben, als der Arm schlaff nach unten sank. Dann fühlte er den Schmerz an seinem Hals. Reflexartig fasste er sich an die schmerzende Stelle. Irgendeines dieser widerlichen Insekten, die zu Millionen im Sommer aus den Biotümpeln der Vorgärten krochen. Doch als er auf seine Hand sah, wurde ihm sofort klar, dass ihn nichts gestochen hatte. Dort, wo sein Finger den Hals berührte, quoll Blut zwischen seinen Fingern, viel Blut, zu viel Blut für einen Insektenstich. Die Wunde war kaum größer als seine Fingerkuppe. Der Blutstrom presste mit aller Gewalt aus der Wunde hervor wie ein artesischer Brunnen. *Arteria Carotis.* Die rechte Hauptschlagader war verletzt. Als Arzt wusste er, was dies bedeutete. Wenn er die Blutung nicht stoppen konnte, dann war es in ein paar Sekunden vorbei … Press auf die Wunde … Druckverband. Ruhig bleiben. Er griff in die Schublade mit den Müllbeuteln und presste ihn auf die Wunde. Wenn er das Bewusstsein verlor, war er tot. Mit einer Hand presste er gegen die Wunde. Im Krankenhaus konnte man die Arterie nähen.

Dumpfer Schmerz breitete sich um seinen Unterkiefer aus und lief wie eine zähe Flüssigkeit von seinem Hals in sein Rückenmark. Er starrte auf seine Hand. *Deine Tage sind gezählt … verrückte Alte.*

Von seinen Fingern tropfte hellrotes Blut. Es war überall, und es drang immer mehr aus seinem Hals. Von woher kam der Stich? Jemand hatte ihn angegriffen. Bork zog sich mit seiner freien Hand an der Arbeitsplatte nach oben, um einen zweiten Angriff abwehren zu können. Doch dort, wo seine Beine sein sollten, waren nur zwei leblose Lappen. Sobald die Kraft in seinem Arm nachließ, sackte er wieder auf den Boden. Seine Beine waren gelähmt. Er hatte keinen Schlaganfall erlitten … Woher kam das Blut? … Er griff nach seinem Handy. 112 … Warm drängte das Blut aus der Wunde und lief an seinem Arm herunter? Hatte er die Nummer gewählt? *Bitte warten …* Verdammt, er konnte nicht warten. Die Kaltenloch-Klinik war fünf

Minuten entfernt. *Bitte warten …* Das Handy lag in seinem Schoß. Die Stimme der Frau auf der anderen Seite … jetzt die Stimme einer Frau … vom Notruf. Nein, er konnte nicht mehr sprechen. Er presste so fest er konnte auf die Wunde. Auf der Türschwelle lag Marias Handy. Kälte stieg in ihm auf. Er kippte zur Seite. Auf dem Rücken liegend fühlte er, wie sein Körper sich um ihn entspannte. Den letzten Augenblick seines Lebens waren seine Augen starr nach oben gerichtet. Und da stand sie plötzlich, Lisa. Ihre dunklen Augen weit offen, in der Hand das lange Filiermesser. Blut tropfte von der Klinge und vom Griff, sein Blut.

Was hast du getan? Dann erloschen alle Bilder. Es war wie Einschlafen. Josef Bork fühlte, wie es ihn in die Tiefe zog. Er dachte an den Moment, als er den Hund von der Leine gelassen hatte, dann blickten ihn die leeren Augenhöhlen der Moorleiche an. Josef Bork lebte nicht mehr.

2.

»… und unsere C-Jugend hat wie jedes Jahr den Aufstieg nicht geschafft. Das waren die Sportereignisse aus dem Allgäu, immer aktuell, hier in Ihrem Radio. Nun zu einer Sondermeldung. Der Fund einer Moorleiche im Kaltenlocher Moor. Ihr Christian Moosinger hat für Sie live recherchiert:

Herr Doktor Launitz, Sie sind Anthropologe und forschen seit Jahren über Moorleichen. Was machen Sie am Fundort der Moorleiche?

Wenn die Polizei eine Leiche im Moor findet, dann klingelt bei mir das Telefon. Meistens handelt es sich nicht um uralte Moorleichen, sondern um abgestürzte Fliegerpiloten aus dem Zweiten Weltkrieg.

Was können Sie schon über die Leiche sagen?

Wir wissen noch nicht viel über den Toten, außer dass er schon sehr lange im Moor liegt. Sein Körper ist völlig mumifiziert. Das Kaltenlocher

Moor ist am Ende der letzten Eiszeit entstanden, vor ungefähr 10 000 Jahren. Die Menschen, die schon seit der Steinzeit in diesem Tal gelebt haben, lebten hier am Rande des Moors.

Dann haben wir es mit einem Steinzeitmenschen zu tun?

Zurzeit liegt die Mumie noch in der Pathologie der Kaltenlocher Klinik. Wir müssen warten, bis die Staatsanwaltschaft die Mumie freigibt.

Die Staatsanwaltschaft interessiert sich ja normalerweise nicht für Mumien?

Ich hoffe nur, dass die Mumie durch den Kontakt mit der Luft nicht beschädigt wird. Sie lag Tausende von Jahren luftdicht verpackt in einem Bad aus Moorsäuren. Wenn die Mumie nicht konserviert wird, dann zerfällt das Gewebe, und sie ist für die Wissenschaft verloren.

Kann man schon sagen, ob es sich um einen männlichen oder weiblichen Toten handelt?

Der Körperbau spricht für einen männlichen Toten.

Wie alt war er?

Ein Polizist, der den Fundort gesichert hatte, hat mir verraten, dass die Spurensicherung von einem dreißig- bis vierzigjährigen Mann ausgeht. Das sei aber nur eine vorläufige Schätzung anhand der Zähne.

Wenn es sich um einen Toten aus der Steinzeit handelt, dann wäre das eine Sensation.

Es wäre der älteste Fund in dieser Gegend. Grob geschätzt hat dieser Mensch am Ende der Weichsel-Kaltzeit, also vor ungefähr 11 700 Jahren, gelebt. Der Bürgermeister denkt sogar an ein eigenes Steinzeitmuseum.

Gibt es eigentlich eine Erklärung dafür, dass unser Eiszeit-Mann völlig nackt im Moor lag?

Die Kleidung war früher aus pflanzlichen Fasern, die sich über die Jahre im sauren Milieu des Moores aufgelöst haben.

Der Körper ist doch auch organisch?

Wenn ein Lebewesen im Moor umkommt oder dort hineingeworfen wird, dann beginnt eine Art natürliche Mumifizierung. Unter der Was-

seroberfläche herrscht eine nahezu sauerstofffreie Atmosphäre. Zudem sorgen die Humin- und Gerbsäuren im Moor dafür, dass Gewebeteile, Organe sowie Haut, Haare, Knorpel, Finger- und Fußnägel einen Gerbprozess durchlaufen.

Verfärbt sich deshalb auch die Haut?

Sie wird schwarz. Schon nach wenigen Jahren setzt die Verfärbung ein. Die Haut wird schwarz, und die Haare werden rot. Das ist typisch bei Moorleichen.

Werden wir je erfahren, auf welch tragische Weise dieser Mann im Moor starb?

Es war kein Unfall und auch kein natürlicher Tod.

Wie können Sie da so sicher sein?

Weil die Mumie noch einen Strick um den Hals trug.

Und wenn sich herausstellen sollte, dass der Mann nicht vor 10000 Jahren starb? Wenn jemand in unserer Zeit eine Leiche für immer verschwinden lassen wollte?

Dann haben wir es mit einem Mordopfer zu tun.

… der Allgäuer Ötzi, von Eurem Christian Moosinger. Und jetzt geht's weiter mit den Wildecker Herzbuben.«

3.

Auf der einzigen Straße nach Kaltenloch gibt es vierzehn Kurven und vierzehn Kreuze. Auf jedem Kreuz steht ein Name. Davor meist Blumen oder rote Grablichter. Wer nach Kaltenloch will, muss die engkurvige Talstraße nehmen. Belauert von den grauen Felskanten und den steilen Böschungen sind die Straßenkreuze das Erste, was der Besucher zu sehen bekommt, bevor ein hölzernes Holzschild ihm entgegenschlägt: *Willkommen im Kurort Kaltenloch.*

Als Alice das erste Mal mit ihrem Vater nach Kaltenloch gefahren war und in jeder Kurve ein Holzkreuz hervorschnellte, dachte sie an

Wittgenstein und an all die toten Philosophen. Doch auch Wittgenstein hatte keine Antwort darauf, was mit all den Toten der ganzen Jahrtausende geschehen war. Er hatte keine Erklärung dafür, warum er dazu verurteilt war, weiter zu existieren. Wo waren die vierzehn Toten, an die nur noch Holzkreuze erinnerten? Wenn für jeden Toten, der jemals auf der Welt gestorben war, ein Holzkreuz aufgestellt würde, gäbe es vor lauter Holzkreuzen keinen Platz mehr. Wahrscheinlich gab es, wenn man alle Zeitalter zusammenrechnete, gar keinen Ort, an dem kein Mensch gestorben war. An allen Orten wurden Lebewesen geboren und starben, in der Tiefsee, unter der Erde, in Höhlen, in der Wüste. Die Mehrheit aller Menschen ist tot, sagte Wittgenstein, die Lebenden sind eine Minderheit. Was nützten schon die paar Holzkreuze? Manche Holzkreuze auf der Welt erinnerten an einen Namen, andere an eine Familie, ein Dorf oder eine ganze Stadt. An der Stelle am Schattensteig stand nur ein Holzkreuz ohne Namen. Nichts erinnerte an das Busunglück vor dreißig Jahren. Alice kannte es nur aus den Erzählungen ihres Großvaters. Der schlimmste Unfall zwischen Kaltenloch und Hintereck. Selbst die Lawinen in den letzten zehn Jahren hatten weniger Menschenleben gefordert. Es war ein schwarzes Jahr, hatte ihr Großvater gesagt. Erst der Brand in der Niederdorfer Nervenklinik, bei dem Patienten in ihren vergitterten Zimmern oder festgeschnallt auf ihren Liegen mitsamt der ganzen Belegschaft verbrannten, dann das Busunglück.

Großvater erzählte ihr von der Kolonne schwarzer Leichenwagen, die die Talstraße heraufkamen, um dann nach Kaltenloch abzubiegen. Die Beerdigungen wurden über eine ganze Woche verteilt, weil es nur einen Priester in Kaltenloch und in der Aussegnungshalle nur Platz für sechs Särge gab. Es regnete, und die Gräber füllten sich mit Wasser, so dass die Särge wie Boote schwammen, als man sie hinunterließ. Niemand hatte auf dieser Beerdigung gesprochen, sagte ihr Großvater, nur der Priester, und den hatte man im Geprassel des Regens kaum gehört.

Es war nur ein Holzkreuz. Ein Bus voll mit Kindern und ein paar Erwachsenen, die aus München kamen. Sie wollten den Nachmittag in Kaltenloch verbringen. Die Polizei sprach von einem tragischen Unglück. Der Bus schlug eine Schneise durch den Wald, rutschte über die Klippe und zerschellte in der dreißig Meter tiefen Kaltenloch-Klamm. Keiner überlebte. Bis auf den Fahrer. Niemand wusste bis heute, warum der Bus in die Schlucht gestürzt war und wie der Fahrer überlebt hatte. Die Polizei hatte nach Zeugen gesucht, doch es hatte niemanden gegeben, bis auf den Fahrer. Als er das Krankenhaus zwei Wochen nach dem Unfall verlassen konnte und die Polizei ihn befragen wollte, hatte er versucht, sich in der Toilette der Dienststelle zu erhängen. Doch der Tod wollte ihn wieder nicht. Nur sein Gehirn war zu lange ohne Sauerstoff gewesen. Für die Ärzte grenzte es an ein Wunder, dass der Mann noch lebte. Seit dem Unfall lebte er bei seiner inzwischen über neunzigjährigen Mutter in seinem früheren Kinderzimmer und ließ niemanden zu sich und versteckte sich, sobald sich jemand dem Haus näherte. Seine Mutter sagte einmal, dass ihm etwas da draußen schrecklich Angst mache. Er habe vor jemandem Angst, doch niemand wusste vor wem. Vielleicht vor den Seelen, die der Tobel geschluckt hatte. Er sei der Einzige, der wohl wisse, was damals an jenem Morgen geschehen war, meinte ihr Großvater. Nur konnte sich der Fahrer an nichts erinnern. Als seine Mutter starb, zog er in die Psychiatrie der Kaltenlocher Klinik. *Der einzige sichere Ort für ihn.*

Alice wäre nie freiwillig nach Kaltenloch zur Schule gegangen. Sie fragte sich, wie es sein musste, wenn man ohne diese Berge lebte, ohne die eisigen Winter und die verregneten Sommer, ohne die breiigen Nebel. Wie lebte man, wenn man einfach bis zum Horizont blicken konnte? Sie schloss ihre Augen und hörte auf den Regen draußen. Ja, im Leben war das meiste schon entschieden, sonst wäre sie nicht mehr in Hintereck, sonst ginge sie nicht in das finsterste Tal der Allgäuer Alpen zur Schule, sonst wäre sie längst in Berlin oder Paris.

Die Vögel hatten es gut. Sie waren nicht an die Erde gebunden und nicht an eine Karriere als Dorfpolizist. Was Alice sich auch wünschte, es würde Jahre dauern, bis sie selbst entscheiden könnte, wo sie leben wollte. Doch wenn es dann so weit sein würde, was würde dann geschehen? Warum war ihr Großvater nie aus Hintereck weggegangen? Wie hatte er es nur ein Leben lang dort ausgehalten? Es musste einen Grund geben, hier zu verharren. Noch schrecklicher war die Vorstellung, dass es gar keinen Grund gab.

Warum arbeitete ihr Vater ausgerechnet in Hindelang? Und warum musste sie ausgerechnet nach Bad Kaltenloch aufs Gymnasium? Es war schon eine Strafe, in Hintereck geboren und aufgewachsen zu sein, aber es war psychische Folter, in Kaltenloch zur Schule gehen zu müssen. Ihr Vater hätte sich nach seiner Beförderung auch versetzen lassen können. Aber er war in Hindelang geblieben. Wegen des Schützenvereins und wegen Großvater. Einen alten Baum verpflanzt man nicht mehr. Und irgendwie konnte sich Alice auch nicht vorstellen, ohne ihren Großvater zu leben oder dass ihr Großvater nach Island zog. Die Beförderung zum Dienststellenleiter war in Alices Augen keine Beförderung, sondern eine Strafe mit höheren Pensionsansprüchen. Genau 17,89 Euro mehr. Ihr Vater würde die nächsten Jahre in Hindelang bleiben und Alice in Bad Kaltenloch. Ohne die Kaltenloch-Klinik wäre Kaltenloch nur ein Dorf in den Bergen wie Hintereck. Eine Kirche, eine Straße, ein paar Häuser um diese Straße und grauschwarze Felswände, die jeden Weg einfach abschnitten. Kaltenloch lag geografisch tiefer, was auch das große Moor erklärte, das sich nach Abschmelzen der Gletscher am Ende der letzten Eiszeit im Tal gebildet hatte.

»Du gehst auf ein sehr gutes Gymnasium«, hatte ihr Vater gesagt. »Du kannst froh sein, dass sie dich genommen haben.«

Wozu das kommentieren? Ihr Vater dachte: Bloß weil drei Viertel der Schüler des Melanie-Klein-Gymnasiums Kinder des Klinikpersonals waren, bloß weil es in Kaltenloch nur so von Ärzten wimmelte, musste das Gymnasium eine Eliteschmiede sein. Darin sollte sich ihr Vater täuschen. Aber Alice wusste, dass die Entscheidung gefallen war. Sie musste die nächsten vier oder fünf Jahre aufs Melanie-Klein-Gymnasium. Es gab kein Zurück mehr. Und das Erste, was sie ihrem Freund Tom in einer E-Mail geschrieben hatte, lautete: »Auf dem Gymnasium gibt es nur vier Klassen. Du wirst es nicht glauben, aber ich habe den Eindruck, dass mich jemand in ein altes Sepia-Bild gezaubert hat. Selbst die Klinik in den Bergen ist aus dem vorigen Jahrhundert. Rote Backsteinbauten mit Türmen. Das Durchschnittsalter liegt hier bei neunzig, der Rest liegt auf dem Friedhof.«

Alice lag mit ihrer Schätzung zwar nicht richtig, weil das Klinikpersonal jünger war. Hätte man aber das Alter der Patienten genommen, dann wäre die Einschätzung gar nicht so falsch gewesen. Und statistisch gab es in Kaltenloch die ältesten Menschen in Deutschland, ja vielleicht sogar in ganz Europa. Der Methusalem-Mythos zog Millionäre aus allen Ländern an. Ihr Vater meinte, dass dies am eisigen Klima Kaltenlochs läge, andere glaubten, dass das Moor eine lebensverlängernde Atmosphäre hätte.

Kaltenloch war für Alice eher eine Verlegung in eine andere Zelle statt einer Haftentlassung.

»Hast du gewusst, dass man in Kaltenloch die kältesten Temperaturen im Allgäu gemessen hat?«

Ihr Vater sah wie immer kaum von seiner Zeitung auf.

»Im Winter wird es nun einmal kalt.«

»Ja, aber ich gehe in einem Ort zur Schule, an dem man letztes Jahr minus 39,9 Grad gemessen hat? Nur am Funtensee war es noch kälter.«

»Der FC Kaltenloch ist aufgestiegen. Die haben wohl einen Brasilianer eingekauft.«

»Der erfriert hier.«

»Du musst das alles positiv sehen.«

»Ich werde morgen ja erst zwölf und habe nichts zu melden.«

»Wir haben das doch ganz demokratisch beschlossen.«

Alice rümpfte die Nase. Ihr Vater wurde gerne politisch, wenn es darum ging, etwas durchzusetzen, was nur er wollte.

»Zwei sprechen sich ab, damit bei der Abstimmung nichts schiefgeht, und der Dritte hat sich zu fügen. Das nennst du demokratisch.«

»So ist das nun mal. Finde dich damit ab«, erklärte ihr Vater.

»Und was ist mit dem Interessenkonflikt? Du hast schließlich die Beförderung und deine 17,89 Euro Pensionszuschlag, und Amalia hat eine Lehrstelle in einem Friseurladen gefunden. Ganz zufällig ist in Kaltenloch eine Lehrstelle bei dem einzigen Friseur freigeworden.«

»Natürlich hat jeder Interessen.«

»Ja, aber eure Interessen ergänzen sich, so dass wir gar nicht hätten abzustimmen brauchen.«

»So läuft das aber in einer Demokratie.«

»Dann sollten wir nicht demokratisch abstimmen.«

Ihr Vater versenkte seinen Kopf wieder hinter seiner Zeitung.

»Sie haben einen Kenianer verpflichtet. Ich wusste es«, sagte ihr Vater, »sonst wären sie nie aufgestiegen.«

»Panem et circenses.«

Ihr Vater blickte hinter seiner Zeitung auf.

»Was?«

»Ist Lateinisch.«

»Und was heißt das?«

»Wörtlich: Brot und Spiele.«

»Und was willst du damit sagen?«

»Was die alten Römer schon damit sagen wollten. Dass das Volk sich einfach zufriedenstellen lässt.«

»Bist du gerade dabei, deinen Vater als Deppen zu bezeichnen.«

»Würde ich nie wagen.«

Alice setzte dennoch ein breites Grinsen auf. Das ist die Rache der ungehörten Minderheiten.

»Wie wäre es, wenn du dein Brot jetzt aufessen könntest, weil Madame sonst zu spät in die Schule kommt.«

Alice rührte in ihrem lauwarmen Kakao herum. Das Allgäu-Radio brachte einen Bericht über die Kemptener Festwoche. Danach Kurznachrichten. Alice verfolgte, wie die Haut der Milch sich um ihren Löffel wickelte. Ungenießbar dieses schlabbrige Zeugs. Sie fragte sich, wie sie nur bis heute Milch trinken konnte. Sie verzichtete bereits darauf, Tiere zu essen. Von heute an würde sie auch Milch von ihrer Liste der genießbaren Lebensmittel streichen.

Archäologische Sensation in Kaltenloch. Eiszeit-Mumie im Kaltenlocher Moor gefunden …

Alice hörte noch einmal hin, doch ihr Vater las nur die Überschrift und legte einen Teil der Zeitung auf den Tisch. Er faltete genüsslich den Sportteil auf. Alice griff nach dem Regionalteil.

»Typisch, die Fußballergebnisse der unbedeutendsten Dorfligisten bringen sie in voller Länge, obwohl jeder sie nachlesen kann. Der Fund einer Eiszeitmumie ist gerade mal einen Satz wert.«

»Da siehst du, was im wirklichen Leben wichtig ist.«

»Da sehe ich, dass im Allgäu die Zivilisation rückwärts geht.«

Ihr Vater schob einen Teil der Zeitung über den Tisch. Erst dachte Alice, dass er sie nur wieder provozieren wollte. Er wusste genau, dass sie Zeitunglesen als reine Zeitverschwendung betrachtete. Die wichtigen Informationen erhielt man nicht in den normalen Medien. Tom meinte: Wichtige Informationen sind nicht öffentlich. Was öffentlich ist, das ist auch nicht wichtig. Alice konnte nicht glauben, dass ihr Vater zu den Leuten gehörte, die daran glauben, dass das, was in der Zeitung stand, auch die Wahrheit war. Die Sätze und Bilder in der Zeitung, würde Wittgenstein sagen, stehen nicht in der abbildenden Beziehung zueinander, die Sprache und Welt miteinander verbindet.

Alice blickte auf die aufgeschlagene Seite des Zeitungsteils. SCHRECKLICHER FUND IN KALTENLOCH. Alice überflog den

Artikel: *Mumifizierte Leiche im Kaltenlocher Moor gefunden. Die Polizei geht nicht von einem Verbrechen aus.*

»Wie was …«, murmelte Alice vor sich hin, »… wie können die das so schnell wissen?«

Nach den ersten Erkenntnissen handelt es sich bei dem Toten um einen Mann, der schon Jahrtausende im Moor begraben liegt.

»Man hat einen Toten im Moor gefunden«, sagte Alice und sah dabei ihren Vater an, der hinter seiner Zeitung Kaffee schlürfte.

»Ich weiß.«

»Du hast davon gewusst und hast mir nichts davon erzählt?«

Ihr Vater legte genervt die Zeitung vor sich hin.

»Es reicht schon, wenn ich wegen diesem Mist einen Bericht schreiben muss.«

»Aber es ist ein Toter im Moor. Es gibt eine Ermittlung, ein Mordfall …«

»Nein, gibt es nicht. Kein Mordfall, sondern nur eine Mumie«, antwortete ihr Vater und schmierte sich noch eine Schicht Butter aufs Brot.

»Wo ist die Leiche jetzt?«

»Wahrscheinlich schon im Museum oder wo immer man sie auch zur Konservierung hingebracht hat.«

»Und wenn es sich um ein Verbrechen handelt?«

»Bei so alten Verbrechen ermittelt die Archäologie, und ich hoffe, dass es bei der einen Mumie bleibt. Ich habe keine Lust, noch einen Bericht zu schreiben.«

»Aber es kann …«

»Nein, kann es nicht«, fiel er ihr ins Wort. »Es ist kein Verbrechen passiert. Jedenfalls keines, das uns heute noch interessiert.«

Kein Holzkreuz für Mumien, dachte Alice. Sie musste die Moorleiche unbedingt sehen. Wie lange hatte sie wohl schon im Moor gelegen? Und woran war sie gestorben? Alice hatte überhaupt keine Lust, an diesem Montagmorgen zur Schule zu gehen.

Sie nahm den Zeitungsteil mit dem Artikel über die Mumie und räumte ihre Bücher in den Schulranzen. Vier Bücher für die Schule und ein Buch, mit dem sie die sinnlosen Stunden in der Schule überstehen konnte: *Philosophische Untersuchungen von Ludwig Wittgenstein.*

»Und deinen Kakao?«

»Trinke ich nicht mehr.«

»Dann räume wenigstens deine Tasse ...«

Ihr Vater wollte noch etwas hinzufügen, als Polizei- und Feuerwehrsirenen ihm das Wort abschnitten. Das Geheul entfernte sich genauso schnell, wie es gekommen war. Wegen der Mumie waren sie nicht gekommen, so viel stand fest. Doch dann läutete das Diensthandy ihres Vaters, und sein Gesichtsausdruck erstarrte.

4.

Alices Vater fluchte, als der Wind ihm den Regenschirm aus der Hand riss.

»Du musst heute den Schulbus nehmen«, rief er durch den wehenden Nieselregen, der wie kalter Dampf von den Felshängen auf die geduckten Dächer Kaltenlochs fiel. Ein Streifenwagen hielt auf der anderen Seite der Straße. Ihr Vater drehte sich nicht einmal um. Er stieg ein. Der Wagen fuhr mit Blaulicht davon.

Mit dem Schulbus, das hieß, fast eine Stunde länger, um zur Schule zu kommen. Eine Stunde in einem überhitzten Bus über die enge Landstraße, die von Hintereck nach Kaltenloch führte. Wer in Hintereck aufgewachsen ist, der weiß, dass es immer nur eine Straße gibt, um alle anderen Orte dieser Welt zu erreichen, es sei denn, man wählt den Weg über die Berge.

Zehn Minuten, um ihren Regenmantel überzuziehen, ihre Bücher einzupacken und durch die Schlammpfützen zur Bushaltestelle zu springen. Hobbes schlief auf dem Fensterbrett und starrte mit seinen Augen, die er nicht mehr schließen konnte, in die graue Suppe aus Regenschlieren und Wolkenfetzen. Frühling in Hintereck. Kaltenloch war noch viel schlimmer. Das Kaltenlocher Tal war wie eine Ritze, in die sich der Dreck für Jahrhunderte eingenistet hatte. Die Wolken hingen nach allen Seiten an den zerklüfteten Bergkämmen fest. Bad Kaltenloch war der kälteste Kurort. Wie konnte man sich nur in einem Ort erholen, der von stacheldrahtartigen Bergspitzen umschlossen war?

Bis zur Bushaltestelle waren es ungefähr hundert Meter. Unter dem Unterstand der Bushaltestelle drängten sich Schüler und Wanderer, denen der Regen die Bergtour vermasselt hatte. Der Bus kam mit Verspätung. Erst als die Türen aufgingen, entdeckte sie ihre Schwester, die im Wartehaus gesessen haben musste, so dass Alice sie nicht gesehen hatte. Ein älterer Herr mit Tirolerhut und Gesichtsfalten, die ein Schlaganfall zum Teil lahmgelegt hatte, drängelte sich an einer schwangeren Frau vorbei, die sich gerade auf einen Sitzplatz zubewegte.

»Sie sind jung. Sie können noch stehen.«

Alice musterte den älteren Herrn, der sich wie ein Kaiser auf den für ihn bestimmten Platz setzte und sich noch aufregte, dass dies einige Fahrgäste wohl nicht verstanden hatten. Wussten sie nicht, dass er fast neunzig war? Wussten sie alle nicht, wer er war? Seine innere Stimme schien bei den Gedanken an seine eigene Herrlichkeit zu zittern. Die Schwangere schwankte in den Kurven und hielt sich, so gut es ging, an den Haltestangen fest.

»Hast du das gesehen?«, sagte sie zu Amalia. »Dieser alte Trottel hockt sich hin und hat auf dem Krückstock lauter Wanderabzeichen.«

»Du solltest dich nicht dauernd in die Angelegenheiten anderer einmischen.«

»Du könntest ja auch schwanger werden ... was sogar gar nicht so unwahrscheinlich ist.«

Amalia zuckte mit den Schultern.

»Was meinst du mit gar nicht so unwahrscheinlich?«, fügte sie nach einigem Zögern hinzu.

»Die Natur hat dies relativ einfach eingerichtet, so dass es schwieriger ist, nicht schwanger zu werden.« Hätte die Natur es so eingerichtet, dass Fortpflanzung mit Intelligenz verbunden wäre, dann wäre die Menschheit längst ausgestorben. Alice schenkte Amalia ein versöhnliches Lächeln.

»Geschwätz!«

Alice wandte sich dem älteren Herrn mit dem Tirolerhut zu. Sie lehnte sich weit zu ihm, bis er zurückwich. Sie lächelte ihn an, dann flüsterte sie ihm etwas ins Ohr. Einige Sekunden später verzog sich sein Gesicht unter dem Tirolerhut zu einer Grimasse. Dann stand er auf. Die Schwangere nahm die Gelegenheit wahr und bedankte sich bei dem älteren Herrn, der grummelnd auf Alice zusteuerte.

»Was hast du ihm gesagt?« Amalia beobachtete den älteren Herrn, der den Boden nach etwas absuchte.

»Ich habe ihm gesagt, er soll doch so freundlich sein und seinen Platz freimachen«, log Alice und schaute zum Fenster hinaus.

»Das glaubst du wohl selbst nicht. Ich kenne diese Alten, wenn sie in den Friseursalon kommen. Die geben nur Trinkgeld, wenn sie dich begrapschen dürfen. Die halten sich für die Herren der Welt. Der glaubt, dass der Bus nur für ihn fährt.«

Alice hatte ihr verschwiegen, dass sie dem älteren Herrn mit Tirolerhut heimlich in die Tasche gefasst und seinen Geldbeutel herausgezogen hatte. Sie hatte ihn genau vor sich fallen lassen. Als sie dem älteren Mann zugeflüstert hatte, dass sie gesehen hatte, wie das gute Stück auf den Boden gefallen war, hatte er sicher geglaubt, dass es sich um einen Scherz handelte, bis Alice ihren Fuß angehoben hatte und darunter der Geldbeutel aus Leder zum Vorschein gekommen war. Niemand hatte es bemerkt. Die Welt war nicht aus dem Lot geraten. Alles war, wie es sein sollte. Die Schwangere bedankte sich bei dem Herrn, weil sie glaubte, dass er nun doch für sie aufgestanden war.

Eine Frau mit Einkaufstaschen sagte laut, dass es eben noch Gentlemen gäbe. Der Mann mit Tirolerhut fühlte sich angesprochen und meinte, dass dies doch selbstverständlich sei.

Alice war es schon nach einigen Minuten übel. Die Scheiben waren beschlagen. Draußen wischte eine graue Landschaft vorbei. Häuser wie aus feuchtem Pappkarton, dahinter kantige Felsen. Der Bus schob sich umständlich auf den engen Windungen der Straße entlang. Kaltenloch lag tiefer als Hintereck, so dass der Bus andauernd bremsen musste.

An einer der Kurven war das Unglück geschehen, dachte Alice. Der Fahrer hatte die Kontrolle verloren oder hatte absichtlich den Bus in den steilen Kaltenloch-Tobel gelenkt. Ihr fröstelte bei dem Gedanken, dass ihr Leben gerade von der Laune des Fahrers abhing. Was wäre, wenn dieser plötzlich keine Lust mehr hatte zu leben? Wenn es ihm gerade recht war, dass mit ihm noch weitere dreißig oder vierzig Menschen starben? Sie beobachtete, wie der Fahrer das Lenkrad drehte. Er wirkte ruhig, aber was hieß das schon? Würde sie es bemerken, wenn er lebensmüde den Bus in die Schlucht steuerte? Veränderten sich seine Augen? Begannen seine Hände vielleicht zu zittern? Oder benahm er sich ganz normal, so als wäre es das Selbstverständlichste von der Welt, einen Bus voller Menschen zu töten?

Der Bus stoppte ruckartig an einer Kreuzung. Kaltenloch bestand nicht wie die meisten Bergorte aus einer Straße, sondern spreizte sich sternförmig in dem flachen Tal. Nördlich war der steile Tobel, im Süden war das Moor.

Die Straße machte einen Bogen um den einzig freien Platz in Kaltenloch. Samstag und dienstags war hier Markt mit denselben patzigen Gemüsehändlern wie in Hintereck. Dahinter wie einbeinige Riesen die Windrotoren. *Windpark Kaltenloch.* Auf dem kargen Plateau war im letzten Jahr ein großer Windpark errichtet worden. Eine Steinlawine hatte bereits zwei der Ungetüme zu Fall gebracht. Von ihnen waren nur noch die grauen Stümpfe übrig.

»Du siehst gut aus«, sagte Alice zu ihrer Schwester. Amalia tat so, als hörte sie ihr nicht zu, was für Alice eine normale Reaktion war. Sie konnte mit Komplimenten noch weniger umgehen als mit Kritik.

»Vielleicht hältst du einfach mal den Mund.«

»Ich bin nur nett, und du ...«

»Du kannst gar nicht nett sein. Das ist nicht in deinen Genen. Du kannst nichts dafür, kleine Schwester, dass du so ... bist.«

»Wie bin ich?«

»Dafür gibt es kein Wort.«

»Ich finde es toll, dass du jetzt den Leuten die Haare schneidest. Das ist ein wichtiger Beruf.« Alice fragte sich, wie sie diesen Satz ohne Lachen herausbringen konnte.

»Ich höre dir nicht zu.«

»Ich meine, es unterscheidet uns doch von den Tieren. Die gehen nämlich nicht zum Friseur. Daher weißt du, wie wichtig es ist, dass du – schnipp, schnipp – den wilden Wuchs bändigst, dann ein paar Löckchen. Ist doch wie Unkraut zupfen. Wo kämen wir denn hin, wenn alles wüchse, wie es will.«

»Ich höre dir nicht zu.«

»Doch tust du, weil ich nett bin.«

»Jeder weiß, dass du ein Ekel bist. Keiner kann dich leiden. Du bist völlig durchgeknallt.«

Alice überlegte, woran es liegen konnte, dass Amalia ihr nicht glaubte. Sie hatte ihr nicht gesagt, dass sie es absolut lächerlich fand, dass sie den grauhaarigen Kurgästen die Haare färbte und dass es der größte Stumpfsinn der Evolution sein musste, den ganzen Tag mit Haaren zu tun zu haben. Nein, sie hatte ihr das Gegenteil gesagt, ohne ihre Miene zu verziehen. Doch es war, als könnte sie sagen, was sie wollte, jede Bedeutung würde sofort in ihr Gegenteil verwandelt, wenn sie von ihr gesagt werden würde. Hätte einer der Verehrer Amalias die größten Lügen vom Stapel gelassen, Amalia hätte danach gelechzt, als wären sie vom Papst persönlich ausgesprochen worden.

Der Bus bremste, als ein Polizeiwagen mit Sirene überholte. Amalia nahm ihre Tasche und stand wortlos auf. Sie drehte sich nicht einmal mehr um. Sie hatte es versucht, dachte Alice, an ihr konnte es nicht liegen.

Zwei junge Mädchen stiegen ein. Sie waren in ihrer neuen Schulklasse. Rotgeschminkte Lippen und merkwürdig abstehende Haare, als wären sie schockgefroren. Sie schauten in ihre Richtung und tuschelten, dann kicherten sie. Dieser Tag fing nicht gut an, und Alice hatte schon keine Lust mehr, nett zu sein.

Doch sie ist es … wie sie nur schaut.

Könnte sich auch mal andere Klamotten anziehen. Und die Schuhe erst. Wie die Scheißetreter meiner Oma.

Ihr Vater ist Polizist … ja, Dorfpolizist.

Ich hab' gehört, dass sie nicht ganz richtig im Oberstübchen tickt.

… und dann die Geschichte mit ihrer Mutter.

Alice entschloss sich, dem Geschwätz keine Bedeutung beizumessen. Aber damit war es wie mit dem Regen und dem Kaltenlocher Mistwetter. Das Wetter wurde dadurch nicht besser, auch wenn man ihm keine Beachtung schenkte. Sie zog den Zeitungsteil aus ihrer Tasche und breitete ihn auf ihren Schenkeln aus.

Auf den Bildern im Artikel war nur das Loch zu sehen, wo man die Moorleiche ausgegraben hatte. Kein Bild der Leiche. Das war wieder mal typisch für diese Mimosen von Lokalreportern. Als ob eine Moorleiche heute noch jemand erschrecken könnte.

5.

Der Bus stoppte vor dem Rathaus in Kaltenloch. Der alte Mann stieg aus und lief quer über den Marktplatz. Alice beobachtete ihn. Er ging ungewohnt aufrecht für einen alten Herren mit Stock. Amalia hatte sich ihre Regenjacke angezogen und ging ohne ein Wort an Alice vorbei.

»Ich wünsche dir einen schönen Tag, Schwester.«

Amalia drehte sich nicht einmal um. Sie hatte alle Mühe, mit ihren Stöckelschuhen auf dem Kopfsteinpflaster das Gleichgewicht zu halten. Die Türen schlossen sich. Noch zwei Stationen bis zur Schule. Alice packte die Zeitung wieder in ihren Rucksack. Der Regen prasselte auf das Blechdach des Busses. Sie holte ihr Handy aus ihrer Manteltasche und tippte eine Kurznachricht.

MOORLEICHE IN KALTENLOCH. MUSS SIE SEHEN. HAST DU EINE IDEE?

Sie tippte Toms Nummer in die Empfängerzeile und verschickte die Nachricht. Tom würde die Nachricht sofort bekommen, egal, wo er auch war und was er machte. Er war eigentlich immer online, und irgendwie war das World Wide Web Teil seines Nervensystems. Seitdem seine Eltern ihn in eine Privatschule in Kempten gesteckt hatten, war es vorbei mit ihren Erkundungsgängen in den Wäldern. Seit gut drei Monaten hatten sie nicht mehr ihr Versteck in den Felsen aufgesucht, und seit drei Monaten hatte sie auch nicht mehr ihre Mutter besucht, die drei Meter unter der Erde lag. Ob ihre Mutter den Regen hörte? Die Toten hören nicht mehr, hieß es. Alice musste an die Moorleiche denken, die vielleicht Jahrhunderte in einer völlig abgedichteten dunklen Masse aus Schlamm und Wasser gelegen hatte. Jahrhunderte voller gähnender Langeweile.

Die Bustüren schlossen sich. Sie hörte, wie die beiden Mädchen aus ihrer Klasse ihren Namen flüsterten und kicherten. Eine Woche in ihrer neuen Schule, und ihr Ruf als Klugscheißerin und Streberin hatte sich wie ein Virus verbreitet. Alice war es gerade recht, wenn sie niemand leiden konnte. Dann stellte man ihr keine überflüssigen Fragen.

Der Bus hielt erneut. Er war nicht mehr als zwei Minuten gefahren, als Polizeilichter und Feuerwehr vor einem Haus zu sehen waren. Der Bus hielt im Bonzenviertel. So nannte ihr Vater den nördlichen Teil Kaltenlochs, in dem praktisch nur Ärzte, Psychologen und Heilpraktiker wohnten.

Alice wischte die angelaufene Scheibe sauber, um mehr sehen zu können. Die Blaulichter der Einsatzfahrzeuge zogen lange Schlieren auf den regennassen Fensterscheiben. Die Räder des Busses standen still. Niemand stieg aus, niemand stieg ein. Ohne lange nachzudenken, sprang Alice auf und drückte auf den Türknopf.

»Die Haltestelle der Schule ist erst …«, rief der Fahrer nach hinten, doch Alice hörte ihn nicht mehr. Der Regen schlug ihr wie eine Wand entgegen. Die beiden Mädchen aus ihrer Klasse drückten neugierig ihre Gesichter an die Scheibe des Busses. Hätte man Alice in diesem Augenblick gefragt, warum sie ausgestiegen war, hätte sie selbst keine Erklärung dafür gehabt. Sie presste sich gegen das Bushäuschen, das kaum Schutz vor dem wehenden Regen bot. Dann ging sie quer über die Kreuzung, die einem Tümpel ähnelte, auf die Blaulichter zu. Aus der Nähe zeichneten sich zwei Polizeieinsatzfahrzeuge und der Notarztwagen ab. Vor dem Eingang des Reihenhauses aus Backstein stand noch ein Wagen: schwarz mit violetten Vorhängen. Sie erkannte ihren Vater, der krampfhaft einen Regenschirm festhielt. Zwei Polizisten mit grünen Regenjacken hielten eine Decke um eine Frau. Alice näherte sich nicht über den Gehsteig. Von dort hätten sie die Beamten gleich gesehen und weggescheucht. Zudem liefe sie Gefahr, ihrem Vater in die Arme zu laufen. Keine gute Idee. Der dichte Regen kam ihr zugute. Sie drückte sich an einen Gartenzaun, von dem sie die Szene einigermaßen überblicken konnte. Der Regen hatte ihre Mütze schon aufgeweicht. In ihren Schuhen stand das Wasser. Sie schob einen Tannenzweig beiseite. Genau in diesem Augenblick trugen zwei Männer mit schwarzen Anzügen eine Trage über die Schwelle. Der Schrei einer Frau, dann sah Alice, wie die Frau aus dem Polizeiwagen die Tür öffnete und zu der Person auf der Trage rannte. Unter einem weißen Tuch lag jemand, das Gesicht zugedeckt. Wer auch immer da lag, er war tot. Alice fröstelte.

Hören Tote den Regen?

Sie konnte nicht sehen, wer unter dem Tuch lag. Als die Frau jedoch auf die Trage zustürzte, trat einer der schwarzen Männer beiseite, um sie aufzuhalten. Ein Notarzt hielt die Frau, deren Beine nachgegeben hatten. Sie schluchzte und schüttelte den Kopf hin und her. Durch die Lücke sah Alice nun, was die schwarzen Männer zu verbergen suchten. Der Teil des Lakens, der Gesicht und Brust bedeckte, war mit Blut vollgesogen. Was war hier geschehen? Ein Arm des Toten rutschte über die Trage und zeigte wie ein letzter Hinweis in Richtung Boden. Blut lief träge von dem Arm bis zu den Fingerspitzen, wo es auf den Asphalt tropfte.

Alice wagte sich einen Schritt weiter nach vorne. Für einen Moment verließ sie ihre Deckung und ging hinter dem zweiten Polizeiwagen vorbei.

Im Unterschied zu dem Wagen, mit dem ihr Vater abgeholt worden war, war der andere Polizeiwagen dunkelgrau und hatte getönte Fenster. Sie vernahm die Stimme ihres Vaters durch den Regen. Niemand hatte sie gesehen. Die schwarzen Herren, die den Toten trugen, waren damit beschäftigt, möglichst schnell in ihren Wagen zu kommen. Die Polizisten hatten ihre Kapuzen tief ins Gesicht gezogen und blickten nach unten. Nur ihr Vater kämpfte mit dem Regenschirm.

»Herrgottsakrament, Kruzefix«, fluchte er, als eine Windbö seinen Regenschirm hochriss. Alice duckte sich und hoffte, dass der Schirm nicht in ihre Richtung flog. Doch viel blieb von ihm nicht mehr übrig. Das Gerippe des Regenschirms tanzte kurz über dem schmutzigen Loch vor dem alten Fachwerkhaus. Nur der rostige Eisenzaun deutete darauf hin, dass dort einmal ein Garten gewesen sein musste. Alice blickte dem Regenschirm hinterher, der in der Baugrube gelandet war. Sie dachte an die Dinosaurier vor hundert Millionen Jahren, die vom Schlamm verschüttet wurden, um dann in unserer Zeit wieder aufzutauchen. Sie fragte sich, ob der rote Regenschirm mit Teleskopfeder in ein paar Millionen Jahren ebenso wieder auftauchte und dann in einem Museum landete.

Der Regen hatte Teile der Grube mit Wasser gefüllt. Nur der tiefere Teil, den eine Plane verdeckte, wurde von Sandsäcken geschützt. Jetzt bemerkte Alice die schwarz eingehüllte Gestalt am Rand der Grube. Der Wind zerrte an dem schwarzen Gewand, das ihr Gesicht ganz verbarg. Für einen Moment glaubte Alice, dass Wittgenstein vor ihr stand. Er hatte die Angewohnheit, manchmal völlig zu erstarren, so als wäre er Teil der Landschaft, die ihn umgab. Die alte Frau hatte keinen Regenschirm. Mit einer Hand hielt sie ein schwarzes Kopftuch zusammen, mit der anderen zeigte sie auf etwas in der Baugrube. Neben ihr stand ein Korb mit Gemüse.

Alice beugte sich über den Rand der Grube, um zu sehen, auf was die alte Frau starrte, doch da war nichts außer Schlamm.

»Ich bin hier aufgewachsen«, sagte die Alte mit trauriger Stimme. »Mein Urgroßvater hat den Garten angelegt, bevor er das Haus an einen Städter verkauft hat. Er hat zwei Kriege überstanden und die trockenen Sommer.«

»Welcher Garten?« Alice blickte hinter sich, doch da war nur das Haus.

»Dort, wo nichts mehr ist außer Schlamm. Dort, wo der Regenschirm krepiert ist, so tief gingen die Wurzeln der Stachelbeeren. Es war ein wunderbarer Garten ... die Drecksau ...«

Die Umzäunung war das Einzige, was von dem Gemüsegarten übrig geblieben war. An der Stelle, wo sich über Generationen die Wurzeln von Stachelbeeren, Löwenzahn, Apfel- und Zwetschgenbäumen in den Boden gegraben hatten, klaffte ein hellbraunes Loch. Am Rand standen Kabelrollen, und auf einem Schild vor der Absperrung erklärte eine Sprechblase: *Kabel TV. Bad Kaltenloch schließt sich ans 21. Jahrhundert an.* Davor wirkte die alte Frau wie ein Relikt aus dem Mittelalter.

»Drecksau«, murmelte sie vor sich hin. »Manche bestraft der Herrgott sofort. Mich kriegen sie nicht, nicht lebendig. Wenn's der Herrgott so will ...«

»Kabelfernsehen und schnelles Internet ...«

Alice hatte noch nicht ausgesprochen, als die alte Frau in die Baugrube spuckte und einen Fluch ausstieß.

»Verrecken werden sie.«

»Wer verreckt?«

»Den Gemüsegarten vom Urgroßvater kaputt machen«, sagte sie, »das ist erst der Anfang. Sie wollen auch mein Haus, meine Seele, mein Grundstück. Die wollen mich tot sehen. So ist das bei den Christenmenschen. Scheinheiliges Gesindel.«

Alice wusste nicht, wen die Alte verfluchte. Ihr war nur klar, dass sie mit der Zerstörung des Gemüsegartens nicht einverstanden war. Der Gemeinderat hatte den Beschluss gefasst, den Gemüsegarten in eine Lehmgrube zu verwandeln. Das Wohl der Allgemeinheit, das Wohl des 21. Jahrhunderts stand gegen einen Gemüsegarten. Da half auch kein Fluch. Alice griff nach dem Gemüsekorb der alten Frau, um ihn ihr zu geben, doch die Alte schlug ihr auf die Hand.

»Kümmere dich um deinen Scheiß. Und sag deinem Vater, dass der Teufel nie die Falschen holt.« Die Alte hob drohend ihren Finger und zeigte auf das Haus, aus dem die Polizei den Toten getragen hatte.

Alice hatte den Gemüsegarten nie gesehen. Er war verschwunden wie all die Toten mit ihren Holzkreuzen. Sie blickte auf ihre Uhr. Fast acht Uhr. Unmöglich, es noch pünktlich zum Unterricht zu schaffen.

In der ersten Stunde hatte sie Geschichte. Ausgerechnet bei »T-Rex«. Der bürgerliche Name ihres Lehrers lautete Theosophus Rexner. Dabei hatten nicht einmal die Schüler ihrem Lehrer diesen Namen verpasst, sondern die Sekretärin, die auf den Stundenplänen am Klassenzimmer seinen Namen mit »T. Rex.« abgekürzt hatte. Zum König der Raubsaurier brauchte es nicht mehr sonderlich viel Fantasie. T-Rex war ein übler Prinzipienreiter. Wegen der zehn Minuten Verspätung, die Alice jetzt schon hatte, würde er einen Moralvortrag von zwanzig Minuten halten. Die Anklage des Zuspätkommens … Doch das interessierte Alice im Augenblick wenig. Im Krankenwagen saß die Frau, die noch eben geschrien hatte. Alice hatte ein merkwürdiges Gefühl, so als würde jemand sie beobachten. Sie machte zwei Schritte zurück und blickte aus der Nähe durch die getönten Scheiben des schwarzen Geländewagens. Zwei Augen starrten sie an.

Sie hatte das Gefühl, dass sich unter den grauschwarzen Regenwolken etwas zusammenbraute.

6.

Die Männer in Schwarz stapften durch Matsch. Einer der Männer rutschte seitlich aus, der zweite verlor das Gleichgewicht. Seine Füße suchten Halt auf dem schlammigen Untergrund. Die Trage entglitt seinen Händen, und hätte er in diesem Augenblick nicht versucht, sofort wieder auf beiden Beinen zu stehen, wäre auch nichts weiter passiert. Gebückt suchte er nach seinem Gleichgewicht. Er drückte sich vom Boden ab, als wäre der aufrechte Gang der einzige Weg, um gegen den Regen zu bestehen. Kaum hatte er sich halb aufgerichtet, rutschte er wieder weg. Diesmal kippte er nach vorn, so dass er auf dem Toten landete. Gleichzeitig glitt er erst mit einem, dann mit dem anderen Fuß in die Baugrube. Reflexartig griff er nach dem Arm des Toten. Der andere Träger hielt den Toten fest. Als der Schlamm nachgab und den Mann in die Grube zog, klammerte er sich noch immer an den Arm des Toten, der jetzt von der Bahre gerutscht war und zur Hälfte in einer schlammigen Pfütze lag. Alice richtete sich auf, um besser sehen zu können. Die alte Frau neben ihr bekreuzigte sich.

»Du nimmst hinweg die Sünde der Welt. Herr, erbarme Dich unser.«

Die Augen des Toten starrten kalt durch den Regen. An seinem Hals klaffte eine Wunde wie ein zweiter Mund. Aus der Baugrube hörte sie den Träger rufen, doch Alice konnte ihre Augen nicht von der Wunde lassen. Sie war tief. Die Halsschlagader schien durchtrennt worden zu sein. Der Ausdruck in den Augen des Toten war zu einem großen Erstaunen erstarrt. Als wäre er mit einem unlösbaren Rätsel in den Tod geglitten. Alice war aus ihrer Deckung zu den Einsatzwagen gelaufen. Nur wenige Schaulustige waren vor dem Haus, was dem Regen zu verdanken war.

»Denn Du allein bist der Heilige, Du allein bist der Herr, Du allein der Höchste: Jesus Christus«, murmelte die Alte hinter ihr, die wie bei einer Prozession gleichmäßig um den Leichenwagen gelaufen war.

Als das Gemurmel verstummte, drehte Alice sich kurz um. Hinter ihr war niemand mehr. Alice stand alleine gegen einen Mauervorsprung gelehnt. Die alte Frau war verschwunden.

Der Tote lag noch immer im Schlamm, während zwei Sanitäter den Mann aus der Grube zogen. Dann hörte Alice auch schon die Stimme ihres Vaters, der sich um die Frau im Streifenwagen gekümmert hatte.

»Bin ich denn nur noch von Schwachköpfen umgeben …«

Mit dem anderen Träger, der hilflos am Rand der Grube gestanden hatte, luden sie den Toten auf seine Bahre. Dabei sah Alice das Blut, das sich in der Aluwanne der Trage gesammelt hatte, unglaublich viel Blut. So wie Alice es von ihrem Standpunkt aus sehen konnte, war der Schnitt vorne seitlich am Hals. Nach einem Unfall sah dies nicht aus. Beim Rasieren hatte sich der Mann bestimmt nicht geschnitten. Vielleicht hatte er sich selbst die Kehle durchtrennt. Alice stellte sich ein imaginäres Messer vor und zog es sich über den Hals. Möglich war es, doch warum sollte sich jemand den eigenen Hals in seinem Haus durchschneiden? Um von seiner Frau oder seinen Kindern in einer riesigen Blutlache gefunden zu werden?

Alice zog sich ihre Kapuze tiefer ins Gesicht und verfolgte, wie die Träger mit Hilfe ihres Vaters den Toten in den Leichenwagen brachten. Kein Mensch schneidet sich die Halsschlagader durch! Zumindest war diese Art des Selbstmordes nicht sehr verbreitet. Doch wo hatte man den Toten gefunden? In der Badewanne, im Keller? Vielleicht hatte er sogar Plastikfolie ausgelegt, um den Teppich nicht schmutzig zu machen. Wie die Frau eines Lottomillionärs aus Kempten. Sie hatte sich an einem Hirschgeweih in ihrem Haus aufgehängt, nicht jedoch, ohne vorher den Parkettboden mit Plastikfolie abzudecken. Daher urinierte die Frau, als ihre Muskeln erschlafften, lediglich auf die Plastikfolie, anstatt das Parkett zu versauen. Ja, ihr Vater hatte das Wort »versauen« gebraucht. Jemand brachte sich um, und ihm fiel nichts Besseres ein, als aufzupassen, dass durch die letzten Zuckungen des Körpers keine Flecken entstanden. Um jedoch so viel Blut aufzufangen, hätte er sich in die Badewanne legen müssen. Wo hatten sie ihn gefunden? Und warum sich dann überhaupt die Halsschlagader öffnen? Er hätte mit dem Auto einfach am Kaltenlocher Tobel in der Kurve geradeaus fahren können. Dreißig oder vierzig Meter freier Fall auf nackten Fels und dann das eisige Wasser des Tobels. Selbstmord war möglich, aber unwahrscheinlich.

Das ergibt keinen Sinn, dachte Alice. Doch welchen Sinn hatte es schon, sich umzubringen? Sie hatte den Gedanken im Regen laut ausgesprochen und hatte nicht bemerkt, dass plötzlich jemand neben ihr stand. Regentropfen prallten von seinem breiten Hut ab. Sein Anzug war klitschnass. Sie hatte Wittgenstein seit Monaten nicht gesehen. Sie griff seinen Arm, um sich zu versichern, dass er auch wirklich vor ihr stand. Wittgenstein ignorierte den Regen, obwohl er ihm ins Gesicht schlug.

»Ich erinnere mich an den Schmerz«, sagte er, »an den unendlichen Schmerz.«

»Was für einen Schmerz?«

»Der Schmerz war überall, in meinem Kopf, in meinen Augen, in jeder Zelle meines Körpers. Nein, das hatte keinen Sinn mehr.«

»Du hast dich …«, entgegnete Alice. »In den Biographien heißt es immer, dass du an Krebs gestorben wärst?«

Wittgenstein verzog keine Miene. Der Regen in seinem Gesicht war die einzige Veränderung.

»Schmerzen sind eine Tatsache, sie zu ertragen eine andere.«

»Erinnerst du dich an den Tag deines Todes?«

»Ich erinnere mich an den Schmerz … an den Regen im April, den 29. Heute vor … Mein Gott, ich habe vergessen, wie lange ich schon tot bin.«

»Glaubst du, der Mann im Leichenwagen hat sich umgebracht?«

Wittgenstein zuckte mit den Schultern. »Warum hätte er am Leben bleiben sollen?«

»Welchen Sinn hatte es schon, sich umzubringen?«

»Du sagst es«, entgegnete Wittgenstein. »Es gibt genauso viele Gründe, freiwillig aus dem Leben zu scheiden, als das Leben weiter auszuhalten.«

»Gehst du mit mir ein paar Schritte zur Schule?«

»Keine Zeit«, antwortete Wittgenstein. »Ich habe zu tun.«

»Wohin gehst du?«

Alice wartete, bis ihr Vater in den Streifenwagen eingestiegen war, dann verließ sie ihr Versteck hinter dem Mäuerchen. Wittgenstein stapfte durch den Matsch zu dem Streifenwagen und blickte hinein. Aus sicherer Entfernung sah Alice wieder den Schatten hinter den getönten Scheiben, dann die Konturen eines Gesichts, das ihr irgendwie bekannt vorkam. Doch der Regen verhinderte, dass sie klar erkennen konnte, wer in dem Wagen saß. Im Streifenwagen ihres Vaters hockte zusammengekauert die Frau, die vorher sich schreiend auf den Toten gestürzt hatte. Nur was interessierte Wittgenstein an dem zweiten Wagen?

Plötzlich drehte er sich zu ihr um. In seinen Augen brannte etwas, was Alice so noch nie an ihm bemerkt hatte – als hätte er alle Energie in seinem Umkreis in seinem Blick konzentriert. Wittgenstein hatte irgendetwas gesehen, irgendetwas, auf das er keine Antwort hatte. Sie wollte sich ihm nähern, als er nur seine Hand leicht hob.

»Ist der Mensch von Natur aus gut oder schlecht? Ich habe eine düstere Ahnung …«

Alice hatte keine Gelegenheit mehr, ihn zu fragen, welche Ahnung er hatte. Kaum hatte sie sich auf den Weg in Richtung Schule gemacht, lief Wittgenstein eilig quer über den Platz, an dem Bushäuschen vorbei, zum Ortsausgang. Manchmal wüsste Alice nur zu gerne, wo Wittgenstein sich herumtrieb, wenn er nicht bei ihr war.

Sie zog ihre Kapuze weiter ins Gesicht, als die Streifenwagen sie überholten. Diesmal ohne Blaulicht. Der Leichenwagen folgte als letzter, bis auch er vom Regen verschluckt wurde.

7.

Nur eine Station mit dem Bus. Zu Fuß zehn Minuten. Der Weg ging aber steil bergauf und war rutschig. Es war bereits hell, doch die Regenwolken hielten nahezu jegliches Licht fern. Aus der Ferne sah Kaltenloch wahrscheinlich aus wie eine geschlossene Plastikdose, in der ein Butterbrot schimmelte. Sie hatte die Bonzensiedlung hinter sich gelassen. Der Bus kam ihr entgegen. Er fuhr zurück in Richtung Hintereck und von Hintereck nach Hindelang. Sie bewunderte den Busfahrer, der hinter seiner Scheibe wenigstens den Eindruck hatte, aus diesen Bergen herauszukommen. Am Ende der Hauptstraße glotzten zwei hohe Backsteinhäuser auf die Straße. Wie zwei Wächter standen sie da und beobachteten jeden, der diese Straße entlangging. Sie wuchsen förmlich mit dem Bau des Lungensanatoriums aus den kahlen Hängen Kaltenlochs. Früher dienten sie als Dienstwohnungen für Ärzte, die aus Kempten oder Goslam kamen und ihre Woche dort verbrachten. Heute vermietete die Klinik die Gebäude an Touristen. Es brannte kein Licht in den Fenstern. Es donnerte plötzlich, und Alice nahm die Abkürzung über die Wiesenhänge. Dort waren die Sportanlagen der Schule und die Parkplätze für die Lehrer, dahinter lag der graue Betonbau. Der schmale Wanderweg war nicht mehr zu erkennen.

Alice balancierte auf den weißen Steinen, um nicht in dem Morast laufen zu müssen. Der Weg kreuzte den Malaver-Hof. Früher hatte zu ihm der ganze Hang mit den darunter liegenden Feldern gehört.

Aus irgendeinem Grund hatte der Bauer mit über achtzig Jahren noch einen Großteil seines Grundes an das Sanatorium verkauft. Die anderen Bauern in der Gegend hatten es ihm nie verziehen, verkauften aber ebenfalls große Teile ihres Landes und verließen Kaltenloch. Nur Malaver war geblieben. Sein Hof glich einer verfallenen Ruine inmitten der modernen Klinikbauten und des Betonbaus der Schule. Malaver konnte es nicht ausstehen, wenn Leute quer über seinen Hof liefen. Nur weil ein Weg über seinen Hof führte, hieß dies noch lange nicht, dass man ihm einfach folgen durfte. Aus diesem Grund ließ Malaver auch seinen Hund frei laufen. Bei dem kalten Wetter hatte der wuchtige Bernhardiner allerdings keine Lust, aus seinem Unterschlupf hervorzuspringen. Die Arthrose in seinen Beinen ersetzte inzwischen eine Kette. So hob der Hund kaum einmal seinen Kopf, als Alice an ihm vorbeilief. Sie machte keine hastigen Bewegungen und hoffte, dass der Hund den kalten Regen genauso hasste wie sie.

Sie hatte das andere Ende des Hofs erreicht, als sie es hörte. Erst dachte sie, es wäre ein Metallträger, der nachgab oder etwas, das über Blech kratzte. Doch es war lebendig, der Schrei eines Menschen, eines Kindes. Alice blieb stehen. Auch der Hund hatte seinen Kopf gehoben. Bleib du nur liegen. Jetzt bloß keine Panik. Wenn jetzt dem Köter noch einfiele, dass sie ja gar nichts auf dem Hof zu suchen hatte … Sie könnte losrennen, doch auf dem schlammigen Untergrund würde sie nicht weit kommen. Wieder schnitt sich das Geräusch durch den Regen. Eindeutig, es war kein Metall.

Als es lauter wurde, hörte Alice Verzweiflung in dem Schrei, Todesangst. Sie drehte sich um, weil sie dachte, dass das Geräusch von einem Ort hinter ihr kam. Ein großes Holzschild stand vor einer Scheune. *Biohühner vom Biobauern. Glückliche Hühner für den glücklichen Menschen.* Ein weißes Huhn stand vor einer üppig grünen Wiese. Am unteren Bildrand, wo das Sperrholz vom Regen bereits aufgequollen war, waren Eier aufgezeichnet. Über den Eiern ein Schriftzug. *Wenn Hühner lächeln könnten, würde es so aussehen.*

Alice ging um das Schild herum. Die Scheunentür war angelehnt. Die Geräusche des Regens, der auf das Dach trommelte, waren hier noch lauter. Durch die Fenster drang kaum Licht. Es dauerte einige Sekunden, bis ihre Augen sich an das graumatte Licht der Scheune gewöhnt hatten. Sie sah auf die Uhr. Verdammt, mit jeder Minute steigerte sich das Strafmaß fürs Zuspätkommen. Auf jeden Fall musste sie ihrem Vater wieder einen Eintrag ins Elternheft erklären. Zwanzig Minuten Verspätung, unentschuldigt.

Alice rührte sich nicht. Sie versuchte, sich auf Geräusche zu konzentrieren, die anders als das Getrommel auf dem Blechdach waren. Sie ging tiefer in die Scheune. Früher standen hier Kühe. Durch ein Oberlicht fiel mattes Licht. Über eine Steintreppe gelangte sie in einen anderen Stall. Es war gleich wärmer. Beißender Geruch kam ihr entgegen. Hühner, überall waren Hühner. Sie flatterten unter den Infrarotwärmelampen. So sahen die glücklichen Hühner also aus. Sie machte kehrt und stand auf der Treppe, der zum leeren Kuhstall führte, als wieder ein Schrei zu hören war. Er kam von draußen. Alice rannte zum Ausgang, stolperte beinahe, als sich ihr Bein in einer Kette verhedderte, dann stand sie wieder im Regen. Diesmal war der Schrei näher, er hielt an, dann verstummte er jäh. Sie rannte am Schild der glücklichen Hühner vorbei und hatte den Hof fast hinter sich, als sie einen Verschlag bemerkte. Er diente als Unterstand für einen Traktor. Der Traktor stand jedoch hinter dem Verschlag und rostete dort vor sich hin. Alice erkannte zuerst nur eine Gestalt, die einen Arm nach oben hob, dann sah sie die Axt. Alice hatte nur diese Bewegung registriert. Die Axt, die über dem dunklen Hut schwebte, und die Gestalt, die etwas mit aller Kraft nach unten drückte. Der Hals des Huhnes befand sich in einer Schlinge. Seine Füße steckten in der massigen Faust der Gestalt. Ruhige Augen blickten auf das zappelnde Tier.

Wenn Hühner lächeln könnten, würde es so aussehen, dachte Alice.

Im selben Augenblick, als Alice Malavers Gesicht erkannte, wusste sie auch, wer die Schreie ausgestoßen hatte. Am Boden befanden sich ungefähr zehn oder fünfzehn Kadaver kopfloser Hühner. Die ausgebluteten Köpfe lagen draußen im Regen. Ein kopfloses Huhn stand noch aufrecht vor dem Holzpflock, so als könnte es nicht fassen, was geschehen war. Blut spritzte aus dem offenen Hals. Das Huhn hüpfte auf einem Bein in den Regen und blieb in einer Pfütze liegen. Blut mischte sich in das braune Regenwasser. Malaver trat kurz vor den Verschlag, griff nach dem toten Körper und warf ihn zu den anderen. Er hatte Alice gar nicht wahrgenommen, so als wäre sie nur ein Teil des Regens. Dann griff Malaver zu dem letzten Huhn. Es war im Gegenteil zu den anderen Hühnern schwarz. Als der Bauer nach ihm griff, schrie es, es schrie, wie auch die anderen vor ihm geschrien hatten. Alice wusste nicht mehr, ob sie selbst etwas gerufen oder ob sie nur einen Schritt zur Seite gemacht hatte, doch etwas lenkte Malaver ab. Das schwarze Huhn konnte seinen Kopf aus der Schlinge ziehen und entkam der eisernen Faust. Die Axt schlug in den blutigen Hackstock. Einige Federn flogen in dem Verschlag umher.

Alice hörte Malaver fluchen, als das Huhn in den Regen entwischte. Das Huhn flatterte kreuz und quer über den Weg. Der Bauer war viel zu langsam, um dem Huhn zu folgen. Er schleuderte die Axt dem flatternden Huhn hinterher und verfehlte es nur knapp. Sie blieb in dem Sperrholzschild stecken … *Wenn Hühner lächeln könnten.* Alice sah, wie das Huhn panisch über das Feld in einen kleinen Wald floh. Es hatte sein Leben um einige Stunden verlängert.

Der Bauer verschwand mit dem Rest der toten Hühner in seinem Haus. Die Köpfe der anderen Hühner trieben in den Pfützen vor dem Verschlag. Alice wandte sich um und sah in die wässrigen Augen des Bernhardiners. Regungslos stand er im Regen und fletschte die Zähne.

8.

Ihre Hose war bis zu den Knien mit Schlamm bedeckt, als sie am Haupteingang ihrer Schule stand. Der Lichthof und die Gänge waren leer. Sie zog ihre Kapuze aus. Die Anspannung wich allmählich aus ihren Knochen. Auf der Stirnseite des Lichthofs schaute ein hölzerner Jesus an seinem Kreuz auf sie herab. Alice fragte sich, warum ihr niemals Jesus erschien, obwohl sie die Bibel gelesen hatte. Doch es war ja auch möglich, dass sie ihn gar nicht erkannte, wenn er vor ihr stand. Schließlich kannte sie ihn ja nur als Holzfigur mit diesem mitleidigen und manchmal auch gleichgültigen Ausdruck in den Augen. Der Jesus im Lichthof der Schule hatte blutige Wunden. Alice musste an die offene Halswunde des Mannes denken und an die kopflosen Hühner. Sie hing ihre Jacke an einen Haken. Dann hörte sie wieder das Geräusch, als die Axt in den Hackstock fuhr. Zooooog und danach die Stille. Sie blickte sich um, doch nur der mit trübem Licht gefüllte überdachte Pausenhof starrte zurück.

Einen Augenblick glaubte sie, die Augen Malavers zu sehen, in ihnen starb alles Lebendige. Sie hatte Glück gehabt, dass Malavers Bernhardiner zu träge war, um sie anzufallen. Nur nicht den Rücken zudrehen, hatte sie gedacht, nur nicht umdrehen und weglaufen. Da reagiert der Wolf im Hund, und er fällt dich an. Ihr Großvater sagte, dass in allen Hunden ein Wolf stecke. Es gebe eigentlich nur einen Hund, den Wolf. Alle Hunderassen seien mehr oder weniger verschrobene Züchtungen. Genauso sei es mit den Menschen. Es gebe eigentlich nur eine Sorte Mensch, all die unterschiedlichen Charaktere seien Züchtungen. Der Mensch sei so verformt wie all die Hunderassen. Ursprünglich sei der Mensch aber ein Wesen, das noch schlimmer sei als der Wolf.

Sie ging bis zu ihrer Klassentür. *6 A Klassenlehrer T. Rex.* Sie klopfte und öffnete die Tür. Theosophus Rexner drehte sich wie in Zeitlupe zur Tür um und warf einen Blick auf die Uhr über der Tafel.

»Ach«, gab er mit gespieltem Erstaunen von sich, »haben wir uns entschlossen, mal eine halbe Stunde später zu kommen?«

»Entschuldigen Sie bitte die Verspätung, der Bus …«

T-Rex schlug auf den Tisch. »Schau mal in die Reihen, siehst du hier noch mehr wie dich? Warum ist nur dein Bus zu spät gekommen und nicht der Bus der anderen?«

Alice war klar, dass die beiden Mädchen, die im Bus mit ihr gesessen hatten, dem Lehrer brühwarm erzählt hatten, dass sie eine Station früher ausgestiegen war. T-Rex genoss seinen Sieg in vollen Zügen, und die beiden Mädchen lehnten sich auf ihren Stühlen zurück und genossen auf ihre Weise die Show. Eine Ausrede, die unüberlegt war, könnte ihr gleich einen Haufen Ärger einbringen. Angriff war die beste Verteidigung. Je kleinlauter sie wurde, desto mehr stand sie mit dem Rücken zur Wand. T-Rex schob seine eckige Brille zurück auf Augenhöhe.

»Kann mir jemand hier vielleicht das übernatürliche Phänomen erklären«, sagte der Lehrer und blickte in die Klasse, »wie ein und derselbe Bus pünktlich ankommen und gleichzeitig zu spät sein konnte? Unsere neue Mitschülerin versucht uns nämlich gerade, dies weiszumachen.«

»Kann ich was sagen, oder wollen Sie mich nur fertigmachen?«

»Werd bloß nicht frech«, sagte Theosophus Rexner, »sonst kannst du gleich die ganze Stunde nachsitzen. Eine halbe Stunde zu spät und dann noch völlig verdreckt in die Schule kommen.«

Gekicher in der ersten Reihe. Die beiden Mädchen aus dem Bus amüsierten sich, wie Alice vor der Klasse stand. Alle Augen waren auf sie gerichtet, wie in einer Arena, wo die Menge darauf wartete, dass die Löwengitter aufgingen. Klar hatten die beiden Mädchen im Bus sie verpetzt. Alice kannte ihre Klassenkameraden seit einer Woche, und seit einer Woche hatte sie sich nur anhören müssen, dass sie die Tochter eines Dorfpolizisten war. Von der Beförderung ihres Vaters wusste hier natürlich auch keiner, niemand wusste von den 17,89 Euro, die ihr Vater mehr Rente bekommen würde. Außerdem hatte sie überhaupt keine Lust, ihren Vater zu verteidigen. Dennoch konnte sie es auch nicht durchgehen lassen, dass diese Schnösel aus Bad Kaltenloch, deren Eltern alle irgendwie mit der Klinik zu tun hatten, sich über ihren Vater lustig machten. Nach einer Woche hatte noch keiner aus ihrer Klasse mit ihr in der Pause gesprochen. Außer Lisa, die neben ihr saß. Sie sprach sonst mit keinem und war merkwürdig verschlossen. Das gefiel Alice. Wer nicht viel redete, las normalerweise gerne, und wer gerne las und schwieg, der hatte Geheimnisse, und Alice liebte Geheimnisse. Lisa hatte gleich in ihrer ersten gemeinsamen Stunde eine Strichzeichnung von T-Rex gemacht, die so exakt war, dass sie fast wie ein Schwarzweißfoto aussah. Alice war verblüfft über so viel Talent. Ihr entging auch nicht, dass sie T-Rex einen weit unterdimensionierten Kopf gab, der einem Luftballon glich, aus dem man die Luft gelassen hatte. Lisa hatte ihr die Zeichnung hingeschoben und geflüstert: »Psssssss … Hast du gewusst, dass der T-Rex vor achtundsechzig Millionen Jahren in der Kreidezeit lebte und dass sein Gehirn nicht größer war als eine Walnuss?«

T-Rex, hatte Alice auf den Rand der Zeichnung geschrieben, *der König der Kleinhirnwesen.*

Lisa hatte gelächelt, und Alice hatte gewusst, dass sie in Lisa eine Verbündete hatte. Gerade schon deshalb, weil sie sonst in keiner Clique war und sich niemandem anbiederte. Lisa, entschied Alice, war die Einzige, die es wert war, dass sie sich ihren Namen merkte. Den Rest der Klasse teilte sie in Gruppen ein. Da waren die beiden Mädchen in der ersten Reihe. Sie gehörten zur Gruppe der ansteckenden Krankheiten. Unangenehm, ansteckend, aber letztlich harmlos. Masern und Windpocken. Das passte zu den beiden. Doch die Clique, zu der sie gehörten, bestand aus zwei älteren Mädchen und drei Jungs. Grippe, Keuchhusten. Und dann gab es noch eine Gruppe aus Tuberkulose, Pest und Wundbrand. Die Pest war ein Mädchen, das schon älter wirkte. Sie sah aus, als wäre sie schon mindestens zweimal sitzengeblieben. Sie war ganz schwarz gekleidet, hatte einen Nasenring und war auch die Erste, mit der Alice Bekanntschaft gemacht hatte. Sie hatte Alice zu spüren gegeben, dass der Pausenhof zu klein war, wenn es jemanden gab, der jeden Zentimeter als sein Territorium beanspruchte. Pest war mit Tuberkulose befreundet, ein schmächtiger Junge, ebenfalls schwarz gekleidet, der Pest sogar einmal seine Zunge in den Mund gesteckt hatte. Alice hatte das gar nicht sehen wollen, es war einfach zu widerlich. Warum schleckten sich die Menschen gegenseitig die Mundhöhle aus? Pest und Tuberkulose hatten sich demonstrativ vor den Eingang zur Schule gestellt, so dass Alice ihr Geschlecke mitansehen musste. »Kann ich mal durch?«, hatte Alice gefragt. Pest hielt kurz inne, grinste Tuberkulose an und schlug Alice dann mit der flachen Hand auf die Stirn. »Wenn Erwachsene solche Dinge tun, dann haben Kinder die Fresse zu halten, verstanden!« Alice hatte Anlauf genommen und nach dem ersten schweren Gegenstand in ihrer Tasche gegriffen. Pest hatte über den verzweifelten Angriff von Alice, die ihr körperlich unterlegen war, hämisch gegrinst.

Sei auf das Schlimmste vorbereitet. Handle schnell und unkompliziert.

Alice hatte nicht die Möglichkeit gehabt, die Philosophie des Chinesen Sunzi anzuwenden. An der Treppe hatte T-Rex gestanden. »Was hast du in der Hand?«

Alice hatte ihre Hand geöffnet und ihr Handy gezeigt. Pest und Tuberkulose waren an T-Rex vorbei die Treppe hochgegangen.

»Das sah mir gerade nicht danach aus, als ob du damit telefonieren wolltest.«

Die Kunst des Krieges des alten chinesischen Philosophen und Kriegsherrn hatte für jede brenzlige Lage eine Lösung.

Sei innovativ. Sei kooperativ und lass dir nicht in die Karten schauen.

»Ich wollte es gerade ausschalten, weil die Pause ja zu Ende ist.«

Es war gelogen gewesen, aber es war eine Lüge, die man ihr nicht nachweisen konnte. So hatte ihr erster Tag vor einer Woche begonnen.

Nun stand sie wieder vor Theosophus Rexner und musste sich rechtfertigen.

»Also wie kommt es«, fragte er, »dass du erst jetzt auftauchst? Es gibt einen Bus, der jede Stunde zwischen Hindelang und Kaltenloch verkehrt. Hättest du ihn ganz versäumt, dann wärst du jetzt gar nicht da, oder? Stattdessen stehst du aber triefend in meinem Klassenzimmer und stiehlst meine Zeit. Simsalabim ... ein und derselbe Bus, und unsere Alice war im Bus und war es doch nicht, oder? Zwei Dinge an zwei verschiedenen Orten zur gleichen Zeit. Wie kann man das erklären?«

»Quantenphysik«, sagte Alice.

»Physik«, wiederholte T-Rex, so als hätte er nicht richtig gehört.

»Nein, Quantenphysik«, verbesserte ihn Alice. »In der Quantenphysik gibt es mehr Realitäten.«

»Ach, mehr Realitäten?«

Gelächter in der Klasse. Besonders die ansteckenden Krankheiten gackerten.

»Ohne die Annahme mehrerer Realitäten ließen sich einige Phänomene wie im Doppelspaltexperiment nicht erklären.«

»Du bist also ein Teilchen, das hier mit verdreckten Schuhen vor mir steht und doch nicht vor mir steht, richtig?«

»Nein, das habe ich nicht gesagt. Sie wollten doch eine Erklärung dafür, wie zwei Dinge an zwei verschiedenen Orten zur gleichen Zeit sein können. Die haben Sie bekommen.«

»Schön, dann macht es dir auch nichts aus, wenn du heute eine Stunde nachsitzt, weil du ja dann gleichzeitig da und nicht da sein kannst.«

Die Tür ging auf. Arthur Lebof schüttelte seine langen Haare, die triefnass waren. Lebof gehörte nicht zur Gruppe der tödlichen Krankheiten, Pest, Tuberkulose. Für ihn hatte Alice noch keine Krankheit. Es musste irgendetwas Heimtückisches sein, was sich hinter einer schönen Fassade verbarg. Lebof war der Sohn des Klinikchefs und der

Schönling der Klasse, wenn nicht sogar der ganzen Schule. Er glich den griechischen Statuen, die Alice in dem Louvre-Katalog ihrer Mutter gesehen hatte. Er war athletisch und hatte zarte Finger. Er sah so anders aus als die Jungs aus Hintereck. Es war so, als hätte die Natur für die Bewohner des Hinterecker Tals nur vorgesehen, dass sie ihr Leben lang Holz hackten. Von Lebof jedoch wusste Alice, dass er Piano spielte und sogar schon in Sonthofen aufgetreten war.

»Die Straße war überflutet«, sagte er kurz und setzte sich in die letzte Bank, wo Pest und Tuberkulose waren. »Der SUV meines Vaters kam nicht durch.«

T-Rex nickte nur.

»Kann ich mich jetzt hinsetzen?«, fragte Alice. »Scheint mir, dass es doch mehrere Zeitebenen und Zeitwahrnehmungen gibt, auch außerhalb der Quantentheorie.«

Sie wartete seine Antwort nicht ab und setzte sich auf ihren Platz. Lisas Stuhl neben ihr war leer. T-Rex sah sie scharf an, was wohl so viel heißen sollte wie: Wir sprechen uns noch später. Niemand hatte Alices Antwort bemerkt. Als Lebof das Klassenzimmer betreten hatte, hatten alle zur Tür gestarrt. Vor allem alle weiblichen Krankheiten.

T-Rex ging zur Zusammenfassung des letzten Unterrichts über, so als hätte er nur auf Lebofs Ankunft gewartet. In Wirklichkeit traute er sich nicht, etwas zu sagen. *Der SUV meines Vaters kam nicht durch den Regen.* Allein die Erwähnung des Chefarztes der Klinik ließ T-Rex verstummen. Lebofs Vater war ein Duzfreund des Schuldirektors, des Bürgermeisters und des Gemeinderates. Lebofs Vater finanzierte jährlich das Schulfest und die Exkursionen, er war das Portefeuille des Bürgermeisters und des Gemeinderates, aber ein Portefeuille, das nichts umsonst gab.

Die Klasse war vollständig, bis auf Lisa. Sie wohnte direkt in Kaltenloch. Mehr wusste Alice auch nicht über sie. Lisa redete nicht viel, und daher hatte sie bisher nicht viel über sie in Erfahrung bringen können.

Plötzlich ging die Tür zu ihrem Klassenzimmer auf. Draußen donnerte es, und der Regen schlug an die Scheibe. Frau Doktor Fartinger trat in das Klassenzimmer. Sie sah aus wie Charles Darwin in hohem Alter, nur ohne Bart. Ein mit Fleisch gefüllter beigefarbener Anzug. Sie winkte Theosophus Rexner zu sich. Aus dem Geflüster konnte Alice den Namen Lisa heraushören. Die tiefe Stimme der Direktorin ließ sich kaum dämpfen. T-Rex stand mit ihr vor der Tür, hatte sie aber nicht geschlossen. Für den Rest der Klasse war dies nur eine willkommene Unterbrechung. Bruchstücke des Gesprächs kamen durch den Türspalt wie Treibgut, das nach einem Schiffsunglück an Strand gespült wurde.

… natürlich Lisa … Mein Gott!

… ganz sicher?

… es besteht kein Zweifel …

… ja tot.

… grauenvoll.

Als Theosophus Rexner wieder vor die Klasse trat, war sein Gesicht weiß wie die Wand hinter ihm. Seine Lippen zitterten, er konnte kaum sprechen, geschweige denn um Ruhe bitten. Nur die beiden ansteckenden Krankheiten in der ersten Reihe begriffen, dass etwas nicht stimmte, und legten ihre Handys aus der Hand. Dann griff etwas nach der ganzen Klasse. Das Gekicher verebbte. Es war totenstill.

»Lisa kommt heute nicht mehr … nicht mehr … in den Unterricht«, sagte ihr Klassenlehrer. »Es ist etwas Schreckliches geschehen.«

9.

Es donnerte. Wie eine Lawine grub sich das Echo durch die Gänge des alten Schulgebäudes. Fenster zitterten, und von draußen peitschte der Wind den Regen gegen die Fenster. Alice stellte sich ans Fenster der Aula, in der sie sich in der Pause bei schlechtem Wetter aufzuhalten hatten. Sie beobachtete die Pfützen in der Wiese, die sich in kleine Seen verwandelt hatten. Dort, wo die Jungs Fußball spielten und im Sport manchmal gelaufen wurde, glich der Boden dem Kaltenlocher Moor. Sie wollte gerade zu einem der Tische vor einer Sitzgruppe gehen, als sie sah, wie etwas quer über den Schulhof schoss. Erst dachte sie, es sei ein Müllsack, den der Wind mitgerissen hatte, doch als es näher kam, erkannte sie das schwarze Huhn, das sich vor Malavers Beil gerettet hatte. Es flatterte und drückte sich vom Boden ab, wo es der Wind erfasste und wie einen Federball wegschleuderte. Es steuerte geschickt mit seinen Flügelstummeln seine Flugrichtung und setzte in einem Mauervorsprung auf. Dort blieb es sitzen und blickte wie Alice in den Regen und auf die Wolken, die wie grauer Bausand das ganze Tal zuzuschütten schienen.

Theosophus Rexner hatte den Unterricht unterbrochen. Dreißig Minuten Pausenverlängerung. Für den Großteil der Krankheiten in ihrer Klasse eine willkommene Angelegenheit. Dennoch war die Stimmung gekippt. Keiner schien etwas zu wissen, und T-Rex hatte nur mit dem Kopf geschüttelt. Alice wusste lediglich, dass es mit Lisa zu tun hatte. Sie musste an den Leichenwagen vor dem Haus denken, an die Einsatzwagen der Polizei und die weinende Frau. Hatten sie etwas mit Lisa zu tun? Sie kannte Lisas Eltern nicht. Das Einzige, was Lisa letzte Woche erzählt hatte, war, dass ihr Vater als Oberarzt in der Klinik arbeitete.

Pest, Tuberkulose und die Gruppe der ansteckenden Kinderkrankheiten standen um einen Ficus Benjamini, der keine Blätter mehr hatte. Sie alberten herum und spielten mit ihren Handys. Niemand schien die Abwesenheit Lisas ernsthaft zu interessieren. Die Pausenverlängerung war wichtiger. Nur einer war nicht sofort aufgestanden und in die Aula nach unten gegangen, als Rexner den Unterricht beendet hatte. Arthur Lebof. Kurz bevor Alice in die Aula ging, hatte sie ihn gesehen, wie er regungslos aufrecht auf seinem Stuhl saß und sein Handy hervorholte. Was ging nur in seinem Kopf vor?

Warum war er alleine im Klassenzimmer sitzen geblieben, seinen Kopf in beide Hände gestützt? Alice hatte kein gutes Gefühl. Lebof musste mehr wissen, dachte sie. Oder täuschte sie sich, und Arthur Lebof war nur gerade dabei, zu organisieren, mit welchem Mädchen er zum Maifest gehen würde? Doch Lebof, der keiner ihr bekannten Krankheit glich und immer zu einem Scherz aufgelegt war und all seine Hirntätigkeit darauf verwendete, möglichst cool zu wirken, hatte ein Gesicht, aus dem man jedes Lächeln mit der Fliegenklatsche geschlagen hatte.

Der Frühling begann mit einer Moorleiche. Ein Toter kehrte zurück zu den Lebenden. Jahrtausende hatte er in der schwarzen Tiefe gelegen. Kriege tobten über ihn hinweg. In die finsteren Täler kamen mehr Menschen. Sie kamen nicht mehr zu Fuß oder auf Pferden, sondern hatten jetzt Autos und Mountainbikes. Sie liefen durch das Moor auf Holzplanken. Jetzt hatte der Boden den Toten ausgespuckt.

Das Kaltenlocher Moor lag in einer Senke, umgeben von Bergen. Es war eigentlich ein Wunder, dass es noch nicht trocken gelegt worden war wie die meisten Moore. Doch irgendwie hatte keiner ein Interesse am Kaltenlocher Moor. Der kalte Nebel und die tiefhängenden Wolken hatten das Moor bewahrt.

Die Klinik war in den Berghang gebaut worden, und bis auf einige Berghütten hatte sich niemand in das Ende des Tals gewagt. Zu gefährlich. Über die steilen Hänge der Kaltenloch-Wand, die senkrecht in den Tobel abfiel, gingen im Winter riesige Schneelawinen ab, und im Sommer, wenn es regnete, fielen manchmal ganze Felsblöcke aus der Wand. Der letzte Felsen hatte die Größe eines zweistöckigen Hauses gehabt. Er rumpelte eines Nachts aus der Dunkelheit in die Tiefe und versank bis zur Hälfte im Moor. Niemand hätte dem Felsen große Bedeutung beigemessen, wenn er nicht auf seinem Weg nach unten eine Schneise in den Birkenwald geschlagen hätte. Es hatte ausgesehen, als wäre ein Riese durch den Wald getaumelt. Er war über einen Wanderweg gerollt, hatte eine Fußgängerbrücke wie ein Origami-Kunstwerk zerdrückt und von der Jagdhütte des Bürgermeisters Rudolf Hackner nur noch einen Holzstuhl übrig gelassen.

Die Frage, warum die Moorleiche gerade jetzt aufgetaucht war und warum nicht tausend Jahre später, war eine Täuschung des Gehirns. Wittgenstein hatte ihr in einer gut gelaunten Stunde erklärt, dass menschliche Zivilisationen und Kulturen auf solchen Denkfehlern beruhten. Wenn ein Dachziegel vom Dach fällt und jemand erschlägt, dann denkt der Mensch gleich an Fügung und dass der Tote es auch irgendwie verdient hat. Alice verfiel deshalb auch nicht der verführerischen Idee, dass die Moorleiche ein Zeichen war. Nein, sie war einfach da. Und Wittgenstein hatte vollkommen recht, wenn er sagte, dass für jeden und egal in welcher Zeit das Auftauchen eines Ereignisses ein Zeichen sein konnte. Gerade deshalb hatte es keine Bedeutung. Dennoch hatte Alice ein mulmiges Gefühl. Erst die Moorleiche, dann der blutige Körper auf der Trage, der Leichenwagen vor dem Haus, Lisas Fehlen in der Schule. Sie wusste, dass etwas Schreckliches sie berührt hatte. Plötzlich fröstelte sie.

Die reguläre Pausenklingel ertönte. Kurze Zeit später strömten mehr Kinder in die Aula. Alice hielt nach Lisa Ausschau, so als hoffte sie, das zarte Mädchen doch noch irgendwie in einer Ecke sitzen zu sehen. Dann spürte sie eine Hand auf ihrer Schulter.

»Unsere Quantenphysikerin.«

Pest zupfte an ihrem Nasenpiercing und zuzelte an ihrer Cola. Sie war gut einen Kopf größer als Alice. Pest hatte mindestens eine Ehrenrunde, wenn nicht sogar zwei gedreht. Neben ihr wie ein Schatten Tuberkulose, ihr Freund, ebenso gepierct und ebenso schwarz angezogen.

»Erst seit einer Woche in unserer Klasse und schon zwei Drittel der Lehrer gegen sich. Das muss man erst einmal schaffen. Du könntest dir mal einen neuen Look gönnen, siehst ja aus wie ein Bauerntrampel.«

»Sieht nicht nur so aus«, gackerte Tuberkulose. »Los, Bets, wir rauchen noch eine auf dem Klo, bevor die Pause zu Ende ist.«

»Jetzt warte doch mal«, sagte Betty Wanninger und zupfte an ihrem Nasenpiercing, »ich unterhalte mich gerade mit unserem Einstein. Ich bin sicher, sie weiß was … oder? Ist es nicht so? Du weißt, warum deine kleine Freundin heute nicht zur Schule gekommen ist?«

Alice wischte sich die Hand von der Schulter und überlegte, ob sie sich auf ein Gespräch einlassen sollte. Tuberkulose warf einen Blick in die Aula und flüsterte seiner Freundin zu, dass gerade kein Lehrer zu sehen war. Oh, jetzt können wir dir richtig weh tun, verstehst du das? Niemand ist da, der deinen Arsch rettet. Niemand wird etwas gesehen haben. Jeder ist mit seinem Pausenbrot und seiner Trinkschokolade beschäftigt, jeder glotzt auf sein Handy, und die Lehrer sind froh, wenn sie nichts sehen.

»Was ist?«, fragte Pest. »Hast du Angst vor mir?«

Alice entging nicht, dass Pest näher gekommen war. Hinter ihr war die Glasscheibe der Aula, der verrauchte Geruch von Pests Klamotten hüllte sie ein. Alice versuchte, sich an ihr vorbeizuschieben. Pest blockierte ihr den Weg mit dem Arm.

»Hier geblieben, Einstein. Du kannst gehen, wenn ich dir sage, dass du gehen kannst.«

»Lass uns eine Kippe rauchen, bevor die Pause zu Ende ist«, drängte Tuberkulose.

»Nerv nicht, ich muss unserem Einstein erst einmal Benehmen beibringen.«

Alice hatte ein wenig mehr Raum zwischen der Glaswand hinter ihr. Das müsste reichen, dachte sie, einen Schritt zurück und dann mit Anlauf gegen ihren Arm werfen. Sie wartete auf den richtigen Moment.

»Willst du abhauen? Ich habe dir eine einfache Frage gestellt. Da ist es unhöflich, so mir nichts dir nichts die Kurve zu kratzen.«

Sobald jemand mehr Kraft hat und größer ist, kann er seine Fragen wie Hindernisse in den Weg stellen, und jeder muss daran vorbei, ob er will oder nicht. Und wenn sie aber einfach keine Lust hat, sich auch nur die Frage anzuhören?

»Geh mir aus dem Weg«, sagte Alice und sah zu Pest auf.

Pest nestelte wieder nervös an ihren Piercings herum.

»Da sind Polizisten, Bets«, sagte Tuberkulose aufgeregt, »und noch so ein Typ. Sie gehen ins Lehrerzimmer.«

Pest drehte sich um und ließ von Alice ab. Alice ging an ihr vorbei, so als wären sie nur Passanten auf der Straße. Auch Alice hatte die zwei Beamten in Uniform und den Mann mit grauen schulterlangen Haaren gesehen. Sie verschwanden im Lehrerzimmer. Sie schaute kurz über ihre Schulter, wo Pest und ihr ebenfalls nach Rauch stinkender Kumpel abgeblieben waren, als sie einen Schlag auf ihrem Hinterkopf spürte. Pest hatte ihr von hinten einen Schlag verpasst und deutete mit dem Finger auf sie. Wir sprechen uns noch, sollte das heißen. Aufgehoben ist nicht aufgeschoben.

Manche Krankheiten kann man nicht aussitzen, dachte Alice, man muss sie bekämpfen.

Die Aula hatte sich geleert. Alice blieb, bis der Hausmeister seinen Besen abstellte und ihr zu verstehen gab, dass sie gefälligst in ihr Klassenzimmer gehen solle. Dann widmete sich der Hausmeister wieder der Pfütze, die sich vor dem Eingang gebildet hatte. Das Wasser tropfte von der holzverkleideten Decke. Vor dem Klassenzimmer wartete T-Rex. Alice ging wortlos an ihm vorbei ins Klassenzimmer. Die meisten Krankheiten bis auf Pest und Tuberkulose saßen schon auf ihren Plätzen. Alice setzte sich so hin, dass sie Pest sehen konnte. T-Rex betrat noch nicht das Klassenzimmer, obwohl die Klingel schon längst wieder die nächste Stunde angekündigt hatte. In diesem Augenblick vibrierte ihr Handy. Alice holte es vorsichtig heraus. Auf dem Display stand in Großbuchstaben Tom. SMS. Sie tippte auf die Nachricht.

ALLES GUTE ZUM GEBURTSTAG, ALICE.
BIN HEUTE ABEND IN HINTERECK.

Alice konnte Handys nicht ausstehen, noch weniger das Schreiben von Kurznachrichten auf einem Handy und am wenigsten, wenn man ihr zum Geburtstag gratulierte. Ihr Großvater hatte recht, es gab Besseres, um die Zeit totzuschlagen. Für diese idiotischen Kurznachrichten brauchte man ewig, um sie mit einem Finger zu tippen. Inzwischen konnte man Nachrichten von überall und jederzeit versenden. Technisch war fast alles möglich, nur hatten die Menschen sich nicht viel mehr zu sagen als vor den tragbaren Telefonen und Computern, was dazu geführt hatte, dass die Anzahl sinnleerer Unterhaltungen und Sätze unglaublich angewachsen war. Für ein Telefongespräch war es zu spät. T-Rex konnte jederzeit das Klassenzimmer betreten. Ihre Finger suchten daher verzweifelt die Buchstaben. Dreimal für E, zweimal für B ... Löschtaste, Löschtaste ... Dreimal, zweimal, ein »L«, richtig, ein »E«, ein »C« ...

LECK MICH AM ARSCH MIT MEINEM GEBURTSTAG ... IST AUSSERDEM ERST MORGEN.

HIER: ZWEI TOTE AN EINEM TAG.

Toms Name stand automatisch auf dem Empfänger. Sie drückte auf Senden.

Sie steckte das Handy in ihre Tasche, als T-Rex den Raum betrat und sich vor die Klasse stellte.

»Etwas ist geschehen ...« Er verlor kurz den Faden oder stellte sich an wie jemand, der bei jedem Wort aufpassen musste, kein Geheimnis zu verraten.

»Draußen warten zwei Beamte von der Polizei und ein Psychologe. Sie möchten einigen von euch ein paar Fragen stellen.«

»Nicht ohne meinen Anwalt«, blaffte Tuberkulose hervor.

Allgemeines Gelächter.

»Das ist nicht witzig, Rudi, und jetzt setz dich anständig hin und nimm den Kopfhörer aus deinem Ohr.«

»Das ist meine Verbindung zur Zentrale, Herr Rexner, ich muss immer erreichbar sein.«

»Nicht im Unterricht, also raus damit.«

Normalerweise hätte Rudi Zepke noch länger blödsinnig diskutiert und erzählt, dass er Geheimagent und sein Schülerdasein nur Tarnung sei, doch auch er begriff, dass etwas nicht stimmte.

Rosi, eines der beiden Mädchen aus dem Bus, für die Alice nur den Namen Durchfall hatte, hob ihre Hand. »Was ist denn passiert?«

T-Rex hob beschwichtigend seine Hände, ohne Erfolg.

»Nichts, was euch beunruhigen sollte. Alles ist in Ordnung … es gab nur einen Unfall, und dazu hat die Polizei ein paar Fragen an einige von euch.«

»Hühnerkacke, Hühnerkacke«, rief Pest dazwischen, »wegen einem Unfall kommen doch nicht die Bullen zu uns in die Schule. Wer's glaubt, wird selig … wer's nicht glaubt, kommt auch in den Himmel.«

»Betty, wenn du keinen Verweis willst, dann hältst du jetzt lieber die Klappe«, sagte Rexner. Er gab sich Mühe, nicht zu schreien.

»Ich habe schon so viele Verweise, ich kann mir damit … Aber es ist doch wahr, wozu kommt die Polizei in die Schule, wenn hier nicht jemand etwas ausgefressen hat?«

»Ja, wir wollen wissen, was passiert ist«, rief ein anderer aus der Gruppe der Geschlechtskrankheiten dazwischen.

Rexner holte Luft, sagte aber nichts. Ein Polizist in Uniform, ein anderer in Zivilkleidung und ein Mann, der aussah, als hätte er sein Leben zwischen Leitzordnern verbracht, traten vor die Klasse. Plötzlich verstummten alle. Alice hatte die Polizisten noch nie gesehen, was nicht hieß, dass sie nicht von der Dienststelle ihres Vaters kamen.

»Der Vater eurer Mitschülerin Lisa Bork ist heute Mittag auf tragische Weise ums Leben gekommen«, erklärte der Polizist. Er hatte die Figur eines Überraschungseis, auf das ein Gesicht gemalt worden war. Seine Stimme war ungewöhnlich hell.

»Was können wir schon dazu sagen?«, meinte Keuchhusten. »Wir wissen doch noch weniger …«

»Wir würden einigen von euch gerne ein paar Fragen stellen, natürlich ganz vertraulich. Doktor Horos …«

»Professor Doktor Horos«, verbesserte ihn der Leitzordner-Mann.

»Entschuldigen Sie«, fuhr der Polizist fort, »Professor Doktor Horos gibt acht, dass die Fragen euch nicht zu stark belasten. Ihr könnt ihn auch gerne alleine sprechen oder Fragen stellen. Er ist für euch da.«

Alice lehnte sich zurück. Keuchhusten war zwar sonst nicht hell im Kopf, aber mit einem hatte sie recht. Was konnten sie dazu sagen? Dahinter steckte mehr, und plötzlich war es Alice klar. Es handelte sich nicht um einen tragischen Unfall. Es war Mord. Die blutige Leiche, die sie auf dem Hinweg zur Schule gesehen hatte, war Lisas Vater.

10.

»Was ist, verdammt?«

»Happy Birthday!«

»Noch ein Wort, und ich lege auf.«

»Mein Gott, Alice«, sagte Tom, »ich will dir nur zum Geburtstag gratulieren.«

»Warum?«

Tom schwieg. Für einen Moment dachte Alice, die Verbindung sei unterbrochen, was nicht verwunderlich war. Kaltenloch war ein einziges Funkloch. Rudolf Hackner, der Bürgermeister, der seit über dreißig Jahren in Kaltenloch wie ein König im Trachtenjanker herrschte, setzte sich genauso für Tennisplätze ein wie für eine Funkantenne auf dem Kaltenberg, doch schon der erste Herbststurm hatte dem Bauvorhaben ein Ende bereitet, indem er den Metallmast umgeknickt und ihn ins unbewohnte Naturschutzgebiet nahe am Tobel geschleudert hatte. Wer mit seinem Handy telefonieren wollte, brauchte eine genaue Kenntnis von Orten in Kaltenloch, die einen Empfang ermöglichten. Tom hatte ihr eine Karte von Kaltenloch geschickt. Natürlich interaktiv. Rot stand für keinen Empfang. Blau für manchmal Empfang und Grün für Empfang gut. Auf Toms Karte war Kaltenloch ein blutrotes Loch inmitten der schmutzig grauen Berge. Nur vereinzelt gab es blaue und grüne Punkte. Ihre Schule war ein roter Fleck, vereinzelt existierten grüne Punkte, die sich jedoch stündlich änderten. Wo sie sich genau befanden, konnte auch Toms Programm nicht exakt voraussagen. Keine Chance zu telefonieren, absoluter Mist. Ihre Hoffnung waren die Ecken im Schulhaus, in denen für einige Minuten ihr Handy zum Leben erwachte.

Der Bürgermeister war wie die Gemeinderäte natürlich unbestechlich. Sie nahmen lediglich regelmäßig Geschenke an, Werbegeschenke und kleine Wohltaten. Doch am geschicktesten war der Schachzug Hackners, aus Kaltenloch eine strahlungsfreie Zone zu machen. Kein E-Smog, schrieb er auf die Touristentafel, gesund ohne Strahlen. Die Alpklinik und das ganze Kaltenlocher-Tal wurden so zur strahlenfreien Zone. Die psychosomatische Klinik unterhalb des kaum vierzehnhundert Meter hohen Darbenbergs wurde bevölkert von elektrosmogempfindlichen Menschen, ein Eldorado für Magnetismus-Anfällige und elektroallergische Esoteriker.

Alice wartete vor der Tür des Lehrerzimmers. Vor ihr war Pest zur Befragung geholt worden, während T-Rex an seinem Pult stehen geblieben war und etwas über die Römische Geschichte erzählte, so als wäre er selbst dabei gewesen. Woran erkennst du sofort einen Lehrer?, hatte sie ihren Großvater einmal gefragt.

»Die durchsuchen jeden Morgen die Tageszeitung auf Rechtschreibfehler, bevor sie wissen, was drinsteht.« Ihr Großvater konnte Lehrer nicht ausstehen, besonders nicht, wenn sie woanders herkamen und so taten, als verstünden sie kein Allgäuerisch. Alice kamen die Schimpftiraden ihres Großvaters gerade recht, vor allem wenn ihr

Vater dabei war. Der wollte nicht, dass er in ihrer Gegenwart über Lehrer oder andere Respektspersonen lospolterte. Überhaupt war das Wort »Respektsperson« das Wort, das ihr Vater am liebsten eingerahmt und im Wohnzimmer aufgehängt hätte. Lehrer, erklärte sie ihrem Großvater, haben deformierte Gehirne. Ihre ganze Weltanschauung ist verdorben. Denn für Lehrer muss es immer eine Ideallösung geben. Es gibt nichts, für das es keine Lösung gibt, so als hätte der allmächtige Gott selbst Fragebögen ausgeteilt und dann in die Klasse gerufen: In fünfundvierzig Minuten ist Abgabe. Wer spickt, abschreibt oder zum Nachbarn schaut ... Das Lehrergehirn kennt keine unvollkommene Welt. Ein Lehrer kennt immer die Ideallösung, und alles, was er vorfindet, kann und darf nicht dieser Ideallösung widersprechen. Er denkt nicht, sondern er findet Fehler, und am Ende schreibt er eine Note darunter.

T-Rex schrieb den Namen des römischen Herrschers Nero Claudius Caesar Augustus Germanicus an die Tafel, der von 54 bis 68 nach Christus Kaiser des Römischen Reiches war, und erklärte, warum Nero scheitern musste, was mit seinem frühen Tod im Alter von dreißig Jahren endete. T-Rex schrieb nicht nur die Wahrheit an die Tafel, sondern er sorgte auch dafür, dass sie in den Köpfen der Schüler zur Wahrheit wurde, so als hätte er selbst mit Nero gesprochen.

»Nero Claudius Caesar Augustus Germanicus war ein römischer Herrscher. Seine Verschwendungssucht und sein tyrannischer Herrschaftsstil waren für seinen Machtverlust verantwortlich.« T-Rex malte Pfeile über die ganze Tafel, die veranschaulichen sollten, wie Neros Denken und der moralische Verfall Roms zum Untergang seiner Herrschaft geführt hatten. Der irre Herrscher und der Beginn des Verfalls eines Imperiums, dies war Alice zu plump.

In ihrem FBI-Profiler-Buch hatte sie gelesen, dass man die wahren Beweggründe von Serienmörder nie erfahren würde. Jede Untersuchung und jede Expertise waren nur Annäherungen, von denen man nie wusste, ob sie nicht völlig danebenlagen. Es gab keine Wahrheit über sie. Wie also sollte man über den Kaiser Nero Bescheid wissen, wo man doch noch weniger über ihn wusste? Die Berichte über ihn, was er alles getan und welche Verbrechen ihm angehängt wurden, sagten nichts über ihn selbst.

»Nero war ein Künstler«, sagte Alice, als T-Rex sie fragte, wer denn Nero überhaupt war, »für ihn war das Römische Reich wie eine Statue oder ein Gemälde.«

»Künstler, die reihenweise Leute umbringen ... Unsere Alice schläft wie immer mit offenen Augen.«

Das Lehrergehirn kennt nur eine Lösung, der Rotstift ist flinker als jeder Gedanke. *Das hast du gut gemacht, kleine Alice ... Wieder mal geschlafen, Alice.*

Der Verbrecher muss ein niederes Wesen sein. Wohin kämen wir, wenn die Kunst selbst verbrecherisch wäre? Doch als Alice in der Bibliothek ihres Großvaters mehr über Nero gefunden hatte, desto mehr glich er den Serienmördern, die sie aus den Profiler-Studien der 80er und 90er Jahre kannte. Für Alice bestand kein Zweifel: Die größten Verbrecher waren keine dumpfen Gestalten im langen Mantel, die bei Sonnenuntergang um Kindergärten schlichen. Die größten Massenmörder waren hochintelligent und hatten eine Gabe zur Manipulation von Menschen. Stalin, Hitler, Nero und Ted Bundy waren Künstler des Todes. Mörder wie Ted Bundy waren noch harmlos im Vergleich zu Nero oder Stalin, in deren Werken Millionen von Menschen verschwanden. Alice hatte plötzlich ein flaues Gefühl im Magen. Warum wollte die Polizei mit den Schülern der 6 A sprechen? Was hatten sie mit Lisa zu tun?

Ein gleichmäßig dumpfes Geräusch füllte den Vorraum zum Lehrerzimmer. Der Regen schlug gegen die Oberlichter. Alice saß alleine auf einem der gepolsterten Stühle. *Zugang für Schüler strengstens verboten*, stand mit Druckbuchstaben an der Tür. Für Lisa war das Lehrerzimmer die Alien-Zone. In der Alien-Zone entschieden die Lehrer, wer in das nächste Jahr aufrückte und wer nicht, wer als Störenfried galt und wessen Eltern einen blauen Brief bekamen. Auf der anderen Seite der Tür war noch immer Pest. Durch die geschlossene Tür drang undeutliches Gemurmel, so als hätte jemand einen Wasserhahn laufen lassen. Dann ging die Tür auf, und Pest ging an ihr vorbei. Ein flüchtiger Blick streifte Alice. *Ich gebe mir Mühe, nicht loszuschreien,* stand in ihren Augen. Was hatten sie Pest gefragt? Sie sah aus, als hätte man ihren Kopf zwei Minuten unter Wasser gehalten, irgendwie luftarm.

Pest war bereits in der Aula, als die Tür zum Lehrerzimmer aufging und einer der Polizisten in Uniform vor ihr stand. Alice ging an ihm vorbei in die Alien-Zone. Der Polizist in Uniform schob einen Stuhl an einen leeren Tisch. Alice setzte sich, so als wäre dieser Stuhl nur für sie bestimmt gewesen. Er war noch warm.

»Setz dich, Alice«, sagte die Direktorin so trocken, dass man den Satz gleich in einen der Leitzordner hätte ablegen können. Dann drehte sie sich zu dem grauhaarigen hageren Herrn, den Alice schon vorher auf dem Gang gesehen hatte. *Professor, so viel muss sein.* Er schien kein Polizist zu sein. Die Schuldirektorin flüsterte ihm etwas zu, worauf der Grauhaarige nickte und dabei Alice nicht aus den Augen ließ. *Sie ist das Mädchen, von der ich Ihnen erzählt habe … sie hat …*

»Das ist Professor Doktor Horos«, setzte die Direktorin fort und wandte sich dann zu einem kleineren Herrn, der sich mit einer Akte beschäftigte, »und Herr Kommissar Abzenz. Er leitet die Untersuchungen in dem Fall …«

Der grauhaarige Professor unterbrach die Direktorin mit einer Handbewegung. Sie verschwand hinter ihrem Schreibtisch wie die untergehende Sonne, die über keine Macht mehr verfügte.

»Du bist also der Neuzugang in der 6 A«, sagte der Professor, »Älizzz … oder?«

»Mein Vater ruft mich Alise, seit ich denken kann. Mit A, nicht mit Ä, und man schreibt mich mit c, das man wie ein s ausspricht.«

»Deine Freundinnen nennen dich sicher Älizzzz.« Der Professor äffte gekünstelt die Sprache von Vierzehnjährigen nach, und zwar so, dass es lächerlich klang. Der Professor war offenbar von Berufs wegen arrogant.

»Alicseee ... so viel muss sein.«

Der Polizist in Zivil verkniff sich ein Grinsen.

»Du kommst nicht aus Kaltenloch.«

»War das eine Frage?«

»Eine Feststellung, denn in deiner Schulakte steht, dass du aus Hintereck stammst und dort auch aufgewachsen bist. Bringt dein Vater dich normalerweise zur Schule?«

»Was heißt normalerweise?«

»Könntest du bitte einfach nur auf die Fragen antworten«, rief die Direktorin dazwischen, »und nicht dauernd mit einer Gegenfrage. Das nervt ...«

Wieder hob der Grauhaarige die Hand, und die Direktorin schwieg augenblicklich.

»Mein Fehler«, sagte der Professor und rückte sich seine Brille zurecht, »ich hätte anders fragen sollen. Wir wissen, dass du heute mit dem Bus zur Schule gekommen bist. Von Hintereck nach Kaltenloch. Der Bus braucht lange, weil er durch den Kaltenloch-Tobel muss, und er hält ja unterwegs an jeder Haltestelle. Mit dem Auto ist es sicher schneller.«

»Manchmal nimmt mein Vater mich mit. Wenn es halt passt.«

»Dein Papa ist Polizist in Hindelang.«

»Sogar Leiter der Polizeidienststelle«, fügte die Direktorin hinzu.

»Die Tochter eines Polizisten also. Willst du später auch mal Polizistin werden?«

»Keine Ahnung, aber dies ist doch sicher nicht der Grund dieses Verhörs oder?«

»Na, na, wer spricht denn hier gleich von Verhör? Wir unterhalten uns nur ein bisschen und hoffen, von dir einiges zu erfahren.«

»Zum Beispiel, warum du heute Morgen eine Station früher aus dem Bus gestiegen bist?«

»Mir war nicht ganz wohl im Bus.«

»Dir ist schlecht geworden. Das verstehe ich. Ging mir früher auch immer so, sogar als ich noch Student war. Besonders im Winter, wenn der Bus voll und überhitzt war.«

Der Polizist spielte mit seinem Stift. Klackerdiklack, er drückte die Mine raus und rein. Dann sah er Alice scharf an.

»Wie kommt es, dass ich dich aber heute Morgen gesehen habe, wie du unter einem Absperrband durchgekrabbelt bist und dich hinter den Polizeiwagen versteckt hast?«

Alice blieb kurz die Luft weg. Wenn er nur blufft? Polizisten bluffen, um den Verdächtigen in die Enge zu treiben. Gib ihm eine plausible Erklärung.

»Der Regen war stark. Ich dachte, mein Vater könnte mich vielleicht weiter zur Schule fahren.«

Der Professor flüsterte dem Kommissar wieder etwas ins Ohr. *Ja, sie ist die Tochter des Polizisten, der den Tatort abgesperrt hat.*

»Wozu die ganze Befragung?«, fragte Alice. »Können Sie nicht endlich sagen, was geschehen ist?«

»Antworte einfach nur auf die Fragen«, warf die Direktorin wieder ein.

Das System Schule, dachte Alice. Lerne jahrelang irgendwelchen Unsinn und schreib dann das Richtige hin, wenn man dich fragt. Nur wenn man dich fragt, ansonsten stillsitzen und Klappe halten.

Alice spürte die Anspannung des Kommissars, Klackerdiklack. Auch die Direktorin kratzte nervös am Fensterrahmen. Nur der Professor wirkte ruhig. Etwas war geschehen, was sich die drei erwachsenen Männer nicht erklären konnten, was ihren Verstand überstieg und ihn von innen aushöhlte.

»Wir sind bald fertig, Alice«, sagte der Kommissar, »nur noch zwei Fragen.«

Alice nickte. Sinnlos nachzubohren. Hier würde sie nicht mehr erfahren. Nichts über das viele Blut, das sie gesehen hatte, nichts über Josef Bork, Lisas Vater, und nichts über Lisa.

»Seid ihr Freundinnen, Lisa und du?«, fragte der Kommissar.

»Ich bin erst neu in der Klasse. Ich kenne noch nicht viele.«

»Aber ich habe gehört, dass du dich mit Lisa öfters unterhalten hast.«

»Wir sitzen nebeneinander in der Schule.«

»Du redest nicht so gerne, oder?«

»Ich beantworte nicht gerne Fragen auf Kommando, das ist was anderes.«

»Deine Klassenkameradinnen haben mir gesagt, dass du fast ausschließlich mit Lisa in der Pause geredet hast.«

»Möglich.«

»Dann wart ihr also doch Freundinnen?«

»Wenn Sie mit einem Kollegen in demselben Auto fahren, sind Sie dann auch gleich Freunde?«

Der Polizist in Zivil lehnte sich wieder zurück. Alice wartete darauf, dass sie endlich gehen konnte. Sie mochte diese Art der Befragung nicht. Es war wie bei diesen Psychotests in den Zeitschriften beim Zahnarzt. Da kreuzt man seitenweise harmlose Fragen an, ob man nun lieber im Auto vorne sitzt oder hinten, ob man das Licht ausmacht, wenn man aus dem Zimmer geht, oder in welchen Fällen man lügen darf. Man kreuzt a, b, c oder d an. Je nach Antwort kommt man zur nächsten Frage oder überspringt andere. Am Ende erfährt man dann, dass man nur knapp drei Punkte von der emotionalen Intelligenz eines Soziopathen entfernt ist.

Professor Horos setzte sich auf die Tischkante.

»Ich weiß, du hast es nicht einfach gehabt in deinem Leben, Alice. Der Direktor hat mir schon erklärt, was dir passiert war. Du weißt, was es heißt, einen lieben Menschen zu verlieren. Daher bitten wir dich ja auch um deine Mithilfe.«

Alice wurde den Eindruck nicht los, dass die ganze Befragung der Klasse nur wegen ihr durchgeführt wurde, weil sie in der Schule neben Lisa saß und weil der Tote im Alusarg und das viele Blut etwas mit Lisa zu tun hatten. Weil etwas geschehen war, wovor sich auch die Direktorin fürchtete.

»Kann ich dann jetzt gehen?«

»Natürlich, gleich«, sagte der hagere Professor, der sich jetzt wie ein trockenes Schilfrohr vor ihr aufrichtete, das vom Wind niedergedrückt worden war. »Du hast also Lisa nicht außerhalb der Schule getroffen oder dich mit ihr verabredet?«

»Nein, ich bin erst seit einer Woche in der Kaltenlocher Schule.«

»Dein Lehrer, Herr Rexner, hält dich für ein aufgewecktes Kind.«

Das war die höfliche Umschreibung für nervig, besserwisserisch und schwer belehrbar. Lehrerjargon, dachte Alice.

»Deine Noten sind gut, du liest viel, nicht wahr?«

»Mein Großvater hat eine große Bibliothek.«

»Allen Menschen ist es eigen, sich selbst zu erkennen und verständig zu denken, hat ein griechischer Philosoph vor langer Zeit gesagt.«

»Heraklit.«

»Wie bitte?«

»Das Zitat schreibt man Heraklit zu.«

»Erstaunlich für ein elfjähriges Mädchen.«

»Ich bin zwölf.«

Der Professor lächelte zufrieden, dann schnippte er etwas zwischen seinen Fingern auf den Boden. Überhaupt fiel ihr jetzt auf, dass jeder der Erwachsenen im Raum seine Finger nicht stillhalten konnte, so als hätten die Finger ein Eigenleben, das sie wie Epileptiker nicht zu kontrollieren vermochten.

»Herr Rexner meinte schon, dass du ja vom Kaiser Nero begeistert warst. Für dich war er ein Künstler.«

»Das habe ich nicht gesagt.«

»So hat es mir Herr Rexner berichtet, was aber nichts Schlimmes ist. Du bist einfach ein aufgewecktes Kind.«

Schon wieder das Wort »aufgeweckt«. Aufgeweckte Kinder werden beruhigt, in die Klapse gesteckt, therapiert.

»Ich habe gesagt, dass man Nero wohl einfacher versteht, wenn man ihn als Künstler betrachtet.«

»Das ist ja alles gut, Alice. Ich wollte auch gar nicht so weit ins Detail gehen. Du bist halt einfach ein … Kind.«

Er hatte das Wort »aufgeweckt« weggelassen, so als könnte Horos ihre Gedanken lesen. Wer war dieser verdammte Professor mit seiner weichen Stimme? Alice schob ihren Stuhl zurück.

»Ach ja, eine Frage noch, die allerletzte, versprochen. Hat dich Herr Rexner neben Lisa gesetzt, oder hast du dich von selbst neben sie gesetzt?«

Er kannte die Antwort schon. Dennoch stellte er die Frage. Natürlich hatte T-Rex ihm schon geantwortet, natürlich wusste er schon, dass Alice schon neben Lisa gesessen hatte, als er in die Klasse gekommen war. In der letzten Reihe gab es noch eine leere Bank. Sie hätte sich auch dort hinsetzen können oder neben eine der Krankheiten, die sonst noch im Klassenzimmer herumschwirrten. In der Gruppe der tödlichen Krankheiten saß Tuberkulose alleine, hinter Pest, die ebenfalls alleine saß, was wahrscheinlich kein Zufall war. Doch die beiden luden schon auf den ersten Blick nicht dazu ein, sich neben sie zu setzen. Lisa war die Einzige gewesen, die ihre Sachen auf die Seite geschoben hatte, während die anderen sich auf dem Tisch ausgebreitet hatten. Doch warum fragte sie der Professor danach? Der Zivilbeamte schien sich mehr für sein Handy zu interessieren.

»Du hast also Lisa ausgewählt?«

Alice konnte nicht mit Sicherheit sagen, ob dies eine Frage war, aber die Art, wie der Professor es sagte, gefiel ihr gar nicht.

11.

Quer über den Schulhof hatte der Hausmeister über die Pfützen Bretter gelegt. Aus den Gullys quoll dunkelbraunes Wasser. T-Rex machte seelenruhig mit der Römischen Geschichte weiter, als Alice wieder in das Klassenzimmer kam. Keine fünf Minuten später klingelte es, die Stunde war vorüber. Der Deutschunterricht fiel aus. Alice hatte ihren Vater angerufen und ihm auf den Anrufbeantworter gesprochen. Überschwemmung. Hört nicht auf zu pissen. Abholen? Es war unwahrscheinlich, dass ihr Vater um die Mittagszeit Dienstschluss hatte. Viel wahrscheinlicher war, dass Alice bis zum Marktplatz nach Kaltenloch laufen musste, um überhaupt noch nach Hause zu kommen. Sie balancierte über die schmalen Bretterstege. Dort, wo vor Tagen noch Pflastersteine gewesen waren, trieben nun Äste und Blütenstaub an ihr vorbei zur Straße.

Der Schulbus kam erst in einer Stunde. Sie konnte also warten oder bis zum Marktplatz laufen, von wo aus es den regulären Bus nach Hindelang gab. Vor ihr wankten auf hohen, unpraktischen Schuhen Pest und ihr Kumpan Tuberkulose. Ihre Schuhe fanden kaum Halt, und Pest lief auf dem Brett wie ein Drahtseilkünstler, nur nicht ganz so perfekt. Alice hielt genügend Abstand. Nur nicht zu nah an die beiden heran. Vorsichtig stieg sie auf die nächste Planke, die leicht zur Seite kippte. Alice ruderte mit den Armen, Tuberkulose sprang auf die nächste Planke, doch Pest kippte auf ihren hohen Schuhen wie ein gefällter Baum. Sie fiel wie in Zeitlupe, ruderte, als könnte sie das Unvermeidliche noch verhindern, und klatschte kopfüber in das schlammige Wasser. Tuberkulose prustete laut los. Andere Krankheiten, die gerade aus der Schule kamen, konnten nicht glauben, was sie sahen. Pest, knöcheltief in der braunen Regensoße, das Gesicht zugeschlammt.

Alice sprang vorbei auf festen Untergrund und hoffte, unsichtbar aus der Zone zu gelangen. Doch es war zu spät. Pest hatte sie bereits gesehen. Sie konnte unmöglich wissen, dass es Alice war, die die Planke zum Kippen gebracht hatte. Das schwarze Make-up um Pests Augen war zu einer verschmierten Maske geworden, wie ein schmutziges Aquarellbild vom Flohmarkt. Es reichte, dass sie sie gesehen hatte. Schließlich war Alice das perfekte Opfer. Und hätte sie in diesem Augenblick nicht gegrinst, dann wären Alice und Pest nur zwei Menschen auf dieser Welt gewesen, die nichts miteinander zu schaffen hatten. Aber Alice konnte – genau wie die anderen umherstehenden Schüler – sich das Lachen nicht verkneifen.

Arschlöcher, ich mach euch alle fertig!

Niemand hörte die Verwünschungen der schlammbedeckten Gestalt. So musste es dem Menschen ergangen sein, der einmal in der Moorleiche gesteckt hatte. Ausgerutscht oder über eine Wurzel gestolpert. Nur dass es im Moor keinen asphaltierten Untergrund gab und das Moor an manchen Stellen bis zu fünf Meter tief war. Anfangs hatte er vielleicht noch gelacht und sich über die nasse Kleidung geärgert. Er strampelte und suchte mit seinen Händen nach Grasbüscheln, um sich aus der trägen Masse zu ziehen. Erst als er merkte, dass er mit jeder Bewegung immer tiefer sank, drang die eisige Kälte des Moores in seine Beine, er kühlte aus und starb an Unterkühlung, bevor ihn das Moor ganz in die Tiefe zog. Ihr Großvater meinte einmal, dass das Moor nur diejenigen holte, die es auch verdient hatten. Das war eine von Großvaters geheimnisvollen Sätzen, die er auch nie genauer erklärte und die nur er verstand.

Über den Köpfen der Schüler ragte plötzlich der Kopf des Professors auf. Neben ihm der untersetzte Kommissar. Auf der Straße tauchte der Wagen ihres Vaters aus dem Nebel auf. Die Luft war kalt, viel zu kalt für diese Jahreszeit.

»Du hast Glück gehabt«, sagte ihr Vater, »dass ich hier noch zu tun hatte.«

Und ob du hier zu tun hast, dachte Alice und überlegte, ob sie ihren Vater nicht direkt auf den Vorfall heute Morgen ansprechen sollte. Sie entschloss sich zu warten.

»Hast du dir auch die Schuhe abgeklopft?«

Sie schaute auf ihre Schuhe, an denen der feuchte Schlamm klebte.

»Wo denn? Draußen regnet es in Strömen.«

»Du putzt ja das Auto nicht. Verdammt, warum muss ich alles immer zehnmal sagen? Warum kannst du nicht einfach auf mich hören?«

Ihr Vater fuhr los. Die Reifen des alten Volkswagens drehten durch. Im Rückspiegel sah Alice die Schlammfontäne.

»Du kannst deine Schuhe ausziehen«, setzte ihr Vater fort, so als müsste er jetzt an ihren schmutzigen Schuhen seinen Dampf ablassen. Sich taub zu stellen war hier die Idealmedizin. Ihr Vater würde irgendwann aufgeben und nichts mehr sagen. Doch Alice war nicht nach Aufgeben.

»Wenn ich jetzt die Schuhe ausziehe, dann mache ich noch die Socken dreckig, und dann verdrecke ich dein Auto noch mehr.«

»Warum musst du eigentlich immer das letzte Wort haben? Hat das irgendeine höhere Bedeutung?«

»Und warum bist du nicht mit dem Streifenwagen unterwegs, sondern mit unserer Familienrostbeule? Irgendwann, haust du mal die Tür zu, fällt die ganze Karre auseinander.«

»Ich muss noch was erledigen, bevor wir nach Hintereck fahren. Verdammter Nebel!«

Das Schulgebäude verschwand hinter einer weißgrauen Wand. Ihr Handy summte. Tom hatte ihr eine SMS hinterlassen.

HABE EINE ÜBERRASCHUNG ...

Der Regen hatte die Gullydeckel zum Teil hochgedrückt. Das matschige Wasser presste mit Gewalt nach oben. Wäre Kaltenloch ein Schiff gewesen, dann hätte Alice sich in diesem Augenblick nach einem Rettungsboot umgesehen. Ihr Vater bog von der Hauptstraße ab und steuerte den Wagen in einen holprigen Weg mit Kopfsteinpflaster. Alice erkannte das Haus sofort. Heute Morgen hatten sie dort die blutige Leiche herausgetragen. Die Baugrube hatte sich inzwischen mit Wasser gefüllt. Über den kleinen Platz trieben leere Plastikflaschen, Bierdosen, McDonald's-Tüten, ein zerfledderter Regenschirm, Lidl-Plastiktüten, aufgeweichte Gemüsekisten, Pappkartons, vollgesogene Sperrholzbretter und sogar ein verbogenes Kinderdreirad. Ganz so, als hätte Bad Kaltenloch sich die Eingeweide aus dem Hals gekotzt. Im Nebel, dachte Alice, ist Kaltenloch wenigstens erträglich. Ein Ort, der, wie ihr Großvater meinte, den größten Friedhof in der Gegend hatte. Denn wer nach Kaltenloch kam, der kehrte nicht wieder in die Welt zurück. Manche kamen hier nur her, um zu sterben.

Ihr Vater bremste vor dem Klinikgebäude. Aus der Nähe glich die grau-braune Fassade dem Felsen der Berge. Nur die vergitterten Fenster im ersten und zweiten Stock durchbrachen den Eindruck, dass man am Fuß des Berges stand. Der Nebel hatte sich verdichtet. Alice konnte nur die ersten zwei Stockwerke sehen und die automatische Eingangstür aus Glas.

»Vor einem Haus war ein Polizeiabsperrband«, sagte Alice und tat, als wäre es ihr eigentlich egal, als hätte sie ihre Frage nur aus Langeweile gestellt. »Bist du deswegen heute Morgen so schnell los?«

»Das geht dich nichts an, Alice. Das ist eine Sache der Polizei.«

»Ich bekomme es sowieso raus, und du weißt ja, halbe Wahrheiten machen viel neugieriger.«

»Ich will, dass du damit aufhörst«, erwiderte ihr Vater in scharfem Ton.

»Mit was aufhören?«

»Mit deiner ewigen Fragerei und dass du dich ständig in die Angelegenheiten anderer einmischst.«

»Und wenn diese Angelegenheiten auch meine werden?«

»Es geht dich nichts an, verstanden. Aus dem einfachen Grund, weil ich dir sage, dass dich das nichts angeht. Kapiert?«

»Dann interessiert es dich vielleicht, dass bei uns heute die Polizei in der Schule war.«

»Die Polizei? Aber ich bin …«

»Ich meine, ein Polizist in Zivil und ein Psychologe. Sie wollten mit jedem Schüler sprechen, und sie haben mich lange und ausführlich befragt.«

Ihr Vater fingerte nervös am Handschuhfach herum. »Was wollten sie von dir?«

»Wenn du mir sagst, warum die Polizei da war und die ganze Klasse befragt hat, sage ich es dir.«

»Nein und noch mal nein, die Sache geht dich nichts an.«

»Warum haben dann so ein Professor und der Polizist mich zehn Minuten lang über Lisa Bork ausgequetscht? Warum wollten sie wissen, ob ich mich neben Lisa gesetzt habe oder ob der Lehrer mir den Platz zugewiesen hat, wenn all dies nichts mit mir zu tun haben soll?«

»Was haben sie sonst noch gefragt?«

»Keine Ahnung, mir auch egal«, log Alice. »Sie haben mich über zehn Minuten verhört. Du kennst ja die Strategie – guter Bulle, böser Bulle.«

»Du schaust zu viel Fernsehen.«

»Funktioniert aber – jedenfalls bei einem zwölfjährigen Kind.«

»Was wollten sie wissen?«

»Ob ich Lisa Bork kenne?«

»Und kennst du sie?«

»Habe ich dir doch schon gesagt. Ich sitze in der Schule neben ihr.«

»Hmmm, interessant.«

»Ich kann aber rausbekommen, warum sie mich so lange befragt haben.«

»Versprich mir, dass du dich da raushältst, verstanden?«

Etwas zu schwören, das man sowieso nicht einhalten kann, war kein Vergehen. Das war, als ließe man einen Hund schwören, das Bein nicht mehr zu heben. Es gehörte zu seinem Innersten, das Bein zu heben.

»Ich bin in zehn Minuten wieder da«, sagte ihr Vater, ohne ihre Antwort abzuwarten.

Umso besser, brauchte sie keinen Schwur zu brechen. Die Tür schlug zu. Sie sah, wie ihr Vater durch die automatische Glastür ging, dann stieg sie aus und folgte ihm. Es war Zeit, herauszufinden, was hier geschah.

12.

Was nützte ein Regenschirm, wenn der Regen von allen Seiten kam? Kaum hatte sie den Schirm aufgespannt, den sie auf der Rückbank gefunden hatte, zerrte auch schon der Wind daran. Ihr Vater war weit und breit nicht zu sehen. Der Mann am Empfang telefonierte. Das Echo des Regens und das dumpfe Rollen des Donners füllten den kahlen Gang aus Neonlicht und schachbrettartig gefliestem Boden. Auch die wenigen Kunstdrucke an den Wänden halfen nicht. Ebenso hätte man bunte Urlaubsfotos an die Wände eines Schlachthofs hängen können. Alice stand schon am Fahrstuhl, als sie die Stimme ihres Vaters hörte. Sie drang aus einem Zimmer der Stationsschwestern. Gleich daneben hing neben einer verschlossenen Tür ein Schild: Dr. Josef Bork, Oberarzt. Alice versteckte sich hinter einer Plastikpalme.

»Ich müsste noch einmal die Leiche von Doktor Bork sehen«, hörte sie ihren Vater mit seiner typischen Polizistenstimme sagen.

Normalerweise kam dann sofort ein »Ja« oder ein »Einen Moment, bitte«, doch die Krankenschwester reagierte nicht. Da Alice sie nicht sehen konnte, vermochte sie auch nicht zu sagen, ob sie jemand war, der sich leicht beeindrucken ließ.

»Ihr Kollege, der Kommissar Abzenz meinte, er sei für den Fall verantwortlich«, antwortete die Krankenschwester dann mit Schweizer Akzent. »Zudem überstellen wir die Leiche sowieso morgen an die Rechtsmedizin.«

»Der Tote fällt in meinen Zuständigkeitsbereich. Zeigen Sie mir die Leiche jetzt, oder müssen wir beide erst Formulare ausfüllen und Stunden mit Dingen verbringen, die uns nur aufhalten?«

Zuständigkeitsbereich! Ihr Vater hatte Glück, dass die Krankenschwester keine Ahnung hatte, denn sonst wüsste sie, dass ihr Vater Dienststellenleiter eines Alpenkaffs war, der nur eine Handvoll Parkuhrenhüter befehligte. Na ja, Uniform war Uniform, und die Polizeiautos sahen ohnehin alle gleich aus.

»Schon gut«, lenkte die Krankenschwester ein. »Kommen Sie mit! Beeilen wir uns! Ich habe in einer halben Stunde Dienstschluss und bin todmüde.«

»Es dauert nur ein paar Minuten.«

Die Krankenschwester ging voran. Sie stiegen in den Aufzug. Alice blieb solange hinter der Palme, bis die Türen geschlossen waren. Auf der elektronischen Anzeige des Aufzugs erschien erst eine – 1, dann eine – 2. Also hielt der Aufzug im zweiten Kellergeschoss.

Alice drückte den Aufzugknopf und zögerte. Wenn die Aufzugtür da unten aufging und sie plötzlich vor ihrem Vater stand? Oh, es hat so geregnet, ich hatte Angst und bin dir nachgelaufen. Keine Ausrede der Welt könnte sie in diesem Fall retten. Sie ging am Aufzug vorbei zur Treppe. Die Metalltür quietschte, war aber offen. Die Feuertreppe.

Sie erreichte das erste Kellergeschoss. Radiologie. Dann das zweite Kellergeschoss. Wieder eine Metalltür, die schon bessere Tage gesehen hatte. Sie hatte ein grobes Schloss, war mit Stahlplatten gepanzert und ging noch schwerer auf als die obere Tür. Ein kühler Luftzug und der Geruch von Putzmittel. Keine Dekoration, nur noch hellgrüne Fliesen und bläuliches Neonlicht. In der Mitte eines langen Ganges flackerte eine Leuchtstoffröhre und gab dabei ein Geräusch von sich, als ob eine dicke Fliege gegen eine Scheibe knallte. Es war totenstill. Alice musste an die Stille denken, von der ihr Großvater ihr erzählt hatte, nach einer Schlacht im Krieg, wenn das Wimmern der Sterbenden aufgehört hatte. Den Toten gehörte die Stille. Wo waren nur ihr Vater und die Krankenschwester? Sie wollte gerade in einen Seitengang biegen, als sie Stimmen hörte. Eine davon gehörte ihrem Vater. Ihr blieben vielleicht noch ein paar Sekunden, dann würden die beiden vor ihr stehen. Der Weg über die Treppe war kürzer gewesen. Gut gemacht, Alice, sehr gut. Du hast es versaut und holst dir gleich den Anschiss des Jahrhunderts ein. Sie ging durch die erste Tür auf der rechten Seite. Es war eiskalt in dem Raum und dunkel. Nur schemenhaft konnte sie die Umrisse vor ihr erkennen. Auf vier Metalltischen lagen bedeckte Leichen. Und jetzt? Der Raum war eine Art begehbarer Kühlschrank und bot keinerlei Versteck. Es sei denn …

Die Stimmen wurden lauter. Sie erkannte deutlich die Stimme ihres Vaters. Alice lief zu einem der Metalltische und zog das Laken weg. Nein, das gibt's nicht! Ihr blieb keine Zeit mehr. Keine Wahl. Sie drückte sich an die Leiche und zog das Laken an sich. Das Licht flackerte auf. Die Leiche roch nach Torf, nach Kompost, nach Küchenabfällen. Nur keine Panik!

»Bork liegt hier drüben«, sagte die Krankenschwester, »den hat's übel erwischt. Ihr Kollege hat sich ja besonders für die Wunde interessiert.«

»Hätte man ihn retten können?«

»Bork war Arzt. Er wusste wahrscheinlich, was ihm geschehen war. Die Arteria Carotis durchtrennt. Auf dem OP will man das auch nicht haben. Das Blut spritzt mit hohem Druck aus der Wunde, und wenn man sie nicht sofort abdrückt, dann stirbt man innerhalb von sechzig Sekunden. Und selbst dann wäre er auf dem Operationstisch wahrscheinlich an einem Schlaganfall gestorben. Die Überlebenschancen wären gering gewesen. Der rasche Blutverlust führt oft zu einem hämorrhagischen Schock. Bork hat sicherlich noch versucht, auf die Wunde zu drücken, doch er verlor ziemlich schnell das Bewusstsein, und eine Minute später war er tot. Schlimme Sache.«

»Hatte er noch andere Verletzungen?«

»Nur ein paar Hämatome, wahrscheinlich durch den Sturz.«

»Er hat also gestanden, als ihn das Messer traf?«

»Schätze ich, weil er auf die Seite gefallen ist. Der Oberarm und die Schulter sind geprellt. Gibt es schon einen Hinweis, warum sie es getan hat?«

»Haben Sie Bork gekannt?«

»Ich habe ihn öfters beim Joggen getroffen, und er war auch in der Initiative gegen den Windpark vor Kaltenloch. Mein Mann war bei ihm in Behandlung. Er hat ihm ein paar Warzen wegoperiert. Ich kenne die Mutter. Lisa ging mit meiner Tochter in dieselbe Kita. Mein Mann war ganz fertig, als er erfahren hat, was geschehen war. Das geht einfach nicht in meinen Kopf hinein. Ich meine, Bork hat seine Tochter geliebt. Warum sollte sie ihm ein Messer in den Hals rammen? Wenn ich daran denke, dass Melanie mit ihr gespielt hat. Sie war sogar einmal bei uns. Vielleicht war es ein Unfall, und er ist nur ausgerutscht ...«

»Wohl kaum«, antwortete ihr Vater, »dagegen spricht die Art des Schnittes. Außerdem hatte seine Tochter das Messer noch in der Hand, als die Polizei eintraf. Sie wollte es noch nicht einmal loslassen, als der Psychologe auf sie einredete. Sie klammerte sich an das Messer, als müsste sie damit noch einmal zustechen. Ich verstehe nur eines nicht, und das passt irgendwie nicht ...«

»Ja, das passt alles nicht. Verrückt! Man sieht in Menschen nicht hinein, und ein Mörder steckt in jedem von uns, selbst in Kindern. Doch ich verstehe nicht, was ein zwölfjähriges Mädchen dazu bringt, ihrem Vater ein Messer in den Hals zu rammen. Da muss doch etwas vorgefallen sein, etwas Schlimmes. Ich will ja keine Gerüchte in die Welt streuen, aber es ist einfach nicht normal.«

»Nicht schön, so zu sterben – durch die Hand seines Kindes.«

»Da setzt man Kinder in die Welt, und dann wird man von ihnen umgebracht. Haben Sie Kinder?«

»Zwei Töchter. Die Ältere sucht gerade eine Lehrstelle, die jüngere geht noch zur Schule.«

»Sie geht hier zur Schule?«

»Seit diesem Jahr, nachdem die Schule in Hintereck geschlossen wurde. Ich hoffe, dass sie den Wechsel gut verkraften wird.«

»Sie und Ihre Frau wohnen aber nicht in Kaltenloch, sonst hätte ich sie schon gesehen.«

»Meine Frau ist tot. Deshalb ist der Wechsel für meine Tochter auch schwer. Ich bin mir nicht sicher, ob sie das verkraftet. Sie ist sehr labil.«

»Oh, entschuldigen Sie bitte ... Ich wusste nicht. Klar, das ist tragisch, wenn ein Kind seine Mutter verliert. Vielleicht sollten Sie einmal vorbeikommen. Meine Tochter ist zwölf, und sie ging sogar mit der Tochter Borks in dieselbe Klasse. Ich könnte Dampfnudeln kochen ... Wir könnten dann ein bisschen über den Fall reden. Ich schreibe nämlich an einem Roman, einem Krimi.«

»Warum nicht? Meine Tochter könnte ein wenig Abwechslung gebrauchen. Sie tut sich eh schwer, Freunde zu finden. Ist ziemlich verschlossen seit dem Tod ihrer Mutter und lebt in einer Fantasiewelt.«

Fantasiewelt! Alice glaubte, sich verhört zu haben. Die Realität war nicht das, an was man glauben wollte. Das Hässliche darunter war das Reale. Nach all dem, was geschehen war, glaubte ihr Vater noch immer, dass sie nur ein Kind mit zu viel Fantasie war. Am liebsten hätte sie das Laken weggerissen und wäre aufgesprungen.

»Das machen wir.«

»Aus welchem Ort kommen Sie?«

»Hintereck.«

»Ich kenne das Hotel. Man isst dort vorzüglich.«

»Möglich, ich gehe selten essen.«

»Sollten Sie aber. Die Küche des Hotels ist wohl das Beste, was man in diesem Tal findet. Ohne das Hotel ist Hintereck sicher das, was Kaltenloch ohne seine Klinik ist, ein paar Hütten und Häuser und ein paar Bauern, die es nur deshalb zu etwas gebracht haben, weil sie ihre Grundstücke teuer verkaufen konnten. Ohne die Klinik wäre Kaltenloch ein modriger Ort in einem Sumpf. Sie brauchen ja bloß einmal in die ›Schwarze Traube‹ zu gehen. Da findet sich der Rest der depperten Bergler. Hundert Jahre Inzucht. Ich brauche Ihnen ja gar nicht zu sagen, was das für Gestalten hervorbringt.«

»Wer sind die anderen Toten?«

»Patienten, die zum Sterben nach Kaltenloch gekommen waren. Wahrscheinlich hofften sie insgeheim, dass sie hier doch noch über hundert Jahre alt werden. Kaltenloch ist funkfrei, kein Elektrosmog. Rückzugsort aus der Moderne.«

»Kein Handy-Empfang, schon gemerkt.«

»Vor zwei Tagen haben wir sogar eine Moorleiche reinbekommen. Sie liegt zwischenzeitlich auch bei uns. Angeblich über vierhundert Jahre alt. Doktor Bork hat sie untersucht und war auch ganz aufgebracht. Als ich ihn fragte, was denn los sei, hat er nur abgewinkt. Er hat einen Bericht geschrieben, das weiß ich ...«

»Einen Bericht?«

»Wie er es immer macht. Jemand muss ja den Tod feststellen. Nun, bei der Moorleiche lag der Todeszeitpunkt wohl schon eine Weile zurück. Jetzt haben wir unseren Ötzi, habe ich zu ihm gesagt. Doch Doktor Bork war wie verwandelt, nachdem er die Leiche untersucht hatte. ›Ich muss mit der Polizei sprechen, und zwar schnell.‹ Das war das Letzte, was Doktor Bork zu mir gesagt hat, bevor er die Klinik überstürzt verließ.«

»Er hat nicht gesagt, was er der Polizei mitteilen wollte?«

Sie schüttelte ihren Kopf. »Wollen Sie unseren Ötzi sehen?«

Alice verkrampfte sich. Mehr Pech konnte sie nicht haben. Das schwarze Etwas neben ihr, das nach Torf und vermoderten Apfelschalen roch, war niemand anders als die Moorleiche, von der sie in der Zeitung gelesen hatte. Wenn die Krankenschwester jetzt das Laken wegzog und Alice wie ein Springteufel unter dem Laken auftauchte, so gar nicht tot, nur nach Ausreden suchend. Sie würde sehr schnell wieder beim Psychologen landen. *Der Tod deiner Mama … Legst du dich deshalb zu einer Leiche, weil du dich dann deiner Mama näher fühlst?*

»Nein, ich muss los. Meine Tochter sitzt im Wagen. Ich bin ja schon froh, dass sie da ruhig auf mich wartet.«

»Kaufen Sie ihr ein paar Videospiele. Das beschäftigt die Kids in ihrem Alter.«

»Nicht meine Tochter. Sie hat ganz besondere Interessen seit dem Tod ihrer Mutter … leider.«

»Ihre Frau starb aber nicht bei dem Busunglück vor ein paar Jahren?«

»Nein, ein anderer Unfall …«

Unfall? Ihre Mutter starb nicht an einem Unfall. Wie oft musste sie dies ihrem Vater noch erklären? Warum halten Menschen an ihren Wahrheiten so krampfhaft fest, auch wenn sie gar nicht mehr haltbar sind? Aber du bist die Einzige, die nicht an einen Unfall glaubt, sagte ihr Vater stets, die nicht daran glaubt … die Einzige.

»Schrecklich das alles … dieses Busunglück, die vielen Kinder … Ein Mann hat mit einem Schlag seine ganze Familie verloren. Seine Frau und seine zwei Söhne, seine Eltern, seine Schwester. Man fragt sich, wie man noch weiterleben kann, wenn man jeden Menschen verloren hat, den man liebt. Seine ganze Familie saß in diesem Bus. Er hatte sie eingeladen, zu seinem Geburtstag, und sie alle endeten im eisigen Tobel. Ihm blieb nur noch ein Bruder in München, der nichts mit ihm zu tun haben wollte. Ich kann mir einfach nicht vorstellen, wie man so was überstehen kann, ohne verrückt zu werden. Nun vielleicht hat er es deshalb zum Chef der Psychiatrie in der Kaltenlocher Klinik geschafft. Erst das Feuer, bei dem viele seiner Patienten bei lebendigem Leib verbrannten, und dann das Busunglück, bei dem seine eigene Familie ausgelöscht wurde.«

»Sie meinen den Psychiater in der Klinik?«

»Ja, Professor Horos. Ein renommierter Nervenarzt mit einem traurigen Schicksal. Manche Menschen haben einfach Pech.«

»Vielen Dank«, beendete ihr Vater die Unterhaltung. Er schwieg einen Moment, und Alice sah ihn vor ihrem geistigen Auge, wie er sich noch einmal über die Leiche beugte. Woher das Interesse an der Leiche? Schließlich war ihr Vater nicht bei der Mordkommission. Doch eines konnte Alice einfach nicht glauben: dass Lisa ihrem Vater ein Messer in den Hals gerammt hatte. Das stille Mädchen, das so schön zeichnete, das ihr erzählt hatte, dass ihr Vater mit ihr ins Kunstmuseum nach München gefahren war, weil dort die berühmten Maler ausgestellt waren. In Alices Kopf ging das nicht zusammen. Und für einen Augenblick hatte sie das Gefühl, dass die Wirklichkeit selbst nicht zusammenpasste, als wäre das Messer in der Hand Lisas, das Blut, der offene Hals ihres Vaters nur Fälschungen einer Realität, die niemand glauben wollte.

Die Krankenschwester erwähnte noch einmal, dass sie einen Krimi über diesen Fall schreiben wollte, und setzte an, ihrem Vater ihre Theorie zu erklären. So als wäre ihr Vater Sherlock Holmes selbst. Die Aufzugtür schnitt die Stimmen ab. Alice lag alleine neben der schwarzen Leiche. Sie zog das Tuch weg und sprang vom Tisch.

13.

Wie kam sie jetzt zurück zum Wagen? Das Licht in dem Kühlraum brannte noch. Das blaue Licht der Leuchtstoffröhren ließ alles erstarren. Alice atmete dreimal tief durch, bevor sie sich zu der schwarzen Leiche drehte. Ihr Vater war sicher schon im Fahrstuhl. Du musst los, raus aus dem Raum. Sie zog das Laken ganz weg. Der schwarze Körper wirkte wie ein Stück Holz. Sogar die Augenbrauen waren noch da, die Lippenfältchen, Schamhaare, nur der Penis fehlte. Entweder war er im Moor geblieben, oder er war beim Transport verloren gegangen.

Das Gesicht des Toten war alles andere als friedlich. Die Augen waren zwar geschlossen, doch der Mund war weit aufgerissen. Die Haare waren rot, und der ganze Körper war übersät mit kleinen Narben. Die Narben hoben sich von der schwarz gegerbten Haut kaum ab.

Moorleichen, hatte sie in dem Artikel gelesen, färbten sich schon nach einigen Jahren schwarz. Die Säuren des Moores schwärzten die Haut und färbten die Haare rot. Alice strich mit zwei Fingern über die Brust der Moorleiche. Die Narben waren glatter, als sie gedacht hatte. Ihr fiel die Gleichmäßigkeit der Narben auf. Aus der Nähe hätte man einige Narben für Buchstaben halten können. Entfernte man sich ein wenig, dann glichen die Buchstaben einer kantigen Keilschrift. Alice musste an den Kodex von Hammurabi denken. Ihr Großvater hatte zwei Bildbände über die babylonische Kultur. Die Stele war über zwei Meter hoch und fast viertausend Jahre alt und stammte aus einer Zeit, als Babylon das Zentrum der modernen Welt gewesen war. Alice hatte sich für die Keilzeichen interessiert, weil diese mit einer Präzision in Stein gemeißelt worden waren, wie man es heute mit moderner Technik kaum schaffen könnte. Die ersten Gesetze, niedergeschrieben auf dunklem Basalt. Und mit den ersten Gesetzen begann auch die Geschichte der Verbrechen. Alice stellte sich vor, wie man die Verurteilten vor die Stele führte, bevor der Henker ihnen den Kopf abschlug. Die Bedeutung der Stele und die Zeichen waren überliefert. Wenn es doch eine Schrift war? Was hatten die Zeichen zu bedeuten? Alice holte ihr neues Handy aus der Tasche, das ihr Tom geschenkt hatte, mit Kamerafunktion. Sie machte einen Schritt zurück und knipste. Das Bild war brauchbar. Dann noch drei oder vier Fotos von den Narben. Sie beugte sich gerade über die Hände, von denen eine zu einer Faust geballt war. Die andere war offen wie eine Kralle.

In ihrem Kopf hörte Alice wieder die Stimme des Hobbyarchäologen.

Das Moor diente über Jahrtausende als Hinrichtungsstätte. Zur Zeit der schlimmsten Hexenverfolgungen hatte man Hexen im Moor versenkt. Der letzte bekannte Fall war die Hexe vom Weiler Hinterloch, Gabriela Balrian. Sie wurde der sogenannten Hexenprobe unterzogen. Damals die übliche Prozedur, um herauszufinden, ob jemand mit dem Inkubus im Bunde war. In Kaltenloch versenkte man sie im Moor. Tauchten sie wieder auf, dann waren sie mit dem Teufel im Bunde. Gingen sie unter, dann waren sie reinen Herzens, aber trotzdem tot. Da jedoch die Kirche den Glauben an ein Leben der Seele im Jenseits verordnete, stellte ein unschuldig Verurteilter kein Problem dar.

Bezahlt wird später, dachte Alice. Die Währung: dein Leben. Du bist tot. Macht nichts, das regeln wir später ... Das Moor war seit Jahrtausenden eine Hinrichtungsstätte. Wie viele Leichen barg das Moor noch?

Hatte man diesen Mann lebendig im Moor versenkt? Hatte jemand zugesehen, wie er im Todeskampf in die Tiefe gezogen wurde und wie seine Lungen sich dagegen wehrten, das schlammige Wasser einzuatmen? In Gedanken stellte sie sich die Geistlichen vor, wie sie das Vaterunser herunterleierten und dabei beobachteten, wie das Moor aus einem lebenden Menschen eine kalte Leiche machte.

Doch warum hatte sich nur eine Hand zur Faust verkrampft? Alice drehte die geschlossene Hand. Sie war leicht, so als wäre sie aus Papier gefaltet. Die Haut fühlte sich ledern an. Nimm die Beine in die Hand! Du solltest eigentlich im Wagen sitzen und schön brav warten, stattdessen fummelst du an einer Moorleiche herum. Verdammt, was wollte sie mit dieser Leiche, die seit tausend Jahren im Sumpf gelegen hatte? Es gab Wichtigeres.

Ihre Klassenkameradin war zur Mörderin geworden. Die stille Lisa hatte ihrem Vater ein Messer in den Hals gerammt.

Alice hob die Hand der Mumie. Sie hatte wohl etwas zu fest gegriffen, denn als die starre Faust wie ein dürrer Ast wieder zurückschnellte, knackte es, und auf den Boden rieselte schwarzer Staub und Bruchstücke des kleinen Fingers. Genial, Alice, du hast den Kaltenlocher Ötzi geschrottet. Der Schaden war nicht beträchtlich, doch sichtbar. Der kleine Finger und der Ringfinger der Moorleiche waren abgebrochen und in kleine harsche Stücke zerfallen. Wie Holz, das zu Asche verfällt, wenn das Feuer niedergebrannt ist. Alice pustete den schwarzen Staub weg. Die Faust war unvollständig, doch da war noch mehr. Alice traute ihren Augen nicht. Die Faust war nicht leer, sie hielt etwas umklammert. Ein Stück Papier ... Vorsichtig zog sie es mit zwei Fingern heraus. Ein Teil blieb in der Faust stecken. Sie hätte alle Finger brechen müssen, um es herauszuziehen. Ein Papier, das tausend Jahre im Moor konserviert worden war? Es fühlte sich nicht an wie Papier, sondern eher wie eine dieser Hochglanzbroschüren. Das Papier war gerollt, war aber im Vergleich zum Rest der Mumie recht biegsam. Sie schaffte es, das Teil leicht aufzurollen. Sie erkannte die Ecke einer Polaroidaufnahme. Quer über dem Foto war noch etwas anderes: Zahlen, von Hand geschrieben. *71468.*

Es sah aus wie eine flüchtig hingekritzelte Telefonnummer. Auf dem Foto war eine junge Frau zu sehen. So um die zwanzig Jahre. Alice kannte diese Art von Polaroidaufnahmen aus dem Album ihres Großvaters. Er besaß noch eine solche Kamera. Sie war klobig und recht unpraktisch. Es gab eine ganze Kiste voll von Bildern von der Zeit, als ihr Vater jünger gewesen war. Alle hatten sie den weißen Polaroidrand und diesen gelblichen Stich. Wühlte sie in der Fotokiste ihres Großvaters, dann war es für Alice jedes Mal seltsam, ihren Vater als Kind und ihren Großvater so jung zu sehen. Ihr wurde bewusst, dass es vor ihr schon viele Sommer und Frühlinge gegeben hatte, Schüler, die in die Schule gegangen waren, und der Schnee, der Ende November auf die Fichten gefallen war. Was war das für eine Frau? Im Augenblick hatte Alice keine Zeit, darüber nachzudenken. Sie musste schauen, dass sie nach oben kam. Sie steckte das Foto ein.

Du hast gerade eine Leiche beklaut, Alice, und ihr zwei Finger abgebrochen. Doch zumindest hatte sie keine jahrhundertealte Mumie beschädigt. Der Kaltenlocher Ötzi war gewiss keine archäologische Entdeckung, sondern eine Leiche aus unserer Zeit. Es sei denn, es hatte auch schon vor Jahrhunderten Polaroidfotos gegeben. Alice überlegte, ob sie die Hand noch weiter aufbiegen sollte, doch die Zeit rannte ihr davon. Sie musste zurück zum Auto. Das Licht ging hinter ihr aus. Sie schaffte es gerade noch ins Treppenhaus. Über ihr die Erde, der Regen und die Lebenden …

Sie drückte die Tür auf. Das Echo des Regens schwappte ihr eisig entgegen. Der Gang war leer. Alice hielt sich nicht lange auf. Ihre Jacke roch modrig, und sie fühlte sich, als wäre sie soeben aus dem Reich der Toten wieder zurückgekehrt. *Noch keiner ist von den Toten zurückgekommen. Jedenfalls bis heute nicht …*

Sie lief in Richtung Ausgang und wäre beinahe geradewegs auf die Glastür zugesteuert, hätte sie nicht im letzten Augenblick ihren Vater und die Krankenschwester vor dem Empfang stehen sehen. Alice presste sich gegen die Wand. Aus diesem Winkel konnte man sie nicht sehen, doch der Weg zum Wagen war ihr ebenfalls versperrt.

»… wenn Sie mehr wissen, warum die Kleine ihren Vater umgebracht hat«, hörte Alice die Krankenschwester sagen, »dann lassen Sie es mich wissen.«

Ihr Vater nickte und marschierte in Richtung Glastür, die sich automatisch öffnete. Das Prasseln der Tropfen auf dem Asphalt wurde schlagartig lauter. Die Krankenschwester stand noch am Empfang, als ihr Vater schon draußen war. Bis zum Auto waren es ungefähr fünfzig Meter. Alice beobachtete, wie ihr Vater die Jacke über den Kopf zog. Sie kam aus ihrem Versteck hervor. Die Krankenschwester war noch immer am Empfang und blätterte in einer Zeitschrift. Möglichst unauffällig ist man, wenn man überhaupt nicht versucht, sich zu verstecken. Alice war schon durch die Glastür und spannte gerade ihren Regenschirm auf, als sich die Krankenschwester zu ihr umdrehte. Für einen Moment dachte Alice, dass sie erkannt worden war. Doch woher sollte die Krankenschwester sie kennen? Ihr Vater lief zu ihrem Glück eine Reihe zu weit, so dass sie etwas Zeit gewann. Er war ungefähr noch fünf oder sechs Autos von ihrem rostigen Passat entfernt. Alice hatte den Regenschirm aufgespannt. In ihren Gedanken bereitete sie sich schon darauf vor, wenn ihr Vater sie fragte, warum sie nicht im Auto gewartet hatte. Die Luft war zu stickig ... Ich wollte mal kurz raus bei diesem Sauwetter. Es gab keinen Grund außer der Wahrheit selbst. Sie wollte wissen, warum Lisa ihren Vater getötet hatte. Aber es gab nun noch andere interessante Fragen. Warum hatte ihr Vater die Krankenschwester angelogen? Warum hatte er die Leiche von Lisas Vater sehen wollen? Was verschwieg er ihr?

Sie konnte es unmöglich schaffen. Ihr Vater stand schon vor dem Wagen und suchte nach dem Autoschlüssel. Er hatte noch immer nicht bemerkt, dass Alice nicht drin saß. Noch ein paar Schritte, und sie war auf seiner Höhe.

»Bin zu langsam gewesen«, sagte Alice. »Dachte, du brauchst vielleicht einen Regenschirm.«

»Danke, das ist nett von dir.«

Alice atmete auf und hielt ihrem Vater den Schirm über den Kopf, bis er die Schlüssel aus der Tasche gefingert hatte.

»Der Regen wird immer stärker«, sagte Alice.

»Im Radio sagen sie, es ist ein Jahrhundertregen. Was riecht hier so muffig?«

»Das Moor unter der Stadt. Wenn das so weitergeht, dann versinkt Kaltenloch im Schlamm.«

Alice roch an ihren Händen. Torf, Moder, Sumpf ... Wenn ihr Vater wüsste, dass sie sich an die Moorleiche gekuschelt hatte. Alice klappte den Schirm zusammen. Noch einmal sah sie in Richtung Klinik. Im Eingangsbereich stand noch immer die Krankenschwester.

14.

»Was hast du im Krankenhaus gemacht?«, fragte Alice.

Ihr Vater startete den Wagen. Durch die Fenster verschwamm die Welt im Regen. Farben, Formen und Bewegungen lösten sich auf. Erst die Scheibenwischer zeigten wieder eine Welt, wie man sie sich auch ohne Regen vorstellen konnte. Ihr Vater setzte zurück. Alice konnte ihm ansehen, dass er keine Lust hatte zu antworten. Warum kannst du nicht endlich aufhören, Fragen zu stellen? Warum kannst du nicht wie ein ganz normales zwölfjähriges Mädchen sein? Er musste sich diese Fragen sicher jeden Tag vor dem Einschlafen gestellt haben. Doch selbst Alice hätte keine Antwort darauf. Der Tod ihrer Mutter … Dieser Unfall, wie alle sagten und an den Alice nicht glauben wollte, war natürlich eine passende Erklärung für ihren Vater und erst recht für Schreber, den Psychologen, zu dem ihr Vater sie geschleppt hatte.

»Du warst ganz schön lange im Krankenhaus«, sagte Alice und starrte auf die Straße.

»Ich musste dienstlich etwas erledigen. Unwichtiges Zeugs.«

Unwichtig, dachte Alice. So unwichtig, dass du deine Tochter anlügen musst und die Krankenschwester noch dazu.

»Der Kommissar und der Psychologe wollen uns noch mehr Fragen stellen. Ich glaube, dass die auf etwas ganz Bestimmtes hinauswollen. Die vermuten etwas.«

»Alice, kannst du dich bitte aus diesem Fall heraushalten. Lass die Polizei ihre Arbeit tun.«

»Ich mache ja gar nichts. Ich denke nur ein wenig nach; das ist alles.«

»Wenn du nachdenkst, dann beunruhigt mich das. Also, hör auf damit!«

»Du meinst, ich soll nicht mehr denken?«

»Hör jetzt auf!«

Alice wurde in den Gurt gepresst. Die Reifen des Passats quietschten, und der Wagen stellte sich quer. Der Motor war abgestorben. Ihr Vater fluchte leise vor sich hin. Auf der rechten Seite hatte ein Warnschild die Tür leicht eingedrückt. Alice beugte sich zur Seite und sah auf das Schild. Etwas war auf die Straße gelaufen. Eine Gestalt, eingewickelt in einen dunkelgrünen Regenmantel, trottete mitten in der Straße. Ihr Vater hupte, doch die Gestalt bewegte sich keinen Meter zur Seite.

»Kruzefix, Herrgottsakrament!«, rief ihr Vater und hupte noch einmal. »Das gibt es doch nicht. Läuft einfach mitten auf der Straße, so als gäbe es keine Autos.«

Ihr Vater drehte das Fenster herunter und wechselte auf die Gegenfahrbahn. Er stoppte den Wagen. Regen wehte in das Wageninnere. Die Gestalt hob leicht den Kopf. Unter der Kapuze erkannte Alice die Alte, die sie auch schon am Tatort gesehen hatte.

»Zefix, sind Sie lebensmüde?«, rief ihr Vater nach draußen. »Bei dem Regen sieht man keine drei Meter. Ich hätte Sie überfahren können.«

»Sie können mich gar nicht überfahren«, rief die ältere Frau aus dem Regen. »Meine Zeit ist noch nicht gekommen, Herr Wachtmeister.«

»Laufen Sie wenigstens auf der rechten Seite, aber nicht in der Mitte.«

»Meine Zeit ist noch nicht gekommen Herr Wachtmeister, doch geben Sie auf sich acht.«

»Wenn Sie nicht sofort die Straße freimachen, sperre ich Sie ein.«

Die Alte überlegte, murmelte irgendetwas vor sich hin.

»Der Teifi kommt auch zu dir«, zischte sie dann und schlurfte zum Trottoir.

»Völlig schwachsinnig, diese Schachtel«, sagte ihr Vater und schloss das Fenster. »Man sollte sie ins Irrenhaus sperren. Sie ist gemeingefährlich.«

»Warum gemeingefährlich? Sie läuft nur mitten auf der Straße.«

»Wenn jeder in der Mitte der Straße laufen würde, dann müssten die Autos auf den Trottoirs fahren. Du brauchst diese irrsinnige Eule gar nicht verteidigen, Alice. Gegen sie liegt ein Dutzend Beschwerden vor. Bisher hatte sie nur Glück, dass der Richter sie nicht hat einweisen lassen. Als ob ich nichts Besseres zu tun hätte …«

»Vielleicht hat sie bei dem Regen einfach die Orientierung verloren.«

»Die Alte hat nicht ihre Orientierung verloren, sie ist verrückt. Rennt herum und sagt den Leuten die Zukunft voraus.«

»Cool, warum hast du sie nicht gleich gefragt? Ich wüsste gerne, ob man in zwanzig Jahren noch immer so einen Mist in der Schule lernen muss.«

»Die alte Gertrude Hofer ist von einem anderen Schlag. Gegen sie liegen Beschwerden von Bewohnern vor. Nicht nur aus Kaltenloch. In Hintereck ist sie auf fast jeder Beerdigung, in Oberjoch ist sie einer Frau auf dem Wochenmarkt gefolgt.«

»In dem Alter ist es doch normal, dass man auf Beerdigungen geht.«

»Dagegen würde auch niemand etwas sagen. Doch die Hofer geht auf Leute zu und sagt ihnen, dass sie ihre Angelegenheiten in Ordnung bringen sollen, weil ihr Tod nahe ist. Da bekommst du doch einen Schrecken, auch wenn man weiß, dass es sich nur um die verwirrte Hofer handelt. Oder du gehst auf den Wochenmarkt, schaust dir die Kohlrabi an, weil du am Abend Suppe machen willst, und da zieht dich plötzlich eine alte Frau am Arm und sagt dir: ›Gönn dir noch was, bevor's zu Ende ist. Morgen lebst du nimmer.‹ Die Frau, der die alte Hofer so gekommen ist, hat natürlich einen Schrecken bekommen und stand eine halbe Stunde später bei mir auf der Wache.«

»Und?«

»Was und?«

»Sind die Leute wirklich gestorben?«

»Was weiß ich.«

»Ich glaube, dass ich sie am Morgen aus dem Bus steigen gesehen habe.«

Die Lippen ihres Vaters zuckten kurz. Taubstumme reden so, dachte Alice. Er hatte die Alte heute Morgen gesehen. Sie war am Tatort. Sie hielt Totenwache. Und wenn die Leute alle gestorben waren? Wenn die Alte wirklich in die Zukunft sehen konnte?

»Diese neugierige alte Hexe – wer weiß, wie lange sie schon vor Borks Haus gestanden hat.«

»Vielleicht hat sie ihm ja auch den Tod vorausgesagt.«

»Niemand sieht in die Zukunft.«

»Außer demjenigen, der sie verändert. Wäre ja möglich, dass sie nachgeholfen hat, damit sich die Vorhersage erfüllt.«

»Deine Fantasie geht mit dir durch, Alice.«

Gertrude Hofer machte einen Schritt zur Seite und kam ans Seitenfenster, das ihr Vater wieder zugemacht hatte. Toktoktok. Trübe Augen starrten in das Wageninnere. Das Fenster ging nach unten.

»Soll ich Sie irgendwo absetzen, Frau Hofer? Bei dem Sauwetter sollten Sie nicht spazieren gehen.«

»Der Todesengel«, sagte sie und hielt sich an der Tür fest, »er hat sie alle geholt. Er steigt vom Berg herab und holt ihre Seelen.«

»Steigen Sie ein! Ich bring Sie nach Hause.«

Sie hob ihre Hände, als wollte sie einen unsichtbaren Schlag abwehren.

»Der Todesengel«, rief sie durch den Regen.

Das Fenster hob sich. Ihr Vater gab Gas.

»Soll sie schauen, wie sie nach Hause kommt.«

»Wo wohnt sie?«

»In der alten Hütte, bevor es ins Moor geht. Wir haben sie ja schon zweimal bei ihren Aktionen aufgegriffen und zurückgebracht. Mehr können wir nicht machen.«

Todesengel. Es schien, als wären Gertrude Hofers Prophezeiungen in Erfüllung gegangen. Doch jeden Tag sterben Menschen, jeden Tag kommt der Todesengel irgendwo auf der Welt. Doch was war, wenn der Todesengel seine Ankunft genau voraussagen konnte?

Ihr Vater machte das Autoradio an. Es rauschte. Kein Empfang. Erst als sie am Ende der engen Straße durch den Tobel waren, unterbrach der Wetterbericht das Rauschen. *Es wird regnen, auch noch die nächsten Tage.*

15.

Der Kaltenloch-Tobel rauschte in der Tiefe. Die befestigten Wanderwege waren schon seit einigen Tagen gesperrt. An den Aussichtsstellen, in denen bei schönem Wetter Touristen Fotos vor dem Felspanorama schossen, rissen nun Baumstämme und Bretter vorbei. Die Abkürzung durch den Wald war keine gute Idee gewesen. Zweimal blieb der Passat in Schlammlöchern stecken. Der Waldboden war aufgeweicht, und die Spuren der Traktoren hatten sich in Wassergräben verwandelt.

»Kann ich dich an der Bushaltestelle rauslassen?«, fragte ihr Vater. Es war nicht weit bis zu ihrem Haus, doch Alice hatte keine Lust, durch den Regen zu laufen. Kaum hatte sie die Tür des Wagens geschlossen, griff ihr Vater zum Telefon. Er wirkte angespannt. Als er sah, dass Alice nicht sofort zum Haus lief und ihn beobachtete, legte er das Handy auf den Beifahrersitz und fuhr los. Er wollte ungestört reden.

Als Alice auf der Höhe des Holzhäuschens an der Bushaltestelle war, stand Wittgenstein vor ihr. Seine wenigen Haare klebten im Gesicht, und seinen abgewetzten Cordanzug hatte der Regen von oben bis unten durchweicht.

»Heute ist Donnerstag«, sagte Wittgenstein, »das fühle ich gleich, wenn der Tag beginnt. Schon am Montag tun mir die Finger weh, und da denke ich, dass der Donnerstag bald kommt. Der Montag ist fast genauso schlimm wie der Donnerstag, weil ich da immer an den Donnerstag denken muss.«

»Der Tag fing nicht gut an.«

»Kein Tag beginnt gut. Jeder Tag beginnt und wird vielleicht besser. Außer Donnerstage«, antwortete Wittgenstein und studierte aus der Nähe den Busfahrplan.

»Heute Morgen habe ich gesehen, wie die Bestatter einen Toten aus einem Haus getragen haben. Es war der Vater von Lisa, die in der Schule neben mir sitzt. Die Polizei hat uns befragt. Ich kann es noch gar nicht glauben. Doch sie sagen, dass Lisa ihren Papa umgebracht hat. Und da ist noch die Moorleiche. In der Zeitung und im Radio brachten sie, dass sie schon seit ein paar hundert Jahren dort liegen soll, doch ich habe sie gesehen … aus der Nähe. Aber ich glaube, dass der Tote noch nicht einmal fünfzig Jahre im Moor liegt. Tausend Jahre alte Mumien halten keine Polaroidfotos umklammert.«

»An einem Donnerstag ist alles möglich.«

»Das hat doch nichts mit Donnerstagen zu tun?«

»Wer weiß, ob Lisa auch an einem Mittwoch zur Mörderin geworden wäre. Das sind alles Dinge, die uns die Wissenschaft nie beantworten kann. Auch wenn die Wissenschaft eines Tages alle Fragen geklärt haben wird, werden wir nie wissen, warum wir überhaupt sind.«

»Du selbst hast mir gesagt, dass die Frage nach dem Sinn des Lebens eine falsche Frage sei. Reine Zeitverschwendung.«

»Für die Wissenschaft, nur für die Wissenschaft. Was ist das nur für ein Fahrplan?«

»Der Bus kommt nur alle zwei Stunden.«

»Ich kann warten.«

»Wo willst du hin?«

»Zur Beerdigung eines Philosophen.«

»Wer ist gestorben?«

»David Grandval, mein guter Freund Grandval«, sagte Wittgenstein und hielt sich die Schläfen. »Ich wusste, dass es so kommen würde.«

»Wann ist er gestorben?«

»Gestorben ist er, glaube ich, an einem Samstag.«

»Letzten Samstag?«

»Nein, am 31. Juli 1784.«

»Aber dann ist er ja schon lange tot. Noch länger als die Moorleiche.«

»Er ist gestorben, aber er war immer noch da. Ich hatte ihn in seiner Hütte besucht. Er hat mich gewarnt, dass es so kommen würde.«

»Aber wenn er schon vor über zweihundert Jahren gestorben ist, wie kann er da noch einmal sterben? Ich meine, du bist ja auch schon ganz offiziell tot, seit 1951.«

»Erinnere mich nicht an diesen Sonntag. Dieser scheußliche Regen im April. Dann diese Schmerzen. Tage später traf ich David Grandval auf einem Spaziergang.«

»Wenn David Grandval schon tot war, wie kann er da noch einmal sterben?«

»Das Schlimme am Sterben ist nicht der Tod, sondern das Verschwinden. David Grandval hatte nicht viel hinterlassen, aber ein paar wichtige Sätze. Wenig davon niedergeschrieben. Manche Sätze wurden überliefert und überlebten in den Köpfen der Menschen. Kluge Sätze können ein paar tausend Jahre überdauern, doch die meisten Gedanken werden verfälscht, und wenn es keine Leute gibt, die darauf aufpassen, dann zerbröseln sie im Laufe der Zeit. Und wenn nichts mehr übrig ist, dann verschwindet auch der Mensch.«

»Aber du erinnerst dich noch an ihn.«

»Das dachte ich auch, und vielleicht habe ich sein Leben noch um ein paar Jahre verlängert. David Grandval hat mich ja gewarnt, dass es eines Tages so kommen würde. Er redete immer von einem dunklen

Philosophen, der sich in den Köpfen der Menschen einnistet und es schafft, dass kein Mensch mehr selbst denkt und sich an uns erinnert. David sagte mir, dass er ihn einmal gesehen hätte, wie er durch die Städte zog und selbst noch bekannte Geister der Geschichte einfach auslöschte. Keiner weiß, wie er das macht, keiner weiß, woher der Dunkle kommt. Ich glaubte Grandval nicht, weil er ja immer zu ängstlich war, aber nun ist er aus der Welt verschwunden. Ich muss auf seine Beerdigung.«

»Wann findet sie statt?«

»Gestern.«

»Aber dann hast du sie ja versäumt.«

»Nicht, wenn ich den Bus nehme. Der bringt mich noch rechtzeitig hin.«

»Wenn etwas gestern war, dann ist es eben nicht mehr heute. Vorbei ist vorbei.«

»Was einmal war, ist ja immer noch. Man muss nur den Spuren folgen. Der Bus bringt mich direkt hin.«

»Nach Gestern?«

»Ich muss nur den Bus nehmen. Er bringt mich hin.«

»Ein Bus in die Vergangenheit. Da hilft dir der Fahrplan nicht weiter.«

»Ich kann warten.«

»Warum kannst du mir nicht einmal sagen, was ich tun soll?«

Wittgenstein hob seinen Kopf und machte ein Gesicht, als hätte Alice eine absurde Bemerkung gemacht.

»Das kann doch niemand anders wissen als du selbst.«

»Ich kann mir nicht vorstellen, dass meine Freundin Lisa ihren Vater umgebracht hat. Ich glaube es nicht, auch wenn alle das sagen. Aber ich habe keinen Beweis.«

»Ich habe mein Leben lang versucht, die Ergebnisse meiner Gedanken zu einem Ganzen zusammenzufassen. Doch das habe ich nie geschafft, denn sobald ich meine Gedanken irgendwie steuerte, sind sie erlahmt. Man darf niemals die natürliche Richtung seiner Gedanken in eine andere Richtung zwingen.«

»Das sagt sich so einfach.«

»Wenn der Bus hier nicht hält?«

»Ich glaube, dass ein Bus nach Gestern gar nicht mehr hier hält.«

»Er hält, solange es jemand gibt, der in ihm fährt.«

»Ich muss los. Ich muss mich um einen Fall kümmern. Irgendetwas ist faul an der Sache mit Lisa. Genauso faul wie die Moorleiche.«

Alice ging zum Haus. Als sie sich umdrehte, war das Bushäuschen leer. Durch den Regen glaubte sie den Motor eines Busses zu hören.

16.

»Mit wem hast du da im Bushäuschen geredet?«, fragte Amalia, die in der Tür stand. »Du hast wirklich einen an der Klatsche, liebe Schwester.«

»Ich habe mit niemandem geredet«, verteidigte sich Alice, die völlig durchnässt keine Lust auf eine Unterhaltung hatte, schon gar nicht mit ihrer Schwester, die wie immer auf Streit aus war.

»Du bist so was von übergeschnappt, Schwester«, sagte Amalia. »Du hast dann wohl für ein Theaterstück geübt.«

»Lässt du mich jetzt rein?«

»Das heißt bitte. Du solltest mal lernen, höflicher zu sein.«

»Könntest du bitte deinen ausgehungerten Körper, an dem nichts anderes als Knochen dran sind, aus dem Weg schieben, bevor ihn der Wind wegbläst? Bitte.«

»Du kriegst gleich eine Watsch'n.«

Alice schob sich an Amalia vorbei ins Haus. Ihre Schwester hatte sie beobachtet, wie sie mit Wittgenstein redete. Genauer gesagt, hatte sie Wittgenstein nicht gesehen, so dass es wirken musste, als hätte sie alleine in den Regen geredet. Was Amalia einmal erfahren hatte, blieb keine zwei Stunden in ihr. Spätestens wenn ihr Vater nach Hause kam, würde sie ihm alles erzählen. *Sie redet immer noch mit sich selbst oder mit Gespenstern. Geht sie noch zur Therapie?*

»Wo ist Papa?«, fragte Amalia. »Er wollte dich mitnehmen und mich dann in die Stadt bringen.«

»Er musste wieder weg.«

»Das gibt's doch nicht«, sagte Amalia. »Er hat mir doch versprochen, dass er mich in die Stadt mitnimmt. Ist denn auf keinen mehr Verlass in dieser verpissten Familie?«

Amalia lief zum Telefon. Sie machte dabei ein Gesicht, als müsste sie einen Notruf absetzen. 110 – sagen Sie überall in Hindelang Bescheid, dass Amalia Pokel heute nicht zum Abendtanz erscheinen wird.

»Papa hat andere Probleme, als dich in deinen Club der dämlichen, heiratswilligen Jungfern zu fahren. Warum schreibst du nicht einfach eine Annonce? *Junge Frau ohne Gehirn sucht jungen Mann zum Zeittotschlagen.*«

»Bei dir hackt's wohl«, zischte Amalia und warf den Notizblock samt Kugelschreiber in ihre Richtung. In leicht berechenbarer Flugbahn. Alice wich aus und sah, wie der Block mit Lederetui zwischen den Schuhen aufschlug. Einzelne Blätter hingen heraus. Der Stift steckte in einem von Amalias Lederstiefeln.

»Du mieses Stück! Meine Gucci-Lederstiefel. Du hast sie ...«

»Der Annonce solltest du noch hinzufügen: *absolut geistlos, ohne jeglichen Humor.*«

Alice wusste, dass der Augenblick gekommen war, das Feld zu räumen. Der spitze Metallkugelschreiber hatte das Leder des Schuhs glatt durchstoßen. Für Amalia waren Schuhe so etwas wie eine zweite Existenz, und sie behandelte sie wie andere ihre Hunde oder Katzen. Fast hätte Alice sich schon bei ihr entschuldigt und ihr gesagt, dass es ihr leid täte, was mit ihrem Gucci-Schuh passiert war. Doch schließlich hatte Alice ja nichts dafür gekonnt. Was warf sie auch mit Sachen um sich! Alice hatte sich schon umgedreht, als es an der Tür klingelte. Amalia sprang auf und rannte los. Auf halbem Weg drehte sie sich um und blickte in den Spiegel über der Kommode, auf der Schlüssel und die Papiere ihres Vaters lagen, wenn er zu Hause war.

»... meine Haare, wie sehe ich aus!«, sagte sie zu ihrem Spiegelbild. »Ich rege mich nicht auf, ich bekomme keine Falten mit zwanzig, das lasse ich nicht zu. Das Gel ist Mist, ich sehe aus wie eine Vogelscheuche, o mein Gott, wenn er ...«

Sie tupfte über ihre Haare und öffnete die Tür.

»Ähhh, ich ... nun eigentlich, wenn es möglich ist, dann ...«, sagte jemand.

Amalia stellte sich seitlich an die Tür und stieß die Luft zwischen den Zähnen aus.

»Was? Kriegen wir vielleicht heute noch einmal einen ganz normalen Satz raus?«

»Eh ja ... Ich wollte eigentlich zu Alice.«

»Schwesterchen, dein behinderter Freund ist da.«

Tom hatte seinen Regenmantel tief ins Gesicht gezogen. Er machte einen Schritt nach vorn, doch Amalia schob ihn wieder nach draußen.

»Hey, mal nicht so schnell. Ich entscheide, ob du rein kommst oder nicht. Frag mich sowieso, ob du jemals ein Mann sein wirst. Hast ja jetzt schon einen Bauch und Schultern wie ein Mädchen.«

»Ist Alice da?«

»Lass ihn in Ruhe, Amalia«, rief Alice aus dem Gang, »und leg dich nicht mit Leuten an, wenn dein IQ nicht höher als der einer Henne ist.«

»Wir sprechen uns noch«, sagte Amalia im Vorübergehen, »und für das Loch in meinem Stiefel wirst du bezahlen.«

»Kann mir jemand mal sagen, was los ist?«, fragte Tom. »Ich habe den Wagen deines Vaters gesehen, als ich vom Hotel nach unten gelaufen bin. Er ist in irrem Tempo in Richtung Kaltenloch gefahren.«

»Außerdem könntest du dich mal waschen«, rief Amalia aus dem

Flur. »Du muffelst ja wie ein Komposthaufen. Oder bist du jetzt auf einem Ökotrip?«

Tom zog ebenfalls die Nase hoch.

»Sei jetzt bloß still«, sagte Alice und schob Tom in Richtung Küche.

»Aber deine Klamotten muffeln wirklich ein wenig nach. Ich kann dir nicht sagen wonach, aber ...«

»Das wirst du mir nicht glauben.«

Amalia hing wieder am Telefon. Sie hatte ihr Lächeln aufgesetzt, das sie im Bad vor dem Spiegel geübt hatte. Sie verbrachte Stunden damit, jede Geste einzuüben, die sie jenseits des verschlossenen Badezimmers zeigte. Alice hatte sie dabei erwischt, wie sie mit einer ihrer Modezeitschriften auf dem Klo saß und mit einem Handspiegel das Bild eines Models verglich. Das führte dann dazu, dass sie tagelang wie ein Stock aufgerichtet die Treppen nach unten kam oder minutenlang mit den Augen zwinkerte und jede Mundregung vermied. Sie sah dabei so dämlich aus, dass Alice sich wunderte, dass Amalia dies nicht selbst auffiel.

»Riecht irgendwie nach fauligen Kartoffeln«, sagte Tom. »Wo warst du nur?«

»Neben einer Moorleiche.«

»Die Moorleiche, die man im Kaltenlocher Moor gefunden hat?«

»Ich bin meinem Vater in die Klinik gefolgt, weil er sich so komisch verhalten hat.«

»Und warum interessiert dein Vater sich für eine uralte Moorleiche?«

»In der Klinik liegt die Leiche von Lisas Vater.«

»Die Nachrichten, die du mir geschrieben hast?«

»Es sieht so aus, als hätte Lisa ihn umgebracht. Sie hat ihm ein Messer in den Hals gerammt.«

»Ihrem Vater ein Messer in den Hals? Ist das dein Ernst?«

»Kein Zweifel. Ich habe gehört, wie eine Krankenschwester mit meinem Vater geredet hat.«

»Hast du deinem Vater eine Wanze untergeschoben?«

»Ich habe mich versteckt … unter einem Leichentuch, unter der auch eine Leiche lag, die Moorleiche.«

»Du hast neben einer Mumie gelegen, nur um deinen Vater zu belauschen? Abgefahren.«

»Ich kann mir einfach nicht vorstellen, dass Lisa ihren Vater in den Hals gestochen hat.«

»Aber vielleicht haben dein Vater und die Polizei schon die Ermittlungen aufgenommen?«

»Nein, sie glauben, dass Lisa es war. Bis jetzt jedenfalls.«

»Lass die Polizei das machen.«

»Die halten sich an die Indizien, an Beweise … und Lisa hatte das Messer in der Hand und stand neben ihrem toten Vater.«

»Und wenn es so war? Wenn Lisa plötzlich verrückt geworden ist? So was gibt es doch.«

»Hast du das gemacht, worum ich dich gebeten hatte?«

»Alice, wollen wir nicht morgen ins Kino gehen? Ich lade dich ein. Mit Popcorn und Cola. Ist schließlich dein Geburtstag.«

»Kein Geburtstag … Geburtstage, als ob man das feiern müsste? Dafür kann man am wenigsten.«

Amalia hatte aufgehört zu telefonieren. Im Haus war es still. Alice hielt Tom den Mund zu.

»Wir machen einen Spaziergang«, sagte sie, »die Wände haben Ohren … wenn auch kein Gehirn.« Alice sprach es laut aus. Im Flur vor der Küche waren leise Schritte auf dem Parkett zu hören.

Sie warf sich ihren Mantel über und zog Tom aus dem Haus.

Der Kirchturm war ein grauer Block im Regen, und auf dem Friedhof trieben vertrocknete Blumen und Plastikgießkannen in kleinen Bächen. Tom hüpfte von einem Stein auf den anderen. Alice hatte nasse Füße, und es störte sie auch nicht, dass sie bis zu den Knöcheln in den schlammigen Bächen lief. Jeder wäre am Friedhofstor umgekehrt, hätte geflucht oder gesagt, es sei völlig bekloppt, bei solch einem Wetter auf den Friedhof zu gehen. Die Toten laufen ja nicht weg. Und wenn Alice darüber nachdachte, dann wäre sie selbst zu dem Schluss gekommen, dass es unsinnig war, bei diesem Sturm ihre Mutter zu besuchen. Der eingravierte Marmorengel auf ihrem Grab hatte Moos angesetzt und ebenso die Gravur.

Heidi Pokel. 1970–2004. Geliebte Ehefrau und Mutter. Du fehlst uns.

Tom stapfte hinter Alice her, wo sonst keiner bei ihr geblieben wäre. Manchmal lässt sich Freundschaft einfach nicht erklären, dachte Alice, aber genau deshalb mochte sie Tom.

»Warum kommst du am Tag vor deinem Geburtstag zum Grab deiner Mutter, aber nie zu ihrem?«

»Weil mein Geburtstag mich mit ihr verbindet. Schließlich hat sie mich vor zwölf Jahren auf die Welt gebracht. Ich versuche irgendwie zu verstehen, wie sie sich damals gefühlt hat.«

»Das muss höllisch weh tun, ich habe mal eine Doku gesehen, ich sag dir ...«

»Das meine ich nicht. Sie muss in diesem Augenblick unheimlich glücklich gewesen sein, und sie hat sich vorgestellt, wie ich wohl in ein paar Jahren sein werde und was ich tue und wer ich bin. Ich will einfach wissen, wie sie sich mich vorgestellt hat.«

»Vielleicht hat sie dich ja gar nicht gewollt. Du könntest ja so etwas wie ein Kollateralschaden übermäßigen Alkoholkonsums sein. Wäre da nicht der Saint-Émilion gewesen, hat mir meine Mutter erklärt, dann gäbe es dich nicht. Wenn ich jetzt im Hotel-Restaurant die Flasche sehe, und ich sehe, wie Leute anstoßen, dann habe ich jedes Mal das Gefühl, dass sie mich noch einmal entstehen lassen. Ist doch verrückt, oder?«

»Meine Mutter hat mich gewollt.«

»Hat dein Vater dir das gesagt?«

»Für meinen Vater spielt das keine Rolle. Hauptsache, ich bin da, das ist das Wichtigste. So einfach klingt das bei meinem Vater.«

»Klingt nach Kollateralschaden.«

»Es sind nicht alle Eltern wie deine.«

»Ich will das auch nicht sagen, sondern lediglich, dass wir nur Nebeneffekte sind. Weißt du, der Mensch ist bloß ein Nebeneffekt der Natur. Selbst Bill Gates ist nur ein Nebeneffekt. Ich kann es manchmal gar nicht glauben, aber wenn ich mir vorstelle, dass die Natur ganz ohne Computer auskommt, dass es da draußen im Weltall rotierende Pulsare gibt und Planeten, so groß wie unser Sonnensystem, dann frage ich mich, wie das alles ohne Computer möglich war.«

Alice kniete sich auf die nasse Erde und rupfte den Löwenzahn vom Grab ihrer Mutter. Die Blumenvase war umgefallen. Die vertrockneten Blumen trieben in einer Pfütze. Alice hörte Tom nicht mehr zu, der über seinen Computer sprach, über die Welt in seiner Welt, wie meistens, wenn Alice am Grab ihrer Mutter stand. Tom konnte nicht verstehen, warum sie noch so viele Fragen an ihre Mutter hatte. Sie wünschte sich, ihre Mutter tauchte hin und wieder auf und spräche mit ihr. Stattdessen sah sie Wittgenstein und andere Gestalten, die sie gelesen hatte. Ihre Mutter hatte nichts hinterlassen, nur Erinnerungen, die ihr nicht gehörten.

Die Turmuhr schlug fünfmal. Es begann zu dämmern. Tom war plötzlich still geworden. Sie schauten beide zu der Anhöhe am Kaltenlocher Tobel, zu den Windrädern.

»Ich habe noch nie gesehen, dass sie sich drehen«, sagte Alice.

»Sie müssen sie abschalten, wenn der Wind zu stark weht«, sagte Tom und wunderte sich, warum Alice sich auf einen Schlag für den Windpark auf der Kaltenlocher Anhöhe interessierte.

»Dann ist der Wind aber oft zu stark.«

»Das ist auch das Problem, denn hier in den Bergen ist der Wind entweder zu stark oder gar nicht da.«

»Und hast du nachgeschaut, um was ich dich gebeten habe?«

»Ja, aber versprich mir …«

»Nein, ich verspreche nichts.«

»Die Polizei regelt das schon. Sie kümmern sich um Lisa und werden schon rauskriegen, warum sie ihren Vater umgebracht hat.«

»Hast du nun was über ihn gefunden?«

Tom zog sein Smartphone aus der Tasche. »Josef Bork kam vor sechsunddreißig Jahren nach Kaltenloch. Er studierte in München Medizin und arbeitete als Oberarzt in der Kaltenlocher Klinik.«

»Was hast du noch?«

»Verheiratet seit zwanzig Jahren mit Maria Bork. Sie haben ein Kind, Lisa. Sie geht auf die Melanie-Klein-Schule. Das weißt du ja, schließlich sitzt sie neben dir.«

»Ist das alles?«

»Ich habe so einiges gefunden.« Er tippte auf sein Handy und zeigte es Alice. »Das ist ein Zeitungsausschnitt aus dem Ällgäuer-Blatt. Erschienen vor knapp zwei Jahren.«

»Gemeinderat will keinen Ökostrom.«

Die letzte Sitzung des Gemeinderates in Kaltenloch endete wie die meisten Versammlungen in Kaltenloch in Geschrei. Worum ging es? Um den Bau des Windparks auf der Anhöhe Kaltenlochs. Seit Jahren kämpft Bürgermeister Rudolf Hackner für dieses Projekt, erklärt er dem Allgäuer-Blatt. Es ist zu seiner Lebensaufgabe geworden …

»Was hat das mit Lisas Vater zu tun?«

» Er war seit über zehn Jahren im Gemeinderat und war absoluter Gegner des Windparks.«

»Gebaut wurden diese Dinger trotzdem.«

»Es gibt eine richtige Chronik dazu. Das meiste dazu steht im Allgäuer-Blatt, einige andere Schriften sind Auszüge aus den Klageschriften gegen die Anlage.«

»Wer hat da geklagt?«

»Josef Bork und andere Gemeinderatsmitglieder. Einige Zeit konnten sie den Bau verhindern.«

Windrotoren gegen Flugrouten der Störche. Naturschützer gehen auf die Barrikaden.

»Dieser Artikel ist im Lokalteil der Süddeutschen Zeitung erschienen«:

Bisher verhinderte der Kaltenlocher Bürgermeister Rudolf Hackner, dass es Breitbandinternet und eine ordentliche mobile Telefonverbindung gibt. Wir brauchen keine Funkantenne, kein Handynetz und kein ultraschnelles Internet. Kaltenloch ist ein Rückzugsort von der modernen Welt. Inzwischen kommen jährlich zahllose Patienten in die Kaltenlocher Kliniken, die vor dem Elektrosmog entfliehen wollen. Doch vorige Woche wollte Hackner nichts mehr davon wissen und setzte sich wie wild für den Bau eines Windparks ein.

»Hackner ist wie alle Bürgermeister an seinem Amt festgewachsen.«

»Genau seit über sechsundzwanzig Jahren.«

»Und warum war Lisas Vater gegen den Bau?«

»Keine Ahnung. Er hatte Angst, dass die Berge verschandelt werden.«

»Und der Bürgermeister fürchtete um die Einnahmen der Touristen, die im Sommer ins Tal kamen. Fast jeder in Kaltenloch vermietet Ferienwohnungen oder Parkplätze für Tagestouristen.«

»Wenn aber Hackner keine Mehrheit im Gemeinderat hatte?«

»Seltsamerweise hatte er die bei der letzten entscheidenden Sitzung. Bork stand alleine da. Gleichzeitig wurde der Sportplatz der Schule erweitert, und es gab auch Geld für den Kaltenlocher Fußballclub.«

»Dreimal darfst du raten, wer der edle Spender war. Die Aschenbahn wurde erweitert und bekam einen Gummibelag, und der Fußballclub kriegte eine neue Tribüne.«

»Jeder der Gemeinderatsmitglieder hat ein Kind in der Schule oder ein Kind im Fußballclub, und beim Fußball hört für den Allgäuer jeder Spaß auf. Kreisliga hin oder her.«

»Plötzlich stand Bork alleine da«, sagte Tom. »Traue keinem Menschen, den du nicht selbst bestochen hast.«

»Woher hast du diesen Spruch?«

»Aus einem Mafiafilm.«

»Aber das alles ist noch kein Grund, einen Menschen zu ermorden.«

»Dass Bork aber gegen die anderen Gemeinderatsmitglieder und den Bürgermeister wegen Bestechlichkeit gerichtlich vorging, das fanden viele gar nicht mehr lustig. Bei der nächsten Gemeinderatswahl wäre Bork sicher nicht mehr gewählt worden.«

»Die Rotoren stehen in der Flugroute der Störche?«

»Mir auch nicht klar, warum Bork so viel an den Störchen gelegen war.«

Alice schüttelte den Kopf. »Störche lernen ihre Flugrouten nicht. Sie haben einen inneren Kompass, und vor allem hatten sie auf den Anhöhen ihre Nistplätze.«

»Auf dem Dach der Kirche ist auch ein Nest«, sagte Tom.

»Das hat der letzte Sturm runtergeweht.«

»Und jedes Jahr bauen sie es wieder neu.«

»Die Rotoren stehen genau zwischen ihren Nistplätzen und ihrer Anflugzone«, sagte Alice und wischte sich den Regen aus dem Gesicht. So viele Feinde sich Bork auch im Gemeinderat gemacht hatte – ihre Hände waren nicht voller Blut. Es war Lisa, sein eigenes Kind, das mit dem blutigen Messer über ihm gestanden hatte. Tom hatte recht, es brachte nichts, in Borks Leben herumzuforschen. Dies war keine Ermittlung. Es war nicht die Frage, wer Josef Bork umgebracht hatte, sondern warum.

»Ich muss mit Lisa reden«, fügte sie nach einer kurzen Stille hinzu. Der Regen hatte nachgelassen, doch über die Berge wälzten sich andere, noch schwärzere Wolken.

TEIL ZWEI

Dunkles Schweigen

1.

Der Bus fuhr nur dreimal am Tag. In der Früh, dann nachmittags und noch am Abend. Er fuhr in Hindelang los und klapperte jedes Kaff in den umliegenden Bergen ab. Seit dem Unfall am Tobel fuhren keine alten Linienbusse mehr, in denen im Winter die Scheiben beschlugen, so dass man immer den Eindruck hatte, man fuhr durch Nebel.

»Heute Abend fährt kein Bus mehr nach Kaltenloch«, sagte Tom und studierte den Busfahrplan, auf dem auch Wittgenstein seinen Bus nach Gestern gesucht hatte. »Zu Fuß«, fügte er hinzu, »brauchen wir über eine Stunde, und davon halte ich bei diesem Wetter gar nichts.«

Nichts überstürzen, sagte ihr Verstand, doch Alice hatte das Gefühl, dass sie keine Zeit vergeuden durfte. Alles begann mit der schüchternen Lisa, die mit ein paar Strichen Theosophus Rexner skizzieren konnte und die in Alice etwas sah, was sie später einmal Freundschaft nennen würden. Dieses Mädchen hatte seinem Vater die Kehle durchgeschnitten und ihm beim Sterben zugesehen. Nur aus welchem Grund sollte sie ihren Vater umbringen? Lisa hatte kein Motiv, aber sie hatte das Messer in der blutigen Hand gehalten. Dagegen waren in Kaltenloch einige froh, dass Josef Bork das Zeitliche gesegnet hatte. Doch selbst wenn etwas dran war, dass der Bürgermeister und einige Gemeinderatsmitglieder seinen Tod wünschten, so war es ein Unterschied, etwas zu wünschen und es zu tun. In Leo Faulkners Enzyklopädie des Verbrechens schrieb der ehemalige Kriminalinspektor aus Chicago: *Es gibt mehr Menschen, als wir denken, die zu einem Mord bereit wären. Ihnen fehlt lediglich die Gelegenheit oder die*

Erlaubnis. Es sind wenige, die einen Mord systematisch planen, und noch weniger, die ihn durchführen.

Alice lief auf der Stelle und verfluchte die öden Berge, zwischen denen sie eingesperrt war. Keine U-Bahn, keine Linienbusse, ja, es gab nicht einmal einen Fahrradweg, sondern nur diesen einen Bus, der drei Mal am Tag seine Schleifen zog.

»Ich muss sie heute noch sprechen«, sagte Alice.

Tom tippte auf seinem Handy. »Ein Taxi ist scheißteuer, können wir vergessen«, murmelte er. »Ich habe da eine Idee.«

Zwei Minuten später hielt ein weißer VW-Bus vor ihnen. Auf der Tür war das Logo des Hotels.

»Ich hatte vergessen«, sagte Tom, als der Wagen anfuhr, »dass es ein Shuttle gibt, das zwischen dem Hotel und der Klinik verkehrt. Es ist ein Fahrtdienst des Hotels für Gäste, die sich in der Klinik behandeln lassen, aber im Hotel wohnen.«

»Weiß dein Vater, dass ihr nach Kaltenloch fahrt?«, fragte der Fahrer mit polnischem Akzent. »Ich will keine Schwierigkeit.«

»Alles in Ordnung«, antwortete Tom, »ich habe Bescheid gesagt.«

Alice wusste allerdings, dass Tom mit Sicherheit weder seinem Vater noch seiner Mutter Bescheid gesagt hatte.

»Wen holen Sie in Kaltenloch ab?«

»So eine reiche Laska ... Wie sagt ihr in Deutsch so schön? In Polen haben wir viel mehr Ausdrücke für Frauen.«

»Tussi«, sagte Tom.

»Ja genau, ich meine so eine reiche Tussi, die sich in der Klinik ihre Ballermänner vergrößern lässt.« Der Fahrer lachte und schaute über den Rückspiegel nach hinten. »Sorry, Kinder, ich meine natürlich ihre ... na, ihr wisst schon.«

»Mamma-Augmentation heißt der medizinische Fachterm, und ich bin schon zwölf.«

»... morgen, um genau zu sein«, fügte Tom hinzu.

»Wie schön, Mamma ... was für ein Ausdruck! In Polen haben wir viel mehr dafür. Deutsch ist eine Sprache für Ersatzteile, für Panzer und Gesetzbücher, aber nicht gut für Liebe. Lernt eine andere Sprache, wenn ihr mal … na, ihr wisst schon … wollt. Nun, ich fahre die Tussi jeden Morgen in die Klinik. Mir ein Rätsel diese Tussi … ist mindestens schon sechzig oder mehr, gibt aber Tausende Euros für ihre Haare aus und erst dieses widerliche Parfüm.«

Der Fahrer amüsierte sich eine Weile über den medizinischen Fachausdruck für weibliche Brüste und sprach zu der Heiligen Jungfrau Maria, die auf dem Armaturenbrett mit dem Kopf wackelte.

»Jetzt muss ich auch noch überlegen, was die Mammas mit meiner Mama zu tun haben. Das wird eine große Problem …«

»Können Sie nicht einfach nur fahren?«, sagte Alice und schaute in die nassgraue Landschaft.

»Das ist die Dummheit dieser Tussis«, redete der Fahrer ungestört weiter, wie ein Radio, das man nicht mehr abstellen kann, »sie bezahlen viele Euros für Plastikmamas, und ihr Leben können sie doch nicht verlängern. Und was noch das Beste ist, das Einzige, was von ihnen mal bleibt, sind ein paar Kilo unverrottbarer Plastikmüll in einem Sarg.«

Der Fahrer redete in Polnisch weiter und schlug sich beim Fahren auf die Schenkel. Alice hoffte nur, dass er der Straße noch folgen konnte.

»Was ist, wenn sie dir nichts anderes sagt, als die Polizei schon weiß?«, fragte Tom und beugte sich zu ihr.

Alice starrte weiter nach draußen. Die Straße wurde enger und kurviger. Nebel stieg aus dem Tobel auf. Sie kamen an der Stelle vorbei mit den Kreuzen. Nur wer aus der Gegend kam, wusste, dass die Lücke zwischen den Bäumen von dem Bus stammte, der in die Tiefe gerast war. Das Shuttle fuhr schnell. Alice spürte, wie sie in den Kurven gegen die Tür gedrückt wurde.

»Alice, wenn sie ihren Vater getötet hat und sie dir nichts anderes sagen kann, was dann?«

»Sie wird es sagen.«

»Wie kannst du dir da so sicher sein?«

»Weil Lisa keine Psychopathin ist. Die Anzahl der Kinder unter fünfzehn, die ihren Vater oder Mutter töten, ist minimal …«

»Aber nicht gleich null. Alice, du hast dich dieses Mal in etwas verrannt. Du siehst nur, was du sehen möchtest.«

»Da ist noch etwas anderes.«

»Gehen wir damit zuerst zur Polizei.«

»Tom«, sagte Alice und wandte sich zu ihm. In einer Kurve presste sein von Nutella und Coca Cola zu fetter Körper sie gegen die Tür. »Die Polizei hat … Du solltest wirklich abnehmen, geh von mir runter, meine Rippen … Die Polizei hat den Fall bestimmt schon an die Psychiatrie abgegeben. Lisas Leben ist vorgezeichnet, wenn ich nichts tue. Sie stecken sie in die Geschlossene und stopfen sie mit Psychopharmaka voll, und wenn sie dann vielleicht in zehn oder fünfzehn Jahren mal einen Fuß vor die Tür setzen darf, muss sie ihren Namen im Reisepass nachschlagen. Das darf ich nicht zulassen.«

»Wenn sie es aber getan hat!«

Sie erreichten Kaltenloch. Der Tobel war zu einem reißenden Strom angeschwollen und überschwemmte die Betonbrücke.

»Lisa ist vielleicht psychisch gestört und gefährlich. Selbst wenn du es schaffst, in ihre Nähe zu kommen und mit ihr zu sprechen. Du weißt gar nicht, ob sie nicht plötzlich auf dich losgeht. Wenn sie eine geisteskranke Mörderin ist … Scheiße, Alice, wir …«

»Aus diesem Grund gehe ich alleine zu ihr.«

»Was, wie? Du spinnst wohl. Ich lass dich doch nicht alleine zu ihr.«

»Ich brauche jemanden, der Schmiere steht.«

»Du willst mir also gerade weismachen, dass du alleine zu einer vermutlich Geisteskranken gehst, die gerade ihren Vater kaltblütig umgebracht hat?«

»Sie ist nicht verrückt.«

»Noch schlimmer, wenn sie ihren Vater abgestochen hat und nicht verrückt ist.«

»Da stimmt was nicht, Tom, und ich lasse nicht zu, dass Lisa für den Rest ihres Lebens in einer Nervenheilanstalt Puzzle von Rohrschachfiguren legt.«

Toms Atem ging schnell. Er war bleich. Entweder bekam ihm der Fahrstil des polnischen Fahrers nicht oder Alices Antwort. Irgendwie hatte er begriffen, dass sie es ernst meinte.

Plötzlich bremste der Wagen. *Kurwa mać.* Der Fahrer riss das Lenkrad herum. Alles drehte sich. Bäume, Häuser, die Straße, die Litfaßsäule mit der Werbung für eine Hämorridensalbe. Jedes Ding drehte sich wie ein Karussell, in dessen Mitte sie gefangen war. Alice schlug mit der Stirn gegen die Rückenlehne. Tom wurde gegen die Tür geschleudert. Dann standen die Räder des Wagens still. Leichter Regen fiel aufs Dach.

»Cholerna ... verdammt verhextes Sauvieh!«

Der Wagen hatte sich auf der nassen Straße gedreht. Alice konnte nichts sehen. Der Fahrer riss die Tür auf und stieg aus. Ein schwarzer Schatten huschte über die Kühlerhaube des Wagens auf sein Gesicht zu. Er riss beide Hände hoch und fuchtelte mit den Armen herum.

»Cholerna kura. Das war ein verdammtes Huhn ... ein schwarzes Huhn. Wegen diesem verflixten Huhn hätte ich fast Unfall ... Mein Gott, ein schwarzes Huhn, das bringt Unglück. »

»Ein böses Omen«, murmelte Tom.

»Hör bloß auf mit dem Altweibergewäsch.«

»Das war eine Warnung.«

»Was für Warnung?«, wollte der Fahrer wissen und klemmte sich wieder hinter das Steuer.

Alice suchte den Waldrand nach dem schwarzen Huhn ab. Es hatte sich wahrscheinlich im Unterholz versteckt. Doch dann sah sie es auf einem Straßenpfosten sitzen. Alice erkannte die Schnur an seinem Bein, mit der Malaver es gefesselt hatte.

»Dies ist ein Überlebender«, sagte sie.

»Wen meinst du?« Tom sah sie ungläubig an. Am liebsten hätte er Alice im Wagen eingesperrt und wäre mit ihr sofort nach Hintereck zurückgefahren. Doch zwei Minuten später standen sie vor dem Eingang zur Klinik.

2.

»Wir gehen da nicht rein«, rief Tom ihr hinterher. »Das ist der Eingang für Notfälle, und da steht ganz groß: nur für Ärzte.«

»Na und?«, sagte Alice. »Es handelt sich um einen Notfall.«

»Wir sind keine Ärzte. Wir sollten nicht hier sein.« Toms Worte verhallten in der Notaufnahme. Die automatische Tür öffnete sich. »Und woher willst du wissen, dass sie hier ist? Die Klinik ist riesig. Wir sind hier im ältesten Teil. Sie kann genauso gut in dem neuen Betonbunker am Hang sein.«

»Lisa ist in der Aufnahme. Dort werden die Voruntersuchungen gemacht.«

»Sie wird sicher streng bewacht, damit sie nicht türmt.«

»Wohin will sie denn abhauen? Mit zwölf haust du nirgendwohin ab. Da gehörst du anderen. Sie bestimmen über dein Leben. Und ohne Geld käme sie auch nicht weit.«

»Nach dem, was sie gemacht hat, bin ich ganz froh, dass sie nicht mehr allein über sich bestimmen kann.«

»Deshalb sind wir da ... Wir müssen verhindern, dass sie für zwei oder drei Jahrzehnte in der Klapse verschwindet.«

»Du weißt nicht, auf was du dich einlässt, Alice. Wir kriegen nur einen Haufen Ärger, und nichts wird sich ändern.«

Zwei lange Flure mit leeren Betten, eine mobile Beatmungsmaschine, an den Wänden Nachdrucke von Gustav Klimt. Alice drehte sich zu Tom um, der zwei oder drei Meter hinter ihr lief. Er holte sie ein.

»Hast du dir schon einmal überlegt, wie wir an der Krankenschwester vorbeikommen?«

»Du wirst sie ablenken.«

»Und wie soll ich das machen?«

»Ruf sie an! Such dir die Nummer des Krankenhauses raus und lasse dich mit dem Empfang verbinden.«

»Das klappt nie.«

»Kommt auf dich an.«

»Ich bin ein schlechter Lügner. – Warte …« Er tippte auf dem Bildschirm seines Handys, dann ließ er sich zweimal weiterverbinden. Er wechselte zweimal den Standort, bis er eine Zone mit Empfang hatte. Es dauerte ein paar Minuten, dann läutete das Telefon am Ende des Ganges.

»Guten Tag, mein Name ist … Bill Gates. Meine Mutter ist gestern eingeliefert worden.«

Bill Gates – ein noch unauffälligerer Name ist Tom wohl nicht eingefallen, dachte Alice und lief los. Tom redete. Wenn sie sich anstrengte, dann konnte sie ohne ein Geräusch an der Krankenschwester vorbeikommen. Sie gab Tom ein Zeichen, dass er weiterreden und hier auf sie warten sollte. Doch sie ahnte schon, dass mit Tom jeder Plan scheitern musste. Erst als sie um die Ecke gebogen war, zog sie ihr Handy heraus. Es war noch besetzt, doch Sekunden später rief Tom sie an.

»Ich komme. Warte auf mich!«

»Nein, du musst auf mich warten. Ich brauche dich hier, vor den Aufzügen.«

»Aber ich weiß, in welchem Zimmer Lisa untergebracht ist.«

»Woher denn?«

»Weil ich die Krankenschwester gefragt habe.«

»Du hast was?«

»Na, ich habe ganz einfach gefragt. Weiß doch keiner, dass wir hier sind.«

»Ich habe dir doch gesagt, erwähne nicht den Namen Lisa.«

»Ich lass dich da nicht alleine rein.«

»Wo ist sie?«

»Hier im Erdgeschoss. Im Untersuchungsraum. Du kannst nicht zu ihr.«

»Klar kann ich zu ihr«, erwiderte Alice und suchte den Untersuchungsraum. Doch neben jeder Tür auf diesem Flur stand »Untersuchungsraum«.

Untersuchungsraum 3. Alice drückte die Klinke herunter. Die Tür war offen, der Raum leer. Als sie die Tür wieder schließen wollte, stand plötzlich eine Krankenschwester hinter ihr.

»Kann ich dir helfen, junge Frau?«

Alice hasste Situationen, in denen sie improvisieren musste. Keine Zeit nachzudenken. Sie musste schnell handeln, noch bevor die Krankenschwester auf die naheliegende Idee kam, dass sie hier nichts zu suchen hatte. Ich möchte zu Lisa Bork, zu dem Mädchen, das ihren Vater umgebracht hat. Ich will mit ihr reden. Wenn sie etwas erreichen konnte, dann nur mit einer strategischen Lüge. Lügen ist notwendig und manchmal überlebenswichtig, solange man den Überblick nicht verlor, was nun wahr und was gelogen war.

»Ich möchte zu meiner Schwester«, antwortete Alice. Sie sprach absichtlich leise und schüchtern. Das Gesicht der Schwester entspannte sich. Die Lüge hatte ihr Ziel gefunden.

»Wer ist denn deine Schwester?«

»Lisa. Lisa Bork.«

»Ah, die Kleine, die die Polizei gebracht hat und die nicht spricht.«

»Sie spricht nicht?«

»Fast nicht. Ab und zu macht sie den Mund auf, sagt aber nichts. Wie jemand, der das Sprechen verlernt hat.«

»Kann ich meine Schwester sehen?«

»Der Arzt ist gerade bei ihr. Das kann noch ein wenig dauern.«

»Ich kann ja warten.«

»Kann aber länger dauern.«

»Ich kann auch länger warten.«

Alice setzte sich in einen der Sessel einer Sitzgruppe. Was wollte der Arzt über Lisa wissen? Dass sie nicht sprach, dafür konnte der Schock verantwortlich sein. Vielleicht sprach Lisa nur nicht mit Erwachsenen. Vielleicht würde Lisa ihr, Alice, erzählen, was passiert war.

Sie wartete in der Sitzgruppe. Eine Insel aus zerschlissenen Sesseln auf mattem Linoleumboden. Neben ihr saß eine Frau. Sie hatte die Augen geschlossen, schlief aber nicht. In einem anderen Sessel hockte ein Mann ohne Haare. Seine Kopfhaut war zerkratzt und sein ganzes Gesicht von roten Pusteln bedeckt. Alice hoffte, dass es nicht zu lange dauern würde. Sie nahm ihr Handy aus der Tasche. Kein Empfang. Tote Zone. Doch Tom hatte vorhin einen Empfang gehabt. Es gibt ja fast keine Orte ohne Empfang, hatte Tom ihr erklärt. Für Tom waren WLAN und ein Handy-Empfang so überlebenswichtig wie für andere Trinkwasser. Deswegen hielt er sich auch nicht lange an Orten ohne Empfang auf. Kaltenloch war für ihn ein unbewohnbarer Ort, eine Art Cyber-Grönland. Tom schaffte es dennoch, die Stellen ausfindig zu machen, an denen man für ein paar Minuten telefonieren konnte.

Alice stand auf und verließ die Sesselinsel. Sie machte ein paar Schritte zum Fenster. Schwacher bis gar kein Empfang. Dann hatte sie einen Empfang. Sie tippte Toms Nummer. Doch kaum war die Verbindung hergestellt, war sie auch schon wieder verschwunden. Alice ging wieder zu ihrem Sessel, der besetzt war. Sie hatte niemanden gehört. Keine Schritte, keine Stimme. Sie hätte es sich fast denken können. Wittgenstein hatte seine typisch unbequeme Haltung eingenommen. Stocksteif hockte er in dem Sessel, als handelte es sich um einen hölzernen Küchenstuhl. Beide Hände auf den Knien, den Hals nach vorne gestreckt.

»Ich bin schon den halben Tag in diesem Haus«, sagte Wittgenstein. »Der Regen macht mich krank. Das ständige Prasseln und Plätschern. Ich habe das Gefühl, dass es selbst in meinem Kopf regnet.«

Alice kam Wittgenstein gerade recht. Sie hatte kein Buch dabei, und wer konnte wissen, wie lange sie hier noch warten musste. Doch wenn sie sich mit Wittgenstein unterhielt und nur sie ihn sehen konnte, dann lief sie Gefahr, dass man sie für eine Irre hielt. Wittgenstein war zwar real, aber eben nicht auf dieselbe Art wie andere Menschen. Und auf eine Diskussion, ob sie mit Geistern spräche oder Stimmen hörte, wollte Alice sich nicht einlassen. Wittgenstein schaute sie an, und an seinem Gesichtsausdruck erkannte sie, dass er sich nicht sicher war, ob sie ihn wahrnehmen konnte. Seine Stirn legte sich in Falten.

»Ich weiß, dass du mich sehen kannst.«

Alice nickte. Da fiel ihr ein, dass ihr am Wochenmarkt manchmal Leute auffielen, die offenbar mit sich selbst sprachen. Sie drehten Lauch mit einer Hand und redeten dabei lautstark auf das Gemüse ein. Die Kopfhörer der Handys hatte sie erst später gesehen. Alice zog ihr Handy wieder aus der Tasche und hielt es ans Ohr. Selbstgespräche mit Handy waren in Ordnung. Man riskierte keine Gummizelle. Merkwürdigerweise gehörten aber lautstarke Selbstgespräche zur Welt der Verrückten. Dabei war es doch amüsant, mit sich selbst zu sprechen. Ihr Großvater tat dies immer, wenn er Holz hackte. *Ich habe es dir immer gesagt …* Zack, spaltete die Axt das Kantholz. Alice hatte ihn nie gefragt, mit wem er sprach, wenn er mit der Axt zuschlug.

»Schön, mit Ihnen sprechen zu können.«

Die ältere Frau drehte sich zu Alice und schlug ihr mit der flachen Hand aufs Knie. Dann brabbelte sie Wörter, die selbst niemand verstand, der in Hintereck aufgewachsen war. In den Tälern hier gab es Leute, die zwar Geräusche machten, wenn sie redeten, aber niemand konnte sagen, ob es noch eine Bedeutung dazu gab. Ebenso gab es Fälle, dachte Alice, von Leuten, die man von Anfang an nie verstanden hatte.

»Verbota, heinn … da … schau … na.« Die Alte zeigte auf ein kleines rundes Schild mit durchgestrichenem Handy.

Pfff, dachte Alice, in diesem Nest gibt es sowieso keinen Empfang. Sie steckte das Handy weg. Wenn nicht mit Handy, dann eben die verrückte Version. *Zack …* Alice setzte sich auf einen Hocker, von dem aus sie Wittgenstein, die Alte und den Mann mit schorfiger Glatze sehen konnte.

»Wie geht es Ihnen?«, fragte Alice die Alte, schaute aber Wittgenstein an, der neben ihr saß. Die alte Frau bemerkte dies und schaute nervös auf den Platz neben ihr. Er war leer – in ihren Augen. Sie lächelte, als sie den leeren Platz sah.

»Mein Rücken, seit Jahren sind es nur Schmerzen … schreckliche Schmerzen …«

»Weißt du«, sagte Wittgenstein, »ich hatte mich ja immer gefragt, was ich denn tun würde, wenn mir jemand befähle, Schmerzen zu haben. Würde ich sagen, natürlich, das ist doch selbstverständlich, wenn Sie es wünschen. Ich habe jetzt Schmerzen. Aber es ist viel schwieriger mit den Schmerzen. Ich habe ja keine Schmerzen. Ich besitze sie ja nicht. Ich bin der Schmerz, wenn ich ihn empfinde. Wenn ich also jemandem befehle, Schmerz zu haben, dann kann er sich zwar Schmerz zufügen, doch ich kann nie sicher sein, ob er nicht lügt.«

»Ich habe heute gelogen«, sagte Alice.

Die Frau, die einen Akzent sprach, den Alice nur zur Hälfte verstand, schüttelte den Kopf.

»Verbota … Telefonieren. Schlimm wird's, wenn du scho lügst, wenn du so jung no bisch. Wer lügt kommt in die Höll. In der Höll, da lügen sie immer alle. Und der Teufel lügt auch.«

»Ich weiß, dass du gelogen hast, Alice«, sagte Wittgenstein. »Ich habe dich beobachtet, wie du mit der Krankenschwester geredet hast. Das sind deine strategischen Lügen.«

Alice glaubte, ein Lächeln auf Wittgensteins Gesicht zu sehen, was jedoch sofort wieder seinem steinernen Ernst wich.

»Vor der Hölle habe ich keine Angst.«

»Wenn da immer alle lügen«, sagte Wittgenstein, »einschließlich des Teufels, dann kann keiner mehr sagen, dass er lügt, denn dies wäre auch eine Lüge. Und dann wäre es wahr. Doch in der Hölle sollen ja alle lügen. Das ist das Lügenparadox.«

»Hast du so was wie die Hölle schon gesehen?«

»Die Hölle nicht, aber eine Menge von Lügen. Viele Menschen wissen gar nicht, dass sie lügen. Sie haben irgendwie nur vergessen, die Wahrheit zu sagen. Das ist was ganz anderes, als bewusst zu lügen. Lügen ist ein Sprachspiel, das man lernen muss wie jedes andere auch. Es ist ein besonderes Spiel, bei dem man dem Anderen gar nicht sagen darf, dass man lügt. Das ist eine wichtige Bedingung der Lüge. Ich fragte mich immer, was in uns vorgeht, wenn wir zu unserem Gegenüber sagen: Ich werde dich jetzt anlügen. Ist dies ein besonderes Erlebnis, wenn man so offen lügt, oder geht die Lüge daran kaputt? Für Leute, die viel wissen, ist es ohnehin schwierig, nicht zu lügen. Ein Mensch, der viel weiß, kann überhaupt nur überleben, wenn er lügt.«

»... und der Teufel sitzt da hinter die Augen, zwischa deine Augäpfel und deim Hirn«, erzählte die Alte.

»Mir blieb nichts anderes übrig«, sagte Alice und schaute Wittgenstein an.

Die alte Frau rutschte in ihren Bergdialekt.

»Ich muss Lisa sehen«, sagte Alice, »denn da stimmt was nicht. Die Polizei irrt sich.«

»Ich muss wieder weg«, sagte Wittgenstein. »Die Zeit drängt. Der Dunkle ist da. Ich habe ihn gesehen, wie er den Hang herunterkam, irgendwo aus den Bergen, über schmale Pfade, seit Jahren unterwegs. Wenn wir nichts machen, dann löscht er uns alle aus, so wie er meinen Freund Grandval ausgelöscht hat.«

»Ich werde noch mehr lügen müssen«, sagte Alice zu Wittgenstein. »Ich kann gar nicht anders. Wer älter wird, muss lügen lernen, sonst gibt es keine Wahrheit.«

»Kommsch in die Höll«, sagte die Alte, »und da wachst dir Unkraut aus der Nase, für jede Lüge ... Die Höll ist zugewachsen wie am Amazonas.«

»Ohne die Lüge gäbe es keine Freiheit«, sagte Wittgenstein, der schon aufgestanden war, sich nach allen Seiten umdrehte, um dann noch einmal Alice die Hand auf die Schulter zu legen.

»Halte Augen und Ohren offen«, flüsterte er, so als könnte noch jemand zuhören. Vor einem Bild an der Wand blieb er stehen. Er hob es leicht an und blickte dahinter. Alice fragte sich, was Wittgenstein hinter dem Bild suchte. Es war das Schwarzweiß-Porträt eines Indianerhäuptlings. Als Wittgensteins Schritte im Flur verhallt waren, stand Alice auf und blickte ebenfalls hinter das Bild. Was hatte Wittgenstein hinter diesem Bild vermutet? Kannte er den Indianer? *Tecumseh. Politischer und militärischer Anführer vom Volk der Shawnee.*

Sie wartete bereits eine halbe Stunde. Tom würde bald die Geduld verlieren und seine Stellung verlassen. Was nützte es außerdem schon, wenn sie hier sowieso keinen Handyempfang hatte? Die ältere Frau hatte ihre Augen wieder halb geschlossen. Der Mann gegenüber kratzte sich weiter am Kopf. Als er merkte, dass Alice ihn beobachtete, unterbrach er seine Kratzbewegungen.

»Taubenallergie ... Erst wenn man eine Allergie gegen sie hat, weiß man, dass sie uns belagern. Ich kann in keiner Stadt leben. Sie sind überall da, wo Menschen sind. Ich lebe in keiner Wohnung mehr, nur noch in Hotelzimmern, denn sie verfolgen mich, überall ... Der Doktor hat mir gesagt, dass es in Kaltenloch fast keine Tauben gibt, doch ich habe sie schon auf den Dächern sitzen sehen.«

Die Krankenschwester, die Alice vor einer halben Stunde gesprochen hatte, stand vor ihr. Der Mann, der sich am Kopf kratzte, fühlte sich aufgerufen und lief sofort auf sie zu.

»Es ist nicht mehr auszuhalten, der Doktor muss mich gleich behandeln. Ich habe schon wieder welche gesehen ...«

»Warten Sie bitte noch einen Augenblick!«, sagte die Krankenschwester und wandte sich an Alice: »Du kannst jetzt deine Schwester kurz sehen.«

Lügen ist nur ein anderes Sprachspiel.

3.

Lisa lag auf einem Bett. Neben ihr ein Teddy, der ein Herz um den Hals hatte. Darauf stand von Hand geschrieben: *Zu deinem elften Geburtstag. Mama und Papa.* Alice ging auf Lisa zu und umarmte sie wie eine Schwester. Es fiel ihr leichter, als Amalia in die Arme zu nehmen. Sie konnte sich auch nicht erinnern, ihrer Schwester schon jemals so nahe gekommen zu sein. Lisa reagierte jedoch nicht auf die Umarmung.

»Was ist passiert, Lisa?«

»Sie redet nicht«, sagte die Krankenschwester. »Nicht einmal mit eurer Mutter. Ich weiß zwar nicht, was sie erlebt hat, aber es muss etwas Schreckliches sein.«

»Ich will dir helfen«, sagte Alice. »Gib mir doch ein Zeichen, dass du mich erkennst.«

Lisas Gesicht blieb ausdruckslos. Eine steinerne Maske. Alice streifte ihr eine Haarsträhne aus dem Gesicht. Dabei blickte sie in Lisas grüne Augen, die durch sie hindurch schauten, als gäbe es hinter den Mauern des Zimmers eine weite Landschaft.

»Nichts, außer diesen Zeichnungen«, sagte die Krankenschwester und zog einen Block aus einem Schrank hervor, »wenn man dies Zeichnungen nennen kann.«

Die erste Seite waren nur Kritzeleien. Alice blätterte in dem Block, Seite für Seite. Jede Seite war nur einseitig bemalt. Striche, ein paar Kreise und Kurven, aber so, als hätte jemand daneben wütend telefoniert. Alice schlug eine noch leere Seite auf und legte sie vor Lisa.

Zunächst reagierte sie nicht. Erst als Alice ihr einen Stift in die Hand drückte, bewegte sie ihre Hand mechanisch über das Blatt, ohne einen Blick auf das Gezeichnete zu werfen. Das Ergebnis waren nur wieder abgehackte Striche und ein paar Punkte. Ein Kind mit drei Jahren zeichnete besser. Doch noch etwas fiel Alice auf. In der Schule schrieb Lisa mit ihrer linken Hand. Sie konnte sich daran erinnern, weil ihre Ellbogen beim Schreiben immer zusammengestoßen waren. Jetzt hielt sie aber den Zeichenstift in der rechten Hand.

Alice nahm Lisa den Stift und legte ihn in ihre linke Hand. Nichts geschah. Erst als Alice ihn wieder in die rechte Hand legte, begann Lisa auf dem Block herumzukritzeln.

Die Krankenschwester verließ den Raum mit ein paar Infusionsflaschen. Sie waren alleine. Das einzige Geräusch kam von einer defekten Neonröhre.

»Ich weiß, dass du es nicht getan hast.«

Lisas Hand kratzte über den Zeichenblock.

»Rede mit mir!« Alice wusste, dass es keinen Sinn hatte. Lisa war wie eine Gefangene, die sich selbst bewachte und den Schlüssel aus dem Fenster geworfen hatte.

»Ich hole dich hier raus«, sagte Alice.

In demselben Augenblick ging die Tür auf, und die Krankenschwester stand wieder im Raum.

»Verschwinde!«, sagte sie und hätte Alice am Kragen von Lisas Bett weggezogen, wenn Alice nicht von selbst ausgewichen wäre. Die Erklärung für das Verhalten der Krankenschwester stand hinter ihr. Lisas Mutter und der Kommissar, der sie in der Schule befragt hatte, versperrten ihr den Weg nach draußen.

4.

Warum konnte er mit Alice nicht einfach ins Kino gehen? In Hindelang lief gerade der neue James Bond. Tom liebte die Bond-Filme. Es gab einen Bösen, der die Welt beherrschen wollte, und dann gab es

Bond, der für das Gute kämpfte und immer gewann. Obwohl er immer wusste, wie es ausging, schaute er sich jeden Bond-Film an. Alice war schon über vierzig Minuten weg. Sie hatten noch keine Ahnung, wie sie wieder nach Hintereck zurückkommen sollten. Der letzte Bus fuhr in zehn Minuten. Wenn Alice schon wieder anfing, dass sie jemandem helfen wollte, dann war auch schon klar, dass sie wieder ihre Nase in Dinge steckte, die gefährlich waren. Die Mumie aus dem Moor und das Mädchen aus ihrer Klasse, die ihren Vater umgebracht hatte. Vielleicht nur ein Unfall, oder die Kleine hatte sich gewehrt, als ihr Vater sie verprügelt hatte. Und was meinte Alice, dass mit der Mumie etwas nicht stimmte?

Tom tippte ihre Nummer in sein Handy und suchte auf seiner Hotspot-Karte einen Ort, von dem aus er einen Empfang hatte. Dies erwies sich als schwerer als gedacht, weil dieser Fleck sich ständig bewegte. Zum Glück gleichmäßig, so dass Tom mit wenigen Schritten den Empfang aufrecht erhalten konnte. Doch Alice war nicht erreichbar. Ihm war ganz schlecht bei dem Gedanken, dass sie allein zu dem Mädchen gehen wollte, das ihren Vater eiskalt abgestochen hatte. Wer weiß, wie diese Lisa reagierte? Es würde schon gut gehen. Hauptsache, sie waren schnell wieder von hier weg. Diesmal hätte er nein sagen müssen, nein und noch mal nein. Es gibt Dinge, die gehen dich nichts an, Alice.

Ich werde hier warten und nichts tun, sagte er zu sich. Was geht mich dieses Mädchen an, die zufällig in Alices Klasse neben ihr sitzt? Was interessiert mich eine modrige Moorleiche?

Du brauchst nur die Treppe nach unten gehen.

Im Radio sprachen sie von der Moorleiche, von den Zeichen auf der Haut und dass sie vielleicht schon ein paar Jahrtausende in dem schwarzen Moor gelegen hatte. Tom packte sein Handy in die Hosentasche und nahm den Aufzug zu den unteren Ebenen.

Pathologie.

Die Tür ging auf, und ein kaltes Licht empfing ihn. Der Geruch von

Salmiak und Sagrotan war allgegenwärtig. Noch mehr als im Erdgeschoss. Tom begegnete niemandem. Irgendwo hier musste die Moorleiche sein. Wenn er Glück hatte, dann hatte die Staatsanwaltschaft die Leiche nicht abtransportieren lassen. Er öffnete eine Metalltür und stand in einem Raum mit vier oder fünf Metalltischen. Es war eiskalt.

An mehr konnte Tom sich nicht erinnern. Plötzlich saß er wieder auf einem Stuhl im Erdgeschoss. Auf dem Tisch vor ihm ein paar Zeitungen. Und das war das Seltsame.

Verdammt, er war eingeschlafen und hatte nur geträumt, dass er den Aufzug nach unten genommen hatte. Die Metalltische, die zugedeckten Leichen ... und die Moormumie. Auf seinem Handy waren ungefähr fünfzehn Minuten vergangen. Sein Mund war trocken, und ihm war kalt. Alice hatte sich auf ihn verlassen, und er war eingeschlafen. Er stand auf, doch seine Beine fühlten sich an, als wären sie mit Watte gefüllt. Dann sah er die dunklen Flecken auf seinem Handgelenk. Was zum Teufel war die letzten zehn Minuten mit ihm geschehen. Er strengte sich an, die letzten zehn Minuten noch einmal in Gedanken zurückzugehen. Doch sosehr er sich auch anstrengte, er sah sich immer nur vor der Aufzugstür, dann der Weg zur Pathologie, er öffnete die Tür ... und danach saß er wieder hier auf dem Stuhl. Als hätte ihm jemand einfach zehn Minuten aus dem Kopf geschnitten. Hier stimmte etwas nicht. Sie mussten schleunigst aus dieser Klinik, egal wie. Hier ging es nicht mit rechten Dingen zu.

Tom wollte gerade losgehen, als zwei Flügeltüren sich automatisch öffneten und ein Arzt mit grauen Haaren und ein jüngerer Mann, der unter seiner Jacke eine Waffe trug, den Flur entlang kamen. Ein Kripobeamter. Dazu brauchte es nicht viel Fantasie. Sie gingen neben einer Frau, die von ihrer Tochter redete und davon, dass sie es nicht verstand, dass sie so etwas nie hätte tun können, es sei denn, man hätte sie dazu angestiftet ... Sie verschwanden in der Abteilung, in der auch Alice war. Er musste sie warnen. Seine Bewegungen taten ihm weh, so als hätte er über mehrere Stunden Sport getrieben. Unter ihrer Nummer meldete sich niemand. Er stand auf. Er musste Alice warnen. Kaum hatte er die Türen zu der Abteilung geöffnet, wusste er, dass er zu spät war.

5.

Den grauhaarigen Arzt hatte Alice gar nicht bemerkt. Die Krankenschwester hatte ihren Griff gelockert, nachdem Alice ihren Arm so gedreht hatte, dass sie loslassen musste. *Besuchszeit vorüber.* Lisas Mutter hielt sich anfangs noch zurück, dann schnellte sie nach vorne und stand nur noch eine Armeslänge vor ihr. Alice musste an einen Raubvogel denken, der auf sein Opfer aus der Luft herunterstößt.

»Lisa hat keine Schwester«, sagte die Krankenschwester. »Du solltest dich was schämen. Was hast du hier zu suchen?«

»Ich wollte Lisa sehen.«

»Und warum hast du dich dann als ihre Schwester ausgegeben?«

»Weil Sie mich sonst nicht zu ihr gelassen hätten.«

»Das ist ganz richtig. Und es gibt auch einen guten Grund.«

»Sie braucht meine Hilfe.«

»Was hast du mit Lisa gemacht?«, schrie Lisas Mutter dazwischen und stieß den Kommissar beiseite.

Alice wich zurück. In den Augen von Lisas Mutter war kein Funke von Verstand mehr. Sie schlug nach ihr und hätte sie auch sicher getroffen, wenn der Kommissar sie nicht zurückgehalten hätte. Sie reagierte wie ein verletztes Tier.

Stell dich nie einem zornigen Menschen in den Weg, sagte ihr Großvater immer. *Die Wut macht sie stark und unberechenbar.*

Der weißhaarige Psychologe, den sie am Morgen in der Schule gesehen hatte, überragte die gedrungene Gestalt des Kommissars. Auf seinen Wink hin ließ die Krankenschwester von Alice ab. Nur Lisas Mutter zitterte noch vor Wut.

»Meine Lisa hätte nie so etwas tun können ... sie konnte keiner Fliege etwas zuleide tun, jemand muss sie verhext haben. Es ist ein Fluch!« Maria Bork riss mit einem Mal wieder ihren Kopf zu Alice herum. »Was hast du mit meiner Lisa gemacht? Du und dein verfluchter Vater ... ihr sollt alle verrecken, jämmerlich verrecken sollt ihr.«

Der Kommissar hielt Maria Bork fest. »Du gehst jetzt lieber«, sagte er zu Alice, »und zwar schnell.«

Als Alice das Zimmer verlassen hatte, stand Lisa auf und folgte ihr zur Tür. Alice dachte, dass sie ihr etwas sagen wollte, doch stattdessen gab sie ihr den Block mit ihren Strichzeichnungen. Professor Horos wollte etwas einwenden, ließ es dann aber. In seinem weißen Kittel hätte Alice den Psychologen fast nicht mehr erkannt. Kleider sind wie Masken, die ihren Träger nicht nur verbargen, sondern ihn ganz neu formten. Horos ließ den Zeichenblock nicht aus den Augen. Vor Lisa würde der Professor sich hüten, Alice den Block wegzunehmen. Er würde warten, bis sie aus der Tür war. Die Krankenschwester stand vor dem Untersuchungsraum. Noch bevor die Tür geschlossen wurde, hörte sie die Mutter Lisas: »Sie kann es nicht getan haben ... nicht meine Lisa ... nicht ihren Vater.«

Horos musste sie beruhigen. Alice nutzte den Moment, um das Zimmer zu verlassen, in der Hand den Zeichenblock. Horos drehte sich kurz nach ihr um. Es hätte gereicht, dass er den Kommissar auf den Zeichenblock aufmerksam gemacht hätte, doch nichts geschah. Er legte der Mutter Lisas die Hand auf die Schulter und redete beruhigend auf sie ein.

Eines stand fest. Weder der Kommissar noch Professor Horos konnten sich erklären, warum Lisa ihren Vater getötet hatte. Für die Mutter war die Vorstellung unerträglich, dass das Kind, das sie neun Monate lang ausgetragen hatte, ihren Vater getötet haben sollte. Am liebsten hätte Alice zu ihr gesagt: Ihre Tochter war es nicht. Lisas Vater wurde ermordet, genau wie meine Mutter. Doch im Moment war

Lisas Mutter nicht bereit, irgendetwas aufzunehmen. Alice hätte wahrscheinlich nur das Gegenteil erreicht. Es war schon mehr als genug, dass sie sich als Lisas Schwester ausgegeben hatte.

Alice hatte bereits die Glastür des Ganges erreicht, die die Abteilungen voneinander trennte, als sie zurückgerissen wurde. Jemand hielt sie an ihrer Hand.

»Wohin so schnell?« Der Kommissar sah nicht aus, als ob er Spaß verstehen würde. Ein Bürokrat, der Leitzordner im Kopf und in seiner Wohnung nur Plastikblumen mit Duftspray hatte. Man sah ihm richtig an, dass er den Fall einfach nur abschließen wollte. Ein Mädchen hat ihren Vater aus Versehen mit einem Stich in den Hals getötet. Tragischer Unfall. Mit solchen Fällen konnte man seine Karriere nicht voranbringen. Dafür interessierte sich keiner. Keine Steigerung in den Gehaltsstufen. Nur Ärger mit dem Jugendamt, den Eltern, den Psychologen …

»Nach Hause«, antwortete Alice und drehte ihren Arm wieder geschickt aus dem Griff. Warum mussten Erwachsene sie immer festhalten, wenn sie mit ihr sprechen wollten?

»Was hast du von Lisa gewollt?«

»Ich wollte sie nur besuchen.«

»Und gibst dich für ihre Schwester aus, obwohl du weißt, dass sie gar keine Schwester hat?«

»Sonst hätte man mich nicht zu ihr gelassen.«

»Niemand darf Lisa sprechen«, erwiderte der Kommissar. »Sie steht unter ärztlicher Aufsicht.«

»Ich weiß«, sagte Alice. »Ihr wollt sie ins Irrenhaus sperren. Für etwas, das sie nicht getan hat.«

»Woher weißt du, dass sie nichts getan hat?«

»Ich weiß es einfach.«

»Eine wohl kindliche Vermutung, oder hat Lisa dir erzählt, warum sie ihren Vater getötet hat?«

»Sie hat ihren Vater nicht getötet.«

»Du hattest engeren Kontakt zu ihr, haben deine Klassenkameraden gesagt.«

»Ich kenne Lisa erst seit einer Woche.«

»Aber Lisa galt als eine zurückgezogene Außenseiterin, die sonst keine Freundinnen in der Klasse hatte.«

»Kann ich verstehen.«

»Bis auf dich natürlich. Mit dir hatte sie ja Kontakt.«

»Ich sitze neben ihr in der Schule, aber das habe ich Ihnen ja schon heute Morgen gesagt.«

»Heute Morgen hast du mir aber nicht erzählt, dass Alice eine längere Brieffreundschaft zu jemand unterhielt.«

Alice zuckte die Schultern. Auf was wollte der Kommissar hinaus? Sie konnte seine Fragen nicht ausstehen.

»Hat sie dir schon länger Briefe geschrieben? Ihr seid vielleicht schon länger Freunde, und du willst es nur nicht zugeben.«

»Lisa hat mir keine Briefe geschrieben. Wer behauptet so etwas?«

»Lisas Mutter hat gesagt, dass sie Entwürfe von Briefen gefunden hatte. Sie hat Lisas Zimmer auf den Kopf gestellt, um eine Erklärung zu finden. Sie glaubt, dass Lisa nicht aus sich selbst heraus gehandelt hat. Lisas Mutter meint, dass Lisa leicht beeinflussbar war.«

»Sind Sie gerade dabei, mir einreden zu wollen, dass ich in der einen Woche, in der ich nun neben Lisa gesessen habe, sie dazu überredet habe, ihren Vater umzubringen?«

»Ich versuche nur Licht in diese dunkle Affäre zu bringen. Aber du musst doch zugeben, dass das alles komisch klingt, oder? Du kommst in die Klasse, in der auch Lisa ist. Du sitzt neben ihr, und jetzt besuchst du sie im Krankenhaus unter falschem Namen. Das macht die Sache nicht einfacher, oder?«

»Niemand hat behauptet, dass es sich hier um einen einfachen Fall handelt.«

»Hat den Lisa dir gegeben?« fragte der Kommissar.

»Ja, sie hat mir den Block geschenkt.«

»Kann ich mal sehen?«

Lisa reichte ihm den Malblock. Abzenz blätterte die Seiten durch. Als er sich davon überzeugen konnte, dass auf jeder Seite nur ein paar Striche waren, gab er Alice den Block wieder zurück.

Tom stand im Gang. Er sah bleich aus und etwas wacklig auf den Beinen. Wir müssen hier raus, dachte Alice und ging auf ihn zu.

Alice blätterte die Strichzeichnungen auf dem Block durch. Es waren sinnlose Kritzeleien, verteilt auf viele Seiten.

»So sahen meine Kinderzeichnungen mit vier Jahren aus.«, meinte Tom.

Alice blätterte den Block mit den Zeichnungen durch. Auf jeder Seite waren Striche. Die meisten in Schwarz, einige wenige Striche in Rot und Grün. Dann sah Alice es. Es war wie ein winziger Punkt, rechts unten auf dem Blatt. Erst dachte sie, es seien Seitenzahlen. Aus der Nähe jedoch betrachtet, sah man deutlich: Es war ein Buchstabe. Auf fast jeder Seite war ein Buchstabe. Alice merkte sich die Buchstabenfolgen. Doch sie ergaben keinen Sinn, wenn man sie las …

Die Wahrheit war jedoch niemals etwas Klares. Das hatte sie von Wittgenstein. Die Wahrheit ist immer verborgen, unsichtbar für unsere Augen. Es dauert, bis wir sie entdecken können.

Alice schrieb die Buchstaben auf den Deckel des Notizbuches.

RIMFLIHRIMFLIHRIMFLIHRIMFLIHRIMFLIH

Die Buchstaben ergaben nicht viel Sinn, wenn man sie normal las. Alice schrieb sie anders herum hin.

HILFMIRHILFMIR …

Lisa hatte die Buchstaben auch nicht verkehrt aufgeschrieben. Alice hatte den Block nur nicht richtig herum durchgeblättert. Sie ging davon aus, dass Lisa Linkshänderin war und vergaß, dass sie nun mit rechts schrieb.

HILF MIR.

6.

Sie waren noch nicht durch die Glastür, als sie Professor Horos' Anweisung hörte, Lisa in die psychiatrische Abteilung zu überstellen. *Bis wir Genaueres wissen.* Lisas Mutter schüttelte den Kopf und schlug dann mit ihren Fäusten auf die Brust des Professors. Die Krankenschwester packte sie mit einem Griff an den Schultern und drückte sie gegen den Tisch. Lisas Mutter schrie kurz auf. Die Krankenschwester wusste, wie sie einen um sich schlagenden Menschen unter Kontrolle bringen konnte. Eine Spezialistin für den Umgang mit Irren, dachte Alice. Lisas Mutter sackte auf einem Stuhl zusammen.

»Bringen Sie das Mädchen in die gesicherte Abteilung! Ich will nicht, dass sie noch mehr belästigt wird.«

Belästigt ... Ihr sperrt sie in eine Gummizelle. Alice malte sich aus, was wäre, wenn ihr das passiert wäre. Wenn ihr Papa plötzlich tot im Haus läge und sie mit dem Messer in der Hand in demselben Zimmer aufwachen würde. Ihre Schwester würde jedem sofort bestätigen, dass Alice schon lange an Wahnvorstellungen litte und dass ihr Vater sie in eine Therapie stecken wollte, doch Alice hätte sich immer verweigert ... und jetzt wäre es zu spät. Ihr Irrsinn hätte das Leben ihres Vaters gekostet. Dabei konnte Alice ihrer Schwester gar nicht verübeln, dass sie sie für verrückt hielt. Wer so gestrickt war wie Amalia, fand sich zweifelsohne von Wahnsinn umgeben. Wer sich nicht die Haare färben ließ und nicht stundenlang mit neuen Stiefeln im Badezimmer auf und ablief, der war wohl nicht ganz normal. Amalia verbrachte einen Großteil des Tages mit Arschkontrolle, wie Alice es nannte. Sie zog sich ihren Pulli über die Hüfte und drehte sich vor dem Spiegel. Und wenn Amalia sich unbeobachtet fühlte, dann sprach sie mit ihrem Spiegelbild. *Du hast ein wenig zugenommen, über den Schenkeln, aber du siehst sexy aus. Das lässt sich doch sehen, das sieht gut aus.*

Sosehr sie Amalia auch für ihren Geisteszustand bemitleidete, sie ging perfekt in der Wenn-Du-Erwachsen-Bist-Welt ihres Vaters auf. Doch die Welt bestand nicht aus Modekatalogen und Dschungelcamp, und wenn Amalia eines Tages davon träumte, dass ihr Prinz mit einem Cabriolet-Sportwagen vorfuhr, um sie in ihre Barbie-Welt abzuholen, dann hatte das für Alice so viel Wert wie die Versprechungen in Werbesendungen.

Tom saß inzwischen auf einem der Besucherstühle. Leere Kaffeekannen und leere Betten warteten darauf, dass sie abgeholt wurden. Dazwischen Tom. Er wirkte erschöpft.

»Ich weiß jetzt, dass wir auf dem richtigen Weg sind«, sagte Alice.

Tom ließ seine Arme sinken. »Ich kann nicht mehr, Alice. Ich bin so müde.«

»Wir gehen jetzt nach Hause, ich werde dir alles erklären.«

»Ich glaube nicht, dass ich das hören will. Wir müssen nicht alles wissen, oder?«

»Hör zu, Tom. Sie bringen Lisa in die Klapsmühle, ins Irrenhaus. Ist dir das klar? Dort kommt sie wahrscheinlich nicht mehr raus, bis man ihr Gehirn mit Psychopharmaka so traktiert hat, dass sie nur noch ihren Namen stottern kann. Hörst du mir überhaupt zu?«

»Ich will gar nicht zuhören.«

»Was ist los mit dir?«

»Ich bin nur so müde.« Tom erzählte ihr von seinem Ausflug ins Untergeschoss. »So was ist mir noch nie passiert. Ich glaube, dass ich einfach hier auf dem Stuhl eingeschlafen bin. Dabei war ich fest davon überzeugt, dass ich mit dem Aufzug nach unten gefahren bin, um mir die Moorleiche anzusehen.«

»Du wolltest dir die Mumie anschauen, obwohl du doch im Gang aufpassen solltest, und bist letztendlich eingeschlafen?«

»Wenn ich nur wüsste, dass ich eingeschlafen bin, aber ich könnte schwören, dass ich mit dem Aufzug nach unten fuhr. Ich kann dir sogar noch sagen, welchen Knopf ich gedrückt hatte und dass da so ein komischer Geruch war. Ich ging bis zu der Metalltür. Da war ein

Schild aus Plastik. Es war kaputt: *logie. Unbefugten ist der Zutritt verboten.* Der vordere Teil war weggebrochen. *Patho …* fehlte.«

»Und dann?«

»Nichts mehr dann. Ich habe meine Augen geöffnet und saß auf dem Stuhl.«

»Warst du schon einmal dort unten?«

»Nein, es war das erste Mal.«

»Du weißt also auch nicht, wie es da unten aussieht, aber an das Schild kannst du dich erinnern?«

Alice nahm Toms Handgelenk, das noch dünner war als ihres. Es gab sicherlich keinen unsportlicheren Jungen als ihn. Sein ganzer Körperbau war darauf ausgerichtet, möglichst lange vor einem Bildschirm zu sitzen und mit einem Arm eine Maus zu bewegen. Wenn Darwins Vermutungen sich bewahrheiten, dann würde die Evolution aus Tom eine eigene Spezies erwachsen lassen. Schulterlose Gestalten, mit dünnen Ärmchen und dickem Bauch, die vielleicht gar keine Füße mehr hätten, sondern Stummelbeine, mit denen sie tagelang vor einem Bildschirm sitzen konnten, und mit riesigen Augen, die nie müde wurden.

Als sie an den Aufzügen vorüber kamen, machte Alice halt. »Du warst wirklich noch nie dort unten?«

»Wohin willst du, Alice?«

»Überprüfen, ob du wirklich da unten warst.«

»Ich will nach Hause. Ich habe Hunger. Ich habe keinen Internetempfang in diesem Drecksnest.«

Sie zog Tom in den Aufzug.

»Ich will da nicht rein.« Er sträubte sich.

Alice antwortete, indem sie den Aufzugknopf drückte. Die unsichtbaren Stahlwinden über ihnen setzten sich in Bewegung. Die Kabine senkte sich in die Tiefe. Alice hatte eine dunkle Ahnung und irgendwie hoffte sie, dass Tom wirklich nur auf dem Stuhl eingeschlafen war.

7.

Die Kälte der blauen Leuchtstoffröhren war überall. Es war totenstill wie auch schon am Nachmittag. Stille ist kein Geräusch, dachte Alice, es ist die Abwesenheit von Geräuschen. Doch eigentlich gab es keine Stille, nicht solange es jemanden gab, der sie hörte. Es war ja immer jemand da, der in die Stille hörte. Selbst als sie stehen blieb, hörte sie es, ihr Herz, es schlug in ihr und gegen ihre Ohren. Das Bumpf, bumpf hallte von den verkachelten Wänden wider. Neben ihr war Toms Atems. Einen Augenblick standen sie nur vor der Aufzugtür. Dann machten sie einen Schritt nach vorne. Die Türen glitten zu. Alice kannte den Weg bis zu dem Kühlraum mit den Leichen. Nur war ihr nicht aufgefallen, dass das Schild zum Kühlraum abgebrochen war. Alice konnte sich überhaupt an kein Schild erinnern.

Tom ging hinter ihr. Sie hatte schon Angst, dass er auf halbem Wege zum Aufzug zurückrannte. Als sie vor der Metalltür standen, trat Tom neben sie. Da war ein Schild. Tom berührte es mit seinen Fingern, ganz so, als wollte er sich von seiner Existenz überzeugen.

»Heilige Scheiße«, flüsterte er.

»Du bist nicht auf deinem Stuhl eingeschlafen«, sagte Alice, und sie fühlte wie etwas Kaltes von innen an ihr Herz griff. »Du warst hier unten.«

Das Schild war genau an der Stelle abgebrochen, wie Tom es berichtet hatte. *... logie.* Der erste Teil des Wortes war weggebrochen. Es war nicht nur unwahrscheinlich, dass Tom auf dem Stuhl eingeschlafen war und nur geträumt hatte, dass er hier war – es war unmöglich. Dieses Detail hätte er nicht geträumt haben können. Es sei denn, man glaubte an so etwas wie Spaziergänge im Astralleib. Doch das Übernatürliche war nur eine Art des schlechten Denkens, erklärte ihr Wittgenstein. Worüber man nicht sprechen konnte, darüber sollte man schweigen. Nein, Tom war nicht in Traumgestalt in die Pathologie gewandert.

»Und du bist dir ganz sicher, dass du noch nie vorher hier unten warst?«

»O Mann, Alice. Sehe ich so aus, dass ich in meiner Freizeit in Leichenhallen rumspaziere, an einem Ort ohne Internetempfang. Das ist schlimmer, als begraben zu sein.«

»Aber verstehst du nicht? Du hast nicht geschlafen. Du warst hier unten.«

»Ja, und was ändert das? Ich kann mich sowieso nicht erinnern.«

»Wenn du aber hier unten warst und du dich nicht erinnern kannst, wie du wieder nach oben ins Erdgeschoss gekommen bist, dann hast du entweder ein enormes Gedächtnisproblem, oder jemand hat dich hier unten erwischt und …«

»Und was?«

»Ich weiß nicht. Du erinnerst dich bis zu dem Moment, als du die Tür zum Kühlraum aufmachen wolltest.«

»Ich sehe diese Tür noch vor mir, so wie wir jetzt davor stehen. Ich hatte auch das gleiche mulmige Gefühl. Das ist ein Ort, an dem ich nicht sein sollte.«

»Hast du einen Schlag gespürt oder so etwas?«

»Nein, sonst wäre ich jetzt nicht hier, sondern längst bei der Polizei. Auf jeden Fall hätten mich keine zehn Hunde hier runter gekriegt.«

»Es sind keine Hunde«, verbesserte Alice, »sondern Pferde. Man sagt, keine zehn Pferde bringen mich dazu.«

»Ist ja auch unwichtig – Hunde oder Pferde.«

»Ein Sprichwort aus dem Mittelalter. Früher reiste man mit Pferden«, sagte Alice, »und man karrte Menschen mit einem Pferdewagen in die Stadt, um sie dort zu verurteilen. Das waren meist ein oder zwei Pferde.«

»Wir stehen in der Pathologie einer alten Klinik, vor einem Kühlraum, der voll ist mit Leichen, und du erklärst mir, dass ich Pferde statt Hunde sagen soll.«

In Leo Faulkners Enzyklopädie des Verbrechens hatte Alice gelesen, dass es Situationen gab, in denen ein Ermittler vor Angst gelähmt war. Die Angst ist hier gefährlicher als die Situation, da sie einen lähmt. Angst ist eine natürliche Reaktion und viel älter als die Menschheit. Die Angst hat ihren Sitz in der Amygdala, ein Bereich des limbischen Systems im Gehirn. Das teilen wir schon mit den Dinos, vor Millionen von Jahren. Eigentlich ein Schutzmechanismus, doch bei Tom führte Angst dazu, dass er zur Säule erstarrte. Es war schon gut, dass Tom sich aufregte. Das ließ ihn seine Angst vergessen, jedenfalls für einen Augenblick.

»Es heißt nun einmal Pferde«, sagte Alice und sah durch das Guckfenster in der Metalltür. Im Kühlraum war niemand.

»Du willst doch nicht jetzt da reingehen?«

»Wenn wir schon hier sind. Ich möchte wissen, warum du dich nur bis zu dem Moment vor der Tür erinnern kannst.«

»Ich hab's vergessen.«

»Ich will wissen warum.«

»Ich finde es ganz gut, dass ich mich an nichts erinnern kann. Das hat seine Gründe, und ich habe keine Lust, in diesem Raum zu liegen, mit einem Zettel um den großen Zeh.«

»Du hast hier gestanden, wo wir jetzt sind?«

»Vor dem Schild, danach war ich wieder auf dem Stuhl.«

Alice blickte sich um. Wenn jemand Tom überrascht haben konnte, dann konnte er sich kaum von hinten angeschlichen haben. Tom hätte die Schritte gehört und sich umgedreht, oder er hätte Zeit gehabt, sich zu verstecken. Tom blickte zur Tür, als ihn jemand von hinten überrascht hatte. Alice machte zwei Schritte in Richtung Wand. Dort war eine schmale Tür. Alice öffnete sie und stand in einer Besenkammer, in der zwei Plastikkübel samt Wischmopp auf den Putzdienst warteten. Es roch nach Sagrotan.

»Alice«, hörte sie Tom rufen. Sie konnte ihn durch die Lüftungsschlitze beobachten. Sie sah seine Panik in den Augen.

»Buhhhh!« Tom zuckte zusammen, als sie die Tür der Besenkammer aufriss und heraussprang.

»Hast du sie noch alle?«

Toms Amygdala war soeben aufgeglüht. Sein Hirn, das sonst nur null und eins verstand, hatte sich überschlagen.

»Er hat dich kommen gehört«, erklärte Alice und maß die Schritte, bis zur Tür ab. »Er hat sich in der Besenkammer versteckt und ist von hinten gekommen.«

»Und wie hat er es geschafft, mich nach oben zu bringen, ohne dass ich davon was mitbekomme?«

»Keine Ahnung, aber so ähnlich muss es passiert sein.«

»Oder ich habe alles nur geträumt …«

Alice schüttelte den Kopf. »Nein, du warst hier unten, und du warst nicht alleine.«

»Das gibt keinen Sinn.«

Alice schob die schwere Metalltür des Kühlraums nach innen. Ein Schwall kalter Luft drang ihr entgegen. Die Neonlichter an der Decke gingen automatisch an. Blaues Licht holte die wenigen Dinge aus der Dunkelheit, so als wären sie gerade erst entstanden. Auf den Metalltischen lagen wie am Nachmittag Leichen unter Tüchern. Nur der letzte Tisch war leer. Die Moorleiche fehlte. Ein fleckiges Tuch lag am Boden. Auf dem Tisch waren noch Spuren der getrockneten Haut, und der abgebrochene Finger lag auf dem Boden.

»Hier hast du den Sinn«, sagte Alice. »Jemand hat die Moorleiche verschwinden lassen.«

»Wer ist schon an einer alten Mumie interessiert? Das ist alles völlig absurd. Verschwinden wir!«

»Wer auch immer die Moorleiche weggeschafft hat, er hat es eilig gehabt.«

Alice hob den schwarzen Finger auf, der spröde wie Holzkohle war. Irgendjemand hatte in aller Eile die Moorleiche gestohlen. Er war nicht gründlich gewesen, aber dies konnte er vielleicht nachholen und zurückkommen.

»Ich habe etwas gefunden«, sagte Alice zu Tom. »Etwas, das die Mumie in der Hand gehalten hatte. Etwas, das keine drei- oder vierhundert Jahre alt sein konnte, wie der Archäologe im Radio sagte. Ein Polaroidfoto von einer Frau.«

»Ein Foto aus dem Moor. Darauf wird nicht mehr viel zu erkennen sein.«

»Ein Polaroidfoto ist nicht nur ein Foto. Es ist eine Überlagerung aus sechszehn chemischen Schichten. Die Farbschichten bestehen aus Silberchloriden.«

»Woher weißt du das alles?«

»Aus dem Chemiebuch der Schule. Silberchloride sind nicht wasserlöslich. Um sie aufzulösen, dazu braucht es Ammoniak-, Thiosulfat- oder Cyanidlösungen. Moorsäuren können ihnen nichts anhaben.«

Tom war bleich geworden. Er griff an seinen Kopf und schaute zur Besenkammer.

»Du glaubst, jemand hat mir aufgelauert?«

»Nein, du hast nur jemand dabei gestört, Spuren zu beseitigen.«

»Ich bleibe keine Sekunde länger hier«, flüsterte Tom im Anfangsstadium seiner Panikattacke.

In zwei Minuten würde Tom zu nichts mehr zu gebrauchen sein, er würde anfangen zu stottern. Beherrsche deine Angst, hätte sie ihm am liebsten gesagt, sonst beherrscht sie dich. Doch jede Erklärung würde an ihm abprallen.

»Hast du das Schild gelesen?«, fügte er hinzu. »Da steht ganz groß: FÜR UNBEFUGTE ZUTRITT VERBOTEN. Und wir sind alles andere als befugt.«

Alice ließ sich nicht aus der Ruhe bringen. Sie ging zu dem nächsten Tisch.

»Nein, Alice.«

Sie zog das Laken beiseite. Es fühlte sich nicht wie Stoff an, sondern eher wie die Abdeckplane, mit denen ihr Großvater sein Moped vor Staub schützte. Das Moped stand schon seit fünfzig Jahren da und war noch immer wie neu. Das konnte man von der Leiche unter der weißen Folie nicht behaupten. Die Augen fehlten, und dort, wo andere Menschen eine Stirn hatten, klaffte bei dem Toten ein großes Loch.

Tom wollte nicht hinsehen, war aber viel zu neugierig, um bei der Tür zu warten.

»Das ist der Bauer aus Moorweiler«, sagte Tom. »Der hat sich erschossen, mit einem Bolzenschussgerät, das er normalerweise für Kühe verwendet. Ich hab's in der Zeitung gelesen. Zwei Wochen nachdem seine Frau gestorben war, die er dreißig Jahre lang gepflegt hatte. Da pflegt er seine todkranke Frau so lange, und dann bringt er sich um, und die Kirche verweigert ihm ein Begräbnis auf dem Friedhof in Kaltenloch, neben dem Grab seiner Frau. Stell dir vor, da bist du ein Leben lang gläubig, und nur im letzten Moment deines Lebens knickst du ein, und schon ist es vorbei mit der Seligkeit.«

Sie bedeckte den Toten wieder. Auf den anderen Tischen lagen Tote ohne äußere Verletzungen. Ihre Augen waren geschlossen und zugeklebt worden. Für die Verwandten, die noch einmal kamen und ihren lieben Menschen sehen wollten. Doch keine Spur von der Moorleiche.

»Jemand hat sie beiseitegeschafft«, sagte Alice und nahm das Foto aus ihrer Tasche, das der Tote in der Dunkelheit des Moores über seinen Tod hinaus festgehalten hatte.

»Wer schert sich um eine stinkende Moorleiche?«

»Jemand will verhindern, dass das wahre Alter des Toten ans Licht kommt.«

»Nichts als Vermutungen, Alice, genauso gut könnte jemand die Moorleiche weggebracht haben, ganz offiziell zur rechtsmedizinischen Untersuchung.«

»Und das Polaroidfoto in der Faust der Mumie? Polaroidkameras gibt es erst seit den siebziger oder achtziger Jahren. Mein Opa hat so einen Apparat. Der Tote ist keine Eiszeitmumie. Das ist ein Mensch, der höchstens zwanzig oder dreißig Jahre im Moor gelegen hat, und er ist nicht aus Versehen ins Moor gefallen.«

»Woher …«

»Weil seine Hände gefesselt waren.«

»Du meinst, jemand hat ihn ermordet, und der Mörder lebt heute noch?«

»Das meine ich nicht nur. Ich weiß es. Er hat die Moorleiche verschwinden lassen.«

»Und wenn die Moorleiche keine Steinzeitmumie ist, sondern ein Soldat aus dem Zweiten Weltkrieg? Ein Fallschirmspringer, der schlecht gelandet ist, oder ein Deserteur, der über die Berge zur Grenze wollte?«

Alice schüttelte den Kopf. »Die Moorleiche ist kein gefallener Soldat und auch kein Fallschirmspringer. Der Tote wurde absichtlich im Moor versenkt. Jemand wollte einen Menschen verschwinden lassen. Die Moorleiche wurde gestohlen, damit wir nicht ihre Identität herausbekommen. Aber dies heißt auch, dass die Moorleiche ermordet wurde.«

Tom horchte kurz auf. »Hast du das gehört?«

Ein metallisches Ächzen kam vom Gang. Die Aufzugtüren hatten sich geschlossen.

»Das ist der Aufzug.«

Der Aufzug fuhr wieder nach oben. Alice hörte die metallischen Schienen, durch die sich die Stahlseile des Aufzugs bewegten. Tom stand schon draußen, als er Alice zurief: »Der Aufzug fährt nach unten. Da kommt jemand.«

Sie rannten zur Treppe. Alice blieb dann an der Tür stehen. Nur noch zehn oder zwanzig Sekunden. Sie musste sehen, wer mit dem Aufzug kam.

»Verschwinden wir, sofort!«, zischte Tom und zog Alice mit einem Ruck ins Treppenhaus. Die Metalltür schlug zu. Auf der anderen Seite hörte Alice, wie die Aufzugtüren aufgingen. Schritte näherten sich. Was nützt dir die Wahrheit, wenn du tot bist. Die Wahrheit ist nur für die Lebenden, dachte sie. Solange sie nicht wussten, mit wem sie es zu tun hatten, mussten sie in Deckung bleiben. Wie in Trance lief sie hinter Tom die zwei Stockwerke nach oben. Als sie den Treppenabsatz des ersten Stockes erreicht hatten, ging unten die Tür auf. Ruhige Schritte, dann Stille. Jemand horchte. Er hörte ihren aufgeregten Atem, ihre Schritte auf den Betonstufen. Er strengte sich erst gar nicht an, ihnen zu folgen, was nur eines bedeuten konnte: Er wusste, wer sie waren und wo er sie finden konnte.

8.

Es war kurz vor halb acht Uhr, als Alice den Schlüssel in die Haustür steckte. Ihr Großvater öffnete ihr.

»Du bist spät, sehr spät.«

Dies hieß, dass das Essen längst vorbei war und ihr Vater schon überall herumtelefoniert hatte, ohne sie jedoch gefunden zu haben. Sie hatten Glück gehabt, dass der Fahrer des Hotels noch eine Zigarette geraucht hatte. Er hatte vor dem dunklen Eingang des Café Kantinger auf der Treppe gesessen. Er hatte noch eine Fahrt. Und natürlich konnte er dem Sohn seines Chefs nicht abschlagen, sie noch in Hintereck abzusetzen. Tom war nicht zu spät gekommen. Auf ihn wartete auch niemand, seine Eltern waren den ganzen Abend bei einem Empfang. Eine Vernissage in der Hotellobby und eine Wohltätigkeitsgala.

Der gewohnte Marketingschund, den gute Menschen eben machen, um als gut zu gelten, hatte Tom mit Blick auf das Hotel gesagt, so als hätte es ihm seine Eltern weggenommen. Auf der anderen Seite, hatte Tom ihr gestanden, graute ihn auch vor der Vorstellung, wenn sich seine Eltern mehr um ihn kümmern würden. Eigentlich wollte er seine Eltern nicht näher kennen.

Im Esszimmer brannte kein Licht mehr. Es roch nach Erbsensuppe. Alice machte Licht im Flur und zog ihre Schuhe aus. Es war zu still im Haus. Die Kuckucksuhr neben der Garderobe zeigte kurz nach acht Uhr an. Um diese Zeit war normalerweise der Fernseher an, und ihr Vater hockte vor der Sportschau. Doch der Fernseher war aus.

»Du hast sicherlich Hunger«, sagte ihr Großvater und rührte in einem großen Topf.

Amalia kam die Treppe runter, am Ohr ihr neues Handy.

»Du hast es wieder mal geschafft, es maßlos zu übertreiben«, sagte sie und zeigte ihr einen Vogel. »Nein, nicht du, Schatz, ich rede mit meiner bekloppten Schwester. Sie ist gerade nach Hause gekommen … Ja, natürlich ist sie noch nicht einmal zwölf … Du sagst es, das sollte man mit ihr machen.«

Alice hatte keine Lust, ihrer Schwester auch nur irgendwas zu antworten. Deren Stimme hatte wieder den süßen Singsang angenommen, den sie beim Telefonieren hatte.

»Schatzi, Schatzi«, äffte Alice ihre Schwester nach.

Ihr Vater stand plötzlich vor ihr.

»Wo warst du zum Teufel?«, schrie er. »Herrgott, wir haben acht Uhr abends, und du treibst dich irgendwo herum.«

»Ich war nicht irgendwo.«

»Du bist jetzt mal ganz still! Ich habe andere Probleme, als ständig darauf aufzupassen, wo du dich rumtreibst.«

»Kann ich auch mal was sagen?«

Amalia hatte fertig telefoniert und tupfte mit den Händen ihre Kurzhaar-Gel-Frisur zurecht. Sie hatte so viel Make-up im Gesicht, dass ihre Gesichtszüge erstarrt waren. Wenn sie den Mund aufmachte, dann war es, als spräche die Marmorbüste Cäsars, die im

Louvre stand und die Alice aus dem Katalog ihres Großvaters kannte. Paris, der Louvre, die Menschheit fing jenseits der Allgäuer Berge an, auf der anderen Seite.

»In deinem Alter war ich um fünf Uhr zu Hause, und um sieben Uhr gab's das Sandmännchen«, sagte Amalia. »Und du wirst ja erst zwölf … morgen. Wird Zeit, dass du mal erwachsen wirst.«

»Ich habe von Pontius zu Pilatus telefoniert, weil ich nicht wusste, wo du warst. Toms Eltern haben sich auch Sorgen gemacht, weil sie nicht wussten, wo ihr Sohn war. Es ist acht Uhr abends, verdammt. Wenn ich dich zu Hause absetze, dann bleibst du auch da, und wenn du wegwillst, dann hast du mich zu fragen, ist das klar?«

»Völlig klar … Kann ich aufs Klo gehen – alleine?«

»Werd bloß nicht frech, Fräulein. Du hast Glück, dass du morgen Geburtstag hast, sonst hättest du die ganze Woche Hausarrest.«

»Du kapierst es nicht«, redete Amalia dazwischen, die an ihren Wimpern zupfte, »du kannst nicht einfach so verschwinden. Papa ist für dich verantwortlich. Das ist schon eine Last, weil du ja nicht ganz richtig da oben bist.« Sie tippte auf ihre Schläfe und grinste.

»Ich will wissen, wo du warst?«

Hilf mir … Alice sah Lisa vor ihren Augen. Wenn sie nicht aufpasste, dann sperrte ihr Vater sie wirklich ein, und niemand würde ihr helfen können. Sicherlich, man sollte die Wahrheit sagen. Das sagten ihr Großvater und ihr Vater, das sagte man ihr immer, doch jeder log, jeder bog sich die Wahrheit zurecht, die er brauchte. Auch ihr Vater. Er hatte die Krankenschwester angelogen. Er ermittelte nicht in dem Fall Bork. Doch warum interessierte er sich dann so dafür?

»Ich war mit Tom unterwegs.«

»Wo seid ihr gewesen?«

»Tom hat mich zu meinem Geburtstag ins Kino eingeladen.«

»Warum haben sich dann Toms Eltern Sorgen gemacht?«

»Weil du sie daran erinnert hast, dass sie einen Sohn haben, deshalb. Sie scheren sich einen Dreck, was Tom macht.«

»Ändere deine Ausdrucksweise!«

»Sie entspricht der Realität, da braucht man nichts zu schönen.«

»In diesem Haus redet man nicht so!«

»Sie haben kein Partikularinteresse an dem Aufenthaltsort ihres Sohnes.«

»Partikularinteresse«, äffte Amalia sie nach.

»Schlag's im Wörterbuch nach«, entgegnete Alice.

»Hör jetzt auf!«, unterbrach ihr Vater. »Beim nächsten Mal will ich Bescheid wissen, wenn du mit Tom unterwegs bist. Ich will wissen, wo du bist. Zu jeder Zeit. Klar?«

»Jawohl, Herr Kommissar.«

»Was sollen die Nachbarn denken, wenn die Tochter des Dienststellenleiters der Polizei Hindelang, nicht weiß, wo sich seine Tochter rumtreibt? Ist dir klar, in welche Lage du mich bringen kannst? Dein Vater ist Polizist …«

»Kommt nicht wieder vor«, sagte Alice und dachte an Wittgenstein: Lügen ist nur ein anderes Sprachspiel. Es ist eine Überlebensstrategie.

9.

Hobbes war alt geworden. Soweit sich Alice zurückerinnern konnte, war der Kater in ihrem Leben gewesen. Sie konnte zwar nicht genau sagen, wann ihre Erinnerungen anfingen, doch sie konnten sich im Laufe der Jahre auch nicht groß verändert haben. Der Grund war einfach: Hobbes Tagesgewohnheiten hatten sich in den Tag eingeschliffen wie Wasser in Fels. Wenn Gewohnheiten sich auf die Tage eines Menschen auswirken wie die Schwerkraft auf den Raum, dann waren die Tage Hobbes stark verkrümmt. Nicht Hobbes folgte dem Rhythmus des Tages, sondern die Zeit folgte Hobbes. Ob alle Katzen wie Hobbes waren, konnte Alice schlecht sagen, aber es war wahrscheinlich.

Hobbes Pfoten waren schon am frühen Morgen durch die Küche geschlichen, wenn noch alle geschlafen hatten, um den Rest des Futters vom Vorabend aufzuschlecken, als Alice noch gar nicht geboren war. Er hatte schon im Blumentopf der Yuccapalme am Wohnzimmerfenster gelegen, als ihre Mutter und ihr Vater noch gar nicht an ein zweites Kind gedacht hatten. Hobbes war zu der Zeit in die Familie gekommen, als Amalia geboren worden war. Der Kater war mit fünf Jahren schon eine ausgewachsene Katze gewesen, als Alice das Licht der Welt erblickt hatte.

Plötzlich kam Alice das Haus, Hobbes, ihr Vater, ja, alles kam ihr wie ein zufälliges Zusammentreffen vor, das nur für einige Momente Bestand hatte. Das Treffen mit ihrer Mutter hatte nur vier Jahre gedauert, und selbst von diesen vier Jahren waren ihr nur wenige Bilder geblieben. Selbst Hobbes kannte mehr von ihrer Mutter als sie. Früher war er noch aus dem Stand auf den Küchenschrank gesprungen, doch inzwischen schaffte er es kaum noch auf die Sitzbank. Mit siebzehn gehört eine Katze zu den Methusalems. Alice hatte sich gefragt, ob sich Hobbes darüber bewusst war, dass er nicht gleich schnell alterte wie seine menschlichen Mitbewohner. Ein Tag war nicht ein Tag. Für Hobbes verging wesentlich mehr Lebenszeit an einem Tag als für einen Menschen. Er würde nie so viele Sonnenuntergänge sehen können, wie ihr Großvater schon gesehen hatte. Doch schätzte Hobbes deshalb einen Sonnenuntergang mehr? Auf eine gewisse Weise verging auch die Zeit für die Menschen unterschiedlich. Jeder Mensch hatte eine unterschiedliche Lebenserwartung. Würde man die Lebenserwartung genetisch bei jedem Menschen ermitteln, dann wäre auch die Anzahl aller möglichen Sonnenauf- und -untergänge bekannt. Die Tatsache, dass Menschen sich auf die statistische Lebenserwartung verließen, wirkte sich auch auf ihr Verhalten aus. Sie taten so, als verfügte jeder Mensch über die gleiche Anzahl von Lebenstagen, doch manche Menschen alterten so schnell wie Hobbes.

Alice bückte sich und hob den übergewichtigen Hobbes auf und setzte ihn auf die Eckbank. Hobbes schnurrte und starrte sie an. Andere Katzen konnten ihre Augen verschließen. Nur Hobbes nicht. Eine Krankheit hatte seine Lider gelähmt, und am Abend tränten sie.

Sie beugte sich vor und löffelte die Suppe, die ihr Großvater für sie aufgewärmt hatte.

»Ist Papa immer noch sauer?«

Wie immer ließ sich ihr Großvater Zeit mit einer Antwort, die er lieber nicht geben wollte. Erst machte er das Wasser an, dann schwenkte er das Zwiebelbrett ab.

»Er hat sich Sorgen um dich gemacht.«

»Ich bin doch da … Außerdem, wo soll ich denn schon hin in Hintereck? Nach zwei Telefonanrufen sind ja schon alle Möglichkeiten ausgeschöpft.«

»Du musst deinen Vater verstehen. Du wirst morgen erst zwölf.«

»Fang du bitte nicht auch mit der Geschichte an, dass ich ein kleines Mädchen bin, das zu Hause mit Puppen spielen soll.«

»Das habe ich nicht gesagt. Du hättest aber Bescheid geben können. Dein Vater hätte dich und Tom sicher ins Kino gefahren, wenn …«

»Wenn er Zeit gehabt hätte.«

»Er hat eine halbe Stunde lang versucht, dich auf deinem Handy zu erreichen. Doch da ging niemand ran. Du hast ihm doch versprochen, das Handy angeschaltet zu lassen, oder?«

»Schon, aber ich hatte keinen Empfang.«

»Seit wann gibt es in Hintereck keinen Empfang?«

Ihr Großvater nahm den Verhörton ihres Vaters an. Der Apfel fällt nicht weit vom Stamm, dachte Alice. Nur wurde ihr Großvater nicht laut. Er redete sanft, doch seine Anspielungen waren manchmal mit Vorsicht zu genießen.

»In Kaltenloch gibt es fast keinen Empfang.«

»Seit wann hat das Kino in Kaltenloch Vorstellungen am Nachmittag?«

»Hat es nicht«, antwortete Alice. »Ich war bei Tom. Wir haben uns die neuesten Splatter-Filme angeschaut. Du weißt schon, Filme ab achtzehn, bei denen ein Serienkiller mit der Axt jeden in Stücke hackt.«

»Ich weiß genau, wenn du mich anlügst, Alice. Aber ich will gar nicht wissen, was du gemacht hast.«

Alice lächelte und streichelte Hobbes, der im Tiefschlaf zuckte. *Lügen sind ein Sprachspiel.* Eine Lüge besaß man dann, wenn der andere wusste, dass man log, es aber dabei bewenden ließ. Sie nahm sich vor, ihrem Großvater bei passender Gelegenheit die Wahrheit zu sagen. Doch im Moment fühlte sie sich besser, wenn er sie in Ruhe ließ.

Obwohl ihr Großvater nie viel Worte machte, war er zu wortkarg. Um diese Zeit lief der Fernseher im Wohnzimmer, und ihr Vater hockte vor der Sportschau. Stattdessen war er in seinem Büro verschwunden. Was ging hier vor?

»Ich muss dir was zeigen, Opa.«

Ihr Großvater legte das Geschirrtuch beiseite und setzte sich an den Tisch.

»Das habe ich gefunden«, sagte Alice und zog das spröde Polaroidfoto aus ihrem Notizbuch.

»Was ist das?«

»Das, wonach es aussieht. Ein Foto einer Frau.«

Ihr Großvater nahm das Foto zwischen zwei Finger. Seine Lippen bewegten sich leicht, doch kein Ton kam heraus. Seine Gesichtszüge erloschen, und er wurde fahl wie eine seiner ausgeblichenen Tischdecken auf dem Küchentisch.

»Was hast du?«

Er antwortete nicht, sondern schüttelte nur den Kopf.

»Und diese Nummer«, fügte Alice hinzu, »sieht aus wie eine Telefonnummer. Ich habe schon versucht, die Nummer anzurufen, doch die Nummer ist nicht vergeben. 71468. Vor dieser Zahl waren noch ein paar Zahlen, die mit 0 anfingen. Die Vorwahl.«

Ihr Großvater kniff seine Augen zusammen und fuhr mit seinem

Finger über das Foto. Seine Lippen begannen kurz zu zittern, dann blickte er zur Tür.

»Das ist eine Telefonnummer«, sagte er. »Eine Nummer von hier, in Hintereck.«

»Warum meldet sich dann niemand?«

»Weil es diese Nummern nicht mehr gibt. Wurde vor Jahren alles umgestellt. Doch dies ist eine der alten Nummern.«

»Woher willst du wissen, dass es eine Telefonnummer war?«

Ihr Großvater warf wieder einen Blick zur Küchentür. Es war still auf dem Flur.

»Weil es meine Telefonnummer war«, flüsterte er, »vor mehr als zwanzig Jahren. Woher hast du diesen Umschlag mit der Nummer?«

»Ich habe ihn gefunden.«

Ihr Großvater setzte seine Brille auf und strich mit dem Finger über das Papier.

»Seltsam.«

»Was ist seltsam?«, fragte Alice.

»Das ist meine Handschrift. Es sieht so aus, als hätte ich die Nummer aufgeschrieben. Ich kann mich aber beim besten Willen nicht daran erinnern, wann das war. Woher hast du dieses Foto? Sieht aus, als hätte es jahrelang im Keller gelegen.«

»So ähnlich«, sagte Alice und griff nach der Hand ihres Großvaters. »Kannst du dich erinnern, wann die Nummern geändert wurden?«

»Das war ungefähr vor dreißig Jahren. Die 71468 konnte ich gut behalten. Im Gegensatz zu den langen Nummern, die wir später bekommen haben. Die kurzen Nummern wurden neu vergeben, an Behörden und an Leute, die dafür zahlten. Jetzt habe ich eine Nummer, die ich mir nach über zwanzig Jahren nicht merken kann. Dieses Saupack von der Telefongesellschaft.«

»Telekom«, ergänzte Alice, »das Saupack ist die Telekom, und es gibt noch andere. Jetzt ist alles privatisiert. Auch die Nummern. Doch deine alte Nummer wollte offenbar niemand haben.«

»Schon klar, Nummern, Namen, alles ist privatisiert. Alles gehört irgendeinem Dreckskonzern«, regte sich ihr Großvater auf, dann nahm er ihre Hand in die seine. Die faltige Haut auf seinen langen Fingern strich über ihre Finger. Alice musste an die Mumie denken, an die Finger, die sie abgebrochen hatte, und daran, dass diese Finger auch einmal den Kopf eines Kindes gestreichelt hatten.

»Aber warum interessiert dich diese Nummer?«, wollte ihr Großvater wissen.

»Weil ich sie in der Hand eines Toten gefunden habe.«

Ihr Großvater ließ ihre Hand los, und hätte der Stuhl keine Lehne gehabt, wäre er nach hinten gekippt.

»Was für ein Toter?«

»Der Tote im Moor.«

»Alice, was hast du mit der Moorleiche zu tun?«

»Ich habe sie gesehen … im Krankenhaus.«

»Wer hat dich die Moorleiche im Krankenhaus sehen lassen?«

»Sagen wir, es war eine günstige Gelegenheit.«

»Du hast dich schon wieder in eine Sache eingemischt, die dich nichts angeht?«

»Ich habe mich nicht eingemischt, Opa. Das hat sich so ergeben. Außerdem hast du mir doch gesagt, dass man Gelegenheiten dann ergreifen soll, wenn man sie hat. Sonst bereut man sie später.«

»Ja, aber das war auf das Leben allgemein bezogen, nicht in so einem Fall.«

»Ich lebe ja immer allgemein und denke auch darüber nach, deshalb war es eine Angelegenheit des Lebens, verstehst du?«

»Ich verstehe nur, dass du Ärger anziehst wie der Teufel Fliegen.«

Alice zuckte mit den Schultern. »Vielleicht sollte ich mich mal mit dem Teufel unterhalten, ob er nicht ein paar Tipps für mich hat.«

»Psst, darüber macht man keine Witze.«

»Du bist doch nicht abergläubisch, und in die Kirche gehst du auch nicht mehr seit Omas Tod.«

»Bin ich auch nicht. Trotzdem ist es nicht gut, seinen Namen auszusprechen.«

»Na, die Moorleiche ist jedenfalls nicht der … du weißt schon. Ich habe im Radio davon gehört. Das Moor hat den Toten ausgespuckt, hieß es. Das kommt bei Überschwemmungen vor und wenn es lange regnet. Der Boden wird weicher, es kommt zu unterirdischen Erdrutschen. Der Archäologe meinte, dass die Moorleiche über Jahre langsam an die Oberfläche kam.«

»Ich hab' vom Kaltenlocher Ötzi gehört. Er soll sogar noch älter sein.«

Alice spielte mit ihren Fingern.

Du hast der Mumie die Finger gebrochen. Jemand war unten im Kühlraum. Er hat die Moorleiche weggebracht. Er weiß, wer du bist.

»Das Foto war bei der Moorleiche.«

»Sie hat es wohl nicht um den Hals hängen gehabt«, ergänzte ihr Großvater.

»Genauer gesagt, hielt sie das Foto in ihrer geschlossenen Hand.«

Die Augen ihres Großvaters verengten sich. Warum sagte er ihr nicht, was ihn an dem Foto so beunruhigte und vor allem, was seine alte Telefonnummer auf ihm zu suchen hatte?

»Ich verstehe nicht. Warum hat eine Moorleiche, die ein paar hundert Jahre alt sein soll, meine alte Telefonnummer in der Hand?«

»Ganz einfach«, erwiderte Alice, »die Moorleiche ist nicht ein paar hundert Jahre alt, sondern höchstens dreißig.«

»Dann ist es ein Fall für die Kripo.«

»Ich fürchte nur, dass die Kripo nichts finden wird.«

»Warum? Sie untersuchen den Toten und werden schon feststellen, um wen es sich handelt und ob der Tote gewaltsam ums Leben kam.«

»Ganz freiwillig war sein Tod nicht, es sei denn, er hätte sich selbst die Hände gefesselt und wäre dann in ein Moorloch gesprungen.«

»Das ist Sache der Kripo. Du musst der Polizei erzählen, was du weißt.«

»Aber die Moorleiche ist nicht mehr im Kühlraum der Klinik.«

»Wie kommst du auf so eine Idee?«

»Na, weil ich mit Tom dort war ... vorhin. Tom wollte die Mumie unbedingt sehen.«

»Vielleicht hat die Kripo sie schon ins rechtsmedizinische Institut überstellt.«

»Am Abend? Das glaube ich nicht. Das war jemand anderes. Jemand, der verhindern wollte, dass Untersuchungen angestellt werden.«

»Kein Wort«, sagte ihr Großvater auf einmal, »zu niemandem. Hörst du!«

Im Flur ging eine Tür auf. Alice hörte die Stimme ihres Vaters, der telefonierte. Es klang aufgeregt.

»Kein Wort, verstanden?«

»Aua, du tust mir weh«, sagte Alice. Ihr Großvater ließ ihren Arm los.

»Nur, wenn du Papa nicht erzählst, dass ich die Moorleiche gesehen habe.«

Ihr Großvater lächelte, so wie früher, als er ihr erzählt hatte, dass er es regnen lassen konnte, wenn er an einen bestimmten Fisch dachte. Alice hatte es lange geglaubt. Sie hatte lange überlegt, welcher Fisch es sein könnte, der den Regen verursachen konnte, wenn Großvater an ihn dachte. Bis sie ihren Großvater gefragt hatte und er ihr etwas von Wolkenbildung, Kondensation und Wasserkreislauf erzählt hatte. Anfangs hatte sie geglaubt, er wolle ihr nur nicht verraten, welcher Fisch es war. Dann hatte sie aus ihren ersten Büchern über Psychologie erfahren, dass Menschen auch Dinge taten, ohne zu wissen, warum sie sie taten. Sie hatte ihren Großvater weiter gedrängt, er solle doch das Geheimnis um diesen Fisch an Leute verraten, die in Afrika lebten, damit dort die Kinder nicht verdursteten. Als ihr Großvater ihr wieder gesagt hatte, dass er dies nicht könne und es die Wolken seien, aus denen der Regen komme, da hatte sie gewusst, dass die Menschen viel weniger Macht hatten, als sie gedacht hatte. Als sie es begriffen hatte, hatte der Großvater ihr wie einer Verbündeten zugelächelt.

»Dieser Tote im Moor«, sagte Alice, »ist kein gewöhnlicher Toter. Sein Körper war voll mit Narben. Es sah aus, als hätte ihn jemand absichtlich verstümmelt. Nur eines kann ich sicher sagen: Es handelt sich nicht um einen Toten aus der Steinzeit. Der Tote lag höchstens ein paar Jahre im Moor, und er starb nicht durch einen Unfall. Und noch etwas: Der Mörder lebt noch.«

Die Tür zur Küche ging auf. Ihr Vater hatte aufgehört zu telefonieren. Er schwitzte. So aufgelöst hatte sie ihren Vater noch nie gesehen. Er schaute in den Raum und durch sie und ihren Großvater hindurch, so als wären sie nicht anwesend. Was immer ihr Vater verschwieg, es war kein kleines Problem. Es war ein Problem so groß wie eine Lawine, die er nicht aufhalten konnte, doch ein Problem, das er unbedingt für sich behalten wollte.

10.

In der Nacht fiel wieder Regen. Die Ostrach rauschte inzwischen so laut, dass sie es sogar hier am Hang hören konnte. Vereinzelt irrten Lichter durch die Dunkelheit, blitzten auf und verschwanden wieder, wenn ein Wagen sich über den Pass schlängelte. Auf der anderen Seite des Kaltenlocher-Plateaus saß Lisas Mutter an einem Tisch und starrte auf den trockenen Blutfleck in der Küche. Letzte Woche war alles noch heil gewesen. Sie hatten überlegt, ob sie wieder ans Meer fahren sollten oder zu den Großeltern nach Todtnau im Schwarzwald. Lisa hatte Alice von ihren Großeltern erzählt. Sie hatten ihrem Vater das Studium bezahlt. Ihr Opa war Eisenbahner, und ihre Oma verkaufte Gemüse auf dem Markt, das sie in ihrem Garten anbaute. Dass ihr Papa Arzt geworden war, war für sie die Erfüllung eines Traums gewesen. Lisa hatte ihr von ihrem Vater erzählt. In Todtnau hatte er ihr den Philosophenweg gezeigt. Ein geheimer Pfad, den er als Kind durch den Wald gegangen war. Wege, die der Philosoph Heidegger gegangen sein sollte, Wege, die ins Nirgendwo führten, Holzwege.

Der Regen fiel unsichtbar in die Dunkelheit, so wie auch Lisas stille Gebete in dieser Nacht aus Regen und Wolken ungehört verschwanden. *Hilf mir.* Wie konnte sie Lisa helfen? Warum redete sie nicht? Warum sagte sie nicht, was geschehen war? Hilf mir … Bei was sollte Alice ihr helfen? Zu erklären, warum sie ihren Vater mit einem Küchenmesser abgestochen hatte? Oder sollte es heißen: Hilf mir, den Mörder meines Papas zu finden! Hilf mir, dass er mich nicht auch tötet!

Der Geruch der Moorleiche hing noch immer an ihren Kleidern. Der Regen hatte sie aus der Tiefe des Moors nach oben geschwemmt. Doch wer hatte den Toten gefunden? Alice zog ihre Kleider aus und schlüpfte in ihren rosafarbenen Pink-Panther-Pyjama. Zwei Zimmer weiter hörte sie Amalias Kichern. Handy unter der Decke, in der anderen Hand einen Spiegel. Welcher Typ rief Amalia innerhalb weniger Stunden gleich vier oder fünf Mal an? Amalia konnte man nur lieben, wenn man sie als Schwester hatte. Da war Liebe ja Pflicht und musste durch tägliche Aktionen ausgeglichen werden, aber wer freiwillig Amalia den Hof machte, der musste den IQ einer Schildkröte haben.

Alice stopfte die nach Moor riechenden Kleider in eine Plastiktüte. Sie blätterte in dem Philosophen-Lexikon nach Wittgensteins Freund: David Grandval. Auch die dreißigbändige Brockhaus-Enzyklopädie gab nichts her. Warum hielt ihn Wittgenstein nur für einen bedeutenden Geist, wenn er nirgendwo auftauchte? Oder hatte man ihn tatsächlich vergessen und ausgelöscht?

Alice schaute in die schwarze Nacht. Die Straßenlampen vor der Kirche schwankten, und es sah aus, als befände sich der ganze Kirchplatz auf einem Floß auf hoher See. Die Moorleiche ging Alice nicht aus dem Kopf. Was machte der Umschlag in der mumifizierten Hand des Toten? Und erst recht Großvaters frühere Telefonnummer? Sie hatte irgendetwas übersehen.

Sie drehte das Polaroid zwischen ihren Fingern, als gäbe es irgendwo einen versteckten Eingang, der direkt in sein Geheimnis führte. Wer war die Frau auf dem Foto? Was hatte Großvaters Nummer darauf zu suchen?

In Amalias Zimmer wurde es schlagartig still. Alice zog ihr Notizbuch aus der Schultasche und blätterte zurück. Der berühmte Kriminologe Leo Faulkner riet jedem Ermittler, ein Notizbuch anzulegen. Das menschliche Gedächtnis war zwar phänomenal, wenn es funktionierte, doch es hatte auch die Eigenschaft, manche Dinge herauszufiltern beziehungsweise zu verfälschen. Am besten war es, sofort die Eindrücke zu notieren, die einem durch den Kopf gingen, wenn man an einen Tatort kam, oder Gesprächsnotizen von Zeugen. Denn bereits nach Minuten war alles schon wieder vorbeigezogen.

Notiere Fakten.

Notiere Dinge, die du siehst, hörst, spürst oder riechst.

Notiere Dinge, die Leute gesagt haben, und nur das.

Lass deine Meinung weg. Deute nichts.

Schreibe, wann und wo du mit jemandem gesprochen hast.

Alice fand die Seite, auf der sie die Notizen über die Moorleiche gemacht hatte.

Stinkt nach fauligem Karton.

Nackt oder tätowiert mit Zeichen. Unbekannt. Fotos gemacht.

In der geschlossenen rechten Hand eine Polaroidaufnahme. Eine Frau, um die zwanzig, schön. Eine Telefonnummer 71468. Frühere Nummern in Hintereck. Großvater?

Auf einer anderen Seite dann das Gespräch, das ihr Vater mit der Krankenschwester geführt hatte. Und da stand es.

Josef Bork hatte die Moorleiche untersucht. Er hatte einen Bericht angefertigt.

Lisas Vater hatte die Moorleiche untersucht, noch bevor diese an die Rechtsmedizin überstellt worden war. Er hatte einen Bericht angefertigt. Und jetzt war die Moorleiche verschwunden und Lisas Vater tot. Alice klappte ihr Notizbuch zu. Lisas Vater war tot, und alle Blicke waren auf Lisa gerichtet. Für jeden war es klar, dass sie ihren Vater getötet hatte.

Wenn Lisa ihren Vater nicht getötet hatte? Wenn Josef Bork bei der Untersuchung etwas herausgefunden hatte? Wenn Bork einen Bericht geschrieben hatte, dann musste er zu finden sein.

Doch all das beunruhigte Alice weniger als die Tatsache, dass sie die Letzte war, die die Moorleiche gesehen hatte. Was wäre geschehen, wenn der Mörder Tom erwischt hätte, nachdem Tom die Moorleiche gesehen hatte? Sie musste ihn warnen. Dann wurde ihr plötzlich klar, dass sie auch auf seiner Liste stand. Sie musste mit ihrem Vater sprechen. Auf dem Weg nach unten blieb sie auf halbem Weg stehen. Aus dem Büro kamen Stimmen. Ihr Vater telefonierte. Er flüsterte, seine Stimme klang jedoch aufgeregt, und sie konnte hören, wie er mit der Hand auf etwas einschlug, immer wieder, dumpfe Schläge. Mein Gott, was war hier los?

»Was um Gottes Namen hast du getan? Maria, was um Gottes Namen hast du getan? Du bist krank.«

Das Gespräch brach ab. Alice hörte, wie ihr Vater noch ein paar Mal rief: »Maria …« Doch die Verbindung war augenscheinlich unterbrochen.

Vorsichtig schlich Alice nach oben und schloss die Tür. Sie atmete tief ein. Der Regen trommelte an ihr Fenster. Sie schloss die Augen. Was war hier nur los? Was hatte ihr Vater damit zu tun? *Du bist krank.*

Maria. So hieß Lisas Mutter.

Alice schaute sich die Bilder der Moorleiche an, die sie mit ihrem neuen Fotohandy gemacht hatte. Ihr gefiel die Idee, dass ein kleines Gerät so viele Funktionen haben konnte. Es erinnerte sie an das Schweizer Taschenmesser, das sie von ihrem Großvater zu ihrem zehnten Geburtstag geschenkt bekommen hatte. Tom hatte ihr Handy mit einer Reihe zusätzlicher Apps ausgestattet. Die meisten davon waren völlig nutzlos. Doch Tom verteidigte das Asteroiden-Warn-App, denn schließlich wäre es doch wichtig, zu wissen, wenn ein Gesteinsbrocken von der Größe der Zugspitze mit 30000 km/h die Erde rammte und so viel Staub aufwirbelte, dass für die nächsten hundert Jahre kein Sonnenlicht mehr auf die Erde fallen würde.

Sie vergrößerte die erste Aufnahme. Sogar in der Vergrößerung waren die dunklen Ränder der Narben scharf und gut zu erkennen. Sie erinnerten Alice an die babylonische Keilschrift auf der Gesetzesstele des Hammurapi. Doch was sollten fast viertausend Jahre alte Schriftzeichen auf einer mumifizierten Leiche, die gerade einmal dreißig Jahre tot war? Nachträglich hatte niemand das Foto in die Hand des Toten gesteckt. Die Knochen waren zu spröde gewesen. Die Zeichen waren ihr ein Rätsel. Wenn es Tätowierungen waren, woher dann die Narben? Tätowierungen hinterließen Farbschichten in der oberen Hautschicht, aber normalerweise keine Narben. Ohne Vergrößerung sah man nur dunkle Streifen.

Sie wählte Toms Nummer. Nach dem dritten Klingeln nahm Tom das Gespräch an.

»Ich weiß, dass Lisas Vater etwas rausgefunden hat«, sagte sie, »und dieses Etwas hat ihn umgebracht.«

Tom gähnte am anderen Ende.

»Hörst du mir überhaupt zu?«

»Hey, sorry ... klar ... etwas hat ihn umgebracht.«

»Lisas Vater hat die Moorleiche untersucht, und kurze Zeit später ist er tot.«

»Aber Lisa hatte das Messer in der Hand, und sie redet nicht. Warum hilft sie der Polizei nicht? Doch nur, wenn sie ...«

»Sie hat Angst«, fiel Alice Tom ins Wort. »Sie hat Angst, genau wie ihr Vater umgebracht zu werden. Vielleicht kennt sie den Mörder ihres Vaters.«

»Du hast dich in etwas verrannt. Alice. Es kann diesmal auch alles ganz offensichtlich sein. Tochter mit Messer in der Hand. Vater tot in seinem Blut. Tochter redet nicht, weil sie ihn getötet hat. Tochter ist irre.«

Tom hatte natürlich recht. Es war einfach, eine Theorie zu konstruieren, die von der Erfahrung nicht widerlegt werden konnte. Eine gute Theorie musste aber von der Erfahrung widerlegt werden können. Alice hatte nichts außer Vermutungen, und das Einzige, was ihre Theorie eines Unbekannten bestätigen konnte, war der Tote im Moor. Lisas Vater hatte zwar den Toten untersucht, das hieß aber noch nicht, dass er deswegen getötet worden war. Im Augenblick sah es danach aus, dass seine eigene Tochter in einem Anfall von Wahnsinn ihren Vater mit einem Stich in den Hals getötet hatte. Schwere Psychose. Lisa war eine Gefahr für die Allgemeinheit.

»Sie muss aber nicht zugestochen haben«, sagte Alice.

»Wie kommt das Messer in ihre Hand?«

Ja, wie kam Lisa an das Messer, und was machte sie neben der Leiche ihres Vaters, wenn sie es nicht war, die ihn getötet hatte? Wie erklärte sich das Blut auf ihren Händen und Kleidern? Ihre Hose im Krankenhaus war noch immer dunkel gefärbt von dem getrockneten Blut. Wenn ein Unbekannter tatsächlich Lisas Vater getötet hatte, wie hatte er es geschafft, dass seine Tochter neben seiner Leiche stand, mit dem Messer in der Hand und sich scheinbar an nichts mehr erinnerte? Warum sollte sich jemand so etwas ausdenken?

»Wir müssen herausfinden, wer der Tote im Moor war«, sagte Alice.

»Irgendein Tourist aus Hamburg, der im Moor versoffen ist, weil er nicht auf den Laufbrettern gehen konnte.«

»Warum hat man die Moorleiche aus der Klinik gestohlen?«

»Souvenirjäger, die sie bei Ebay vertickern, oder irgendwelche Freaks, die schwarze Messen feiern.«

»Kannst du was über die Narben herausfinden?«

»Weil du es bist ... und weil du morgen Geburtstag hast.«

»Ich werde deine Zunge in feine Streifen schneiden«, sagte Alice, »wenn du noch einmal meinen Geburtstag erwähnst.«

»Happy ... day ... to youuuuuu.«

»Ich leg jetzt auf. Ruf mich an, wenn du mehr weißt.«

Sie unterbrach die Verbindung. Tom nahm sie nicht ernst. Wie sollte er auch? Sie hatte lediglich eine Theorie, die sie nicht beweisen konnte. Wenn sie jetzt mit ihrem Vater darüber sprechen würde, dann wäre ihr eine Gummizelle sicher. Sie ließ sich auf ihr Bett fallen. Sie brauchte Beweise. Regen schlug ans Fenster. Im Schein der einzigen Straßenlaterne vor dem Haus huschte eine Gestalt durch den Lichtkegel.

Der Regen erzeugt Phantombilder, dachte Alice, Bewegung, wo keine ist, Schatten, wo nichts das Licht verdeckt. Nein, es gibt keinen Zweifel, führte Alice den Gedanken weiter fort, jemand hat den Toten verschwinden lassen. *Er lebt und tötet ...*

11.

Die Heizung im Hotel schaltete ab zehn Uhr abends auf Nachtbetrieb. Ein Prozessor steuerte das Heizsystem. Es regulierte die gewaltigen Kessel im Keller und schaltete alle nicht belegten Zimmer auf Ökonomiemodus. Um halb elf Uhr abends war der Heizkörper in Toms Zimmer nur noch lauwarm. Dieser vermaledeite Prozessor tat so, als wäre sein Zimmer und die ganze Wohnung seiner Eltern unbewohnt. Es ist scheißkalt bei mir, hatte er seinem Vater einmal gesagt, worauf der nur geantwortet hatte, dass man am Abend sowieso im Bett liege und keine Heizung brauche. Da gab seine Mutter fast tausend Euro für eine Handtasche aus, und an ihm sparten sie. Hilf dir selbst, dann ist dir sicher geholfen. Tom war überglücklich, als er die Windows-Routinen des Heizsystems umgehen konnte. Es reichte ja nicht nur, dass er die Heizzeit veränderte, er musste es in der Kontrollübersicht so aussehen lassen, als wäre die Heizung bei ihm abgeschaltet. Zudem veränderte er die Temperatur auf knapp 27 Grad Celsius, so dass er im T-Shirt vor seinem Rechner sitzen konnte. Da seine Eltern schon seit seinem fünften Lebensjahr nicht mehr in sein Zimmer gekommen waren, hatte er nichts zu befürchten. Tom hatte weitere kleine Zückerchen in die Systemverwaltung eingebaut. So konnte er auch das Duschwasser manuell für jede Dusche im Hotel einzeln verändern. Er lehnte sich auf seinem Stuhl zurück und rief seine Oberfläche auf. *Dusche. Zimmer 393. Belegt. Landrat Doktor Peter Vogel. Zweibettzimmer.* Tom hatte den Landrat in seinem grünen Lodenmantel und Tirolerhut gestern in der Loge gesehen und auch die junge Frau, die bei ihm war. Sie war aber nicht dieselbe Frau, die neben ihm auf den Wahlkampfveranstaltungen auf dem Podium stand. Tom öffnete sein Fenster zum Innenhof. Zimmer 393 wies ebenfalls zum Innenhof hinaus. Dann wandte er sich wieder dem Bildschirm zu. Seit zwanzig Minuten duschte der Landrat in 393. Wassertemperatur 41 Grad. Das war schön warm. Tom überschrieb die 41 Grad und gab eine 0 ein. In wenigen Sekunden würde das System die Warmwasserzufuhr unterbrechen. 2, 1 … Der Schrei war im ganzen Innenhof zu hören. Vorbei die Spielchen unter der Dusche. Der Landrat würde sich natürlich hüten, den Service anzurufen. Beim nächsten Mal würde Tom warten, bis der Landrat alleine unter der Dusche stand, und dann statt 41 Grad 80 Grad einstellen. Dann wüsste der Landrat wenigstens, wie sich die Langusten fühlten, wenn man sie lebendig ins kochende Wasser warf. Herr Doktor Vogel bestellte immer Langusten, wenn er im Hotel war, und dazu italienischen Weißwein.

Tom lud die Bilder, die Alice ihm geschickt hatte, auf seinen Computer. Ekelig. Dunkelbraune Haut mit dunklen Streifen. In der Vergrößerung sahen die Narben aus wie Runen. Ob das wirklich Zeichen waren? Wie konnte Alice sich nur neben eine vermoderte Leiche legen? Ihn grauste schon der Anblick. Alice war wirklich der seltsamste

Mensch, den er kannte. Nein, sie war eigentlich nicht seltsam, sie war etwas Besonderes. Die meisten Menschen, die er kannte, glichen mittelmäßigen Windowsprogrammen. Manche waren umständlich programmiert und fehlerhaft, andere liefen bei gewöhnlichen Anwendungen zuverlässig, stürzten aber ab, sobald man etwas Ausgefallenes machte. Doch jedes dieser Programme war im Grunde nichts anderes als die Wiederholung bestimmter Funktionen. Einmal programmiert, tickten sie, solange bis man sie löschte. Alice könnte niemand programmieren. Sie war immer einen Schritt weiter, als ob sie ein geheimer Programmierer jeden Tag neu erfand. Nur diesmal war Tom sich sicher. Sie hatte sich in etwas verrannt, das keinen Sinn ergab.

Der Tote im Moor war keine Eiszeitmumie, sondern ein Mordopfer, im Moor versenkt, vor ungefähr dreißig Jahren. Und dies nur, weil sie eine Polaroidaufnahme in seiner vertrockneten Hand gefunden hatte. Sie hatte der Mumie die Finger gebrochen. Auch wenn der Vater von Lisa Bork die Mumie untersucht und etwas Verdächtiges gefunden hatte, so hatte doch Lisa das Messer in der Hand gehabt. Es gab einfach keinen Hinweis auf einen Unbekannten. Was für eine schräge Theorie!

Tom wusste, dass es unmöglich war, Alice etwas auszureden. Er vergrößerte einen Ausschnitt der Narben und legte mit Photoshop einige Zeichen frei. Er markierte sie und behielt nur die Form und startete eine Suche im www ... Google konnte nach viel mehr suchen, als normale Anwender wussten. Die meisten Funktionen hatte Google jedoch nicht für die normale Suche freigegeben. Google erkannte zum Beispiel schon bestimmte Gebäude, wenn man den Sucher seiner Digitalkamera darauf hielt. Es analysierte Formen von Gebäuden, Automarken und auch Gesichter.

0 Treffer.

Erneute Anfrage. Tom bezog die Datenbestände der *Bibliothèque Nationale de France* mit ein. Sie war eine der ersten Bibliotheken, die ihre Buchbestände digitalisiert hatten.

0 Treffer.

Wäre die Welt als Ganzes digitalisiert, dann hätte er in einigen Minuten einige Treffer. Doch die Wirklichkeit war, dass ein Großteil der Welt jenseits der digitalen Welt existierte. Babylonische Keilschrift, ägyptische Hieroglyphen, Alt-Elamisch, Chinesisch. Die tätowierten Zeichen auf der Mumie hatten nicht die geringste Ähnlichkeit mit überlieferten Schriftzeichen. Wenn die Leiche aber nun tatsächlich nur zwanzig oder dreißig Jahre im Moor gelegen hatte? Wenn es gar keine Zeichen waren, sondern nur eine Art von Art déco? Tom drehte die Bilder, zoomte die Ausschnitte größer. Im Augenwinkel hielt er Zimmer 393 im Blick. Niemand duschte. Die Heizung war angeschaltet. Der Landrat nutzte die kostenpflichtige WLAN-Verbindung in seinem Zimmer. Was für ein Spaß wäre es, sich anzuschauen, was der Landrat im Internet suchte! Oder wenn er seine integrierte Kamera und das Mikro anschalten könnte. Jeder kannte den Landrat Vogel im Trachtenjanker auf den Wahlplakaten. *Dass Bayern bayrisch bleibt.* Er setzte sich für Religionsunterricht als Pflichtfach ein. Katholisch oder evangelisch. Außerdem sollte Schwäbisch und Bayrisch als Lokalsprache unterrichtet werden. Was der Landrat wohl auf seinem Rechner ansah? Der Landrat hatte seine Geheimnisse. So viel stand fest. Nur hatte er nicht das Wissen, diese zu schützen. Im Augenblick jedoch musste Tom sich um andere Dinge kümmern.

Er klickte wieder auf die Bilder. Im Netz des Allgäuer-Blattes war nur ein kurzer Fünfzeiler über die Moorleiche. *Allgäuer Mumie aus dem Kaltenlocher Moor. Vermutlich aus der letzten Eiszeit.* Ein Bild des Archäologen. Er sprach von einem Jahrhundertfund.

Der Journalist hatte es wohl eilig. Ein Toter im Moor war genauso interessant wie ein abgestürzter Bergwanderer mit Sandalen. Das Allgäuer-Blatt schrieb bei Bergunfällen nie mehr als vier oder fünf Zeilen. Was gab es auch mehr zu schreiben? Schlechtes Schuhwerk, schlechtes Wetter, Blitzschlag, dreißig Meter in die Tiefe gestürzt. Eine Leiche aus der letzten Eiszeit war schon eine Sensation zwischen all den abgestürzten Touristen und verunglückten Motorradfahrern. Mord war es deshalb noch lange nicht, auch wenn seine Hände gefesselt waren.

Alice war gerade dabei, sich einen Mordfall auszudenken, das war alles. Wenn er die Moorleiche nur selbst gesehen hätte! Der Geruch, der an Alice gehangen hatte, war unerträglich gewesen. Sie hatte nach fauligem Gullywasser gestunken.

Wer hatte ein Interesse an einer Moorleiche? Gab es tatsächlich jemanden, der um jeden Preis verhindern wollte, dass genauere Untersuchungen an der Leiche unternommen wurden? Was war mit ihm selbst in der Pathologie geschehen? Warum konnte er sich an nichts erinnern? Es war, als hätte ihm jemand einfach eine Viertelstunde aus seinem Gedächtnis geschnitten. Und wenn Alice doch recht hatte? Wenn er dort unten nicht alleine gewesen war? Wenn ihm jemand eine Viertelstunde seines Lebens gestohlen hatte? Wenn ihn jemand im Flur betäubt und nach oben gebracht hatte – wem fiel in einem Krankenhaus schon ein bewusstloser Körper in einem Rollbett auf? Doch welches Betäubungsmittel wirkte so schnell und wie war es möglich, dass er nicht aus einer Art Betäubung aufgewacht war? Der Gang mit den weißen Kacheln, die Metalltür zum Kühlraum, das abgebrochene Schild. Er hatte das nicht geträumt. Wenn Alice doch recht hatte, dann gab es da draußen jemanden, der nicht zögerte, um unangenehme Zeugen für immer zum Schweigen zu bringen.

Tom installierte eine Metasuchmaschine, die die Ergebnisse mehrerer Suchmaschinen auswarf. Es gab eine Reihe sinnloser Treffer, als er nach Ähnlichkeiten zu einzelnen Zeichen suchte. Das Logo eines Waschmittels, Architekturskizzen ... Er löschte sie wieder und lehnte sich zurück. Nur ein kleiner Teil der Welt ist digitalisiert, meinte Alice und von diesem kleinen Teil glauben wir, dass er die ganze Welt ist.

Das Radiointerview mit einem Archäologen konnte er noch einmal online anhören.

Sprecherin: Haben wir den Allgäuer Urmenschen entdeckt? Einen Allgäuer Ötzi?

Archäologe: In der Steinzeit war das Kleinwalsertal besiedelt. Da gibt es einige Funde. Das Kaltenlocher Moor könnte in dieser Zeit entstanden sein. Eine genauere Datierung der Leiche kann nur eine wissenschaftliche Untersuchung liefern.

S: Kann man das Alter ungefähr eingrenzen?

A: Ich glaube, dass es sich um eine Leiche aus der Jungsteinzeit handelt, doch es gibt auch Unstimmigkeiten.

S. Welche denn?

A: Weil die Haut des Toten merkwürdig gegerbt ist. Die Haut ist mit Narben übersät.

S: Eine tätowierte Moorleiche?

A: Die Moorleiche könnte auch wesentlich jünger sein.

S: An was denken Sie? Römerzeit?

A: Nein, die Römer kamen erst fünfzehn Jahre vor Christus ins Allgäu und unterwarfen die dort lebenden Stämme.

S: Mittelalter?

A: Eher Ende des Dreißigjährigen Krieges. Wann der Tote genau gestorben ist, kann nur eine Untersuchung des Gewebes ergeben.

S: Wie kommen Sie auf den Dreißigjährigen Krieg?

A: Am Ende des Dreißigjährigen Krieges wütete in dieser Gegend die Hexenverfolgung. Und man weiß, dass man unzählige Frauen, Männer und auch Kinder im Moor versenkt hatte. Man glaubte, dass das Moor die Hexen daran hindere, über ihren Tod hinaus zu wirken. Der Fluch einer Hexe war damals etwas Schreckliches. Deshalb riss man ihnen vor dem Verbrennen oft die Zunge heraus, oder es gab sogenannte Maulbirnen, die in den Mund gesteckt wurden. Diese Metallbirnen konnten im Mund gespreizt werden, so dass manchen Verurteilten der Kiefer brach. Andere erbrachen und erstickten an ihrem Erbrochenen. Auf jeden Fall konnte man damit verhindern, dass ein Fluch über das Dorf und die Menschen ausgesprochen wurde. Denn so ein Fluch, glaubte man damals, vergehe nie. Die

Angst vor den Toten war damals allgegenwärtig. Und wir wissen aus den Archiven, dass es in der Zeit der Hexenverfolgung auch Praktiken gab, die Körper der Verurteilten mit Bannzeichen zu versehen. Damit sollte vermieden werden, dass die Seele sich aus dem Körper lösen konnte, um in einen Lebenden zu fahren.

S.: Hört sich nicht christlich an.

A.: Die Angst vor der Rache der Toten gab es in vielen Kulturen.

Die Toten töten, Moor, Aberglaube, Fluch. Völlig durchgeknallt, aber wenn Alice recht hatte und der Tote nicht mehr als dreißig Jahre im Moor gelegen hatte, dann lief da draußen noch immer ein Verrückter herum. Wenn der Sterbende im Moor das Foto in der gefesselten Hand hielt? Wenn er mit geschlossener Faust in der Tiefe erstickte? Wenn Alice die Erste war, die sah, was er in der Hand hielt?

Tom klickte sich noch durch weitere Artikel, die vom Kaltenlocher Ötzi berichteten. Bis er auf einen Artikel stieß, der als gemeinsamen Suchbegriff *tätowierte Leiche* und *Mord* hatte.

Was ihm den Magen zusammenschnürte, war das, was da noch ein paar Zeilen weiter stand.

Ritualmorde in Allgäuer Dorf.

12.

Alice erwachte. Es war still im Haus. Die ersten Sonnenstrahlen suchten sich ihren Platz in ihrem Zimmer. Sie folgte dem Schatten der Äste, den die alte Birke in ihr Zimmer warf. Ihre Füße waren kalt. Jeden Morgen hatte sie kalte Füße, obwohl sie extra zwei Paar Socken im Bett anbehielt. So musste es sich anfühlen, wenn man tot war. Nur noch kälter, und die Kälte gehörte dann nicht mehr zum Körper, sondern zu den restlichen Dingen, so dass man nichts mehr spürte. Ihr

Vater hatte die Kaffeemaschine schon in Gang gesetzt. Sie blubberte vor sich hin. Hobbes hatte seine Schüssel nicht angerührt. Das Futter war bereits vertrocknet und begann eine weißlich fahle Farbe anzunehmen. Sie rief Hobbes. Normalerweise hörte sie seine weichen Pfoten auf dem Holzboden.

Ihr Vater war noch ohne Tageszeitung und ohne Kaffee. Er sah aus, als hätte er die Nacht wie eine Fledermaus an der Decke geklebt verbracht. So bleich mit Augenringen und einem erschöpften Gesichtsausdruck hatte sie ihren Vater noch nie gesehen.

»Ist dir Hobbes über den Weg gelaufen?«

»Der treibt sich draußen rum wie alle Katzen.«

»Hobbes war noch nie nachts weg. Etwas ist mit ihm geschehen.«

»Katzen streunen besonders nachts«, erwiderte ihr Vater. »Sie jagen Mäuse, Ratten oder schleichen sich ins Nachbarhaus, um dort das Futter der Nachbarkatze zu fressen.«

»Hobbes war noch nie weg.«

»Der kommt schon wieder.«

Der Regen trommelte monoton auf das Fensterbrett. Die Sonne war wieder einem milchigen Licht gewichen.

»Alles Gute zu deinem zwölften Geburtstag«, sagte ihr Vater und zog ein Päckchen aus der Küchenkommode.

»Alles Gute, Schwesterchen.« Amalia durchstreifte die Küche barfuß, in einer Hand einen Kamm, in der anderen ein Kuvert, das sie Alice hinstreckte.

»Was ist das?«

»Dein Geburtstagsgeschenk«, antwortete Amalia. »Ein Gutschein für einen Haarschnitt. Natürlich schneide ich dir die Haare, und wenn du willst, dann gibt's noch eine Tönung oder Strähnchen.«

»Vielen Dank, ich wollte mir schon lange eine neue Frisur machen lassen.«

»Du kannst ja nicht bis in alle Ewigkeit mit deiner Besenfrisur rumlaufen.«

»Ja, schließlich ist der Kopf ja da, damit die Haare nicht aus dem Hals wachsen.«

Einen Friseurgutschein, um sich die Haare zu schneiden und vielleicht noch zu färben. Alice war überzeugt, dass ihre Schwester sich gar nicht bewusst war, wie sinnlos es war, sich die Haare von jemandem schneiden zu lassen. Bisher hatte Alice jedem Versuch widerstanden, sich zu einem Friseur schleifen zu lassen. Selbst als ihr Vater es auf die perfide Psychotour versucht und gemeint hatte: »Deine Mutter ist mindestens einmal im Monat zum Friseur gegangen. Frauen machen das so.« Niemand war perfekt, und ihre Mutter war es sicher auch nicht gewesen. Wozu sollte man eine halbe Stunde oder länger auf einem Stuhl sitzen und sich die Haare abschneiden lassen, damit man aussah wie ein gezupfter Bonsai-Baum? Haare waren wie Finger- oder Fußnägel. Wenn sie zu lang waren, dann schnitt Alice sie mit der Schere ab. Mit der Zeit bekam sie Übung und schaffte ihre eigenen Kreationen, die niemals regelmäßig waren. Doch Amalia meinte es nur gut, und warum nicht ein wenig diplomatisches Geschick zeigen?

»Vielen Dank, Amalia«, sagte Alice. »Das ist wirklich lieb von dir.«

Amalia runzelte die Stirn. Es dauerte eine Weile.

»Du verscheißerst mich! Das kann dir gar nicht gefallen.«

»Doch wirklich. Ich wollte schon lange zu einem Friseur, und jetzt, wo ich sogar eine Schwester habe, die herumschnippelt.«

»Alice«, warf ihr Vater ein, der zum Fenster in den Regen schaute, »du könntest wirklich einmal netter zu deiner Schwester sein. Sie hat dir ein Geschenk gemacht, und du …«

»Moment, ich habe doch gerade gesagt, dass ich es furchtbar nett finde, dass mir Amalia so was schenkt, oder nicht?«

»Wir wissen aber, wie du es meinst.«

»Wenn ihr also wisst, was ich meine, dann könntet ihr mir auch was schenken, was mir so gefällt, dass ich es in eurer Augen auch so meine, wenn ich sage, dass es mir gefällt.«

»Was? Wie bitte?«, fragte Amalia, die ebenso verwirrt zu sein schien wie ihr Vater. »Ich sag's ja, es ist unmöglich, meiner Schwester eine Freude zu machen.«

»Ich weiß, du hasst Geburtstage und erst recht deinen«, sagte ihr Vater, »aber ich freue mich für dich und für deine Mutter, die leider nicht bei uns sein kann. Das ist für dich … ist nicht eingepackt, dann sieht es weniger nach offiziellem Geburtstag aus.«

Alice nahm die Schachtel. Sie war abgegriffen und roch muffig. Wenigstens kein Buch mit langweiligen Detektivgeschichten für Kinder. Sie zog den Pappdeckel weg. In dem schmutzigen Karton waren zwei Bücher. Sie blies den Staub vom Einband.

»Ich habe die Schachtel nicht geöffnet«, fügte ihr Vater hinzu, »seit dem Unfall deiner Mutter. Du bist die Erste, die sie sieht.«

Alice wischte mit der Hand über den Aufkleber auf dem ersten Band.

TAGEBUCH. Heidi Pokel.

Ihre Beine gaben leicht nach. Alice fühlte, wie etwas sie von innen durchstoßen hatte. Warum hatte ihr Vater ihr nie von der Existenz dieser Bücher erzählt?

»Danke«, brachte Alice gerade noch heraus, dann rannte sie aus der Küche. Luft, sie brauchte Luft. Am liebsten wäre sie einfach nur gelaufen, weiter, immer weiter. Doch draußen waren der Regen, der seit Tagen den Boden aufweichte, und der kalte Wind. Sie las die erste Zeile des ersten Bandes. Blaue Schrift auf weißem, linienlosem Papier.

Heute ist mein Baby geboren. Alice.

»Es ist Zeit«, rief ihr Vater aus der Küche. »Wir müssen los. Sonst kommst du wieder zu spät zur Schule.«

Alice hörte ihren Vater aus der Ferne. Sie verstaute die beiden Tagebücher in ihrem Zimmer, neben Leo Faulkners Enzyklopädie des Verbrechens. Ihr Vater stand noch immer in der Küche.

»Ich hoffe, sie gefallen dir.«

Alice hätte jetzt »Danke« sagen müssen oder irgendwas Freundliches, doch sie konnte es nicht ausstehen, wenn jemand ihr etwas schenkte, das sie berührte, und noch weniger konnte sie es leiden, wenn jemand wusste, wie er sie im Innern aufwühlen konnte. Daher sagte sie nichts und nickte ihrem Vater nur zu. Das musste reichen. Offenbar hatte ihr Vater verstanden.

Amalia stand schon im Regenmantel im Flur. Als sie die Tür öffnete, schrie ihre Schwester plötzlich auf. Ihr Vater schob sie beiseite und blickte zu Boden. Regen wehte in den Flur, und dann sah Alice es auch.

»Mein Gott!«, sagte ihr Vater und bückte sich zu dem Fellbündel zu seinen Füßen. »Ein Auto hat ihn angefahren. Er muss sich noch bis vor die Tür geschleppt haben.«

Alice schob Amalia weg. Hobbes war zusammengerollt, doch nicht in seiner Schlafposition, sondern merkwürdig schlaff. Die Zunge hing aus seinem Maul, er atmete nicht mehr. Alice legte ihre Hand auf den kleinen Körper.

»Er ist tot«, sagte ihr Vater. »Das hat ja irgendwann mal so kommen müssen mit der Straße. Die ist viel zu befahren, seit sie den großen Parkplatz am Ende des Tals gebaut haben. Jeder denkt hier nur ans Geld. Wer einen kleinen Gemüsegarten hat, macht einen Parkplatz daraus, um sich noch mehr Solarzellen aufs Dach zu schrauben.«

Alice hörte ihrem Vater nur mit einem Ohr zu. Es war wie das Radio, das in Großvaters Haus von morgens bis abends lief. Es dudelte einfach nur vor sich hin, ohne dass jemand zuhörte. Alice strich über den Nacken der Katze und tastete über den ganzen Körper. Keine sichtbaren Wunden. Sie bewegte seine Pfoten und seinen Schwanz. Nichts schien gebrochen zu sein. Hätte ein Auto Hobbes angefahren, dann hätte irgendwo eine blutige Stelle oder ein verdrehter Knochen sein müssen.

»Hob hat nicht gelitten«, sagte Amalia, weil sie nichts anderes zu sagen hatte.

Alice beachtete sie nicht. »Hobbes ist noch ganz warm.« Sie blickte ihren Vater an, der nichts außer einem Seufzer übrig hatte. Ja, sicher, es ist schwer zu verstehen, aber jeder von uns muss sterben … So ist der Lauf der Dinge. Hobbes ist tot, die Straße ist schuld, die Touristen und der Mühlenbauer am Ende des Tals sind schuld, aber tot ist tot. Doch etwas störte Alice. Nicht nur, dass Hobbes keinerlei äußerliche Verletzungen hatte, da war noch etwas anderes, was nicht ins Bild passte. Ein Auto hat Hobbes angefahren, und er hat sich noch mit letzter Kraft zum Haus geschleppt?

»Hobbes wurde nicht angefahren«, sagte sie plötzlich.

»Na, vom Dach ist er wohl nicht gefallen«, erwiderte ihr Vater.

»Er ist noch ganz warm.«

»Es muss erst gerade passiert sein«, ergänzte ihr Vater.

Alice strich über sein Fell.

»Es regnet«, sagte Alice, »und dies schon die ganze Nacht, ununterbrochen.«

»Ja und?«

»Das Fell von Hobbes ist trocken. Von der Straße bis zur Haustür sind es mehr als fünfzig Meter. Der Weg ist schlammig. Es ist unmöglich, nicht durch Pfützen zu laufen, wenn man von der Straße zum Haus will.«

»Das Auto hat ihn halt bis zur Haustür geschleudert.« Amalia beschrieb mit ihrer Hand einen weiten Bogen, was wohl die Flugbahn nachzeichnen sollte. Doch auf der Stirn ihres Vaters entstanden Falten. Er hatte begriffen, dass Hobbes nicht von einem Auto überfahren worden war, und erst recht hätte er sich nicht bis zur Haustür schleppen können, ohne völlig verdreckt zu sein.

»Alice hat recht. Er wurde nicht angefahren. Sein Fell ist trocken.«

»Dann hat er hier vor der Tür einen Herzinfarkt bekommen. Wie sonst …« Amalia schüttelte den Kopf.

Alice fühlte die Brust der alten Katze. Sie legte ihre flache Hand zwischen die Vorderpfoten, und da fühlte sie es, schwach, aber vorhanden. Bumm, bumm ... bumm. Hobbes' Herz schlug. Sein Atem war flach, und durch seine gekrümmte Position kaum zu sehen.

»Er lebt, er lebt.«

Ihr Vater schüttelte den Kopf. »Alice, ich verstehe ja, aber selbst wenn er noch leben sollte, so liegt er in den letzten Zügen. Wir können höchstens sein Leiden verkürzen.«

»Er lebt! Wir müssen zum Tierarzt.«

»Der wird dir nicht mehr sagen können, als dass wir ihn erlösen müssen.«

Alice hob den schlaffen Körper der Katze hoch. Vorsichtig hielt sie seinen Kopf.

»Wir müssen Hobbes zu einem Tierarzt bringen! Sofort!«

»Ich muss zum Dienst, Alice.«

»Das ist ein Notfall.«

»Bei halb toten Katzen gibt es keinen Notfall.«

»Dann laufe ich selbst zu Wankel. Es sind nur zehn Minuten zu Fuß.«

»Wankel ist Veterinär für Pferde und Kühe, ich glaube, der weiß gar nicht, wie eine Katze aussieht.«

Alice wollte nicht mit ihrem Vater diskutieren. Wenn es noch eine Chance gab, Hobbes' Leben zu retten, dann würde sie es tun.

Ohne Regenjacke, nur mit Schuhen lief sie in den Regen. Mit jedem Schritt wuchs ihre Wut gegen ihren Vater, gegen Amalia und gegen ein mordendes Gespenst, das ihrem Kater dies angetan hatte. Es war kein Zufall. Das Gespenst hatte sie in der Pathologie beobachtet. Es hatte Tom irgendwie außer Gefecht gesetzt und die Mumie verschwinden lassen. Die Einzigen, die über die Mumie Bescheid wussten, waren Tom und sie. Das Gespenst wollte um jeden Preis verhindern, dass jemand das wahre Alter der Moorleiche herausfand.

Der Regen hatte Geröll die Straße hinuntergespült. Die heftigen Regenfälle hatten die Erde aufgeweicht, so dass die Gefahr eines Bergrutsches mit jedem weiteren Regentag wuchs. Vor Jahren war am Osthang in Hintereck der Berg ins Tal gerutscht. Ihr Großvater war damals bei den Rettungsmannschaften gewesen. Die tonnenschweren Felsblöcke hatten alles begraben, was sich ihnen in den Weg gestellt hatte. Ihr Großvater hatte gemeint, dass unter den Felsblöcken, die heute das Tal begrenzten, noch immer die Leichen von vier Familien liegen mussten. Sie hatten geschlafen, als das Unglück passiert war. Für sie hatte es kein Erwachen mehr gegeben, kein Begräbnis. Der Berg hatte sie mitsamt ihrem Vieh und ihren Hühnern geholt. Von ihren Häusern war nicht einmal mehr das Fundament geblieben. Ihre Häuser waren ihre Gräber geworden.

So verschwindet eines Tages auch die letzte Spur der Menschen, hatte Alice gedacht, als Großvater ihr die Geschichte erzählt hatte. Die Erde schluckt alles, jeden Menschen, jedes Tier, und niemand erinnert sich an sie, und vielleicht wird Wittgenstein dann noch immer über die unbewohnte Erde laufen.

Im Augenblick aber musste Alice schnell durchs Dorf kommen. Der Veterinär hatte seine Praxis in seinem Haus, direkt am Eingang Hinterecks. Ein Wagen hielt neben ihr. Ihr Vater machte die Tür auf.

»Steig schon ein!«

Jetzt war nicht die Zeit, um ihrem Vater zu zeigen, dass sie auch alleine zurechtkam. Hobbes war in Gefahr.

»Du bist noch sturer als alle Generationen der Pokels zusammen.«

»Kannst du dich auf die Straße konzentrieren und losfahren?«

»Sobald du den Sicherheitsgurt angelegt hast.«

»Geht nicht, dann muss ich Hobbes loslassen. Die paar Meter muss es ohne gehen.«

»Ich gebe Leuten Strafzettel, wenn sie nicht angeschnallt sind.«

»Kannst du nicht einfach losfahren?«

»Den Gurt …«

Zwecklos, ihrem Vater in diesem Punkt zu widersprechen. Sie schnürte den Gurt um sich. Hobbes lag schlaff auf ihren Knien.

Als sie wieder seinen Kopf anhob, fühlte sie etwas an seinem Nacken. Es war wie ein Stachel, der unter seinem Fell auf Nackenhöhe steckte. Sie strich mehrmals mit dem Finger über die Stelle, bis sie merkte, dass ihre Fingerkuppe blutete. Etwas Spitzes steckte tief in Hobbes' Nacken.

Wankel öffnete selbst die Tür. Er hielt sich nicht lange mit Worten auf und bat Alice, die Katze auf den Untersuchungstisch zu legen.

»Was ist passiert?«, fragte er und schaute dabei in die Richtung ihres Vaters, so als wäre Alice völlig unbedeutend oder nicht glaubwürdig.

»Er muss vor dem Haus einen Schlag abbekommen haben …«

»Er hat keinen Schlag abbekommen«, unterbrach Alice ihren Vater. »Wir haben ihn so vor der Tür gefunden. Er atmet noch, aber ganz schwach.«

Der Tierarzt leuchtete Hobbes in die immer offenen Augen und fühlte den Brustkorb.

»Keine Quetschung. Einen Unfall schließe ich mal aus.«

»Vielleicht eine Vergiftung.«

»Er frisst nur aus seinem Napf in der Küche.«

»Im Nacken hat er etwas stecken«, erklärte Alice und führte den Finger des Tierarztes zu der Stelle im Fell.

»Sein Puls ist schwach«, sagte Wankel und leuchtete Hobbes in die Augen, »doch seine Pupillen zeigen noch Reaktion.«

Der Tierarzt rasierte einen Teil des Nackenfells aus und zog Hobbes unter eine Lampe.

»Das ist kein Dorn. Die Wunde müsste stärker entzündet sein. Das sieht aus wie … Wo habt ihr ihn gefunden?«

»Vor der Haustür«, antwortete ihr Vater, der sich nun ebenfalls über den erschlafften Körper beugte.

»Eine Ahnung, wie er da hinkam?«, fragte der Veterinär.

»Jemand hat ihn dort hingelegt«, sagte Alice.

»Wilde Spekulationen!«, warf ihr Vater ein. »Wer sollte schon eine alte Katze vor unsere Haustür legen?«

»Jemand, der uns warnen will.«

»Alice, wir hatten doch ausgemacht, dass das aufhört, oder? Keine Verschwörungen mehr, keine dunklen Bösewichte ...«

»Ihre Katze wurde betäubt«, unterbrach der Tierarzt ihren Vater.

»Wer betäubt schon unsere Katze?«

»Das kann ich Ihnen nicht sagen, Herr Pokel. Sicher ist nur, dass die Katze betäubt worden ist, und zwar auf eine ziemlich unkonventionelle Art.«

Mit einer Pinzette zog Wankel eine Nadel aus der Haut, die etwa einen Zentimeter lang war.

»Das ist der Rest einer Akupunkturnadel«, erklärte der Tierarzt. »Sie ist abgebrochen. Doch wer auch immer die Nadel gesetzt hat, wusste, was er tat. In Europa wird Akupunktur als Betäubungsmittel nur bei leichten Schmerzen eingesetzt und auch nur lokal. In China führen Ärzte jedoch schon seit langem größere Herzoperationen durch, bei denen der Patient nur mit einigen Nadeln betäubt wird.«

Auf dem Tisch begannen Hobbes' Pfoten zu zucken, und er hob seinen Kopf.

»Er wacht auf«, rief Alice und schaute ihren Vater an.

»Entfernt man die Nadeln, verschwindet auch die Lähmung nach kurzer Zeit. Das hängt allerdings davon ab, wie lange sie gedauert hat.«

»Und das geht auch bei Menschen?«, fragte Alice. Tom war nicht in der Pathologie eingeschlafen. Jemand hatte sich ihm von hinten genähert und ihn betäubt.

»Was bin ich Ihnen schuldig?«, fragte ihr Vater den Tierarzt, nachdem Hobbes wieder vollständig aufgewacht war.

»Lassen Sie's gut sein. Beim nächsten Mal hängen Sie mir nicht gleich ein Ticket an die Scheibe, wenn ich mal kein Kleingeld für die Parkuhr habe.«

Ihr Vater lächelte verlegen. Hobbes war wieder unter den Lebenden, was der Tierarzt sofort zu spüren bekam. Der Kater zerkratzte ihm die Hand, als er ihn vom Tisch heben wollte.

»Scheint wieder munter zu sein«, sagte Wankel und wischte sich das Blut vom Handrücken.

»Hobbes, lass das! Der Tierarzt hat dich gerade gerettet.«

»Katzen sind nicht besonders dankbar«, witzelte der Tierarzt.

Hobbes blickte verwirrt vom Tisch. Da hatte er eben noch vor der Haustür unter dem Regendach gesessen, und nun befand er sich auf einem Tisch, umringt von neugierigen Menschenköpfen.

»Kann ich das abgebrochene Stück der Nadel haben?«, fragte Alice.

»Alice, was soll das?«, sagte ihr Vater. »Der Kater ist wieder munter. Treib es nicht zu weit.«

»Es ist ein Beweisstück.«

»Es ist eine Nadel, sonst nichts. Vielleicht hat er sie schon lange im Fell, und er hat sie sich beim Herumtollen in den Nacken gerammt.«

»Und zufällig einen Nerv getroffen, der ihn lähmt, dazu noch ganz zufällig vor unserer Haustür.«

Der Veterinär packte das Stück Nadel in ein Tütchen. »Hier, große Detektivin.«

Es wurde Zeit, das Feld zu räumen, bevor ihr Vater anfing, über ihre ausschweifende Fantasie zu reden und dass sie nicht mit Barbies spielte, sondern Bücher über Kriminalistik las. Wer anders ist, muss sich dauernd rechtfertigen. Wenn man es vermeiden kann, dann umso besser. Alice klemmte sich Hobbes unter den Arm und verließ die Praxis. Vor der Tür hatte sie einen Moment für sich. Sie setzte Hobbes auf einem Stuhl ab und tippte Tom eine kurze Nachricht: ER HAT VERSUCHT HOBBES ZU TÖTEN. ER WEISS WER WIR SIND UND WO ER UNS FINDET.

Ihr Vater setzte sie vor der Schule ab. Ihren Mantel und Schulranzen hatte er bereits im Wagen. Sie hatte ein Entschuldigungsschreiben für T-Rex. Besser wäre es gewesen, sie könnte einen Bus nach Gestern besteigen wie Wittgenstein, dann wäre sie noch zur ersten Stunde gekommen. Wittgensteins Reise zurück in die Vergangenheit war ihr sowieso noch ein Rätsel. Auch für Tote galt der Fluss der Zeit. Wenn Tote in die Vergangenheit zurückreisen könnten, dann könnten sie auch in die Zeit vor ihren Tod reisen, also in die Zeit, in der sie lebten.

T-Rex nahm die Entschuldigung und legte sie ins Klassenbuch. Sie setzte sich auf ihren Platz. Der leere Stuhl blickte sie klagend an. *Hilf mir.* Was hatte sie getan, um Lisa zu helfen? Was konnte sie noch für sie tun? Nicht einmal Tom glaubte ihr. Er half ihr aus Freundschaft, das war alles. Ihn hatte es nicht einmal gewundert, dass man ihn in der Pathologie betäubt hatte. Er erinnerte sich nicht daran, also existierte dies auch nicht in seinem Kopf. Sie musste herausfinden, was Lisas Vater an der Moorleiche entdeckt hatte. Er hatte die Moorleiche untersucht und irgendetwas gefunden, was er der Polizei melden wollte, doch er kam nicht mehr dazu. Wenn ein Unbekannter ihn aus dem Weg geräumt hatte und es dann so aussehen ließ, als hätte Lisa ihren Vater erstochen? Doch der einzige Beweis, der Alices Theorie hätte stützen können, war aus der Pathologie gestohlen worden. Jetzt waren nur noch sie da und Tom. Nur sie wussten, dass der Tote im Moor nicht aus der Eiszeit stammte. Der Unbekannte konnte dies aber nicht wissen. Das war vielleicht ihr Glück, sonst wären sie vielleicht nicht mehr am Leben. Auf was waren sie hier nur gestoßen? Wer war der Tote im Moor? Und was hatte Lisas Vater herausgefunden?

Alice schaute auf die schwarze Tafel, auf die Theosophus Rexner DIE VARUSSCHLACHT geschrieben hatte. Seltsam, dachte sie, letzte Woche hatten sie mit Kaiser Nero angefangen und dem Untergang Roms und nun die Varusschlacht, die stattgefunden hatte, als Kaiser Nero noch gar nicht geboren worden war. Ging Rexner in der Geschichte zurück?

Zurück in der Geschichte. War die Moorleiche nicht ein Toter, der aus der Tiefe der Vergangenheit aufgetaucht war? Wenn Lisas Vater die Wahrheit über die Moorleiche herausgefunden hatte? Wenn die Dinge nur deshalb nicht zusammenpassten, weil die Wahrheit Jahrzehnte zurücklag?

Sie streifte mit ihrer Hand über die Stuhllehne Lisas. Ich lasse dich nicht im Stich, sagte sie zu sich. Die Wahrheit liegt hier irgendwo im Moor begraben. *Er* lauert da draußen. Er verschließt jedem dem Mund mit schwarzem Morast, der sich zu nah an die Wahrheit heranwagt.

Du musst weiter zurück in der Geschichte, sagte sich Alice. Tiefer in die Zeit.

13.

Er war zu spät. Abgebrochene Äste und Blätter, von Windböen durch die Luft geschleudert, es sah aus wie auf einem Schlachtfeld. Der Passat holperte über die Talstraße. Es regnete nun gleichmäßiger. Der Wind trieb die Wassermassen nicht mehr durch das Tal. Am Ende des Tals hingen die Wolken so tief, dass er das Licht einschalten musste. Manche Pfützen waren so tief, dass sie den Wagen abbremsten und die Räder für einen Augenblick leer drehten. Er war zu schnell unterwegs. Eine Stunde beim Tierarzt, ausgerechnet heute, wo sie jeden Mann in der Dienststelle brauchten. Die Hälfte hatte die Grippe, und von den anderen wusste er nicht, ob sie nicht mit ihrem Wagen im Schlamm stecken geblieben waren. Er hätte fast den alten Kater einschläfern lassen, wäre Alice nicht gewesen. Was war mit ihm los? Seine Nerven lagen blank, seitdem dieser Kommissar aus Kempten an seiner Dienststelle aufgetaucht war. Mati Pokel hatte die Informationen über Abzenz kurz überflogen, damit er wusste, mit wem er es zu tun hatte. Hauptkommissar. Jurastudium und Weiterbildung in forensischer Psychologie. Ein Schreibtischheld, für den Fälle nur Aktenzeichen waren und keine Menschen. Was hatte so ein Postenkletterer bei einem Fall in Kaltenloch zu suchen? Warum schickte ihm ausgerechnet das LKA einen Kollegen aus München?

Abzenz hatte mit Lisas Mutter gesprochen, die einfach nicht glauben konnte, was geschehen war. Hatte Lisa mitbekommen, dass sie sich scheiden lassen wollte? Hatte sie mit Lisa darüber geredet? *Das Beste wäre, ich könnte noch einmal ganz von vorne anfangen.* Hatte sie Lisa erzählt, dass sie noch einmal von vorne anfangen wollte? Zurück auf Null, dort, wo nichts war, außer sie selbst. Wenn Lisa es so verstanden hatte: alles auslöschen, was ihre Mutter festhielt. Wenn Maria nicht begriffen hatte, was sie angerichtet hatte. Niemand fängt noch einmal von vorne an. Maria hat das nicht begriffen. Jetzt ist es zu spät, um umzukehren. Josef Bork ist tot. Das konnte sie nicht leugnen. Lisa konnte es nicht getan haben, hatte sie ihm am Telefon gesagt, verstehst du, sie kann so was nicht tun. Die Welt sollte das sein, was sie glaubte. Und der Regen hört nicht auf, dachte Mati Pokel. Maria war gebrochen. Sie redete wirres Zeug.

War es tatsächlich nur ein tragischer Unfall gewesen? Was hatte Lisa dazu getrieben, ihrem Vater das Messer in den Hals zu rammen? Wenn ihre Mutter dahinter steckte? Wenn sie ihren Mann aus ihrem Leben entfernt hatte wie einen Tumor bei einer chirurgischen Operation? Er traute ihr solch einen perfiden Plan nicht zu. Doch Maria war überzeugt, dass er so etwas tun könnte …

Bei dieser Geschwindigkeit war die Talstraße endlos, der Schatten der Berge schimmerte manchmal schwarz durch die Wolken. Sein Handy klingelte. Er schaltete auf Lautsprecher.

Anneliese Brackl, die jüngste Kollegin. Bisher nur im Innendienst. Sie wollte zur Kripo und war in einem Nest wie Sonthofen gelandet.

»Schön, dass ich Sie erreiche. Der Chef ist auch noch nicht da.«

»Was heißt auch?« Sie würde ihm doch jetzt wohl keine Moralpredigt halten wollen! Nicht bei diesem Regen!

»Auch – weil Sie ja auch noch nicht da sind.« Sie hatte eine ruhige

Stimme. »Ich war heute am Kaltenloch-Tobel. Der Regen hat die Brücke überschwemmt.«

»Ich stecke hier fest«, antwortete er.

»Sollen wir die Brücken sperren?«

»Dann müssen wir den Verkehr über den Bergpass umleiten. Der Regen hat sicher den halben Berg weggespült.«

»Wir sollten die Brücke vielleicht sperren«, sagte sie.

»Fragen Sie den Chef!«

»Der ist nicht erreichbar, und Sie sind sein Stellvertreter.«

»Bei unangenehmen Sachen bin ich immer sein Stellvertreter.«

»Und die Brücke?«

»Lassen Sie mich mit der Brücke in Ruhe! Warten wir bis heute Nachmittag! Vielleicht hört ja dieser verdammte Regen auf.«

»Der Wetterbericht meint ...«

»Was interessieren mich diese Quacksalber von Meteorologen? Die haben für diesen Frühling Trockenheit vorausgesagt. Und jetzt schauen Sie sich das an! Sieht so trockenes Wetter aus? Da kann ich genauso gut in die Glaskugel gucken.«

»Also sperren wir die Brücke nicht?«

»Nein«, sagte er viel zu laut, »wir sperren sie nicht. Ich schaue mir die Brücke heute Nachmittag an.«

»Ach, ja! Aus der Klinik kommt eine Meldung. Jemand hat dort eine Moorleiche gestohlen.«

Die Moorleiche hatte in demselben Kühlraum gelegen wie Bork, fiel ihm ein. Zum Glück musste er sich nicht noch um diese Mumie kümmern. Doch wer klaute schon eine Mumie?

»Jemand hat Anzeige erstattet?«

»Eine Krankenschwester hat uns verständigt. Sie sagte, dass Sie gestern dort gewesen seien.«

Wie hast du nur denken können, dass niemand merkt, wenn du in die Klinik spazierst und dir Borks Leiche ansiehst?

»Nehmen Sie die Anzeige auf«, antwortete er.

Die Verbindung wurde unterbrochen. Ein dicker Ast lag quer über der Straße. Er musste in den Regen hinaus. Dann wählte er Maria Borks Nummer, doch die Leitung war tot.

14.

Kein Empfang. Toms Nummer erschien auf dem Display ihres Handys. In zehn Minuten war die Pause aus. Alice schlich in den ersten Stock. Die Klassenzimmertüren waren geschlossen, die Gänge noch leer. Jeder hielt sich bis zum Gong in der Aula auf. Der Innenhof war überschwemmt. Das Fußballfeld und die Aschenbahn waren nicht mehr zu erkennen. In der Toilette im ersten Stock hatte sie plötzlich Empfang. Toms Stimme, er klang aufgeregt, wie immer, wenn er etwas entdeckt hatte.

»... die letzten zwei Artikel musst du dir aber auf jeden Fall anschauen.«

»Langsam, Tom, von welchen Artikeln redest du?«

»Von den Zeitungsartikeln, die ich dir als pdf geschickt habe. Die Artikel mit dem Familienmörder in München.«

»Ich habe hier fast keinen Empfang.«

»Versuch, dir die Artikel runterzuladen, wenn du Empfang hast. Lass das Handy eingeschaltet, dann lädt er die Mails, wenn es eine Verbindung hat.«

»Was für ein Familienmörder?«

»Es gab eine Mordserie zwischen 1971 und 1981, alle im Raum München. Der Mörder tötete ganze Familien. Seine Opfer wählte er zufällig aus, meinte die Polizei. Es gab keine Verbindung zwischen den Familien. Sie hatten nur eines gemeinsam: Es waren Familien.«

»Aber was hat das mit dem Toten im Moor zu tun?«

»In dem Artikel stand etwas von Narben. Er tötete alle, den Vater, die Mutter, die Kinder ... Doch nur den Vater verunstaltete er mit einem Messer. Er zerschnitt die Haut, verunstaltete das Gesicht, bevor er ihn endgültig tötete. Es schien wie ein Ritual, das er an den Vätern ausführte. Daher die Narben.«

»Ähneln die Narben irgendwelchen Symbolen?«

»Sehen nur aus wie Narben. Wie die Rinde eines Baumes, in die Generationen ihre Initialen eingeritzt haben … nur dass man hier nichts erkennt. In den Zeitungen nannte man ihn den Ritzer. Die Fälle sind alle über dreißig Jahre her.«

»Dreißig Jahre … Entweder ist er heute ein alter Mann oder bereits tot. Was hat er mit dem Toten im Moor zu tun?«

»Hast du die Bilder nicht«

Die Verbindung wurde unterbrochen, so als hätte jemand ein Kabel durchgeschnitten. In der Toilette wuchs die Stille, sie füllte die Waschbecken, die Kloschüsseln, perlte an den Spiegeln ab und kroch an ihr wie eisiges Wasser hoch. Von welchen Bildern redete Tom? Und was hatte ein Psychopath, der vor dreißig Jahren Menschen umgebracht hatte, mit ihrer Moorleiche zu tun? War der Tote im Moor ein Opfer, das nie gefunden wurde? Doch wenn der Mörder gefasst wurde, dann saß er sicherlich noch in der Psychiatrie. Auf keinen Fall konnte er die Moorleiche aus der Pathologie der Kaltenlocher Klinik verschwinden lassen, und noch weniger konnte er Bork umbringen und es so aussehen lassen, als hätte seine eigene Tochter ihn umgebracht. Das passte nicht zusammen. Wie kam Tom auf die Idee, dass diese Morde vor dreißig Jahren mit dem Toten im Moor zusammenhingen? Für Alice stand jedoch außer Zweifel, dass Bork etwas entdeckt hatte, was ihm das Leben gekostet hatte.

»Ei, ei, ei … sieh an, sieh an«, hallte es durch die Toilette. Die Toilettentür fiel hinter Pest zu. Sie stützte ihre Arme in die Hüften und kam langsam auf Alice zu. Knapp hinter ihr tauchte Tuberkulose auf.

»Na, komm schon du Feigling«, herrschte Pest ihn an. »Komm schon rein. Es ist Zeit für ein Späßchen …«

»Aber das ist das Klo für Mädels«, sagte Tuberkulose und ging rückwärts wieder Richtung Gang.

»Stell dich nicht so an. Das ist nur ein Scheißhaus. Mädchen, Jungs. Wen interessiert das schon? Stimmt's?« Pest blickte Alice auffordernd an.

Das hatte ihr gerade noch gefehlt. Alleine mit Pest auf dem Mädchenklo und Tuberkulose in der Tür.

Alice wich nach links aus und wollte an Pest vorbei. Sie stellte ihr das Bein in den Weg, so dass Alice stolperte. Die Tür versperrte Tuberkulose.

»Lass uns eine rauchen, Bets«, sagte er und blickte nervös hinter sich. Gleichzeitig griff er Alices Schulter und stieß sie zurück in die Toilette.

»Hab' ich gesagt, dass du schon gehen darfst, Einstein?«, zischte Tuberkulose.

Alice konnte sich nicht erinnern, die beiden provoziert zu haben. Gibt man einem Menschen Macht, hatte Wittgenstein vor ein paar Tagen gesagt, als er sich selbst in der Tagesschau eingeblendet hatte, dann verwendet er sie nie zum Wohle der Anderen. Erst wenn man Menschen zur Kooperation zwingt, verteilt sich auch das Wohl.

Betty Wanninger glaubte, dass sie Macht über Alice hatte. *Ich kann dir weh tun …* Und weil sie es konnte, tat sie es auch. Niemand zwang sie dazu. Sie kämpften nicht um Essen, nicht um Wasser, nicht um den Platz, auf dem sie stehen. Pest hatte alles. Was sie tat, hatte keinen Sinn. Sie riskierte sogar, bestraft zu werden, und sie würde alle Annehmlichkeiten aufs Spiel setzen, nur um etwas völlig Sinnloses zu tun, so als könnte sie nur in diesem Moment existieren. Und Betty Wanninger hatte sonst nichts zu tun, außer heimlich auf dem Klo zu rauchen und ihre Machtgelüste auszuleben.

Sie hat nichts gegen dich, dachte Alice, es ist keine persönliche Abrechnung. Du bist einfach nur in ihrer Reichweite. Wäre Bettina Wanninger nicht die Adoptivtochter des Bauern Malaver gewesen, dann hätte sie vielleicht an dieser Stelle aufgehört. Viel wusste sie nicht über sie, außer dass der heruntergewirtschaftete Hof auf dem Kaltenlocher Plateau lag, dass Malaver oft so viel getrunken hatte, dass er eines Nachts, nur mit einem verdreckten Unterhemd bekleidet, im Stall des Nachbarbauern gelegen hatte. Als ihn Alices Vater aufweckte, behauptete er, der Teufel habe ihn entführt. Noch bevor die Sonne aufging, brachte Alices Vater ihn zum Hof. Der Hof war verbarrikadiert. Betty Wanninger weigerte sich, die Tür zu öffnen. Erst als die Sonne aufgegangen war, öffnete sie und ließ ihren durchgefrorenen Vater herein. Alices Vater wunderte sich, dass Malaver ohne ein Wort in die Küche ging und dort blieb. Er regte sich nicht auf, sondern ging an seiner Stieftochter vorbei, als wäre es das Normalste der Welt, ihn über eine Stunde vor der Tür warten zu lassen. Alices Vater kannte Betty Wanninger, seit sie ein kleines Mädchen war. Auf der Beerdigung ihrer Mutter trug Betty ein rotes Kleid. Keiner konnte sie dazu bringen, schwarz zu tragen. Das vergaß so schnell keiner von den Leuten im Dorf. Noch Monate später war das rote Kleid beim Stammtisch im Schwarzen Bichl Stoff für düstere Gerüchte. Warum trug die Tochter ein rotes Kleid? Dies konnte nur eines bedeuten … Sie wusste mehr, als sie gesagt hatte, über das Verschwinden ihrer Mutter. Die Polizei fand nur die Reste ihres Wagens. Er hatte das Brückengeländer durchbrochen und war ungebremst in den Tobel gestürzt. Über ihren Tod redete niemand. Wer Hand an sich legt, begeht eine Todsünde. Doch genau der Tod fehlte zwischen all den Gerüchten. Eda Wanninger war verschwunden. Kaum hat sie ihren ersten Ehemann unter die Erde gebracht, sagten die alten Frauen auf ihrer Beerdigung, da hat sie schon einen neuen in ihrem Bett gehabt. Gott sei ihrer Seele gnädig. Keinen störte es, dass sie einen leeren Sarg beerdigt hatten. Der Tobel hatte Hochwasser, und die Leiche konnte irgendwo in einer der vielen unterirdischen Höhlen stecken. Die Felsen hatten den Körper zerrissen. Das technische Hilfswerk hatte die Suche aufgegeben. Den Sturz, sagte ihr Vater, konnte niemand überlebt haben. Bettys Vater war vor zwei Jahren gestorben. Er hatte seinen Löffel gerade in die Suppe gesteckt, wollte etwas sagen, als er plötzlich kollabierte und mit dem Gesicht in der kochenden Suppe landete. Er war tot, bevor die Suppe ihn verbrühte. Betty hatte nur noch ihre Mutter. Dann kam Malaver, und zwei Jahre später war sie allein mit Malaver auf dem riesigen Hof. Malaver sprach mit niemandem, er misstraute jedem. Alle Einkäufe und Botengänge erledigte Betty nach der Schule.

Sie hat ihre Mama verloren. Alice glaubte sie für einen Moment zu verstehen, ihren Zorn und ihre ungebremste Wut. Betty die Pest war fast einen Kopf größer als Alice und schon vierzehn.

»Lass uns eine rauchen, Bets«, rief Tuberkulose wieder durch die Tür. »Mann, Bets, lass doch die Scheiße.«

Alice stellte sich vor Betty die Pest und hielt ihrem Blick stand.

»Ich weiß, was du fühlst«, sagte Alice. »Du hast viel durchgemacht. Es tut so weh, ich weiß das.«

Alice hatte die Ohrfeige nicht kommen sehen. Sie traf sie mit voller Wucht.

»Einen Dreck weißt du von mir, einen Dreck, und wenn du mich noch einmal anschaust, ohne dass ich es dir erlaube, dann gnade dir Gott. Du bist doch klug, oder? Sag, dass du klug bist! Sag es, oder ich hau dir …«

»Bets, lass uns …«

»Halt deine Klappe! Ich will nicht rauchen. Es geht um viel Wichtigeres, oder?« Sie schaute dabei Alice an. Alice machte einen Schritt zurück. In ihrem Rücken spürte sie die kalte Keramik der Waschbecken. Es gab keinen Fluchtweg.

»Wir müssen hier ganz wichtige Dinge klären«, wiederholte Betty und näherte sich Alice dabei. Noch einen Schritt und sie war in Schlagreichweite. Du hast deine Mutter verloren, du träumst jede Nacht davon, du hast niemanden mehr, nur noch deinen Stiefvater, den du hasst. Alice hätte sie am liebsten umarmt, doch das hätte Betty die Pest am wenigsten verstanden. Alice reagierte zu spät. Betty schlug ihr mit dem Schuh in den Bauch. Ihr blieb die Luft weg, und sie kippte nach hinten. Hart schlug sie auf dem Steinboden auf.

»Verstehst du es jetzt?«

Betty die Pest machte einen Schritt auf sie zu. Noch war sie zu weit weg, um ihr noch einen Tritt zu verpassen. Alice rappelte sich auf.

»Ich habe nichts gegen dich«, sagte Alice und wischte sich Blut von der Lippe.

»Aber ich habe etwas gegen dich, Einstein, gegen dich und dein kluges Gelaber, weil du alle anderen für dumm hältst ... Das sehe ich dir an. Du hältst mich für deppert, oder? Sag es schon, sag, dass ich deppert bin!«

Damit hatte Pest recht. Alice hielt sie wirklich für eine dumme Pflanze. Dumm und unvorsichtig. Sunzis Kunst des Krieges. Vermeide Kämpfe, wenn es geht. Wenn es unvermeidbar ist, dann gibt es drei Grundregeln – die erste: Vereitle die Strategie des Feindes. Zweitens: Zerstöre seine Bündnisse. Drittens: Kämpfen und siegen. Pest war ihr körperlich überlegen. Sie hatte längere und stärkere Arme und Beine. Außerdem war sie skrupellos. Du brauchst eine Strategie. Sunzi rät: Lass deinen Feind im Glauben, dich besiegt zu haben. Wenn er sich überlegen glaubt, macht er Fehler. Nütze sie und sei unerbittlich. Alice hatte in ihrem Handbuch für Selbstverteidigung einiges über den menschlichen Körper gelesen, seine Angriffspunkte, aber sie hatte es noch nie ausprobiert. Etwas lesen war eine Sache, etwas dann umsetzen eine andere. Pest blieb stehen, sie hatte sich auf Armlänge genähert und überlegte nur noch, wohin sie Alice als Nächstes schlagen würde.

»Ich rieche deine Angst. Was ist jetzt los mit deinem Klugscheißergeschwätz? Pieppiep. Hörst du die Vöglein ...«

Alice verzog das Gesicht und hob die Arme, so als würde sie gleich losheulen.

»Schau sich einer das an … sie flennt«, sagte Betty die Pest und wandte sich zur Tür, als hätte sie einen großen Sieg errungen.

Alice wartete gar nicht, bis sie sich wieder zu ihr wandte, und zielte mit ihren Schuhen auf Bettys Knie. Sie traf die Kniescheibe. Sie kippte zur Seite und hielt sich an einem der Waschbecken fest. Sie wollte wirklich noch weitermachen, dachte sich Alice. *Sei unerbittlich.* Bettys Augen tränten vor Schmerzen. Da war nur blinder Hass. Sie hatte nichts begriffen, dachte Alice und schlug mit einer schnellen Bewegung Bettys Arm weg, der ihr als Stütze diente. In einer leichten Drehung fiel sie mit dem Gesicht auf die Kante des Waschbeckens. Es knirschte. Pest schlug auf dem Boden auf und blieb in einer Blutlache liegen. Sie rührte sich nicht mehr.

Alice verließ die Toilette. Im Gang stand Tuberkulose und drehte eine Zigarette. Er wunderte sich, Alice zu sehen. In seinem Kopf waren die Naturgesetze durcheinander geraten. Wie zum Teufel …? Was hast du …?

»Deine Freundin ist gerade dumm auf den Fliesen ausgerutscht«, sagte Alice und ging zurück in die Aula. Sie ging zurück ins Klassenzimmer. Die Pause war vorbei. Es klingelte. T-Rex war noch nicht da. Zwei Bänke waren ebenfalls leer.

Du hattest einfach keine Wahl, sagte Alice zu sich.

15.

Zehn Minuten später. Die Klasse war unruhig, als T-Rex noch nicht erschienen war. Alice packte ihre Sachen zusammen. *Du hattest keine Wahl.* In ihren Ohren klang noch das Geräusch, als Betty die Pest mit dem Gesicht auf die Waschbeckenkante geknallt war. Das Nasenbein war gebrochen, vielleicht auch der Kiefer. Wie ein Sack Kartoffeln war sie auf den Boden gesunken. T-Rex stand nun in der Tür. Sein Gesicht war ernst. Hinter T-Rex der Sportlehrer. Er gab T-Rex noch letzte Anweisungen. Hatte T-Rex tatsächlich Verstärkung geholt? Hatten sie Angst vor ihr?

»Alice, kommst du bitte vor die Tür?«

Sie nahm ihre Schultasche und verließ das Klassenzimmer. Getuschel erklang, nachdem sie aufgestanden war. T-Rex hatte ihr noch gar nicht erklärt, warum man sie vor die Tür gebeten hatte, da legte sich schon die eiserne Hand des Sportlehrers auf ihre Schulter.

»Was soll das?«, fragte Alice. Woher nahm er das Recht, sie einfach festzuhalten? Petersen, der brutale Sportpädagoge, der die Schüler zu motivieren glaubte, indem er sie beleidigte.

»Lass die Zicken, ich kann auch anders.«

Petersen ging neben ihr wie ein Gefängniswärter. Die Direktorin wartete bereits in ihrem Büro.

»Setz dich!« Der Ton war militärisch kühl. Petersen schloss die Tür, blieb aber wie ein Wächter mit verschränkten Armen davor stehen.

»Bist du dir im Klaren, was du gemacht hast?«, fragte die Direktorin hinter ihrem Schreibtisch, auf dem ein Bild Goethes zum Schrägstehen gezwungen wurde, daneben ein Mann, der wie Kant aussah, ebenso gezwungen, den ganzen Tag der Direktorin zuzublinzeln.

»Ich …«

»Habe ich dir erlaubt zu reden, Fräulein Alice Pokel? Hat dein Vater dir keine Manieren beigebracht?«

»Sie haben mir doch eine Frage gestellt? Wenn Sie keine Antwort wollen, dann stellen Sie keine Frage.«

»Mir sind deine unverschämten Bemerkungen schon aufgefallen«, sagte die Direktorin, »als die Polizei und der freundliche Professor Horos dich zu deiner Mitschülerin befragt haben.«

»Aber wenn Sie mir eine Frage stellen …«

»Schweig jetzt!«, schrie die Direktorin und schlug mit der Faust auf den Tisch, so dass Kant vornüberkippte. »Du redest erst, wenn ich es dir erlaube.«

»Das war Kant«, sagte Alice leise. »Kant ist eben umgefallen.«

»Ich will kein Wort von dir hören.«

»Dein Vater ist verständigt«, sagte Petersen hinter ihr. »Er ist schon auf dem Weg.«

»Hast du eine Ahnung, was du deiner Mitschülerin angetan hast? Sinnlose, rohe, brutale Gewalt. Das ist Anarchie! Und so etwas an meiner Schule!«

»Wollen wir uns nicht anhören«, warf Petersen ein, »was Alice zu dem Vorfall zu sagen hat?«

Die Direktorin stellte Kant wieder auf und ließ sich in ihren Stuhl sinken.

»Ich habe ein Mädchen mit gebrochener Nase, einem herausgeschlagenen Zahn und Verdacht auf Gehirnerschütterung im Krankenhaus. Wir haben einen Zeugen, der alles gesehen hat. Das reicht.«

»Ja, aber …«

»Nichts aber! Es gibt nichts, womit Alice solch eine Gewaltanwendung rechtfertigen könnte. Wir müssen uns nur noch überlegen, was wir mit ihr machen.«

»Der Zeuge«, Petersen trat hinter Alice, »ist Rudi Penhofer. Der Freund des Opfers.«

»Ja und?«

»Das bedeutet, er ist kein unabhängiger Zeuge.«

War es möglich, dass Petersen sie verteidigte? Die Direktorin interessierte sich nicht für das, was geschehen war. Nur für das Ergebnis. Dass Betty Wanninger seit Langem andere Schüler piesackte, war völlig unerheblich. Entscheidend war das Ergebnis. Täter, die zuschlugen, waren ebenso unerwünscht wie Opfer, die sich wehrten. Richtig wäre gewesen, wenn sie sich von Betty zusammenschlagen ließe, um dann bei der Direktorin heulend im Büro aufzutauchen. Dann würde Betty eine Verwarnung bekommen, und am nächsten Tag würde Betty sie weiter fertigmachen. Nur so, dass es die Direktorin nicht bemerken würde. Gewalt, die nicht in ihr Büro vordrang, gab es nicht.

Alice hatte das Zeitgefühl verloren. Der Direktorin hörte sie nicht mehr zu. Sie redete von zivilem Verhalten und krankhaften Gewaltausbrüchen. Draußen fiel gleichgültig der Regen.

Es klopfte. Ihr Vater nickte kurz in die Richtung der Direktorin. Seinen Regenmantel hatte er über seinen Arm gelegt.

»Wir mussten Sie leider anrufen«, erklärte die Direktorin feierlich. »Was sich Ihre Tochter geleistet hat, kann ich an meiner Schule nicht dulden.«

»Was ist denn passiert?«

»Ihre Tochter ist anderen Schülern gegenüber handgreiflich geworden, und zwar auf eine so brutale Weise, dass ich jetzt eine Schülerin mit gebrochener Nase und einer Gehirnerschütterung auf der Krankenstation habe.«

»Was ist genau vorgefallen?«

»Von einem Zeugen wissen wir, dass Ihre Tochter ...«

»Sie reden von Alice«, unterbrach ihr Vater sichtlich genervt.

»Natürlich von Alice. Ich glaube, sie ist sich der Tragweite ihrer Handlungen gar nicht bewusst.«

»Fragen Sie sie doch selbst!«

Alice grinste innerlich über die kaltschnäuzigen Antworten ihres Vaters, ließ sich aber nichts anmerken. Die Direktorin verlor für einen Moment den Faden. Petersen lehnte an der Wand und freute sich wohl insgeheim, dass es jemand wagte, der Direktorin zu widersprechen.

»Fragen Sie doch einmal Alice, was vorgefallen ist.«

»Sie verstehen nicht, Herr Pokel. Es ist völlig unerheblich, was vorgefallen ist. Der Gewaltausbruch Ihrer Tochter ist inakzeptabel.«

Alice schwieg eisern. Am liebsten hätte sie der Direktorin ihr Kantbild schräg in den Mund gesteckt. *Völlig inakzeptabel.*

»Es ist doch wichtig, beide Seiten anzuhören.«

»Nein, ist es nicht. Ich brauche mir nicht die Lügerei anhören, wenn ich Fakten habe. Eine gebrochene Nase, eine Gehirnerschütterung und einen Zeugen, der alles gesehen hat.«

»Wer ist denn das Opfer, das Alice so übel zugerichtet hat?«

»Sie heißt Betty Wanninger.«

Ihr Vater runzelte die Stirn. »Betty Wanninger vom Malaver-Hof?«

Petersen nickte. »Ja, sie lebt auf dem Malaver-Hof.«

»Kennen Sie das Mädchen?«, fragte die Direktorin.

»Nur zu gut«, antwortete ihr Vater, und Alice glaubte, eine Veränderung in seinen angespannten Gesichtszügen zu erkennen. »Ich kenne sie und ihren Vater sehr gut.«

»Nun ja, mir ist ja egal, was Betty außerhalb der Schule macht. Doch hier gelten meine Regeln. Und Gewalt ist ein absolutes Tabu.«

»Ist Betty nicht schon vierzehn? Und ist sie nicht einen Kopf größer als Alice?«

Einen Kopf größer, stärker und rücksichtslos, fügte Alice in Gedanken hinzu.

»Gegen brutale Gewalt«, erwiderte die Direktorin, »sind wir alle machtlos.«

»Und wer ist der Zeuge?«

»Ein anderer Junge aus ihrer Klasse, er heißt …«

»Rudi Penhofer, ein ruhiger, schüchterner Junge. Seinem Vater gehört der größte Baumaschinenvertrieb hier im Umkreis.«

… der im letzten Jahr mit einem Geldkoffer an der Schweizer Grenze erwischt worden ist, als er Schwarzgeld in Sicherheit bringen wollte, dachte Alice. Doch solange er jährlich etwas für die Schule spendete, gehörte er für die Direktorin zur feinen Gesellschaft.

»Rudi Penhofer, sagen Sie?«

»Warum? Was ist mit ihm?«

»Weil die beiden dauernd zusammen rumhängen. Vorletzten Monat haben sie einen Zigarettenautomat aufgebrochen. Ich habe sie erwischt, als sie ihre Beute verscherbeln wollten.«

»Wie gesagt, was meine Schüler außerhalb der Schule tun, interessiert mich nicht.«

»Sollte es aber. Dann wüssten Sie nämlich, dass Betty Wanniger und Rudi Penhofer dauernd zusammen sind. Und Rudi Penhofer taugt wohl als Zeuge nicht viel«, erklärte ihr Vater.

»Er hat gesehen, was passiert ist, und Alice hat es auch nicht abgestritten.«

»Was hat sie nicht abgestritten?«

»Dass sie Betty Wanninger zusammengeschlagen hat.«

»Das ist gelogen«, sagte Alice.

»Du willst mich hier als Lügnerin hinstellen?«, fauchte die Direktorin. »Pass bloß auf!«

Ihr Vater deutete Alice kurz an, dass sie lieber nichts sagen sollte. Das mache ich schon. Bin gerade in Fahrt und in bester Laune.

»Jetzt mal ganz langsam, Frau Direktorin. Kommen wir zu den Fakten: Betty Wanninger wurde von Alice verletzt. Rudi Penhofer hat das beobachtet. Betty und Rudi sind befreundet und oft zusammen. Sie waren es auch, als Alice Betty so brutal misshandelt haben soll.«

»Nicht haben soll! Alice hat sie misshandelt«, verbesserte die Direktorin mit nervös springender Stimme.

»Gut, Alice hat also Betty Wanninger brutal zusammengeschlagen, die einen Kopf größer ist als sie, und Rudi Penhofer stand einfach nur daneben? Schauen Sie sich Alice an! Sieht sie aus wie jemand, der körperlich in der Lage wäre, zwei ältere und stärkere Schüler zusammenzuschlagen?«

»Das ist mir egal. Es zählt nur, dass sie es getan hat. Wie ist mir völlig gleichgültig.«

»Da täuschen Sie sich. Das Recht auf Notwehr steht jedem Menschen zu. Jeder darf sich wehren, wenn er angegriffen wird.«

»Zivilisierte Menschen wehren sich mit Worten«, erwiderte die Direktorin schnippisch.

»Bei körperlicher Gewalt darf man auch körperliche Gewalt anwenden, um einen Angriff abzuwehren.«

»Betty Wanninger hat nichts davon erwähnt und Rudi Penhofer auch nicht.«

»Sie werden wohl kaum sagen, dass sie Alice in der Toilette bedroht und geschlagen haben.«

»Und das haben sie«, ergänzte Alice.

»Ich bin mir sicher«, sagte die Direktorin, »dass es eine andere zivilisiertere Lösung gegeben hätte.«

»Welche?«

»Eine gewaltlose, der Situation angepasste Lösung.«

»Fest steht«, sagte ihr Vater, »dass Alice an ihrer Schule von zwei Schülern bedroht und körperlich misshandelt wurde.«

»Das behaupten Sie!«

»Betty hat mich geschlagen und mit dem Fuß in den Bauch getreten«, sagte Alice.

»Ich will diese Ausflüchte gar nicht hören, Herr Pokel. Bis auf weiteres werde ich Alice von der Schule suspendieren. Erst einmal für die nächste Woche. Dann werden wir sehen, wie wir weiter verfahren. Dem habe ich nichts mehr hinzuzufügen.«

»Wie Sie meinen …«

Alice folgte ihrem Vater zum Wagen. Der Regen war wieder stärker geworden.

»Ich bin gerade von der Schule geflogen«, sagte Alice und stieg in den rostigen Passat.

»In hohem Bogen«, antwortete ihr Vater. »Haben sie dich geschlagen?«

»Nur Betty, und das ganz schön heftig. Nach dem Tritt in den Bauch habe ich erst einmal keine Luft mehr gekriegt. Ich habe versucht, mit ihr zu reden. Aber sie war so … voller Hass.«

»Hast du zurückgeschlagen?«

»Nicht wirklich. Ich habe ihr gegen das Knie getreten.«

»Und sie hat nicht aufgehört?«

»Nein, sie wollte weitermachen. Sie hat sich auf das Waschbecken gestützt. Da habe ich ihre Hand weggezogen. Ich dachte, sie fällt auf den Boden. Wie sollte ich ahnen, dass sie mit dem Kopf gegen das Waschbecken knallt.«

Ihr Vater schwieg einen Augenblick, er ließ den Motor an und fuhr in den Regen.

»Das hast du gut gemacht.«

Hätte ihr Vater sich nicht auf die Straße konzentrieren müssen, dann wäre sie ihm um den Hals gefallen. *Sie hat dir keine Wahl gelassen.*

16.

»Wohin fahren wir?«

»Zum Friedhof. Heute Nachmittag ist Josefs Borks Beerdigung.«

»Es ist erst zwölf Uhr.«

»Ich bin zu früh. Konnte ja nicht ahnen, dass meine Tochter heute von der Schule fliegt.«

»Mich ärgert nicht, dass die Direktorin mich von der Schule wirft.«

»Sie will es. Ob sie es kann, steht auf einem anderen Blatt.«

»Aber Pest und ihr pomadiger Freund können bleiben. Ihnen passiert gar nichts. Diejenigen, die zuerst zuschlagen, werden geduldet oder gefeiert, diejenigen, die sich wehren, steckt man ins Gefängnis.«

»Unser Rechtssystem kann nichts mit Opfern anfangen.«

»Ich konnte mir sowieso nicht vorstellen, die nächsten vier Jahre meines Lebens fünf Mal in der Woche mit dem Bus in dieses piefige Kaff zu fahren.«

»So schlimm ist Kaltenloch auch wieder nicht. Es hat die Klinik, Cafés und sogar ein Kino.«

»Für Touristen und Klinikpatienten, die zum Sterben herkommen oder sich die Brust vergrößern lassen. Ohne diese Klinik bestünde Kaltenloch doch nur aus ein paar Höfen, einer verwitterten Kapelle und dem Moor. Eigentlich ist Kaltenloch nur der Innenhof einer Klinik.«

»Die Schule hat einen guten Ruf.«

»So gut, dass die Sonthofener und Hindelanger ihre Kinder nach Kempten in die Schule geben. Es gibt nicht einen Schüler, der aus Kempten oder aus Oberstdorf kommt. Man hat den Eindruck, dass es außerhalb des Tals nichts mehr gibt. So als wäre dies hier die letzte Zuflucht.«

»Wir haben es doch schön hier im Allgäu.«

»Nicht, wenn man gezwungen ist, hier zu leben.«

»Wir haben haufenweise Touristen, die zu uns kommen, Bergwanderer, andere kommen nur wegen der Allgäuer Festwoche, andere wegen dem blauen Himmel.«

»Den blauen Himmel gibt's erst ab fünftausend Meter. Wir im Tal verschimmeln in den Wolken.«

»Wenn du achtzehn bist, dann kannst du hingehen, wo du willst.«

»Bis dahin bin ich wahrscheinlich so abgestumpft, dass ich mir gar nicht vorstellen kann, woanders zu leben.«

»Trotzdem hat die Schule einen guten Ruf, jedenfalls in dieser Gegend. Noch haben sie dich ja nicht offiziell rausgeworfen.«

»Die Einzige, die ich vermissen werde, ist Lisa.«

»Ja, schlimme Sache, die da passiert ist.«

»Schlimm ist, dass alle glauben, dass Lisa ihren Vater umgebracht hat.«

»Danach sieht es aus.«

»Wenn sie es aber nicht getan hat?«

»Das herauszufinden ist Sache der Polizei.«

»Wenn die Polizei aber nur an Lisas Schuld festhält.«

»Sie ist noch nicht schuldfähig. Sie weiß noch gar nicht, was sie getan hat.«

»Das ist es ja! Verstehst du nicht?«

»Können wir jetzt von etwas anderem reden?«

»Nein, können wir nicht.«

»Sie ist noch ein Kind.«

»Aber genau das ist es. Weil keiner Lisa für schuldfähig hält, gibt es auch keine Ermittlung. Das hat der Mörder ausgenutzt.«

»Welcher Mörder?«

»Der Mörder von Lisas Vater. Er wusste, dass die Polizei in keine andere Richtung ermittelt. Lisa hatte das Messer in der Hand, und Lisa ist ja noch ein Kind. Keine Ermittlung.«

»Es gibt keinen Mörder, Alice, sondern nur einen …« Ihr Vater wich einem Huhn aus, das quer über die Straße flatterte. Alice glaubte, die Schnur an seinem Bein erkannt zu haben. »… bedauerlichen tragischen Vorfall. Was genau passiert ist, werden wir wohl nie herausfinden.«

»Ich weiß, dass Lisa ihren Vater nicht getötet hat. Ich werde es dir beweisen.«

»Du wirst gar nichts tun, Alice. Lass die Polizei ihre Arbeit machen.«

Kurz vor der Brücke bremste ihr Vater. Die Brücke war überschwemmt. Anneliese Brackl, die neue Kollegin, hatte recht. Die Brücke mussten sie bald sperren. Vorsichtig fuhr er durch das Wasser und hoffte, dass die Brücke den Wassermassen noch standhielt.

»Glaubst du«, sagte Alice und schaute in die verwaschen graue Landschaft aus Felsen und wankenden Tannen, »dass ich auch zu so etwas fähig wäre?«

»Zu was?«

»Dich umzubringen.«

Ihr Vater zuckte kurz am Lenkrad, so dass der Wagen einen Schlenker nach rechts machte. Er hat es sich vorgestellt, dachte Alice. Er hat sich gefragt, ob sie verrückt genug wäre, um ihm nachts die Kehle aufzuschneiden.

»Wie kommst du auf so eine Schnapsidee?«

»So abwegig ist es doch nicht, schließlich hast du doch selbst gesagt, dass man nie weiß, was in so einem Hirn vorgeht.«

»Nein, ich glaube nicht, dass du mich umbringen möchtest.«

»Es geht ja nicht darum, ob ich es will, sondern nur, ob ich dazu fähig wäre.«

Ihr Vater schüttelte den Kopf. »Abstruse Gedanken, Alice. Sag das bloß keinem Menschen, sonst kommst du auch in die Klapse.«

»In die Psychiatrie … zu Lisa.«

Der Wagen bog in den schmalen Friedhofsweg ein, der steil vor ihnen anstieg.

Ihr Handy hatte wieder Empfang. Sie öffnete das Chatprogramm. Toms Bilder waren angekommen. Pling.

Sie drehte sich so, dass ihr Vater nicht auf das Display sehen konnte, dann öffnete sie die Dateien.

Ein Farbfoto einer Familie. Zwei Kinder in Badesachen, dahinter der Vater und die Mutter. Im Hintergrund ein Strand, Sonnenschirme, blauer Himmel.

Tom schrieb: *Das Foto dieser Familie wurde drei Monate vorher aufgenommen. Der Mörder tötete die Kinder nachts in ihren Betten. Dann betäubte er die Eltern. Den Vater brachte er als letzten um. Seine Leiche fand die Polizei erst zwei Wochen später in einem Teich im Stadtpark. An einer Stelle, an der er laut Zeugen oft mit seinen Kindern die Enten gefüttert hatte. Vermutlich hatte der Mörder seine Opfer dort ausgewählt. Das Motiv des Täters ist unklar. Der Mörder hatte die Haut des Vaters mit einer scharfen Klinge zerschnitten. Das Gesicht war durch die tiefen Schnitte unkenntlich, die Hände und Finger waren ebenfalls zerschnitten.*

Alice schrieb: *Hat man ihn gefasst?*

Tom: *Der Mörder hatte sich selbst gestellt – Karl Weidmann. Doch bis heute ist nicht hundertprozentig bewiesen, dass er der Mörder war.*

Alice: *Wurde er verurteilt?*

Tom: *Karl Weidmann gestand die Ermordung der Familie aus München. Er beschrieb, wie er in ihr Haus gelangt war und wie er sie beobachtet hatte. Und hier beginnt der Fall seltsam zu werden. Weidmann gestand nicht nur die Ermordung dieser Familie, sondern noch 28 andere Fälle. Doch keiner dieser Fälle war Opfer eines Gewaltverbrechens. Es waren Autounfälle, eine Medikamentenvergiftung, ein Badeunfall, ein anderer starb im Krankenhaus nach einer harmlosen Spritze in den Rücken. Weidmann nannte die anderen Toten den »inneren Kreis«. Ein Psychiater attestierte bei ihm eine schwere Persönlichkeitsstörung.*

Alice: *Haben sie ihn eingesperrt?*

Tom: *Zwangseinweisung in die psychiatrische Klinik in Niederdorf. Nicht weit von dem Park, wo er die Familie Bartel das erste Mal gesehen hat. Die Faktenlage war schwierig. Ein gewiefter Anwalt hätte ihn da raushauen können. Weidmann hat auf jede Verteidigung verzichtet. Tatort, Mordopfer, es gab keine Spuren. Weidmann sagte nichts über die anderen Opfer. Er sagte, er habe sie auch nur zufällig ausgewählt. Und auf den ersten Blick hatten sie nichts miteinander zu tun, bis eine genauere Untersuchung ergab, dass alle anderen 26 Opfer mit dem getöteten Vater irgendwie und irgendwann einmal zu tun hatten. Da waren ehemalige Sportkollegen, Schulkameraden, eine frühere Geliebte, die Eltern des Vaters und der Mutter … Alle waren sie kurz nach dem Tod der Familie in tödliche Unfälle verwickelt. Nach Unfällen sah es jedenfalls aus.*

Alice: *Danke dir.*

Tom: *Gehen wir ins Kino? Popcorn, Cola, Bonbons?*

Alice: *Das ist für Kinder.*

Tom: *Fühl mich nicht erwachsen. Ich glaube, dass ich dazu auch noch keine Lust habe.*

Alice: *Keine Wahl.*

Tom:?

Alice: *Habe eine gute Nachricht. Ich werde die Schule wechseln.*

Tom: *Man hat dich rausgeschmissen?*

Alice: *Hatte keine Wahl.*

Tom: *Scheiße.*

Alice: *Brauche keine Schule. Alles nur Mist.*

Tom: *Ich komme morgen. Habe gehört, ihr habt Scheißwetter.*

Alice: *Was hat die Moorleiche mit Weidmann zu tun?*

Tom: *Die Narben … Vergleiche die Narben auf der Moorleiche und dem Vater der ermordeten Familie.*

Alice: *Weidmann ist noch in Niederdorf?*

Tom: *Nicht mehr.*

Alice: *Weidmann läuft frei herum?*

Pause.

Ping. Eine weitere Mail mit Anhängen.

Bilder eines Gebäudes, das bis auf die Grundmauern niedergebrannt war. Davor Feuerwehr und Polizei. Schwarze Mauerreste, verkohlte Balken, die orientierungslos in den Himmel ragten.

Darunter Toms Kommentar: *Das Einzige, was von der Psychiatrischen Klinik Sankt Anna in Niederdorf nach dem Feuer übrig geblieben war.*

Tom: *Weidmann ist tot. Bei dem Klinikbrand. Mit ihm verbrannten fast alle Insassen der Psychiatrie. Nur ein Pfleger überlebte schwerverletzt und der Psychiater. Doktor Horos.*

17.

Professor Doktor Horos hatte den Klinikbrand in Niederdorf überlebt. Das Feuer der Sankt-Anna-Klinik hatte nicht nur das ganze Dorf in Asche verwandelt, es hatte sich in die Köpfe der Menschen eingebrannt. Selbst diejenigen, die damals noch Kinder gewesen waren, kannten die Bilder der verkohlten Ruinen und der brennenden Menschen, die in der Nacht wie Fackeln schreiend über die hartgefrorenen Felder gestolpert waren. Das Feuer hatte rasch von der Klinik auf die Höfe übergegriffen, während die Feuerwehr in einem Schneesturm feststeckte. Die Menschen aus den Nachbardörfern waren wie vor hundert Jahren mit Eimern gekommen. Einige wenige hatten elektrische Pumpen gehabt, mit denen sie Rasensprenger in ihre Vorgärten postierten. Jeder hatte sein Haus, seinen Gemüsegarten und die auf Kredit gekauften Autos und Traktoren verteidigt. Alle hatten geglaubt, das Feuer ließe sich aufhalten, und keiner hatte bemerkt, dass sie von allen Seiten eingeschlossen worden waren.

Doch ein Feuer, in das der Wind fährt, hatte ihr Großvater erzählt, hat der Teufel gesehen. Da hilft nur noch beten.

Die Bauern hatten versucht, ihr Vieh aus den Ställen zu treiben, und waren dabei selbst in den Flammen umgekommen. Ein Bauer hatte sein Pferd quer über den Marktplatz geführt. Ihr Großvater besaß ein Foto von diesem Mann, wie er einen Meter vor dem Tier schritt, so als käme er von seiner eigenen Hinrichtung. Das Pferd war schwarz, das Fell war verbrannt, und die Haut auf dem Rücken war aufgeplatzt, so dass die blanke Wirbelsäule zu sehen war. Das Tier hatte weder Schwanz noch Ohren und glich einem fremdartigen Urwesen. Das Gesicht des Bauern war wie weggeschmolzen, die Augen waren durch die große Hitze geplatzt, und von seinem kahlen Schädel hatten sich blutende Hautfetzen gelöst. Der Bauer schaffte es bis zum Brunnen. Dort brach er zusammen, neben seinem Pferd. Am nächsten Morgen hatte man die verschmorten, toten Körper gefunden.

Von der Klinik waren lediglich die Fundamente und die unterirdischen Keller unversehrt geblieben. Die Insassen der geschlossenen Abteilung hatten gefangen in den verriegelten Gängen gesessen. In den Ruinen hatte die Feuerwehr Dutzende Leichen gefunden, die noch auf ihre Betten geschnallt gewesen waren. Andere Patienten waren mit den Plastikstühlen im Fernsehraum verschmolzen oder in den von Rauch gefüllten Gängen erstickt. Wer aus der Klinik entkommen war, war in das Dorf geflohen, doch für die meisten war der Tod nur etwas später gekommen, als die Flammen auf die trockenen Wälder und Hütten übergesprungen waren. In dieser Nacht hatte das Feuer die Menschen gejagt, wie Wölfe ihre Beute vor sich hertreiben. Ihr Großvater hatte gemeint, dass selbst der Krieg in Niederdorf nicht so verheerend gewesen war.

Die Brandursache hatte nie genau festgestellt werden können. Die Feuerwehr konnte nur sagen, dass der Brand im Ostflügel der Klinik ausgebrochen war und dann die ganze Klinik erfasst hatte. Von dort war das Feuer auf das Dorf übergesprungen. Für die überlebenden Dorfbewohner war jedoch klar, dass die Verrückten in der Klinik den Brand gelegt hatten. Sie waren immer gegen diese Klinik gewesen, gegen die Verrückten, die dort von den Hängen der Hügel um Niederdorf auf sie herabblickten.

18.

Die Parkplätze am Friedhof waren alle belegt. Vor dem rostigen Friedhofstor wartete eine Gruppe unter Regenschirmen. Graue Wolken drückten von den Hängen auf die Grabsteine, und vom Moor wehte ein Geruch von fauligem Wasser herüber.

»Parken alle kreuz und quer«, fluchte ihr Vater, »sogar die Feuerwehrzufahrt haben sie zugestellt.«

»Was will die Feuerwehr denn auf dem Friedhof löschen?«, entgegnete Alice und stellte sich die brennenden Kränze, Trockenblumen und Holzkreuze vor.

»Die Kirche ist schon einmal abgebrannt.«

»Da hilft es auch nicht, wenn die Zufahrt zum Friedhof frei gehalten wird. Der Friedhof ist hinter der Kirche, und hinter dem Friedhof ist das Moor. Die Feuerwehr kommt ja nicht aus dem Moor.«

»Ich habe das Parkverbot nicht aufgestellt, sondern der Bürgermeister.«

»Und der stellt sich auch immer auf den freien Platz der Feuerwehreinfahrt, so als wäre er von der Feuerwehr.«

»Man muss nicht immer alles hinterfragen, Alice. Manche Dinge sind eben so, wie sie sind. Sag mir lieber, wo wir parken können.«

Ihr Vater wendete den Wagen. Die Räder drehten durch. Der Kiesweg war vom Regen weich, wie ein nasses Bett.

»Bei dem Regen brauchen wir keine Angst zu haben, dass der Friedhof abbrennt.«

»Wo die überall herkommen! Münchner Nummernschilder, Regensburg, Memmingen, Hamburg und sogar ein paar Berliner.«

Der Platz vor der Kirche war voll mit Regenschirmen und Leuten, die mit ihren schwarzen Anzügen und Kleidern im Schlamm standen. Alle warteten auf den Sarg, so wie man auf Hochzeiten auf das Brautpaar wartete. Alice fragte sich, wie viele der Trauergäste Bork gekannt hatten und keine Trauertouristen waren, die von dem Tod des Arztes in der Zeitung gelesen hatten und spontan zum Ort des Geschehens pilgerten. Als die Tür zur Kirche aufging und die Sargträger in den Regen traten, hielten einige ihre Kameras hoch. Vor dem Friedhofstor entstand Bewegung unter den Regenschirmen. Hinter den Sargträgern lief Maria Bork, eingehüllt in einen schwarzen Schleier. Zwei Männer hielten ihre Regenschirme über sie. Maria Bork hatte ihren Blick gesenkt. Niemand hatte das Recht, ihre Tränen zu sehen. Im Regen machte es jedoch keinen Unterschied, ob sie weinte. Jeder hatte feuchte Wangen, dafür sorgte schon der Regen. Der Einzige, der nicht nass wurde, war Josef Bork. Er lag mit seiner Halswunde auf weiße Samtkissen in der Dunkelheit des Sarges, das Geprassel der Tropfen auf dem lackierten Holz.

All das gibt es nicht mehr, dachte Alice. Der Regen und die Dunkelheit, für Bork ist all dies vergangen. Sie dachte an ihre Mutter. Was hätte sie ihr jetzt gesagt? Wie hätte sie ihr erklärt, dass die Toten einfach nicht mehr waren. Hätte sie ihr erzählt, dass sie im Paradies oder in der Hölle waren? Hatte sie an Gott geglaubt, an Engel, an eine Auferstehung von den Toten? Ihr Vater hatte ihr erklärt, dass Mama an einem besseren Platz sei, irgendwo da oben. Er hatte ihr von der Seele der Menschen erzählt und wie sie in den Himmel flog. Doch bis auf die nasse Erde und die leblosen Körper in ihren Särgen gibt es keine Realität, dachte sie. *Sie ist jetzt an der Seite unseres Herrn Jesu …* Wenn nur die Hälfte der Menschen, die tot waren, an der Seite von

Jesus waren, dann musste der Himmel ein eigenartiger Platz sein. Eine Art riesiger Platz wie der Petersplatz in Rom, auf dem sich der Papst huldigen ließ. Nur war dieser Platz noch größer. Milliarden drängten sich auf ihm. Überhaupt machte sich keiner Gedanken, ob denn der Himmel nicht längst überbevölkert war und die Himmelswächter aus Platzgründen selbst die Frommsten in die Hölle schickten.

Alice fragte sich, ob sie überhaupt aus dem Wagen steigen sollte. Nach zwei Schritten würde sie bis auf die Haut durchnässt sein. Von Lisa keine Spur. Hatte man sie nicht auf die Beerdigung ihres Vaters gelassen? Oder wollte ihre Mutter sie nicht sehen, Lisa, die Mörderin ihres Vaters? Einen der Männer, der Maria Bork den Schirm hielt, kannte Alice. Es war Doktor Horos. Er ging dicht neben Lisas Mutter, für den Fall, dass sie am Grab zusammenbrach. Alice dachte an die Stunden bei Doktor Schreber. Ihr Vater hatte sie zum Psychologen geschickt, weil sie mit dem Tod ihrer Mutter nicht fertig geworden sei. Das hatte er ihm erzählt. Er hatte fertigwerden gesagt, und Alice sagte dem Psychologen, dass sie sich darunter nichts vorstellen könne. Sie sollte damals reden, viel reden und weinen. Schreber meinte, das sei gut für sie. Nur sie hatte keine Lust gehabt zu weinen. Und weil Alice kaum etwas gesagt hatte, diagnostizierte er eine traumatische Störung. Schreber hatte ihrem Vater erklärt, es sei möglich, dass sie in ihrer geistigen Entwicklung gehemmt werden könne. Wer nicht weint, der ist verdächtig. Was erzählte Horos der Witwe Bork? Welche Ratschläge gab er ihr, um mit ihrem toten Mann fertig zu werden? Hatte sie Doktor Horos gebeichtet, dass sie Lisa am liebsten umbringen würde? Hatte sie ihm ihre Hassphantasien anvertraut? Was hatte Horos geantwortet? Dass Lisa nichts dafür konnte? Dass in jedem von uns ein Psychopath steckte? Es war ein Unfall, ein schrecklicher Unfall. Lisa wusste nicht, was sie tat …

In diesem Augenblick bemerkte Alice die geduckte Gestalt. Erst dachte sie, es sei Lisa, schwarz verhüllt, gebeugt, so als müsse sie sich verstecken. Durch den Regen sah die Gestalt kindlich aus, doch als sie näher kam, erkannte Alice ihr furchiges Gesicht und die stahlblauen Augen.

»Die alte Hofer ist da«, sagte sie zu ihrem Vater. »Sie brabbelt vor sich hin.«

»Das ist eine ungute Sache«, antwortete ihr Vater geistesabwesend und schaute zu der Gruppe hinter dem Sarg, dorthin, wo Maria Bork sich unter den Schirmen mühsam dahinschleppte. Ihr Vater hatte Gertrude Hofer nicht gesehen. Er wartete, bis der Sarg und der engste Familienkreis vorbeigezogen waren, dann fuhr er langsam in Richtung Friedhofsmauer. Er stellte sich in die Feuerwehreinfahrt.

»Keine Angst, einen Strafzettel zu bekommen?«, witzelte Alice und zog sich ihre Regenjacke an.

»Ich verteile hier die Strafzettel und sonst niemand.« Ihr Vater öffnete die Tür. Ein Schwall kalter Luft wehte in das Wageninnere.

Ihr Vater spannte den Regenschirm auf und folgte dem Trauerzug. Alice schnürte die Regenkapuze enger. Auf den Kieswegen trieben lose Blätter, abgebrannte Friedhofskerzen, verwitterte Kränze. Alice hatte sich daran gewöhnt, dass ihr das Wasser in den Schuhen stand. Der Sarg war am Grab angekommen. Zwei Ministranten hielten Regenschirme über den Pfarrer, der sein Gebetbuch gegen die Windböen zu schützen versuchte. Alice bahnte sich einen Weg zwischen den Grabsteinen, als sie abermals Gertrude Hofer sah, abseits, drei oder vier Reihen weiter. Niemand nahm Notiz von ihr. Sie war nur ein grauer Schatten im Regen. Alice bog nach rechts ab. Der Wind trug ein paar fromme Worte des Priesters herüber. *Denn Staub bist du, und zum Staub wirst du zurückkehren. Asche zu Asche und Staub zu Staub …* Keiner hatte bemerkt, dass Alice den Zug der Trauergäste verlassen hatte. Gertrude Hofer war zwischen den hohen Familiengräbern verschwunden. Alice stampfte quer über die Steinplatten. Sie rutschte aus und fiel vornüber auf ein frisches Grab. Sie rappelte sich wieder auf und wollte wieder zu Borks Beerdigung zurückgehen, als sie die alte Frau wahrnahm. Zehn Meter vor ihr, gebückt über einem Grabstein. Sie schien etwas zu suchen.

»Sakradi … Hundsregen«, fluchte die Alte. Sie kniete sich hin und tastete den Sockel des Grabes ab. Von ihrem Standpunkt aus konnte Alice nicht sehen, wer dort begraben war. Was hatte die Alte bei diesem Regen auf dem Friedhof zu suchen? Wenn sie nicht auf Borks Beerdigung war, dann musste es einen anderen Grund geben, bei diesem Sauwetter ohne Schirm herumzulaufen. Alice konnte nicht sehen, vor wessen Grab Gertrude Hofer kniete. Die Hände der Alten tasteten den Grabstein ab, ihre Lippen bewegten sich. Alice musste ihr Versteck verlassen, um das Grab einsehen zu können. Der Regen verschluckte ihre Schritte auf dem Kies. Es waren ungefähr zehn Meter bis zur nächsten Reihe. Vor dort aus konnte sie hinter das Grab blicken, ohne selbst entdeckt zu werden. Es musste einen Grund geben, warum Gertrude Hofer bei diesem Regen alleine auf den Friedhof ging. Die Beerdigung Borks schien ihr völlig gleichgültig zu sein. Sie war zielstrebig auf dieses Grab zugegangen und hatte sich vergewissert, dass niemand sie sah.

Jetzt war Alice hinter der alten Frau. Vier oder fünf Meter trennten sie voneinander. Noch war sie hinter der Hecke. Dann stand Alice auf. Hätte Gertrude Hofer sich in diesem Augenblick umgedreht, dann hätte sie in die Augen eines jungen Mädchens geblickt, das nicht begriff, was es sah. Die alte Frau lag mit dem Gesicht nach unten auf dem Grabhügel, jahrzehntealter Efeu unter ihr. Für einen Augenblick dachte Alice, die alte Frau hätte einen Schwächeanfall bekommen und wäre auf das Grab gekippt, doch ihre Hände griffen nach vorne an den Sockel, wie jemand, der in der Dunkelheit den Ausgang sucht. Doch Alice war noch von etwas anderem gefesselt. Erst konnte sie es nicht einordnen, dann erinnerte sie sich an den Namen, den Tom erwähnt hatte. Die alte Frau lag auf dem Grab von Karl Weidmann. Der Familienmörder, der vor über zwanzig Jahren beim Feuer in Niederdorf verbrannt war, festgeschnallt auf einer Liege der Psychiatrie.

Was hatte Gertrude Hofer mit dem toten Karl Weidmann zu tun? Und warum legte sie sich auf sein Grab, als wollte sie darin versinken? Die alte Frau kniete sich auf den Efeu. Mit verdreckten Strumpfhosen stemmte sie sich auf den Grabstein. Wieder beugte sie sich über den Stein. Diesmal tastete sie einen vertikalen Riss entlang. Sie zog etwas wie eine Haarnadel aus ihrer Jacke und stocherte weiter in dem Riss. Alice ging einen Schritt nach vorne. Gertrude Hofer befand sich jetzt nur noch zwei Meter vor ihr. Trotz des Regens hörte sie das Brabbeln der alten Frau, das sich anhörte wie ein geflüstertes Gebet. *Ave Maria voller Gnaden …* Doch bei genauerem Hinhören zerfielen die Wörter zu einem unverständlichen Plätschern. Wenn es eine Bedeutung dessen gab, was über die alten Lippen kam, dann konnte nur Gertrude Hofer um diese wissen. Waren es wieder Ankündigungen eines Todes? Flüsterte sie bereits den nächsten Namen auf der Liste des Gangerl? *Und der Gangerl holt sie alle,* pflegte ihr Großvater zu sagen, *alle gehen sie denselben Weg, und keiner kann was mitnehmen. Das letzte Hemd hat keine Taschen …*

Alice rührte sich nicht. Sie stand auf dem schmalen Kiesweg und schaute die graue, vom Regen durchweichte alte Frau an, wie sie aus dem Spalt des Grabsteins etwas herausholte. Es sah aus wie ein Stück Papier. Sie faltete das durchweichte Papier auseinander. Ihre Lippen bebten heftiger, dann blickte sie zum Grab und von dort in den Himmel, der nur aus bleigrauen Wolken und herabfallendem Wasser bestand. Sie setzte ihre Brille auf und hielt schützend ihre Hand über die Gläser, um etwas zu lesen: *Ave Maria, du bist gebenedeit unter den Weibern …*

Zweifellos, sie betete. In einer unerwarteten Drehung drehte sich die Alte um und zuckte zusammen. Alice blickte in die blauen Augen der Hexe von Kaltenloch, wie ihr Großvater die Hofer nannte. Wieder bebten ihre Lippen. Sie fluchte kaum hörbar. *Herrgottzakrament.*

Gertrude Hofer zog ihr Kopftuch ins Gesicht und war schon auf dem Kiesweg. Alice wunderte sich, wie schnell die alte Frau noch laufen konnte. Auf dem Grabhügel lag der Zettel, den sie vor Schreck fallengelassen hatte. Alice hob ihn auf und faltete das Papier auseinander. Es war ganz weich vor Nässe. Vorsichtig breitete sie den Zettel in ihrer Hand auseinander. Dort standen nur zwei Worte. *Gustl Pokel.*

Was hatte der Name ihres Großvaters auf einem Zettel der Hofer zu suchen? Finsterer Aberglauben. Niemand kann Aussagen über die Zukunft treffen, meinte Wittgenstein. Die Zukunft ist das, was der Moment noch verbirgt. Wittgenstein hielt nichts von Wahrsagern. Alle Probleme waren in der Sprache, oder es waren keine Probleme. Doch der Name ihres Großvaters auf diesem Zettel war kein philosophisches Problem. Es war eine Morddrohung. Wer hatte den Zettel in den Ritz des Grabsteins gesteckt, und wer hatte ihn geschrieben?

Auf dem Kiesweg zwischen den Gräbern trieben grüne Plastikgießkannen. Alice balancierte auf den Steinumfassungen der Gräber, um nicht ganz in dem matschigen Wasser laufen zu müssen. Von der alten Frau war nichts mehr zu sehen. Alice erreichte den höher gelegenen Teil des Friedhofs mit den neueren Gräbern. Die Gräber waren weniger hoch, einfache Grabsteine aus Marmor oder ungeschliffenem Granit, Pflanzenkübel und rote Grablichter davor. Das Regenwasser staute sich am Wegrand. Über einer Hecke tauchten die ersten Regenschirme auf. Der Pfarrer und seine Ministranten waren bereits verschwunden. Die Sargträger hatten Borks Sarg schon ins Grab gesenkt. Wer noch wollte, konnte seine Schaufel Erde auf den Sarg werfen. Die meisten hielten sich jedoch lieber an ihren Regenschirmen fest. Maria Bork stand apathisch wie eine Statue vor dem Grab. Hinter ihr Horos mit Regenschirm. Keine Spur von Lisa. In zweiter Reihe war eine Gruppe mit unbekannten Gesichtern. Wahrscheinlich die Familie Josef Borks. Eine ältere Dame im Rollstuhl, ein jüngerer Mann, der ihr den Regenschirm hielt, und ein paar junge Gesichter, die teilnahmslos wirkten und hofften, dass das ganze Spektakel bald ein Ende nahm. Die ältere Frau schien zu erschöpft zu sein, um irgendeine Regung zu zeigen. Alice schätzte, dass es die Mutter Josef Borks war. Was wohl in ihrem Kopf vorging? Ihre Enkelin, die sie auf dem Schoß geschaukelt hatte und mit der sie an Weihnachten die Geschenke ausgepackt hatte ... dieses kleine Mädchen hatte ihr einziges Kind umgebracht. All das war der Wahnsinn dieser neuen Zeit, in die sie nicht mehr gehörte. Ihre Augen blickten erloschen durch die am Grab Stehenden hindurch, in die grauen Nebel über dem Moor. So sieht jemand die Welt an, dachte Alice, dessen Leben vorbei ist. Sie lebt nur noch, weil es ihr nicht vergönnt ist zu sterben.

Alice suchte ihren Vater. Sie entdeckte nur ihren Großvater. Er stand vor dem Grab, die Kapuze seines Regenmantels über die Stirn gezogen. Er warf eine Schaufel nasser Erde ins Grab, verneigte sich und ging an Maria Bork vorüber. In diesem Augenblick geschah das Unfassbare. Niemand hatte damit gerechnet, nicht in diesem Regen. Der Regen schien jede Regung zu unterdrücken, nur nicht die von Maria Bork.

»Verschwind!«, rief Maria Bork und streckte ihre kleine Faust in die Richtung ihres Großvaters. »Verschwind ... habt's ihr nicht schon g'nug angerichtet?«

Ihr Großvater blieb kurz stehen, die Schaufel noch in der Hand. Alice sah ihm an, dass er sich nicht angesprochen fühlte. Er drehte sich um, ob nicht jemand hinter ihm war, den sie gemeint haben könnte.

»G'schmeiß ... G'schmeiß!«, schrie Maria Bork gegen den Regen, der im Stakkato auf die Plastikplane trommelte, die den Erdhaufen neben dem Grab bedeckte. Das Hellgrün der Plane war die einzig lebendige Farbe, die zwischen dem fahlen Himmel, den grauen Gräbern und den morastigen Kieswegen existierte. Wozu den Erdhaufen bedecken?, ging Alice durch den Kopf, als sie auf eine Reaktion ihres Großvaters wartete. Sekunden geschah nichts. Der Erdhaufen unter der Plane hatte plötzlich etwas Schreckliches, so als enthielte er die ganze Wahrheit des Todes, so als wäre das Leben nie etwas anderes gewesen als dieser Haufen aus Lehmklumpen und dunkler Moorerde.

Horos redete beruhigend auf Maria Bork ein. Alice sah nur, wie sich seine Lippen bewegten. Was sagte er ihr? *Josef ist jetzt an einem besseren Ort ... Seien Sie stark. Sie müssen jetzt stark sein ...* Doch Maria Bork wollte sich nicht beruhigen. Sie zitterte im Regen wie ein kleiner Baum. Ihr Großvater hatte sich nach allen Seiten umgedreht und fand nur ein paar seltsam entleerte Gesichter. Jeder der am Grab Stehenden schien abwesend. Es dauerte, bis ihr Großvater begriffen hatte, dass Maria Bork ihn meinte.

»G'schmeiß ...« Ihre Stimme zitterte.

Ihr Großvater kannte die Frau kaum. Josef Bork hatte ihn einmal im Krankenhaus behandelt. Nur deshalb kam er auf Borks Beerdigung. Das hatte er Alice jedenfalls gesagt. Woher dieser Hass gegen ihren Großvater? Horos legte seinen Arm um Maria Bork. Wieder flüsterte er ihr etwas zu. Nur noch die Totengräber standen abseits und warteten, bis der Letzte gegangen war. Maria Bork war die Letzte am Grab. Horos stützte sie, als sie noch einen Blick in das offene Grab richtete. Ihr Großvater hatte sich nicht gerührt. Wie erstarrt stand er da. Warum ging er nicht weiter? Alice schritt auf ihn zu. Als sie neben ihm war, berührte sie seinen Arm. Er ließ die Schaufel in den Dreck fallen.

»Was ist los, Opa?«, sagte sie zu ihm.

»Nichts ... ist ... gar nichts«, antwortete er. »Ich glaube, der Regen macht alle verrückt. Das muss es sein, der Regen. Dieser verdammte Regen.«

Sie gingen ein paar Schritte über den Kiesweg. Ihr Vater stand plötzlich auch da. Zwei Gräberreihen weiter. Er hatte die ganze Szene beobachtet.

»Warum hat Lisas Mutter dich gerade beleidigt?«

Ihr Großvater schüttelte den Kopf. »Ich weiß es nicht. Aber wer in ein offenes Grab schaut, der sieht immer das Grauen, das uns alle erwartet. Das raubt uns Menschen den Verstand.«

»Aber warum hat sie dich ›G'schmeiß‹ genannt?«

»Das weiß nur der Herrgott.«

Ihr Vater blieb noch stehen und schaute den Totengräbern zu, wie sie sich dem offenen Erdloch näherten.

Alice nahm den Arm ihres Großvaters, und sie folgten dem Kiesweg in Richtung Ausgang.

»Der Herrgott weiß dann wahrscheinlich auch, wer die Frau auf dem Foto der Moorleiche war.«

»Nicht nur der Herrgott …«

»Du wolltest das Foto behalten«, sagte Alice, »stimmt's?«

»Vor dir kann man nichts geheim halten.«

»Ich habe gesehen, wie du das Foto angeschaut hast, und dann wolltest du es mir gar nicht mehr geben.«

»So, habe ich das?«

»Scheint so …«

»Du bist ein neugieriges Fräulein.«

»Ich bin nicht neugierig, ich mag es nur nicht, wenn man mir etwas verschweigt.«

»Das ist Neugier.«

»Da ist ein großer Unterschied. Aber du hast sie gekannt?«

Ihr Großvater ging ein paar Schritte weiter, dann blickte er sich um, ob nicht jemand hinter ihm war.

»Das ist alles lange her«, sagte er. »Da bist du noch bei den Fischen geschwommen. Und dein Papa hat deine Mama noch gar nicht gekannt. Das ist alles so lange her. Ich hatte es vergessen, bis du mir dieses Foto gezeigt hast.«

»Wer ist das auf dem Foto?«

»Dafür bist du noch zu klein.«

»Behandle mich nicht wie ein Kind«, beschwerte sich Alice.

»Aber du bist ein Kind.«

Die alte Leier, dachte Alice und rümpfte die Nase. Dagegen gab es kein vernünftiges Argument. Ihr Großvater hatte ihr schon Andeutungen gemacht. Das hätte er nicht getan, wenn er ihr gar nichts sagen wollte. Er wollte mehr über die Herkunft des Fotos wissen und wie es in die Hand einer Moorleiche gelangt war, und Alice wollte wissen, wer die Person auf dem Foto war. Sie behielt es noch für sich, dass Josef Bork die Moorleiche untersucht hatte und dass er offensichtlich auf etwas gestoßen war. Und jemand wollte dies um jeden Preis verhindern. Was auch immer Bork entdeckt hatte, es war nicht das Foto. Wer denkt denn schon daran, die Finger einer mumifizierten Leiche aufzubrechen?

»Du hast sie gekannt«, setzte Alice fort.

»Sie hieß Ulrike ... Ulrike Magold.«

Großvaters Blicke verloren sich in den Wolken über dem Moor.

»Sie war die erste Skilehrerin, die hier im Tal arbeitete. Sie war Bergsteigerin und fuhr wie der Teufel die steilsten Hänge runter. Sie wuchs in Kaltenloch auf. Ich sehe noch heute ihre dunklen langen Haare, die sie zu einem Zopf zusammengebunden hatte. Wir sind zusammen in Hintereck aufgewachsen. Damals führte nach Hintereck nur eine ungeteerte Straße. Es gab ein paar Höfe, die Kirche und den Schwarzen Bichl. Ulrike und ich schworen uns ewige Liebe. So wie man das halt macht, wenn man jung ist. Irgendwo gibt es sogar noch eine alte Eiche, in die wir unsere Namen geritzt haben.«

»Aber du hast Oma geheiratet?«

»Es war die größte Enttäuschung meines Lebens.«

»Oma?«

»Nein, das hatte mit Oma nichts zu tun.«

»Was ist passiert?«

»Du bist überhaupt nicht neugierig?«

»Natürlich nicht. Was ist passiert?«

»Ulrike hat sich in einen Mann verliebt, und all unsere Schwüre und Träume, die wir geträumt hatten, existierten nicht mehr. Nicht mehr für sie. Ich war am Boden zerstört und wollte nicht mehr weiterleben. Und Ulrike verließ Hintereck, um ihrem neuen Mann nach München zu folgen. München war was anderes. Da gab es Abendgesellschaften, Pianobars, und es gab so viele Leute und neue Dinge. In Hintereck gab es nur stockdunkle Nächte und Stille. *Stockdunkle Nächte und Stille,* sagte sie mir, als sie ging. Ich konnte sie nicht aufhalten. Sie ging fort und heiratete einen Arzt, einen Psychiater aus München. Jahre später erfuhr ich von dem Feuer in Niederdorf und dass Ulrikes Mann einer von zwei Überlebenden gewesen war.«

»Du meinst, das war derselbe Mann, der heute Psychiater in der Kaltenlocher Klinik ist?«

»Professor Horos – ihn hatte sie geheiratet. Für ihn hatte sie alles aufgegeben, was wir zusammen erträumt hatten.«

»Sie wollte einfach nur weg aus diesem Tal.«

»Ja, nur weg, nur weg«, sagte ihr Großvater apathisch.

»Aber Doktor Horos hat keine Frau und kein Kind.«

»Nein, nach dem Feuer hatte sich viel verändert. Ulrike hatte mir einen Brief geschrieben, dass sie ihren Mann verlassen würde. Ich antwortete ihr nie. Das war ihr Leben, ich hatte sie mit unseren Träumen beerdigt. In dieser Zeit hatte ich auch deine Großmutter kennengelernt. Ich hatte keine Lust, den Lückenbüßer zu spielen. Sie hatte sich für ihn entschieden, dann war das so.«

»Wollte sie wieder mit dir zusammen sein?«

»Sie hat es nicht direkt so gesagt, aber sie erwartete wohl eine Antwort, die in diese Richtung ging.«

»Was ist dann passiert?«

»Ihr Mann hatte bei dem Brand schwere Verbrennungen erlitten, erzählte sie. Er sei danach nicht mehr der Mensch gewesen, der er war. Sie hatte Angst vor ihm.«

»Aber so schrecklich schaut der Psychiater gar nicht aus. Ein wenig verschrumpelt wie alle alten Leute eben.«

»Danke fürs Verschrumpeltsein … Du bist so reizend, Alice.«

»Keine Ursache.«

»Sie trennte sich von ihm, noch bevor er die Heilklinik verlassen hatte. Sie nahm ihren gemeinsamen Sohn mit und zog nach München.«

»Was hat Horos dann gemacht?«

»Er musste sie abgöttisch geliebt haben, hat man mir erzählt. Aber das können vielleicht alles nur Gerüchte sein. Sie hat ihn genauso mit einem alten Sack voller Träume sitzen lassen wie mich damals.«

»Hast du ihn gekannt?«

»Nein, ich bin ihm nie begegnet. Gott bewahre mich davor, ihm zu begegnen.«

»Opa, du bist noch immer eifersüchtig?«

»Das war ich vielleicht einmal. Doch von der Eifersucht ist nichts mehr geblieben. Wenn ich ihm begegnen würde, dann wie jemandem, der das Gleiche durchlebt hat wie ich, der die gleiche Geschichte hat. Unser Leben hat sich für einige Jahre um dieselbe Frau gedreht. Ich brauche ihm nicht zu begegnen. Ich weiß alles.«

»Und was ist aus ihr geworden, nachdem sie ihn verlassen hatte?«

»Das ist das Schrecklichste an der ganzen Geschichte. Sie hatte ihn mit ihrem kleinen Sohn verlassen. Einige Jahre später kam sie mit dem Kleinen nach Kaltenloch. Horos hatte sie und seine Schwester zu sich eingeladen. Es ging, so habe ich erfahren, um Testamentsangelegenheiten. Denn Horos hat ein beträchtliches Vermögen zu vererben. Doch sie kamen nie in Kaltenloch an. Alles endete an diesem ominösen Freitag. Es regnete. Ein Sturm kam von den Bergen. Bis heute weiß kein Mensch, warum der Bus in den Tobel stürzte.«

»Horos hatte seine ganze Familie verloren.«

»Seine Frau, seine Schwester … Seit dem Unfall lebt er zurückgezogen in einer verlassenen Gärtnerei, nicht weit von der Klinik entfernt. Wenn er sich nicht in den Gewächshäusern um seine Orchideen kümmert, ist er in der Klinik. Horos lebt zurückgezogener als mancher Mönch.«

»Diese Frau auf dem Foto ist also Horos' Frau, die ihn verlassen hatte?«

»Das ist Ulrike.«

Großvater wischte sich den Regen aus dem Gesicht. »Kurz nach dem Busunfall traf ich Ulrikes Vater auf dem Weg zum Schwarzen Bichl. Er war betrunken und redete von Verschwörungen und zeichnete mit dem Fuß eine Skizze des Busunfalls in den Sand. Es konnte gar nicht sein, dass der Bus so abgestürzt ist und der Fahrer überlebt hat. Das ist völlig unmöglich. Für Ulrikes Mutter war die Stadt an allem schuld. Ihre Eltern hatten es ihr nie verziehen, dass sie nach München gezogen war. München war kein guter Ort. Da leben nur Schicksen, meinte ihre Mutter. Wäre sie in Hintereck geblieben, dann würde sie heute noch leben. Gott hatte sie nach Hintereck geboren, und er wusste schon warum, sagte Ulrikes Mutter. Ulrikes Leiche hat man nie gefunden. Nur Teile von ihrem Sohn. Er hatte Socken mit Namensschildchen und eine Puppe, auf die er seinen Namen geschrieben hatte.«

»Wahrscheinlich hatte Horos sich das nie verziehen«, sagte Alice.

»Es war ein Unfall«, sagte ihr Großvater, »nicht mehr und nicht weniger. Ein Verkehrsunfall wie er jährlich zu Tausenden vorkommt.«

»Aber Horos hat seine ehemalige Frau, seinen Sohn und seine einzige Schwester verloren.«

Ihr Großvater zuckte mit den Schultern. »Der Herr gibt's, der Herr nimmt's.«

»Wenn's ihn nicht gibt, dann nimmt er nichts und gibt nichts«, entgegnete Alice.

»Mir hat er nichts gegeben.«

»Immerhin hat er dir Oma gegeben, und weil es Oma gab, gab es Papa, und weil es Papa und Mama gab, gab es mich. Mir passt die Lösung der Geschichte, weil ich darin vorkomme. Würdest du alles bedauern, dann würdest du auch bedauern, dass es mich gibt.«

»Ich bedaure gar nichts. Ich finde nur, dass Ulrike und ihr Kind nicht einen solchen Tod verdient hatten. Sie starb zu früh, verstehst du?«

»Wie Mama.«

»Wie deine Mutter.«

Sie waren am Friedhofstor angekommen. Die letzten Trauergäste schüttelten ihre Regenschirme aus und stiegen in ihre Autos. In einem Wagen erkannte Alice Maria Bork. Sie starrte aus dem Seitenfenster direkt zu ihr. Ein leerer, seelenloser Blick, der Alice frösteln ließ. Doch Lisas Mutter starrte nicht zu ihrem Großvater herüber, sie sah an ihm vorbei zu ... ihrem Vater.

Er bog auf den Kiesweg zum Parkplatz und eilte zu ihnen herüber, als eine seltsame Gestalt auf sie zukam. Erst dachte Alice, es wäre ein Hund, doch dann erkannte sie Gertrude Hofer. Sie wankte auf sie zu. Ihr Vater war noch bei dem Friedhofstor, als die Alte sich vor ihren Großvater stellte. Ihre blau gefrorenen Lippen zitterten.

»Bring deine Sachen in Ordnung, Gustl, der Gangerl hat di g'wählt.«

»Verrückte Hexe«, zischte ihr Großvater, »lass mich in Ruhe mit deinem abergläubischen Scheißdreck.«

»Der Todesengel kommt zu dir ... sei bereit.«

Sie konnte ihren Satz nicht mehr aussprechen, da holte ihr Großvater mit dem Regenschirm aus und schlug ihn der alten Hofer auf den Kopf. Verdutzt taumelte sie einen Schritt zurück.

»Hau ab, sonst kriegst eine mit dem Holzstil, krankes Weibsbild.«

»Du fährst trotzdem bald zur Hölle, zur Hölle ... ur Hölle.«

Sie lief rückwärts und brabbelte unverständliches Zeug.

Das Geheimnis der alten Wahrsagerin Gertrude Hofer ist keine dunkle Gabe, dachte Alice, sondern ein Zettel mit einem Namen. Irgendjemand hatte ihn in den Spalt des Grabsteins gesteckt, und irgendjemand hatte den Namen ihres Großvaters darauf geschrieben.

19.

Alice wartete auf ihren Vater, der noch am Friedhofstor stand und auf jemand zu warten schien. Der rostige Passat war neben dem Wagen der Beerdigungsfirma der letzte auf dem Parkplatz. Ihr Großvater fuhr mit seinem eigenen Wagen. Er winkte ihr zu und kurbelte das Fenster herunter.

»Sag deinem Vater, dass wir uns später in Hintereck sehen. Ich muss ihn sprechen.«

»Was ist denn so wichtig?«, fragte Alice.

»Es ist einfach dringend«, sagte er. »Kannst du ihm das ausrichten?«

Alice nickte. Sie kam gar nicht mehr dazu, ihren Großvater zu fragen, warum er nicht auf Vater wartete, wenn es so dringend war. Schon hatte er das Seitenfenster geschlossen und raste mit seinem Jeep durch die Pfützen über den Friedhofsweg. Was hatte die Frau auf dem Foto in der Hand des Moortoten mit dem Toten zu tun? Der Tote im Moor war ähnlich verstümmelt wie die Familienväter, die Karl Weidmann getötet hatte. Doch was hatte der Tote mit der Jugendfreundin ihres Großvaters zu tun? Ulrike Magold, die nach München gegangen war und dort den Psychiater geheiratet hatte?

Suche nach Gemeinsamkeiten. Kleinigkeiten, Zufälle, denn im Leben sind wir alle nur durch Details miteinander verbunden. (Leo Faulkners Enzyklopädie des Verbrechens)

Der einzige Zusammenhang zwischen dem Toten und Ulrike Magold war, dass sie beide in Kaltenloch gestorben waren. Der Tote im Moor hatte beide Hände gefesselt, als Alice ihn auf dem Tisch gesehen hatte. Kein Unfall. Ulrike Magold starb bei dem Busunglück im Tobel, vor dreißig Jahren. Ihr Großvater war damals so alt wie ihr Vater heute. Ulrike Magold starb also, als sie ungefähr vierzig Jahre alt gewesen war, und mit ihr kam in dem Bus ihr kleiner Sohn ums Leben.

Alice ärgerte sich, dass ihr Großvater sie wie ein kleines Kind behandelte. Ich bin alt genug, um von dieser spießigen Schule in Kaltenloch zu fliegen, aber nicht alt genug, dass man mir erzählt, was hier gespielt wird. Ihr Großvater kannte diese Frau, doch er hatte ihr nicht gesagt, warum er ihr dies gerade auf der Beerdigung Josef Borks anvertraut hatte. Vielleicht bereute er es auch schon wieder. Schließlich war sie nur ein Mädchen von zwölf Jahren.

»Ich habe Kohldampf«, sagte ihr Vater und ging um den Wagen, um erst die Beifahrertür und dann die Fahrertür aufzusperren. Gute alte Mechanik, nicht dieser elektronische Mist, erklärte er normalerweise immer, wenn er die eingerosteten Schlösser mit dem Schlüssel öffnete. Heute sagte er nichts.

»Großvater hat …«, setzte Alice an.

»Ist er schon weg?«, unterbrach ihr Vater sie. »Er hätte auch auf uns warten können. Na, gehen wir beide halt allein essen.«

Ihr Vater klang gereizt.

20.

Kein Wander- und Fußweg führte zu der freien Tankstelle, die seit Jahrzehnten im Familienbetrieb der Berndorfers war. Sie lag genau auf halbem Weg zwischen Kaltenloch und Sonthofen. Ein Ort, den man praktisch nur mit dem Auto erreichen konnte, es sei denn, man hatte Lust, durch das Moor zu stapfen oder über die Geröllhänge des Kaltenlocher Horns zu klettern. Sie parkten vor dem flachen Nebenbau. Auf einer Klapptafel stand das Tagesmenü: Krautkrapfen mit Hackfleisch. Darüber hing eine Langnese-Fahne. Gerade als Alice die Tür zur Gaststube öffnen wollte, fuhr ein Wagen vom Parkplatz. Sie hatte ihn nicht gesehen, weil er abseits hinter einem Gastank geparkt war. Am Steuer erkannte Alice Professor Horos, auf der Rückbank Lisas Mutter. Ihr Vater wollte auf den Wagen zugehen, als dieser umdrehte und auf der Straße in Richtung Sonthofen davonfuhr.

»Was macht Lisas Mutter hier?«, fragte Alice. »Ich dachte, nach der Beerdigung ist noch Leichenschmaus im Café neben der Kirche.«

Ihr Vater brummte nur etwas und betrat die Imbissstube der Tankstelle. Alice schaute dem Wagen hinterher und wurde das komische Gefühl nicht los, dass auf Josef Borks Beerdigung etwas schiefgelaufen war. Die Gäste, die von weit angereist waren, trafen sich normalerweise noch zu einem Umtrunk. Da war Zeit, sich noch einmal über den Toten zu unterhalten und mit den Angehörigen zu reden. Alice konnte Lisas Mutter verstehen. Die Tradition, die Menschen noch einmal sehen zu müssen, die ihren Mann gekannt hatten und die ihre geheuchelten Beileidsbezeugungen loswerden wollten, war einfach nur widerlich. Überhaupt waren der Totenkult, der Sarg mit den Blumen, das Bild neben dem Sarg und das Gequatsche des Pfarrers, der noch einmal Borks Leben im Schnelllauf vom Blatt ablas, wie ein Theaterstück mit beliebiger Besetzung. Plötzlich verstand Alice auch, was die Szene am Grab zu bedeuten hatte. Ihr Großvater hatte keine Ahnung, warum Lisas Mutter ihn aus heiterem Himmel angeschrien hatte. Er konnte es auch nicht wissen, denn es hatte ihm gar nicht gegolten. Das »Geschmeiß« galt ihrem Vater, der hinter ihrem Großvater gestanden hatte, und ihr Vater wusste dies nur allzu gut.

Der Regen hatte etwas nachgelassen.

»Was darf's denn sein?«, fragte die Frau hinter dem Tresen. Wie ihre ganze Familie hatte auch Frau Berndorf einen hochroten Kopf und glich einer Salami, die man an beiden Seiten abgeschnürt hatte. Alle Familienmitglieder waren kurz und stämmig geraten, so als hätte ihr Schöpfer sie dazu vorbestimmt, Schweinehälften zu tragen, anstatt Autos zu betanken.

Alice blickte auf die Uniform ihres Vaters. Die dunkelgrüne Hose war bis zu den Knien mit Schlamm vollgespritzt.

»Na, da ist der Herr Wachtmeister mal mit Verstärkung unterwegs.« Frau Berndorf lachte über ihren eigenen Witz und schaute dabei Alice an. »Und das Auto hat auch schon bessere Zeiten gesehen.«

»Der Wagen fährt mich überall hin … das reicht«, sagte ihr Vater. »Ich nehm die Krautkrapfen mit Hackfleischfüllung und einen Kaffee dazu.«

»Die Krautkrapfen sind immer mit Hackfleischfüllung. Das wär's für den Herrn Wachtmeister, und was darf's für das kleine Fräulein sein?«

»Das kleine Fräulein«, erwiderte Alice, »nimmt einen Erdbeershake, Pommes und einen Veggie-Tofu-Burger.«

»Ach, siehst du davon was auf der Karte?«

»Auf der Karte steht ja nichts außer Krautkrapfen.«

»Weil es eben nichts anderes gibt.«

»Und Pommes?«

»Gibt's nur zum Jägerschnitzel.«

»Dann nehme ich das Jägerschnitzel ohne das Jägerschnitzel, also nur die Pommes.«

»Heute gibt's kein Jägerschnitzel, und Pommes gibt's auch nicht so. Sind ja nicht bei Maktonald …«

»McDonald's«, verbesserte Alice, »spricht man aus wie Mähhhh …«

»Willst du jetzt Krautkrapfen?«

»Ich esse kein Fleisch.«

»Dann gibt's auch keine Krautkrapfen.«

»Kannste eine Portion ohne Hackfleisch machen?«, fragte ihr Vater.

»Herrgott«, sagte die Frau, »wie oft soll ich's noch sagen? Es gibt keine Krautkrapfen ohne Hackfleisch. So wie es kein Hack ohne Fleisch gibt. Sonst hätten wir nur Kraut, und das schmeckt ja wie Arsch und Friedrich.«

»Ich nehm eine Cola«, sagte Alice.

»Wir haben nur Pepsi, aber die ist nicht gekühlt.«

»Nehm ich die«, sagte Alice.

»Heute sind nur Touristen unterwegs, alle mit ausländischen Nummernschildern. Kamen aus Kaltenloch. Waren wohl auf der Beerdigung von dem Arzt. Schreckliche Sache. Die eigene Tochter soll ihn abgestochen haben. Wenn da nicht der Teufel im Spiel war. Ich hab's ja schon immer zu meinem Egon gesagt, Gott hab' ihn seiner Seele gnädig, dass der Teufel net von hier ist. Der kommt aus München oder sonst wo aus dem Ausland. Wie gerade vor euch, so ein feiner Herr mit grauen Haaren. Hat gefragt, ob die Brücke über die Ostrach gesperrt ist. Hat nicht einmal getankt oder sonst was gekauft. Sehe ich aus wie ein Informationsbüro, hab' ich ihm gesagt. Der Egon, Gott hab' ihn seiner Seele gnädig, hätt ihn nausgeworfen, wenn er nicht tankt und einfach nur fragt. Wo simmer denn?«

Die Frau verschwand in der Küche.

»Kannst du nicht diese verdammten Krautkrapfen essen?«, flüsterte ihr Vater. »Du kannst ja das Hackfleisch weglassen.«

»Ich will aber kein Fleisch bestellen.«

»Du kannst ja wohl mal eine Ausnahme machen.«

»Und am Ende besteht das Leben aus lauter Ausnahmen, und was man eigentlich mal wollte, vergisst man.«

»O Gott, wer bringt dir denn solche Sprüche bei? Von mir hast du diesen Quatsch jedenfalls nicht.«

»An meinem Geburtstag hätten wir wenigstens Pommes essen können.«

»Krautkrapfen sind gesünder, außerdem gibt es hier keine Pommes. Aber wenn du willst, dann mache ich nachher zu Hause Röstis.«

Röstis gehörten zu ihren Lieblingsgerichten. Leicht vorgekocht, mit Kümmel und vegetarischem Schmalz. Ein weiterer Vorteil war, dass Amalia seit einem halben Jahr keine Kartoffeln mehr aß, weil diese angeblich ihrer Figur schadeten. Eindeutig zu fett, pflegte Alice im Vorübergehen zu sagen, wenn Amalia vor dem Spiegel stand und sich das Genick verdrehte, um sich von hinten sehen zu können.

Die dicke Berndorf schenkte ihrem Vater Kaffee aus einer Thermoskanne ein und verschwand wieder in der Küche. Sauerkrautduft folgte den Bewegungen der Frau.

»Die alte Hofer war auch auf der Beerdigung«, sagte Alice zu ihrem Vater, der an seinem Kaffee nippte.

»Ach ja? Hab' sie gar nicht gesehen.«

»Sie war die Einzige ohne Regenschirm.«

»Die Hofer hat den Verstand verloren. Wenn sie nicht einer mit dem Traktor überrollt oder sie Feuer im Kühlschrank macht, dann wird man sie wohl bald ins Heim einweisen müssen. Traurig, traurig …«

»Und wenn sie nicht irre ist?«

»Sie redet wirres Zeug. Zum Glück ist sie harmlos. Lästig ist sie aber mit ihrem Geschwätz. Die Hofer spinnt auch schon wie ihr Vater und ihr Sohn.«

»Ich wusste gar nicht, dass sie einen Sohn hat.«

»Über den redet hier niemand, genauso wenig wie über ihren Mann. Aber das ist schon lange her. Die Einzige, die noch daran erinnert, ist die Hofer selbst.«

»Erst dachte ich, sie wäre wegen Borks Beerdigung auf dem Friedhof.«

Einen Teller in der Hand balancierend kam die Berndorfer aus der Küche. Die Krautkrapfen dampften in einem Emailletopf.

»Die alte Hofer ist bei jeder Beerdigung auf dem Friedhof«, sagte die Berndorfer und stellte den Teller auf den Tisch. »Beerdigungen sind ihr Hobby. Die alte Zusl ist schon ein bisserl wirr im Kopf. Aber man lasst sie halt machen, so lang's niemand stört.« Sie blickte ihren Vater an. »Warum fängst du nicht an zu essen?«

»Besteck …«

»Kommt gleich, kommt gleich …«

»Und das Salz hätte ich noch gerne«, fügte ihr Vater hinzu.

»Das Essen habe ich schon gesalzen«, erwiderte die Berndorfer beleidigt. »Wenn du noch mehr hinkippst, dann kannst du es gleich pökeln. Jetzt probieren's doch erst mal, Herrschaftzeiten. Immer gleich Salz hinkippen, ohne zu kosten.«

Die Frau brauchte geschlagene fünf Minuten, um das Besteck zu bringen. Salz gab es nicht.

»Die alte Hofer ist auf jeder Beerdigung«, wiederholte die Berndorf, »doch die Leut' mögen sie nicht, wegen ihrem Geschwätz ... Ist halt eine alte Frau. Die ist schon über neunzig und nicht mehr ganz recht im Oberstüble.«

»Die Friedhofsverwaltung hat ihr verboten, den Beerdigungen zu nah zu kommen. Keiner will ihre Hokuspokusreden hören.«

»Sie ist gar nicht zu Borks Beerdigung gegangen«, sagte Alice, »sondern zu einem anderen Grab.«

»Wahrscheinlich zum Grab ihres Sohnes. Das Grab ihres Mannes wurde schon vor über zehn Jahren aufgelöst.«

»Sie war auf dem Grab von Karl Weidmann«, sagte Alice und verzog das Gesicht, als sie von der lauwarmen Pepsi trank.

»Karl Weidmann ist Gertrude Hofers Sohn.«

Alice stellte ihr Glas ab und schaute ihren Vater an. Hatte sie richtig gehört? Karl Weidmann, der Familienmörder, war der Sohn von Gertrude Hofer? Vor dreißig Jahren hatte Weidmann ganze Familien ausgelöscht.

Vor ihren Augen sah Alice die alte Frau noch einmal auf dem Grab liegen, so als wollte sie darin versinken und dann der Zettel ... und der Namen ihres Großvaters.

»Die Hofer hat am Friedhof mit ...«

»Ich will meine Krautkrapfen in Ruhe essen. Also lass mich mit der Irren in Frieden.«

»Sie hat mit ...«

»Sie darf mit niemandem mehr reden auf dem Friedhof, und ich will jetzt nichts mehr von der Alten hören. Reicht schon, wenn sie mir mitten im Regen vors Auto springt.«

»Sie hat auch nicht auf dem Friedhof, sondern vor dem Eingang ...«

»Und ich esse Krautkrapfen. Wenn ich nicht esse, kann ich nicht denken.«

»Und nicht zuhören.«

»Das erst recht nicht. Ohne gescheites Essen hat das Hirn keine Nahrung.«

»Und wenn ich dir sage, dass ich weiß, wer Josef Bork in Wirklichkeit umgebracht hat?«

Ihr Vater verschluckte sich und griff nach der Serviette, um nicht den Rest Krautkrapfen in seinem Mund auszuspucken. Er wollte Luft holen, doch sein Kopf färbte sich nur rot, und kein Laut kam heraus. Umso besser, dachte Alice.

»Die Hofer hat Opa vor dem Friedhofstor abgefangen. Sie hat ihm angekündigt, dass er der Nächste auf der Liste ist.«

»Zefix …«, war das Einzige, was ihrem Vater entwich.

»Geht's noch?«, rief die dicke Berndorf ihm zu und stellte ihm ein Glas Wasser hin. »Dass dem Wachtmeister der Krautkrapfen nicht im Hals stecken bleibt.«

»Opa steht auf der Liste des Todes, hat die Hofer ihm gesagt. Opa hat einen Schreck gekriegt. Ich hab's ihm angesehen.«

»Zefix … zefix«, hustete ihr Vater. »Kann ich denn nicht einmal meinen Krautkrapfen essen, ohne dass du mich mit dieser Kräuterhexe nervst? Ich wäre fast erstickt.«

»Vom Zuhören ist noch keiner erstickt«, erwiderte Alice.

»Herrschaft, Alice. Die Hofer ist zweiundneunzig oder dreiundneunzig, vielleicht noch viel älter. Die tickt nicht mehr ganz richtig. Wenn sie nicht mit ihrem Hokuspokus und ihren Prophezeiungen aufhört, dann landet sie in der Irrenanstalt wie ihr Sohn. Das ist alles. Niemand nimmt die Hofer ernst.«

»Aber Angst haben sie doch alle vor ihr.«

»Weil die Leute abergläubisch sind, wenn's um ihren eigenen Tod geht.«

»Du hättest mal Opas Gesicht sehen sollen. Und hat die Hofer nicht auch dem Vater Lisas den Tod vorhergesagt?«

»Das war ein Zufall, sonst nichts.«

»Und wenn es keiner war?«

»Jetzt fang nicht schon wieder damit an, dass dahinter mehr als das Gerede einer alten Frau steckt.«

»Opa hat gesagt, dass die Hofer schon mehr Leuten den Tod vorausgesagt hat. Und sie sind alle kurze Zeit darauf gestorben.«

»Sie erzählt jedem, dass er bald stirbt. Und wenn dann einer stirbt, dann tut man so, als wäre eine Prophezeiung in Erfüllung gegangen. Niemand kann die Zukunft voraussagen, und erst recht kennt sie nicht den Zeitpunkt des Todes von irgendwelchen Leuten, die sie bequatscht.«

»Außer, sie hilft selbst nach oder kennt den Mörder.«

»Die Hofer ist verwirrt, sie brabbelt eine Menge Stuss, und es gibt keinen verborgenen Mörder. Josef Bork ist leider das Opfer unglücklicher Umstände geworden. Vielleicht war es ein Unfall, oder seine Tochter hatte einen Aussetzer und hat ihrem Vater das Messer in den Hals gestochen. Was weiß ich? Ich bin kein Psychologe. Aber eines weiß ich sicher: Es gibt keinen unsichtbaren Mörder.«

»Lisa hat ihren Vater nicht getötet.«

»Das werden wir nicht hier ausdiskutieren können, weil du nämlich keine Beweise hast.«

»Ich weiß aber, dass die Hofer am Grab ihres Sohnes war. Dort hat sie eine Nachricht gefunden. Sie war auf einen Zettel geschrieben. Und auf dem Zettel stand Opas Name.«

»Woher weißt du das?«

»Weil sie beim Weggehen den Zettel verloren hat.«

Ihr Vater überlegte einen Moment und stach einen Krautkrapfen auseinander. Das graue Hackfleisch quoll auf den Teller. Alice musste an einen überfahrenen Igel denken.

»Und wer soll deiner Meinung nach, Josef Bork umgebracht haben?«

»Das kann ich noch nicht sagen«, antwortete Alice, »nur, dass Lisa es nicht war.«

»Und woher weißt du das?«

»Weil sie mich um Hilfe gebeten hat.«

»Ich dachte, sie redet nicht.«

»Sie hat es mir geschrieben ... in einer geheimen Botschaft.«

»Ach, in einer geheimen Botschaft. Und warum geheim?«

»Sie hat Angst ... sie hat vor irgendjemand furchtbare Angst.«

»Ich werde mir die alte Hofer vornehmen und mit deinem Großvater sprechen. Zufrieden?«

»Wer auch immer Lisas Vater umgebracht hat, er wird alles tun, dass ihm niemand auf die Schliche kommt.«

»Du gehst zu weit, Kriminalistin, du hast ja noch nicht einmal einen Verdacht. Im Augenblick gibt es nur Lisa. Sie hat ihren Vater getötet, danach sieht es zumindest aus, und solange sich kein anderer Verdachtsmoment ergibt, gehen wir davon aus.«

Alice atmete tief durch. Ihr Vater hatte recht, aber wenn sie ihm jetzt von ihrem Verdacht erzählte, dann riskierte sie Hausarrest oder Schlimmeres.

»Wenn ich dir mehr sage, bekomme ich dann Straffreiheit?«

»Was für Freiheit? Warum denn Strafe?«

»Du musst nur ja sagen.«

»Ja, gut.«

»Du erinnerst dich an die Moorleiche. Sie lag in der Klinik ... in der Pathologie. Ich war mit Tom in der Klinik, um Lisa zu sehen.«

»Du warst in der Klinik?«

»Ganz zufällig, mit Tom.« Alice verschwieg, dass sie ihrem Vater gefolgt war und dass sie neben der Moorleiche unter dem Laken gelegen hatte. Zu viele Erklärungen wären nötig, um ihren Vater wieder zu beruhigen. Wenn er sich überhaupt wieder beruhigte. *Lügen ist ein Sprachspiel.* Strategische Lügen waren manchmal notwendig. Wie jetzt eben. »Während ich bei Lisa war, wollte Tom die Moorleiche sehen. Doch irgendjemand hatte ihn da unten überrascht und betäubt. Als er wieder erwachte, fand er sich auf einem Wartestuhl in dem

Gang vor Lisas Zimmer wieder. Kurze Zeit später war dann die Moorleiche verschwunden.«

»Woher weißt du, dass die Moorleiche verschwunden ist? Das habe ich erst vor ein paar Stunden erfahren.«

»Ich wusste das schon früher … zufällig. Du weißt schon, stille Post.«

»Deine stille Post ist ziemlich schnell. Der Tote im Moor ist vielleicht interessant für Steinzeitforscher, für die Polizei ist er unwichtig. Der liegt schon ein paar tausend Jahre dort, ein echter Kaltenlocher Ötzi.«

»Nein, der Tote im Moor ist höchstens zwanzig oder dreißig Jahre alt. Da bin ich mir ganz sicher, und wenn die Moorleiche noch da wäre, dann könnte man dies sogar wissenschaftlich beweisen.«

Ihr Vater stieß in seinen letzten Krautkrapfen, ließ die Gabel aber fallen und schob den Teller von sich weg. Er schüttelte seinen Kopf.

»Sag jetzt bitte nicht«, nahm Alice gleich vorweg, »dass du nicht weißt, was du in meiner Erziehung falsch gemacht hast, dass ich zwölf bin und ich verkehrt ticke, wenn ich Lisa helfen will.«

»Doch genau das alles wollte ich sagen.«

»Dann heben wir uns das für später auf. Wir müssen Lisa helfen.«

»Wir müssen gar nichts«, sagte ihr Vater in seinem arroganten Polizistenton. *Fahren Sie rechts ran … Papiere.* »… und du Fräulein musst es erst recht nicht. Lisa ist in besten Händen. Ein Psychologe kümmert sich um sie. Sie erhält eine Rund-Um-Die-Uhr-Betreuung in der Klinik. Das ist nicht unser Fall, das war er nie, und das wird er auch nie sein. Verstehst du mich?«

»Papa«, gab Alice kleinlaut zurück. Sie wusste, dass sie ein Rückzugsgefecht führte. »Lisa ist in Gefahr. Tom wurde betäubt, und zwar auf dieselbe Weise wie Hobbes betäubt wurde. Kannst du dich noch an die Nadel erinnern, die der Tierarzt aus dem Nacken von Hobbes gezogen hat? Das war eine abgebrochene Akupunkturnadel.«

»Das war irgendeine Nadel«, entgegnete ihr Vater, »die sich Hobbes wahrscheinlich auf Mäusejagd in einem Schuppen zugezogen hat.«

»Jetzt wirst du mir auch noch sagen, dass die Moorleiche selbst aufgestanden ist und sich aus dem Staub gemacht hat.«

»Die hat irgendein Freak geklaut.«

»Du verstehst nicht, Papa.«

»Was soll ich nicht verstehen?« Sein Ton klang gereizter. Alice sah ihm an, dass er darüber nachdachte, wie er sie bremsen konnte. Es ist einfach zu viel für das Gehirn eines Erwachsenen, dachte sie. Je älter man wird, desto mehr klammert sich der Geist an einfache Erklärungen, an Gewohntes und Alltägliches. Absonderlichkeiten werden nicht mehr gesehen, und selbst wenn es offensichtlich ist, verteidigen die Menschen ihre alten Erklärungen. Ihr Vater ahnte zwar, dass die Wahrheit anders war, doch er wollte sie nicht sehen.

»Du verstehst nicht, dass Lisas Vater deshalb gestorben ist, weil er etwas über die Moorleiche herausgefunden hatte.«

Ihr Vater schaute sie ungläubig an. Woher konnte seine Tochter wissen, was ihm die Krankenschwester gestern gesagt hatte?

Doktor Bork war wie verwandelt, nachdem er die Leiche untersucht hatte.

Seine Tochter war ihm unheimlich. Wenn sie kein zwölfjähriges Mädchen und dazu noch seine Tochter wäre, dann hätte er vermutet, dass sie ihm ein Mikrofon untergejubelt oder ihn abgehört hatte. Vermutlich hatte sie nur eine blühende Fantasie und hatte sich ein Motiv für ihren unsichtbaren Mörder ausgedacht. Doch was hatte Josef Bork entdeckt, als er die Moorleiche untersucht hatte? Das Ganze gefiel ihm nicht, und noch weniger gefiel ihm, dass seine Tochter sich einmischte.

»Es gibt leider überhaupt keinen Hinweis auf einen Unbekannten.«

»Immerhin hat er Josef Bork getötet. Tom hat er betäubt, und Hobbes wäre fast über den Jordan gegangen, wenn ich ihn nicht zum Tierarzt geschafft hätte.«

»Dafür gibt es keinen Beweis, Alice.«

»Dann müssen wir die Beweise finden.«

»Nicht wir. Wenn überhaupt, dann ist es Sache der Polizei. Ich gebe es dem Kripo-Heini aus Kempten weiter, der seit ein paar Tagen bei uns auf der Dienststelle aufgetaucht ist.«

Alice mimte die zufriedene Tochter, die ihren Willen erreicht hatte. In ihrem Kopf drehte sich alles wie auf einem Karussell. Die Moorleiche ... der Tod von Lisas Vater ... Lisa im Irrenhaus ... Toms Filmriss und Hobbes mit der Nadel im Nacken. Und wenn Hobbes nur eine Warnung war? Warum war sie nicht gleich drauf gekommen? Die Prophezeiung, die ihr Großvater erhalten hatte, galt vielleicht gar nicht ihm, sondern ihr. Halte dich zurück, oder du hast deinen Opa auf dem Gewissen. Doch was hatte die alte Hofer damit zu tun? Ihr Sohn war vor Jahren im Irrenhaus in Niederdorf verbrannt. Und die alte Frau war fast hundert Jahre alt. Ihr Mann lebte wahrscheinlich lange nicht mehr. Im Allgäu starben die Männer früher. Am Herzinfarkt auf Weihnachtsfeiern, beim Bowling oder beim Bäumeschneiden im Garten. Doch ein Geist hatte den Zettel mit dem Namen ihres Großvaters nicht geschrieben, es sei denn, sie war so verrückt, dass sie ihn selbst verfasst hatte. Dann war noch etwas: Wenn Karl Weidmann der Sohn von Gertrude Hofer war, warum hieß er dann nicht Hofer?

»Warum hieß der Sohn der Hofer eigentlich Weidmann?«

»Habt ihr's immer noch von der Dorfirren«, mischte sich die dicke Berndorf ein.

»Meine Tochter will alles wissen.«

»Die bringt's mal zu was.«

»... dass ich früher oder später den Verstand verliere.«

»Ach, Herr Wachtmeister, ob da so viel verloren ist ... nix für ungut.«

»Das geht jetzt aber zu weit«, beschwerte sich ihr Vater. »Sie haben sich gerade das Trinkgeld vergeigt.«

Alice musste ihre Kiefermuskeln anspannen, um nicht loszugackern.

»Behalt dein Trinkgeld, hast es nötiger als ich.«

Alice musste an die 17, 89 Euro denken, an die Beförderung.

»Warum hieß jetzt der Sohn nicht Hofer?«, wiederholte Alice.

»Weil der alte Weidmann sie nicht geheiratet hat, deshalb«, sagte die Berndorf. »Sie wollte ihn heiraten, aber er wollte nicht, und das obwohl das Kind dann als Unehelicher aufwachsen musste. Ein Bastard. Das war schlimmer, als ohne Beine oder Arme auf die Welt zu kommen. Damals jedenfalls.«

»Und warum wollte er sie nicht heiraten?«

»Weiß der Teufel warum«, antwortete die Berndorf, »weil sie damals auch schon gesponnen hat. Und der Weidmann war ein feiner Herr, ganz anders als die Hofer. Die stammt von einem Schweinebauern ab. Der hatte auch nicht alle im Oberstüble. Die ganze Familie der Hofer war seltsam. Sahen alle gleich aus mit ihrem roten Haar, und jeder hatte den gleichen Mostkopf. Gräusliche Gestalten. Dann als die Gertrude ihren Bastard bekam, hat der Vater sie nicht nur rausgeworfen, er hat sie sogar aus dem Dorf gejagt Aber das war lange vor meiner Zeit.«

»Ihr Kind ist gar nicht bei ihr aufgewachsen?«

»Klar ist der Karl bei ihr aufgewachsen. Ich kann mich noch gut an den Karl erinnern. Der sah gut aus mit seinen Locken. Ein stattliches Mannsbild. Konnte ja schließlich keiner ahnen, was für finstere Gedanken der in seinem Schädel gehabt hat.«

»Aber dann hätte er doch Hofer heißen müssen«, wollte Alice wissen.

»Hieß er auch … bis er mit einundzwanzig nach München ging und zu seinem Vater ziehen wollte. Der wollte aber keinen unehelichen Sohn bei sich im Haus haben und hat ihn in einem Zimmer in der Innenstadt einquartiert. Dann kam der Vater ums Leben. Selbstmord, angeblich. Hat sich einen Strick um den Hals gehängt und ist zum

Balkon rausgesprungen. Das Seil hat ihm den Kopf abgerissen. Das hat die Hofer erzählt. Der Kopf hing in der Schlinge, hat sie gesagt, und als die Polizei ihn gefunden hat, da soll der Weidmann noch geblinzelt haben. Die Hofer meinte, dass der Weidmann seine Strafe bekommen hatte. Der Karl hätte ihn g'richt. Beweisen konnte man ihm nie etwas. Vielleicht hat sich die Hofer auch nur alles zusammengesponnen. Nur eines war merkwürdig: Kaum war der Vater vom Karl unter der Erde, hat er einen Antrag auf Namensänderung gestellt. Schon ein paar Tage später nach dem Tod seines Vaters hieß Karl Hofer dann Karl Weidmann. Was irgendwie unheimlich war, weil sein Vater auch Karl mit Vornamen geheißen hatte. Der hatte sogar die Wohnung von seinem Vater übernommen, und den Eintrag im Telefonbuch brauchte er auch nicht zu ändern.«

»Zum Glück hat ihn die Polizei geschnappt«, ergänzte ihr Vater, der sich schweigend dem Redefluss der Berndorf ergeben hatte, »bevor er noch mehr Familien ausradieren konnte. Was für ein geisteskrankes Viech!«

»Was wohl im Kopf von so einem Psychopathen vorgeht?«

»Das will ich gar nicht wissen«, sagte ihr Vater. »Wichtig war nur, dass sie ihn erwischt haben und dass er kein Unheil mehr anrichten konnte.«

»Ja, der ist elendig verbrannt, in der Gummizelle. Doch besser, als dass ihn so ein studierter Psychologe wieder freigelassen hätte. Heute sperren sie die Irren und Mörder nicht mehr ein, habe ich gelesen, die werden therapiert. Wer's glaubt wird selig. Die haben einfach zu wenig Platz in ihren Gummizellen.«

»Wie viel schulde ich Ihnen?«, unterbrach sie ihr Vater.

»Die Pepsi für die Kleine ist kostenlos.« Die Berndorf rechnete auf einem Zettel alles zusammen, zählte Einer und Zehner und gab ihrem Vater das Papier.

»Ich muss noch auf's Klo«, sagte Alice im Aufstehen. Die Frau zeigte auf eine aufgequollene Sperrholztür.

Die Toilette gehörte zur Wohnung der Berndorfs. Nur eine Glastür aus gelbem Butzenglas trennte sie ab. Über einer Kommode mit Plastikblumen hing eine vergilbte Reklame aus den siebziger Jahren. Darauf sah man eine Familie am Tisch. Vater, Mutter, Sohn und Tochter.

Alice blickte noch einmal hin. Einer passte nicht in das Bild dieses Familienidylls. Der dunkle Anzug, der viel zu kurz war, die ungekämmten Haare und dann das nachdenklich ernste Gesicht. Alice erkannte es erst beim zweiten Hinsehen. Wittgenstein gehörte nicht auf das Werbeplakat. Alice fragte sich, was er dort zu suchen hatte. Sie beugte sich zu dem Plakat, als Wittgenstein seinen Kopf hob und sie anstarrte.

21.

Sie schaute sich um, ob jemand in der Nähe war. Wittgenstein fühlte sich wohl in dieser Küche mit Brotkasten, riesigem Kühlschrank und Blick auf einen Garten, alles in hellen Pastelltönen.

»Ich hätte mir auch vorstellen können, jemand ganz anderer zu sein«, sagte er und lief durch die Küche, so dass die Sonnenstrahlen über sein Gesicht wanderten. Sowohl die Farben als auch die Sonne hatte es so niemals gegeben. Der Garten, die Küche und die Familie waren Erfindungen eines Werbedesigners aus den Siebzigern. So hatte damals die ideale Familie ausgesehen, dachte Alice. Doch was gefiel Wittgenstein so sehr daran?

»Nichts davon hat jemals existiert«, sagte Alice. »Das sind alles nur Träume.«

»Trotzdem kann ich mir vorstellen, der Vater einer Familie zu sein, dieses Haus zu haben, in dieser Küche zu sitzen und den Blick ins Grüne zu richten.«

»Das ist ja nicht einmal ein Foto«, sagte Alice.

»Tatsache ist, dass ich mir vorstellen kann, den Traum eines anderen zu leben oder meinen eigenen. Das macht Träume erst zu Träumen, dass man sich nämlich darin etwas vorstellen kann.«

»Aber du hast doch ein Haus und viel Vermögen geerbt. Das hat dich nicht interessiert, und du hast es während des Ersten Weltkriegs an deine Verwandtschaft verschenkt.«

»Wer zu viele Dinge besitzt, wird von den Dingen besessen. Da bleibt kein Platz mehr fürs Denken.«

»Dann sind die Träume, die man träumt, vielleicht immer die Träume von anderen.«

»Es wären ja sonst keine Träume, wenn man sich selbst darin findet, wie man wirklich ist. Wenn ich mir aber vorstellen kann, ein anderes Leben zu führen …«

Wittgenstein überlegte und stützte sein Kinn auf seine Hand.

»… dann wärst du nicht der Wittgenstein, der den Tractatus Logico-Philosophicus geschrieben hat, sondern du säßest vielleicht an einem Küchentisch und würdest für deine Kinder Brot schneiden.«

»Vielleicht würde ich all dies tun und wäre nie auf die Idee gekommen, meine Gedanken niederzuschreiben. Dann hätte ich den Traum eines anderen gelebt. So kann ich ihn mir aber vorstellen und musste ihn nicht leben. Wer ist man also? Derjenige, der man träumt zu sein, oder derjenige, der den Traum träumt, ein anderer zu sein? Und warum bist du nicht in der Schule?«

»Rausgeflogen.«

»Das ist nicht das Schlechteste. Denken lernt man in der Schule sowieso nicht.«

»Ich möchte gerne die Gewissheit haben, dass das, was ich tue, auch das Richtige ist. Mir fehlt das noch, ich weiß einfach nicht …«

»Ich dachte auch einmal, dass ich alle Probleme gelöst hätte, die das menschliche Denken hervorbringen könnte. Die Wahrheit alle Probleme im Wesentlichen gelöst zu haben war aber nichts gegenüber der beunruhigenden Erkenntnis, dass mit allen gelösten Problemen eigentlich noch nichts erreicht war.«

Wittgenstein trat aus der Plakatküche und trat in den Plakatgarten. Die gemalte Sonne ließ ihn größer erscheinen.

»Die Sonne ist nicht warm«, sagte er und streckte die Hände aus, als wollte er das Licht anfassen.

»Du bist in einem alten Werbeplakat für Teppiche.«

»Ich hätte auch jemand sein können, dem so etwas gefallen hat. Aber wenn ich mir vorstelle, jemand anders zu sein, habe ich das Gefühl, mich aufzulösen.«

Die dicke Berndorf kam durch die Tür. Sie runzelte die Stirn und wusste im ersten Augenblick nicht, was sie sagen sollte.

»Warst du jetzt auf dem Klo oder nicht?«

»Ich muss nicht mehr«, antwortete Alice.

»Entweder man muss, oder man muss nicht. Dann hast du auch vorher nicht gemusst.«

»Hab's mir anders überlegt.«

»Sag bloß nicht, dass mein Klo nicht sauber ist. Was schaust du eigentlich die Wand an?«

Auf dem Werbeplakat war wieder das Familienidyll zu sehen. Wittgenstein war verschwunden. Auf dem Platz in der Küche, auf dem er gesessen hatte, saß nun der ideale Vater aus den Siebzigern. Er hielt ein Messer in einer Hand, in der anderen ein Stück Brot. Warum konnte Wittgenstein sich mit diesem Typ auf dem Werbeplakat identifizieren? Was gefiel Wittgenstein so an dieser Szene, dass er am liebsten ein Teil von ihr wäre? Warum war er ihr in diesem Plakat erschienen? Alice hatte noch immer keine Erklärung, warum ihr gerade Wittgenstein erschien. Es gab ein Geheimnis, das Wittgenstein mit ihr verband. Für Wittgenstein war sie ebenso nur eine Erscheinung wie er für Alice. Eines Tages wirst du es verstehen, pflegte er zu ihr zu sagen, aber was würde sie verstehen? Alice blickte wieder auf das Werbeplakat. Es musste einen Grund geben, warum Wittgenstein hier erschienen war. Dann fiel Alice noch etwas auf. Der Vater auf dem Bild war nicht der Einzige, der ein Messer in der Hand hielt.

Die Tochter neben ihm hatte auch ein Messer in ihrer Hand, so als wollte sie etwas schneiden. Doch vor ihr auf dem Teller war nichts.

Wittgenstein hatte nichts von Messern erzählt, doch nur seinetwegen hatte sie auf das Plakat gesehen. Da musste noch etwas sein, was sie übersehen hatte. Wittgenstein wusste dies, schwieg aber.

22.

»Wo warst du?«, fragte ihr Vater, der schon den Mantel anhatte und neben dem Tresen stand. »Ich muss schnell zur Dienststelle. Der Chef hat mich angerufen. Und sein Tonfall hat mir gar nicht gefallen.«

Sie rannten zum Wagen. Die Scheiben waren beschlagen.

»Danach feiern wir deinen Geburtstag.« Er wischte die Scheiben ab und gab Gas. Ihr Geburtstag hatte schlecht begonnen, und Alice ahnte, dass der Tag nicht besser werden würde, was nicht unbedingt an ihrem Geburtstag liegen musste.

WO BIST DU?, schrieb Tom. Alice hatte wieder eine Verbindung mit ihrem Handy. Allmählich hatte sie den Verdacht, dass Tom lieber per SMS, E-Mail oder Telefon mit ihr kommunizierte. Und Tom redete auch von Treffen, wenn sie gleich auf seine Kurznachrichten antwortete. Es störte ihn nicht, dass es gar kein Treffen gab. Für Tom war dies das Gleiche. Wenn sie ihr Handy ausgeschaltet oder nicht aufgeladen hatte, geriet er in Panik. Tom war an seinem Lieblingsort: vor seinem Computer.

Alice tippte in ihr Handy: BIN IN SONTHOFEN. VOR DER DIENSTSTELLE MEINES VATERS. WARTE IM AUTO. ES REGNET, HABE GEBURTSTAG UND KALTE FÜSSE.

Schick mir jetzt bloß keines dieser blöden Smiley-Gesichter! Doch wenige Sekunden später kamen gleich zwei. Was für ein Quatsch! Sollte sie sich jetzt vorstellen, dass er froh war, oder sollte sie es sein?

HABE KEINEN BOCK AUF DIESEN TELEFONMIST! ICH SCHMEISSE DAS DING JETZT AUS DEM FENSTER.

Sie schickte die letzte Nachricht ab und schaltete das Handy aus. Sollte Tom doch denken, dass sie das Handy wirklich aus dem Fenster geworfen hatte.

Alice lehnte sich zurück. Als sie wieder aufwachte, hatte der Regen nachgelassen. Im Wageninnern roch es muffig. Sie schaute auf die Uhr neben dem Lenkrad. Ihr Vater wollte nur kurz etwas erledigen. Das war vor einer Stunde gewesen. Sie drückte die Tür auf und stieg aus. Kein Mensch war auf der Straße. Der dunkle Wagen, der vorhin auf dem Parkplatz geparkt hatte, stand jetzt vor dem Eingang. Wenn sie sich nicht täuschte, dann war dies das Auto des Psychiaters Horos. Er hatte Lisas Mutter auf die Beerdigung begleitet, doch was machte er jetzt vor der Polizeistation? In der Eingangshalle brannte kein Licht. Am Empfang saß niemand. Eine tolle Polizei, die einfach mal geschlossen hatte.

Wo war ihr Vater?

23.

»Was ist hier los?«, fragte Mati Pokel, ohne den Regenmantel auszuziehen. Er stapfte direkt mit seinen schlammigen Schuhen durch den Gang, an dessen Ende das Zimmer des Dienststellenleiters lag – Gottfried Schlacks. Seit Mati ihn vor Jahren beim Maibaumfest aus einem Misthaufen gezogen hatte, durfte er ihn Gotti nennen. Der Name »Gotti« gefiel Schlacks ganz gut, weil dies Gott enthielt, und ohne diesen, war er überzeugt, würde er nicht mehr leben. Denn der Misthaufen war genau dort gewesen, wo sein Wagen ungebremst auf eine Felswand zugefahren war. Als »Gotti« zum Dienststellenleiter befördert worden war, verlangte Gotti wieder das formelle »Sie« und dass ihn Mati mit Schlacks anredete. »Der Respekt muss von ganz oben kommen«, sagte Gottfried Schlacks zu Mati. Für Mati hatte sich nichts geändert. Der Schlacks blieb Schlacks, auch wenn seine Rente um 52 Euro höher war als die von Mati und er ein Sternchen mehr auf der Schulter hatte. So blieben sie beim »Du« und meinten »Sie«.

Gotti würde am liebsten in seinem Büro übernachten, als nach Hause zu seiner Frau zu gehen. »Ich kann keine fünf Minuten still sitzen und nur die Sportschau anschauen«, gestand ihm Schlacks in einer schwachen Minute. Kaum war er zu Hause, musste er den Rasen mähen, die Spinnweben mit dem Besen aus den Zimmerecken fegen, den Apfelbaum gegen Käfer spritzen und Schneckenkorn auslegen. Seit einigen Wochen packte ihm seine Frau das Essen in Warmhaltedosen, obwohl in den Dosen nur Salat war, nichts, was jemals hätte kalt werden können, und nichts, was Gottfried Schlacks hätte schmecken können. Er sei zu fett, erklärte sie. Er müsse auf kohlehydratarme Kost umsteigen. Umerziehungslager, nannte er das. Also wollte man einen Wolf zur Kuh erziehen, und dies nur, damit er fünf Jahre länger lebte. Doch er war sich gar nicht sicher, ob er nicht vielleicht viel früher abtreten wollte. Gottfried Schlacks hätte das Zeug einfach wegwerfen können, doch stattdessen aß er brav seinen Salat auf, den ihn seine Frau eingepackt hatte. Er tue dies nicht ihretwegen, sagte er, sondern wegen seiner Krampfadern. Er könnte sich mittags ja Jägerschnitzel oder Rindsrouladen im Hirsch bestellen. Doch Mati wusste, dass Schlacks Angst hatte, seine Frau könnte davon erfahren. In Wirklichkeit beneidete Schlacks ihn um sein Witwerdasein.

Wo waren alle nur hin?

»Was ist hier los?«

Sackner zog aus dem Kaffeeautomaten einen Pappbecher heraus, fluchte und warf ihn gleich in den Mülleimer daneben. Er hatte Mati nicht kommen hören. Erschrocken blickte er auf. Sackner war in Hindelang aufgewachsen und war Polizist geworden, weil ihm sein Vater gesagt hatte, dass er Polizist werden sollte. Wenn Mati etwas wissen wollte, was sich innerhalb der Dienststelle abspielte, dann brauchte er nur Sackner zu fragen. Sackner konnte nicht lügen, außer man sagte ihm, was er zu sagen hatte. Da war es ihm egal, ob es die Wahrheit war oder nicht. Wahr war, was man ihm sagte.

»Du solltest ganz schnell zum Chef kommen, da passiert was ...«

»Was passiert hier?«

Sackner warf noch eine Münze in den Automaten. »Dieser Drecksautomat schluckt das Geld und wirft dann nur lauwarmes Wasser oder gar nichts aus.«

»Du sagst mir jetzt sofort, was hier los ist. Wo ist der Rest? Wo ist Gotti?«

»Der Chef ist hinten im Vernehmungszimmer, mit dem Typen vom LKA aus München und dem Psychologen.«

»Was für eine Vernehmung?«

»Es ist die Mutter von dem Mädchen, das ihren Vater umgebracht hat ... ich meine, umgebracht haben soll.«

»Warum lässt dieses Stinktier von der Kripo die arme Frau nicht in Ruhe? Sie hat heute erst ihren Mann beerdigt.«

»Sie ist selbst hergekommen, um eine Aussage zu machen.«

»Was für eine Aussage?«

»Darüber redest du am besten mit dem Chef.«

Sackner warf einen weiteren Becher mit warmem Wasser in den Müll.

Im hinteren, neueren Teil des Polizeigebäudes befanden sich neben den Vernehmungsräumen und den Zellen auch die Umkleidekabinen mit den Metallspinden für jeden Polizisten.

Sein Chef kam aus der Tür des Vernehmungsraumes. Sein Gesichtsausdruck war ernst, so als hätte ihm seine Frau nun auch noch die Salatsoße gestrichen.

»Ich habe versucht, dich zu erreichen«, sagte Schlacks. »Wo warst du? Hier ist der Teufel los!«

»Ich musste meine Tochter von der Schule abholen, und dann war noch Borks Beerdigung.«

»Was hast du auf Borks Beerdigung zu suchen?«

»Ich habe ihn gekannt, und Alice geht mit seiner Tochter in dieselbe Klasse.«

»Borks Witwe ist da.«

»Könnt ihr sie nicht in Ruhe lassen, bis der Beerdigungsstress vorbei ist?«

»Sie ist freiwillig mit dem Psychologen zu uns gekommen. Wegschicken dürfen wir sie nicht.«

»Und was will sie?«

»Das würde ich gerne von dir wissen.«

»Warum von mir?«

»Das besprechen wir lieber in meinem Büro.«

»Ist das jetzt dienstlich?«

»Sagen wir, es betrifft dich.«

Schlacks schloss die Tür hinter sich, ließ sich in seinen Sessel fallen und schob die leeren Brotzeitboxen von seinem Schreibtisch.

»Ich befinde mich in einer heiklen Situation, Mati«, fing sein Chef an und spielte mit einem Kugelschreiber.

»Red nicht um den heißen Brei.«

»Warum hast du mir nicht gesagt, dass du ein Verhältnis mit der Frau von Bork hattest?«

»Darauf muss ich nicht eingehen.«

»Mir hättest du es wenigstens sagen können. Kann ja vorkommen, dass man sich in eine verheiratete Frau verschaut.«

»Ich wüsste nicht, was das dich angeht.«

»Josef Bork ist nun einmal tot.«

»Was hat das mit mir zu tun?«

Schlacks stocherte mit dem Kugelschreiber im Rest eines abgenagten Apfels herum, als könnte er darin die Antwort finden.

»Du hast was mit der Frau eines Mordopfers gehabt.«

»Dein dummes Geschwätz höre ich mir nicht länger an.«

»Wenn's dir lieber ist, dann lass dir die Fragen von dem LKA-Heini stellen. Der ist richtig scharf darauf, einen Dorfbullen verhaften zu können.«

»Josef Bork wurde von seiner eigenen Tochter getötet. Daran gibt es nichts zu rütteln.«

»Das dachten wir bis heute auch. Aber Borks Witwe erzählt uns da etwas ganz anderes.«

»Die Frau ist völlig verwirrt. Die weiß doch gar nicht, was sie sagt.«

»Du weißt ja noch gar nicht, was sie gesagt hat.«

»Ich habe sie auf der Beerdigung gesehen. Sie ist noch völlig durch den Wind.«

»Professor Horos, der Psychiater, der auch ihre Tochter behandelt, ist da anderer Meinung. Er meinte, dass die Witwe sich die Wahrheit von der Seele reden muss.«

»Was hat sie denn über mich gesagt?«

»Erst sagst du mir, ob du mit ihr was hattest.«

Mati Pokel zögerte. Schließlich war es nicht verboten, ein Verhältnis zu einer verheirateten Frau zu haben. Maria hatte damit angefangen. Erst vor ein paar Wochen hatte sie davon gesprochen, ihren Mann verlassen zu wollen. Sie lebe in einem goldenen Käfig, hatte sie ihm erzählt. Josef Bork hatte er nur einmal in der Klinik getroffen.

»Wir hatten ein kleines Techtelmechtel. Eine Beziehung war das nicht.«

»Warum nicht gleich so? Du hattest also ein Verhältnis zu einer verheirateten Frau.«

Mati Pokel bereute sofort, etwas gesagt zu haben. »Ich habe nichts zu verbergen. Rein gar nichts.«

»Die Witwe ist da anderer Meinung. Sie hat vor einer Viertelstunde ausgesagt, dass du ihren Mann getötet und ihre Tochter dazu benutzt hast.«

»Völlig abstrus.«

»Wir müssen dem Verdacht nachgehen«, sagte Schlacks.

»Haltloses Geschwafel!«, schrie Mati Pokel über den Tisch.

»Wir müssen dem Verdacht nachgehen.«

»Was für ein Verdacht? Was für Beweise? So einen Mist glaubst du doch wohl nicht, oder?«

Schlacks zuckte mit den Schultern. »Im Augenblick steht ihre Aussage im Raum. Sie belastet dich schwer. Aber wenn du unschuldig bist, dann finden wir auch schnell den Beweis dafür.«

Mati Pokel sprang auf. Hatte er richtig gehört? Maria Pokel belastete ihn? Hatte sie nicht gleich nach ihrem ersten Treffen davon gesprochen, dass sie ihren Mann loswerden wollte? Dieses Leben will ich nicht mehr, hatte sie gesagt. Sie war der Vogel im goldenen Käfig.

»Und was ist mit ihrer Tochter, die mit dem Messer neben der Leiche ihres Vaters gestanden hat? Hatte sie nicht überall Blut am Körper, so als hätte sie sich darin gewälzt? Wie kommt sie zu so einer Aussage?«

Schlacks zuckte mit den Schultern. »So ist das, wenn man sich mit verheirateten Frauen einlässt.«

»Was für deppertes Geschwätz!«

»Es ist aber nicht nur das Geschwätz der Witwe«, fügte sein Chef hinzu, »sondern auch noch die Aussage ihrer Tochter.«

»Die redet doch nicht.«

»Woher willst du das wissen?«

»Du hast wohl vergessen, dass ich am Tatort war. Ich habe die Kleine mit ihrem Messer gesehen.«

»Ja, bedauerlicherweise warst du dort. Hättest du mir gleich gesagt, dass du mit der Frau was hattest, dann hätte ich Sackner hingeschickt.«

»Wir sind von der Bereitschaftspolizei. Wir ermitteln nicht.«

»Du hättest trotzdem nicht dort sein dürfen.«

»Das macht überhaupt keinen Unterschied.«

»Du verstehst offenbar nicht, dass du knietief in der Scheiße steckst. Du hättest nicht dort sein dürfen. Und was ist, wenn die Staatsanwaltschaft feststellt, dass du wichtige Beweismittel hast verschwinden lassen?«

»Hör sofort auf damit! Weißt du, was du mich kannst? Kreuzweise und dreimal kreuzweise.«

»Reg dich nur auf, Mati. Das hilft im Augenblick auch nicht weiter.«

»Ich gehe jetzt.«

»Das tun Sie nicht«, sagte eine Stimme von der Tür. Der Mann vom Landeskriminalamt stand da und klappte sein Handy zusammen. »Sorry, ich habe angeklopft. Sie bleiben erst einmal hier und gehen nirgendwohin.«

»Können Sie mir sagen, was hier gespielt wird?«

»Gespielt wird hier gar nichts. Sie werden beschuldigt, den Arzt Josef Bork getötet zu haben. Wir haben eine unterschriebene Aussage seiner Frau und ein Gutachten von Professor Horos. Das Gutachten belegt, dass die Tochter von Josef Bork manipuliert wurde.«

»Das ist doch Unfug«, sagte Mati Pokel und winkte ab. Er hatte keine Lust, sich den ganzen Mist anzuhören. Maria war mit den Nerven durch, das war alles. *Jetzt hast du doch, was du willst,* hatte sie ihm am Telefon gesagt. *Ist alles so gelaufen, wie du wolltest ...* Anfangs hatte er gedacht, dass es eine Frage war, doch sie verdächtigte ihn tatsächlich, ihren Mann umgebracht zu haben.

»Ein geschickter Plan«, fuhr Kommissar Abzenz fort, »den Arzt umzubringen und den Verdacht auf seine zwölfjährige Tochter zu lenken. Sie bekommen die Frau, und das Kind ist nicht schuldfähig. Bestenfalls eine kurze Therapie, ein Aufenthalt in der Psychiatrischen, und die Welt ist wieder in Ordnung. Diesmal aber ohne den lästigen Ehemann.«

»Was labern Sie da für einen Scheiß?«

»Mati«, rief Schlacks dazwischen, »reiß dich zusammen, wenn du da wieder rauskommen willst.«

»Ich bin nirgendwo drin«, schrie Mati, »und ich werde gleich stinksauer, wenn ihr nicht mit eurem kranken Geschwafel aufhört. Gotti, du bist gerade dabei, mir einen Mord anzuhängen.«

»Schlacks, bitte, wir sind im Dienst. So viel Förmlichkeit muss sein.«

»Ach, leck mich doch.«

»Maria Bork hat uns bereits gesagt, dass Sie zu Gewaltausbrüchen neigen. Sie hat uns auch gesagt, dass Sie sie am Telefon bedroht haben, wenn sie redet.«

»Ich habe sie nicht bedroht.«

»Sie haben nicht telefoniert?«

»Wir haben telefoniert, aber ich habe sie nicht bedroht.«

»Und um was ging es bei dem Gespräch?«

»Nach dem Tod ihres Mannes war sie verwirrt.«

»Haben Sie nicht gesagt, dass jetzt der Weg frei wäre … und dass Sie erreicht hätten, was Sie wollten?«

»Nein, das habe ich nicht gesagt.«

»Haben Sie es gewollt?«

»Nein, zum Teufel! Das war das Ganze doch nicht wert.«

Mati bereute den Satz, doch kaum war er in den Synapsen von Abzenz angekommen, ging er dort wie eine giftige Blume auf.

»Es ist also eine Frage des Wertes, ob Sie einen Menschen töten oder nicht?«

»Sie verdrehen mir die Worte im Mund.«

»Haben Sie es gesagt oder nicht?«, fragte Abzenz und schaute dabei seinen Chef an. Schlacks nickte nur.

»Es reicht mir jetzt«, entgegnete Mati Pokel. »Ich muss gehen. Meine Tochter wartet im Wagen.«

»Geht Ihre Tochter um diese Zeit nicht zur Schule?«

»Heute nicht.«

»Sie nehmen es mit der Wahrheit nicht so genau, Herr Pokel, oder?«

»Was meinen Sie damit?«

»Ich meine damit, dass ich mit der Direktorin der Schule gesprochen habe, und ich weiß, dass Ihre Tochter von der Schule geflogen ist. Sie hat einer anderen Schülerin die Nase gebrochen.«

»Das hat damit nichts zu tun, verdammt.«

»Das sagen Sie«, sagte Abzenz. »Es ist doch aber ein seltsamer Zufall, dass ausgerechnet heute Ihre Tochter von der Schule fliegt, an einem Tag, an dem ihr Vater auf der Beerdigung des Mannes war, den er beseitigt hatte.«

»Ich hoffe, dass Sie für Ihre Anschuldigungen gute Beweise haben.« Mati Pokel hasste diesen aufgeblasenen Typ im blauen Anzug. Er schien sich seiner Sache so sicher zu sein, dass Mati mulmig wurde, denn der Einzige, der wusste, dass er den Arzt nicht umgebracht hatte, war er selbst. Der denkbar schlechteste Zeuge. Doch ohne Haftbefehl konnten sie ihn nicht festhalten. Er hatte noch ein wenig Zeit.

»Ich denke, dass ich mich mit Ihrer Tochter noch einmal unterhalten muss. Da erfahre ich sicher so einiges über den Vater.«

»Sie haben kein Recht, meine Tochter zu verhören.«

»Ich werde mich mit ihr unterhalten, sonst nichts.«

»Ich fahre nach Hause«, sagte Mati Pokel und ging an Abzenz vorbei zur Tür.

»Pokel«, rief Schlacks ihm hinterher, »legen Sie Ihre Dienstwaffe und Ihren Dienstausweis auf meinen Schreibtisch. Für die Dauer der Untersuchung muss ich Sie vom Dienst suspendieren. Wie gesagt, es ist nur ein Verdacht. Wir werden die Anschuldigungen untersuchen.«

»Tu mir einen Gefallen und erzähl mir nicht, dass du irgendetwas tun könntest. Das wäre das erste Mal seit dreißig Jahren.«

Alices Vater knallte seinen Gürtel mit der Dienstwaffe und seinen Ausweis auf den Schreibtisch, dass die Brotdosen auf den Boden fielen und das Bild von Schlacks' Frau nach vorn kippte. Dann machte er einen großen Schritt zur Tür. Abzenz stellte sich Mati in den Weg, obwohl er viel kleiner und schmächtiger war.

»Gehen Sie zur Seite!«

»Ich kann Sie nicht gehen lassen.«

»Ohne Haftbefehl dürfen Sie mich nicht festhalten.«

Das Faxgerät surrte. Schlacks zog ein Blatt raus. Er biss sich auf die Lippen.

»Mati, mach bitte keine Schwierigkeiten.«

»Was ist?«

»Der Haftbefehl. Kam gerade durch.«

»Überprüf das Fax! Das geht doch gar nicht so schnell.«

»Ich habe beste Beziehungen zur Staatsanwaltschaft.«

Das Wort »Staatsanwalt« wirkte auf Schlacks wie ein Zauberspruch. Rente, Beförderung, Belobigungen, all das könnte er aufs Spiel setzen, wenn er nicht kooperierte. Schließlich war es nicht sein Problem. Das passierte eben, wenn man sich mit einer Verheirateten einließ. Er nahm das Fax aus dem Gerät. Da stand *Haftbefehl* … und *Mati Pokel.*

Mati Pokel befand sich bereits im Gang, als ihn jemand von hinten packte und ihm den Arm verdrehte. Das kalte Metall von Handschellen, dann das Klicken, als sie einrasteten. Seine Hände waren am Rücken gefesselt.

»Tut mir leid«, sagte Sackner. »Der Typ vom LKA meinte, ich soll dir Handschellen verpassen, wenn du ohne ihn wieder rauskommst.«

Alices Vater nickte Sackner zu, sonst würde er sich noch schuldig fühlen, das Falsche getan zu haben. In diesem Augenblick ging die Tür des ersten Verhörzimmers auf. Maria Bork kam heraus, hinter ihr der Psychiater. Maria sah Mati und warf ihr Gesicht in die Hände. Der Psychiater legte ihr eine Decke über die Schulter und führte sie an Pokel vorbei. Maria schluchzte. Dann brachte Sackner ihn in den Beobachtungsraum. Ein schmaler Raum mit Stühlen, Schaltpult und Bildschirmen. Durch eine Scheibe sah man in den Verhörraum. Von der anderen Seite blickte man in einen Spiegel.

Nimm endlich deine Hand weg, Sackner, wollte er sagen. Denn

Sackner hielt ihn mit seinen Holzfällerpranken wie einen Randalierer fest. Als hätte er seine Gedanken gelesen, ließ Sackner ihn los.

»Nimmst du mir die Handschellen ab?«, fragte Mati.

Sackner schüttelte den Kopf. »Befehl vom Chef, tut mir leid.«

»Sag deinem Chef, dass er ein Arschloch ist.«

»Mach ich.« Sackner lächelte, als wäre alles nur ein großer Witz. Er war selbst nur eine Witzfigur, sagte sich Pokel, für ihn war seine Arbeit als Polizist nur eine Art Heimatserie, die er im Fernsehen anglotzte. Doch im Augenblick hatte dieser Idiot die Schlüssel in der Hand, und er hatte die Hände am Rücken gefesselt.

Zehn Minuten blieb Mati alleine in dem Beobachtungsraum, dann ging die Tür auf, und er begriff plötzlich, warum man ihn in den Beobachtungsraum gebracht hatte. *Drecksau!*, ging ihm durch den Kopf. *Widerliche Drecksau!*

Der Beobachtungsraum war akustisch abgeschirmt. Selbst wenn er schrie, würde ihn niemand hören.

Kleines Mädchen, sei tapfer. Das ist dein Geburtstag, das alles habe ich nicht gewollt. Jetzt bist du auf dich allein gestellt.

Alice setzte sich auf den Stuhl. Sackner hatte den Raum verlassen. Alice blickte in den Spiegel.

Dieser Regen macht die Leute verrückt, dieser verfluchte Regen, sagte ihr Vater leise vor sich hin.

24.

Das dauert mir viel zu lange. Wie lange soll ich noch in dem Wagen warten? Alice drehte am Radio. Auf den zwei Sendern, die sie empfangen konnte, kamen bescheuerte Tubamusik und Lokalnachrichten. Zum dritten Mal: »Die Sportpassage und die Augenoptiker Möhnheim verlosen wie jedes Jahr zwei Mountainbikes und einen Smart ...« Auf dem Kemptener Lokalsender brachten sie einen Kurzbericht über den Leichenfund im Moor. Ein Archäologe redete vom Jahrhundertfund und wie die Menschen damals im Hinterecker Tal gelebt hatten und dass sie auch damals schon ins Moor gegangen waren. Es war wahrscheinlich ein Ort der Geister, ein Ort, der Angst machte. In ihm verschwanden Menschen für immer. Vor zehntausend Jahren hatte man noch keine rationale Erklärung dafür, wenn plötzlich ein Mensch verschwand. Verschwand jemand im Moor, dann waren höhere Kräfte im Spiel. So war es zu den Religionen gekommen.

An dieser Stelle unterbrach der Radiosprecher den Archäologen. Beim Wort Religion hörte Alice den Moderator nach Luft schnappen. *Das geht jetzt zu weit. Wissenschaft hin oder her.* Das Interview mit dem Archäologen wiederholten sie zweimal, und zweimal hörte Alice den Moderator nach Luft schnappen. Kein Wort von den Verstümmelungen und kein Wort davon, dass es sich bei dem Toten gar nicht um einen Menschen aus der Steinzeit handelte. Der Archäologe redete zwar, aber er wusste nichts über den Toten. Noch weniger wusste er, dass die Moorleiche verschwunden war.

Alice stieg aus dem Wagen. Der Haupteingang war nicht besetzt. Sie lief um das Gebäude. Die Fenster waren niedrig. Keine Gitter davor. Wer würde auch schon in eine Polizeistation einbrechen? Sie lief quer über den Parkplatz. Zwei Polizeiautos in großen braunen Pfützen, unter einem Baum ein alter Polizeibus mit vergitterten Fenstern, verrostet, ohne Türen. Tauben guckten aus dem Innern in den Regen. Von einem gekippten Fenster kam eine Stimme, immer wieder unterbrochen von Schluchzen. Alice schlich an der Hauswand entlang. Sichtschutz, Milchglasscheibe. Sie streckte sich, konnte aber nichts sehen. Es war allerdings auch nicht nötig, etwas zu sehen. Sie kannte die Stimme. Lisas Mutter. Sie presste sich an die Hauswand. Lisa hatte ihren Vater nicht getötet, auch wenn sie das blutige Messer in der Hand gehalten und neben der Leiche ihres Vaters gestanden hatte. Lisas Mutter schluchzte, wenn sie den Namen Mati erwähnte. Was hatte ihr Vater mit der Mutter Lisas gehabt? Warum hatte Alice nichts davon mitbekommen? Im Raum waren noch zwei andere Stimmen. Die eine gehörte dem Psychiater, der in der Schule mit ihr gesprochen hatte, und die andere war die Stimme des Kommissars. Als die Stimme von Lisas Mutter aus dem Raum verschwunden war, blieb nur noch das Geräusch von Schritten, die auf und ab liefen, und ein merkwürdiges Flüstern. *Ich bin so hohl und leer wie der Raum zwischen den Sternen ... Es ist Zeit, Lebewohl zu sagen, und jedes Lebewohl ist wie ein bisschen sterben. Am Ende wartet immer der Tod.*

Die Tür ging auf. Eine Männerstimme sagte laut: »Der Pokel ist gekommen. Ist beim Chef im Büro.«

»Halten Sie ihn hin«, sagte die Stimme, die dem Kommissar gehörte. »Ich kümmere mich darum. Lassen Sie ihn nur nicht wieder gehen ... auf keinen Fall.«

Alice erinnerte sich an den Kommissar, der sie in der Schule befragt hatte, und an den Psychiater. Der Kommissar hatte einen blauen Anzug und eine Krawatte angehabt. Es gab keinen Zweifel. Der Kommissar meinte ihren Vater, und ihr Vater hatte keine Ahnung, dass er in eine Falle gelaufen war.

»Komm doch bitte einen Moment herein«, sagte ein älterer Polizist. »Ich soll dich reinbringen.« Der Polizist hielt Alice die Tür auf. In demselben Augenblick kam von der anderen Seite Lisas Mutter. Hinter ihr ging der grauhaarige Horos, der einen schwarzen Regenschirm aufspannte. Lisas Mutter schritt an Alice vorüber, als hätte sie sie gar nicht gesehen.

»Der Kommissar hat ein paar Fragen an dich«, sagte der Polizist, den Alice vom Sehen kannte. Er wohnte in Hintereck und radelte jeden Tag nach Sonthofen. Manchmal hatte ihr Vater ihn mit dem Wagen mitgenommen. Das Rad kam dann in den Kofferraum.

»Willst du was zu trinken?«

»Einen heißen Kakao mit Sahne.«

Der Polizist verschwand. Alice sah zu dem Spiegel. Sie kannte diese Art von Spiegel. Dahinter beobachteten die Polizisten das Verhör. In einem Winkel der Decke war eine Kamera. Sie stand auf und ging näher zu dem Spiegel. Warum hat man sie in diesen Raum gebracht? Wenn sie früher ihren Vater auf der Dienststelle besucht hatte, dann durfte sie in seinem Büro warten, oder sie wartete im Gang neben dem Kaffeeautomaten. Noch nie hatte man sie in den hinteren Trakt der Dienststelle geführt.

Der Polizist, der sie hierher gebracht hatte, kehrte zurück.

»Warmen Kakao gibt's leider nicht. Dafür eine kalte Cola. Das mögen doch Mädels in deinem Alter, oder?«

Das mögen doch Mädels in deinem Alter, oder?, wiederholte sie stumm und stellte sich den Mann in seiner Uniform vor, wie er dies zu anderen Mädchen sagte. Bist du der brave Polizist, der weiß, was kleine Mädels wollen? Der Mann widerte sie an. Er stellte die Dose auf den Tisch. Halt den Mund, Alice. Du musst wissen, was hier gespielt wird. Sie zog ihr Handy aus der Tasche. Der Empfang war schlecht. Dafür wusste sie, wie spät es war. Sie wählte Toms Nummer und schaltete das Handy auf stumm. Warum meldete er sich nicht? Sie versuchte noch einmal, eine Verbindung herzustellen. Sie hörte Schritte draußen. Schnell ließ sie das Handy in ihrer Tasche verschwinden. Über zwanzig Minuten hatte man sie warten lassen.

Warten lassen. Teil des Verhörs. Sie erinnerte sich an Leo Faulkners Enzyklopädie des Verbrechens. Lass den Verdächtigen warten. Er wird ungeduldig werden, an sich zweifeln, und wenn er etwas getan hat, dann fragt er sich, ob die Polizei nicht schon alles weiß. Er braucht gute Nerven, um das Warten einfach wegzustecken. Zeigt er gute Nerven, dann weiß man, dass man es mit einem Profi zu tun hat.

Alice sah wieder zum Spiegel. Sie erschrak und drehte sich um. Wittgenstein stand in dem gegenüberliegenden Eck des Verhörraumes, doch sie konnte ihn nur im Spiegel sehen. Er hielt die Arme verschränkt. War Wittgenstein hier, um ihr zu helfen? Warum erschien ihr Wittgenstein immer an merkwürdigen Orten? In den Nachrichten im Fernsehen, auf einem Werbeplakat oder plötzlich in ihrem Zimmer und jetzt im Spiegel des Verhörraumes? Warum erschien er ihr überhaupt?

»Was machst du hier?«, fragte sie und blickte ihn im Spiegel an, doch Wittgenstein rührte sich nicht. Stumm starrte er zu dem Tisch mit dem Mikrofon in der Mitte.

Die Tür ging auf. Der Kommissar aus der Schule betrat den Raum.

»Wir kennen uns ja schon«, sagte der Kommissar und setzte sich auf den Stuhl gegenüber. »Darf ich dir ein paar Fragen stellen?«

»Sie tun es ja schon.«

»Klar, ist ja schon eine Frage.«

»Darf ich auch eine Frage stellen?«

»Nur zu, kleine Frau.«

»Wer ist auf der anderen Seite des Spiegels?«

»Wen immer du möchtest, ist auf dieser Seite. Aber lass dich von dem Spiegel nicht ablenken.«

»Von was sollte der Spiegel mich ablenken?«

»Können wir uns darauf einigen, dass ich die Fragen stelle?«

»Nennen Sie mich nicht mehr kleine Frau.«

»Bitte … das heißt bitte«, verbesserte sie Abzenz.

»Ich hatte nicht vor, Sie darum zu bitten.«

»Für eine Zwölfjährige bist du ganz schön vorlaut.«

Wittgenstein hatte seine Haltung im Spiegel verändert. Er war näher an den Tisch gekommen. In der Hand hielt er einen Würfel. Er legte ihn auf den Tisch. Alice blickte vor sich hin, doch da war nichts. Der Würfel war nur im Spiegel zu sehen. Wittgenstein lächelte, was er noch nie getan hatte.

Wirf den Würfel. Wenn immer dieselbe Zahl fällt, dann ist etwas nicht in Ordnung. Wenn der Zufall verschwindet, dann manipuliert dich jemand.

Wittgenstein half ihr. Doch warum sagte er ihr nicht, was sie zu tun hatte? Die Antwort kannte sie bereits. *Nur du selbst kannst wissen, was du tun musst.*

»Wenn Sie das sagen! Es gefällt mir nicht, wie Sie sich mit mir unterhalten wollen.« Der Kommissar fühlt sich so überlegen, dachte Alice. Sein Anzug platzte vor Arroganz. Er hatte ja nur ein kleines Mädchen vor sich, das man leicht beeindrucken konnte. Sie schaute in den Spiegel, nahm dort den Würfel in die Hand und warf eine Eins.

»Es ist mir ziemlich egal, was du über mein Verhalten denkst. Es ist ziemlich mies. Das weiß ich selbst, und ich werde darüber in langen Winternächten trauern.«

»Ich brauche auch gar nicht mit Ihnen zu reden.«

»Bist du deshalb von der Schule geflogen? Da schaust du, die Polizei weiß alles. Die Direktorin hat mir alles berichtet. Die Nase einer Mitschülerin gebrochen ... nicht schlecht für ein zwölfjähriges Mädchen. Was wird aus dir erst werden, wenn du mal neunzehn bist?«

»Polizistin.«

Der Kommissar grinste über ihren Witz. Doch Alice war sich nicht sicher, ob sie es als Witz gemeint hatte.

»Hast du eigentlich Lisa gut gekannt?«

Alice warf den Würfel im Spiegel. Wieder eine Eins. Noch ein Wurf. Wieder eine Eins. Es kam immer die Eins. Wittgenstein stand hinter dem Kommissar und schaute über seine Schulter. Das Verhör begann also. Was wollte er von ihr hören? Er hat nicht dich im Visier, sondern deinen Vater.

»Wir haben in der Schule nebeneinander gesessen.«

»Habe gehört, ihr habt euch gut verstanden.«

»Ich bin erst seit einer Woche an der Schule in Kaltenloch.«

»Und du hast es schon geschafft, von der Schule zu fliegen. Tja, jedes Lebewohl ist ein bisschen wie Sterben, oder?«

»Anfangsschwierigkeiten.«

»Du hast sie kaum gekannt, aber du hast ihr in der Klinik einen Besuch abgestattet, obwohl Lisa gar keinen Besuch empfangen darf.«

Wieder warf sie den Würfel. Diesmal kam eine Drei, dann eine Zwei. Zufall war ungefährlich. Keine Fallstricke. Zumindest hoffte sie, dass Wittgenstein ihr dies mitteilen wollte.

»Dachte, es wäre ganz nett, wenn sie jemand besucht.«

»Zu anderen Mitschülerinnen bist du ja nicht so nett.«

»Jeder wie er es verdient. War nicht meine Schuld. Sie hätten mich ja in Ruhe lassen können.«

»Und mit Gewalt glaubst du etwas gelöst zu haben.«

»War das eine Frage?«

»Wenn du sie beantworten möchtest, dann schon.«

»Ja, die Wanninger wird mich jetzt für eine Weile in Ruhe lassen.«

»Hat dein Vater dir das beigebracht?«

Der Würfel im Spiegel fiel, dreimal, und immer kam die Eins.

»Mein Papa hat mir immer gesagt, dass man mit Gewalt nichts lösen kann.«

»Trotzdem hast du einer Mitschülerin die Nase gebrochen.«

»Notwehr.«

»Das entscheidet ein Richter, ob es Notwehr ist oder nicht. Glaubst du nicht, dass du mit zwölf lieber den Rat deines Vaters befolgen solltest?«

»Wenn ein Richter das entscheidet, dann müssen Sie mich erst vor Gericht stellen. Aber ich sehe hier kein Gericht.«

»Viel Respekt hast du ja nicht vor der Polizei.«

»Wir unterhalten uns doch nur.«

»Du weißt ja, dass der Vater von Lisa tot ist?«

»Ich war heute auf seiner Beerdigung.«

»Warum hat dein Vater dich auf die Beerdigung mitgenommen?«

Eins. Eins. Eins. Eins.

»Ich habe im Auto gesessen, als er zur Beerdigung von Lisas Vater gegangen ist.«

»Du warst aber auf der Beerdigung. Lisas Mutter hat dich gesehen. Du bist nicht im Auto sitzen geblieben.«

»Ich hatte ja nichts Besseres zu tun …«

»… als bei strömendem Regen auf die Beerdigung von Lisas Vater zu gehen. Lisa, die du erst seit einer Woche nur flüchtig kennst.«

»Es sind so viele Leute da gewesen. Ich bin mir sicher, dass nicht jeder mit Lisas Vater befreundet war.«

»Woher willst du das wissen?«

»Weil da auch ein paar Journalisten rumgelaufen sind.«

»Du bist kein Journalist, kanntest sie flüchtig und warst trotzdem beim größten Sauwetter auf der Beerdigung. Warum sagst du nicht, dass dein Vater dich gezwungen hat?«

Drei. Drei. Drei. Drei.

Geh nicht auf seine Antwort ein. Sage nicht, dass dich niemand gezwungen hat. Spiel den Ball zurück.

»Sie geben sich selbst die Antworten auf die Fragen, die Sie gestellt haben. Da kann ich ja gehen.«

»Noch eine Frage … Du weißt ja, tote Männer sind schwerer als gebrochene Herzen, … so ist das Leben, so ist das, die ganze Wahrheit.«

Alice brauchte nicht zu würfeln, um zu wissen, dass der Kommissar zum Kern vordringen wollte.

»Hat Lisa deinen Vater gekannt?«

»Keine Ahnung.«

»Hat sie niemals erwähnt, dass dein Vater sie zu irgendetwas zwingen wollte, dass sie Angst um ihren Vater hatte?«

Alice überlegte kurz und sah zu Wittgenstein in den Spiegel. Wittgenstein warf den Würfel. Er drehte sich und blieb dann auf einer Kante stehen. Wittgenstein schaute sie an. Alles ist möglich.

»Hätte sie Angst um ihren Vater gehabt, dann wäre sie sicher zu Ihnen gekommen, Herr Kommissar.«

»Vielleicht hat sie sich nicht getraut, weil sie wusste, dass dein Vater bei der Polizei ist.«

»Aber er ist nicht der einzige Polizist auf dieser Welt.«

»Hat sie jemals etwas über deinen Vater gesagt?«

Alice schüttelte den Kopf.

»Soll das nein heißen?«

»Ja.«

»Ja oder nein.«

»Ja, es soll nein heißen.«

»Wenn ich dir nun sage, dass ich Informationen habe, die beweisen, dass dein Vater Lisa dazu benutzt hat, sich gegen ihren Vater zu wenden. Und das ist nicht alles …«

»Was soll ich dazu sagen?«

»Ich stelle hier die Fragen. Können wir uns darauf einigen?«

»Das war aber keine Frage, sondern eine Feststellung.«

»Du bist zwar erst zwölf Jahre alt, aber die Mithilfe bei einem Kapitalverbrechen wirkt sich auf dein ganzes Leben aus. Außerdem belastet es deinen Vater schwer, wenn er auch noch dich benutzt, um seine Tat zu decken.«

»Was für eine Tat?«

»Ich frage …«

»Und ich habe keine Lust mehr, mich mit Ihnen zu unterhalten.«

Im Spiegel griff Alice nach dem Würfel. Sie warf ihn auf den Tisch. Bei jedem Wurf fiel er auf die Kante. Er zeigte nichts mehr an, doch es kam immer wieder dieselbe Stellung. Für einen Augenblick war sie verwirrt. Wenn der Würfel sich nicht entscheiden konnte, dann war alles möglich. Wenn er sich aber nie entscheiden konnte, dann war nichts möglich. Der Würfel hatte eine andere Bedeutung. Wittgenstein hatte ihr geholfen, doch wobei, das musste sie erst noch herausfinden.

»Der Vater von Lisa ist tot. Verstehst du, was das bedeutet? Weißt du, was es heißt, wenn jemand tot ist?«

Alice atmete tief durch. Wie konnte dieser Mann in seinem steifen Anzug sie nur das fragen? Wollte er sie provozieren? Wie oft hatte sie am Grab ihrer Mutter gestanden und sich gefragt, was der Tod bedeutet. Ihre Mama war tot. Sie war verschwunden. Und selbst wenn sie in jedem Winkel dieser Welt nach ihr suchen würde, so würde sie sie nirgendwo finden. Sie war mehr als verschwunden, sie war so verschwunden, dass keine Suche sie jemals mehr finden konnte.

»Ich weiß, was tot bedeutet.«

»Dann weißt du auch, dass in Lisas Familie nie mehr alles so sein wird, wie es einmal war«, schrie Abzenz. »Ihr Papa ist weg, und das für immer. Verstehst du das?«

»Wenn Sie weiter schreien, dann ist diese Unterhaltung beendet.«

»Ich sage, wann diese Unterhaltung beendet ist.« Abzenz war noch lauter geworden. Seine Augen quollen aus den Höhlen. Alice musste an die Abbildungen von Verrückten in ihren Psychiatrielehrbüchern denken.

»Hast du gewusst, dass dein Vater zu Lisas Mutter gewisse Kontakte pflegte?«

»Mein Vater hat ein Privatleben.«

»Aber so einem neugierigen Mädchen kann man doch nichts verheimlichen, oder?«

Eins. Zwei, eins, zwei, eins, zwei. Warum kam gerade diese Ziffernfolge? Hätte sie nur zweimal gewürfelt, dann hätte sie an eine zufällige Frage geglaubt, an keine Absicht. Je öfter man den Würfel wirft, desto klarer erscheint das Muster. Und vielleicht musste man nur unendlich oft den Würfel werfen, um das geheime Muster zu entdecken? Warum hatte Wittgenstein ihr den Würfel gegeben? Warum konnte sie ihn nur im Spiegel sehen?

»Mein Vater redet über so etwas nicht.«

»Über was redet er nicht?«

»Na, über seine Kontakte.«

»Wenn du erfahren würdest, dass dein Vater eine andere Frau lieben würde, wäre dies ein Schock für dich?«

»Kann ich nicht sagen, weil ich es nie erfahren habe.«

»Du weichst meiner Frage aus.«

»Das war eine rein hypothetische Frage.«

»Auf die du antworten sollst ... Wäre dies ein Schock?«

»Kann ich erst sagen, wenn es so weit ist.«

Der Kommissar blickte in den Spiegel. »Warum schaust du dauernd in den Spiegel und machst dann eine Bewegung mit der Hand?«

Alice zuckte mit den Schultern.

»Ich kenne Leute wie deinen Vater. Die Welt ist voll von ihnen, und du scheinst auf dem besten Weg zu sein, so ein Mensch wie er zu werden.«

»Was für ein Mensch werde ich denn?«

Abzenz stand auf und ging zur Tür. »Wie die meisten Menschen. Sie gehen durchs Leben und verbrauchen die Hälfte ihrer Energie, um eine Würde zu bewahren, die sie niemals hatten.«

Der Kommissar verließ den Verhörraum. Alice stellte sich vor den Spiegel. Was sie in diesem Augenblick nicht hören konnte, war das laute Lachen ihres Vaters auf der anderen Seite des Spiegels.

Alice holte ihr Handy aus ihrer Jackentasche. Fünfundzwanzig Minuten hatte das Gespräch gedauert. Die Gesprächstaste war noch gedrückt. Toms Nummer.

»Hallo«, flüsterte Alice. Es nützte nichts in diesem Raum zu flüstern. »Bist du da?«

Es raschelte, und dann war das Klappern einer Computertastatur zu hören.

»Hey, ich dachte, du rufst mich an, weil wir deinen Geburtstag feiern.«

»Ich kann hier nicht reden.«

»Wo bist du?«

»In Sonthofen, in der Dienststelle meines Vaters.«

»Was ist passiert? Wer war dieser Typ, der so rumgeschrien hat?«

»Das erkläre ich dir später.«

»In was bis du wieder hineingeraten, Alice?«

»Hier stimmt was nicht, Tom.«

»War dieser Typ, der so rumgeschrien hat, ein Polizist?«

»LKA, Kripo aus Kempten.«

»Das ist komisch.«

»Was ist daran komisch?«

»Ich weiß es noch nicht genau. Ich muss mir das noch einmal anhören.«

»Du hast es …«

»Klar, was denkst du? Ich kann alles aufzeichnen.«

»Was ist komisch?«

»Mir ist da was aufgefallen, wie der Kommissar …«

»Ich muss aufhören«, sagte Alice und unterbrach das Gespräch. Viel Batterie hatte sie nicht mehr. Sie blickte in den Spiegel. Alles, was sie sagte, wurde mitgehört. Sie musste hier raus, und sie musste wissen, was mit ihrem Vater geschehen war.

Sie ging zur Tür. Als sie die Klinke suchte, stellte sie fest, dass die Tür nur von außen geöffnet werden konnte. Bloß eine einfache Unterhaltung, in einem Raum, den man nur von außen öffnen konnte. Verdammt, sie war eingesperrt. Was ging hier vor? In diesem Augenblick öffnete jemand von außen die Tür.

»Ich bin Anneliese.« Die junge Polizistin lächelte, ohne sofort ihre Hände nach Alice auszustrecken, was schon einmal ein gutes Zeichen war. Das war die junge Anwärterin, von der ihr Vater erzählt hatte. Am liebsten hätte sie die junge Polizistin mit Fragen gelöchert. Was ging hier ab? Warum belastete Lisas Mutter ihren Vater? Wie war es möglich, dass man ihren Vater des Mordes verdächtigte, einen Polizisten, der seit Jahrzehnten Polizist war? Wer war dieser widerliche Kripobeamte in seinem blauen Anzug, der sie angeschrien hatte? Doch im Moment war es besser, den Mund zu halten.

»Wo ist mein Vater?«

Die Polizistin wusste mehr, das verriet ihr Gesichtsausdruck, doch sie wollte Alice nichts verraten.

»Dein Vater kann dich leider nicht nach Hause fahren.«

Auf dem Gang begegnete Alice dem älteren Polizisten, der ihr die Cola gebracht hatte. Er wich ihrem Blick aus.

Auf dem Parkplatz stand der Wagen ihres Vaters.

»Wartet deine Mutter zu Hause auf dich?« Die Polizistin öffnete Alice die Beifahrertür.

»Kann ich nicht sagen, ob sie auf mich wartet.«

»Deine Mutter macht sich doch sicher Sorgen um dich.«

»Wenn die Toten sich um die Lebenden sorgen, dann schon.«

»Entschuldige, das wusste ich nicht. Ich bin noch nicht so lange dabei, um jeden genauer zu kennen.«

»Warum kann mein Vater mich nicht nach Hause bringen?«

Der Polizeiwagen verließ die Ausfahrt. Es dämmerte bereits, und im Lichtkegel mischten sich Wolkenfetzen und Regen. Vor der Brücke bremste die Polizistin scharf. Dort, wo die Brücke gewesen war, klaffte ein Loch und stürzten schäumende Wassermassen über die Felder.

»Wir müssen umdrehen«, sagte sie. »Ich hoffe, dass die Nebenstraßen ins Tal nicht überschwemmt sind. Dein Vater hat mir schon gesagt, dass die Brücke nicht mehr lange standhalten wird.«

Alice war es gleichgültig, ob die Brücken standhielten oder nicht. In ihrem Kopf hallte die Stimme des Kommissars wider. Vor sich sah sie ihren Vater, eingesperrt wie ein Schwerverbrecher, Lisas Mutter, die längst durch die Wirklichkeit hindurchblickte. Sie hatte den Verstand verloren. Nur hatte es keiner gemerkt. Nicht einmal dieser grauhaarige Psychiater, der sie schon in der Schule befragt hatte. Alice hatte den Eindruck, dass ein böser Dämon den Stöpsel aus einem Gefäß gezogen hatte, aus dem allmählich jede Realität entwich.

»Alles hat mit dieser idiotischen Moorleiche begonnen«, sprach Alice vor sich hin.

Der Polizeiwagen kämpfte sich über einen Feldweg, den normalerweise der Jäger benutzte, wenn er am frühen Morgen zu seinen Hochständen fuhr. Noch vor Sonnenaufgang lag er auf der Lauer, und dann wählte er mit seinem Zielfernrohr aus, welches Reh und welcher Hirsch den Sonnenaufgang nicht mehr erleben durfte. Alice hielt sich die Ohren zu, wenn die Schüsse durchs Tal hallten. Jeder hörte die Schüsse, doch keinen störten sie. Alice erzählte von der Moorleiche, ihrem Geruch, dem Bild und dass Josef Bork etwas entdeckt haben musste. Sie erzählte von dem Foto der Frau in der Hand der Moorleiche und dass sie vor neunundzwanzig Jahren bei dem Busunglück im Tobel gestorben war. Sie erzählte von den Verstümmelungen der Moorleiche und von dem Familienmörder aus München, der in Kaltenloch auf dem Friedhof begraben lag. Alice hörte erst auf zu reden, als Anneliese Brackl den Wagen anhielt. Sie standen in einem Waldstück, auf einem Weg, der keiner war. Auf dem Autodach prasselte der Regen. Dann nahm Anneliese Brackl Alice einfach in den Arm und hielt sie fest. Alice hatte plötzlich das Gefühl, irgendwo angekommen zu sein, und weinte. So musste sich ihre Mutter anfühlen, von der sie keine Erinnerungen hatte. Anneliese Brackl nahm Alices Kopf zwischen ihre Hände.

»Hör mir jetzt zu«, sagte sie, »du musst tapfer sein. Versprich mir das. Was du mir erzählt hast, das behältst du noch für dich. Wer weiß noch davon?«

»Tom.«

»Wer ist Tom?«

»Tom ist mein bester Freund.«

»Gut, sag ihm, wenn du ihn siehst, dass er unbedingt den Mund halten muss, wenn wir deinem Vater helfen wollen.«

»Sie glauben nicht, dass er mit dem Tod von Lisas Vater etwas zu tun hat?«

»Ich weiß nur, dass Lisas Mutter nicht zurechnungsfähig ist. Jeder sieht das.«

»Nur dieser Kommissar nicht«, sagte Alice. »Er glaubt, dass mein Papa Lisas Vater umgebracht hat und sogar Lisa manipuliert hat.«

»Selbst der Psychiater hat nicht erkannt, dass mit der Frau etwas nicht stimmt.«

»Können Sie meinem Vater helfen?«

»Im Augenblick kann ich nichts für ihn tun. Ich bin noch nicht einmal eine volle Polizistin. Ich darf eigentlich nur mit einem anderen Polizisten auf Streife gehen.«

»Sitzt er im Gefängnis?«

»Ich weiß nicht, wo der Kommissar ihn hingebracht hat. Wahrscheinlich ist dein Vater im Untersuchungsgefängnis.«

»Ich muss mit Lisa reden«, sagte Alice. »Sie weiß, was geschehen ist. Sie muss es dem Kommissar erzählen.«

»Lisa ist noch in der geschlossenen Abteilung der Kaltenlocher Klinik. Ohne Einverständnis des Psychiaters geht da gar nichts. Und Lisas Mutter brauchen wir erst gar nicht zu fragen.«

»Alle haben sich offenbar gegen meinen Vater verschworen.«

»Nein, das ist keine Verschwörung, sondern nur eine Verkettung unglücklicher Umstände.«

»Zu viel der unglücklichen Umstände«, erwiderte Alice und ließ das Fenster ein wenig herunter. Regen fiel in ihr Gesicht. Das kühle Wasser tat ihr gut.

»Hast du noch Bilder von der Moorleiche?«

»Auf meinem Handy.«

»Sag mal, wie bist du überhaupt auf die Idee gekommen, dass es sich bei der Moorleiche um ein Opfer des Familienmörders handeln könnte?«

»Weil Karl Weidmann die Familienväter immer auf dieselbe Art und Weise verstümmelte. Er schnitt ihnen die Fingerkuppen ab und zerschnitt ihr Gesicht bis zur Unkenntlichkeit, als wollte er sie ihrer Identität berauben.«

»Anhand der Gene kann man sie trotzdem identifizieren.«

»Vor neunundzwanzig Jahren war das noch nicht möglich.«

»Und wenn die Moorleiche tatsächlich ein Opfer Weidmanns war?

Was kann Josef Bork schon herausgefunden haben, dass ihn jemand dafür umbringt?«

»Ich weiß es nicht«, antworte Alice und schloss das Fenster. »Vielleicht finden wir in der Wohnung von Josef Bork irgendwelche Aufzeichnungen oder Notizen?«

»Aber der Familienmörder wurde gefasst, und er lebt schon lange nicht mehr.«

»Er verbrannte, als die Klinik und das ganze Dorf in Flammen aufgingen«, erklärte Alice, »aber es gibt vielleicht noch jemanden, der etwas zu verheimlichen hat.«

»Du denkst an ... wie hast du sie genannt?«

»Die Hexe von Kaltenloch ... die Mutter von Karl Weidmann.«

»Sie war an dem Morgen ganz in der Nähe des Hauses. Sie hätte Bork überraschen können.«

»Ich werde der alten Frau einen Besuch abstatten.«

»Ich komme mit«, sagte Alice. »Sie werden Hilfe brauchen.«

Anneliese Brackl lächelte und startete den Motor. »Einverstanden.«

25.

Anneliese hatte vor der Kirche in Hintereck gehalten. Seit drei Monaten war sie geschlossen. Die Einzigen, die regelmäßig zum Sonntagsgottesdienst kamen, waren die Tauben. Ihre Flügelschläge hallten im Innern der Kirche.

Alice wählte die Nummer ihres Großvaters. Besetzt. Doch wahrscheinlich hatte er nur sein Handy nicht aufgeladen und war vor seinem Ofen eingeschlafen. Wenn jemand etwas über die alte Gertrude Hofer und ihren Sohn wusste, dann war es ihr Großvater. War es möglich, dass die alte Frau Lisas Vater den Hals aufgeschlitzt hatte? Was hatte die alte Frau zu verbergen? Ihr Großvater pflegte zu sagen, dass jeder Geheimnisse habe. Vor allem aber ältere Menschen. Sie haben Geheimnisse, die sie gar nicht mehr verraten können, weil sie sie selbst nicht mehr kennen.

Alice bemerkte, dass sie keinen Regenschirm hatte. Er lag noch im Auto ihres Vaters. Sie zog sich die Jacke über den Kopf und stieg die Talstraße nach oben.

26.

Nach wenigen Metern war Alice bis auf die Haut durchnässt. Es war das zweite Mal an diesem Tag, dass sie auf einem Friedhof war. Ich werde noch ein Friedhofsjunkie, dachte sie. Den Weg zum Grab ihrer Mutter kannte sie blind. Tote ziehen nicht um, was ein Vorteil war, so konnte man sie immer wieder finden, wenn sie einmal begraben waren. Zumindest solange die Angehörigen die Miete für das Grab bezahlten. Ohne Miete war die Grabruhe vorbei. Die Knochen und Sargreste wurden ausgegraben und unter die kalkige Erde gemischt. Ihre Mutter lag noch immer in der letzten Reihe, an der Kirchenmauer.

»Hallo, Mama«, flüsterte Alice im Regen, »heute vor zwölf Jahren ... Du kannst dich sicher noch erinnern, bin ich auf die Welt gekommen. Es ist nicht gerecht, dass Babys keine Erinnerungen an ihre Geburt haben. Papa hat mir Bilder gezeigt, wie ich in deinen Armen lag. Du hast geweint, und ich habe dich angeschrien. Glaubst du, wenn ich einmal ein Kind haben werde, dass es mich auch anschreien wird? Wahrscheinlich. Papa ist in Schwierigkeiten, und es ist das erste Mal, dass ich nicht weiß, wie ich ihm helfen kann. Ein Mädchen in meinem Alter, sie heißt Lisa und sitzt in der Schule neben mir, soll ihren Vater umgebracht haben. Und jetzt glaubt die Polizei, dass Papa damit zu tun hat. Stell dir vor ...«

Sie hörte ein Geräusch hinter sich. Auf dem Kiesweg schwamm ein Totenkranz mit lilafarbenen Schleifen: »A. du fehlst uns – deine Kinder, deine Enkelkinder und dein Ehemann.« Auf einer anderen

Schleife stand: »Du gingst vor, wir kommen nach. Deine Freunde von den *Mariensingern*.« Der Kranz holperte mit Laub und Plastiktüten in einem kleinen Bach dem Ausgang entgegen. Wieder ein anderes Geräusch. Ein Platschen, gleichmäßig, wie Schritte, die in Matsch einsanken. Sie war nicht alleine. Doch wer sollte schon bei diesem Wetter auf den Friedhof gehen? Sie drehte sich wieder zum Grab ihrer Mutter. Die Grabplatte glänzte im Regen. Wieder das Geräusch. Sie hatte keine Zeit mehr, sich umzudrehen. Drei, zwei Schritte. Es war zu spät.

»Scheiße, Alice, was machst du hier im Regen?« Tom stand neben ihr und hielt ihr den Regenschirm über den Kopf. »Ich habe dich überall ...«

»Ach, halte einfach die Klappe«, sagte Alice und schlang ihre Arme um Tom. Sie drückte ihn fest an sich. Wie dick er doch geworden war.

»Du hast einen richtigen Gänsehals«, sagte sie.

Tom strahlte sie an und ließ dabei den Regenschirm los.

»Gänsehals ... was meinst du damit – Gänsehals?«

Sie rannten beide dem Regenschirm hinterher, der quer über die Gräberreihen flog. Sie stolperten über überschwemmte Grabplatten und umgekippte Grabsteine. Am Eingang hatte sich ein kleiner Stausee gebildet. Grablichter trieben auf ihm. Die verschlossenen Lichter brannten noch, was Alice an Irrlichter erinnerte. Von den Irrlichtern hatte ihr Großvater erzählt. Es waren Seelen, die im Moor ihr Leben verloren. Sie fanden ihre Körper nicht mehr. Ihre Seelen mussten solange durch die Nächte wandeln, bis ihre Körper auf geweihtem Boden bestattet werden konnten. Aberglauben, doch vor langer Zeit mussten die Menschen wirklich einmal daran geglaubt haben.

Tom hatte den Regenschirm wieder aufgespannt und hielt ihn über Alice.

»Weißt du«, sagte er schüchtern, als würde er sich vor seinen eigenen Worten erschrecken, »du hast mich noch nie in den Arm genommen. Das tut normalerweise keiner.«

»Na, du bist auch noch nie mit einem Regenschirm aufgekreuzt, wenn es regnet.«

»Stimmt, wenn ich das so überlege … Also, ich wollte auch nur sagen, dass es schön war.«

»Bild dir bloß nichts darauf ein.«

Tom klammerte sich am Regenschirm fest, als der Wind daran zerrte und die Kerzen in den Totenlichtern flackerten.

»Was ist das nur für ein Dreckswetter!«, sagte Tom.

»Hast du schon einmal erlebt, dass es in diesem Tal ein brauchbares Wetter gibt? Entweder ist es zu heiß oder zu kalt, oder es regnet solange, dass selbst die Berge zu schimmeln anfangen.«

Vor dem Friedhof drehte sich Tom um.

»Was ist?«

»Nichts, gar nichts. Nur vorhin, als ich gesehen habe, wie du zum Friedhof gingst, war da noch jemand im Regenmantel. Er war nur ein paar Schritte hinter dir. Du müsstest ihn gesehen haben.«

»Hatte er einen Cordanzug, beige Halbschuhe, kurze Haare und keinen Regenschirm?«

»Nein, ich konnte nicht viel erkennen. Nur einen dunkelgrünen Regenmantel und dass die Gestalt dir auf den Friedhof gefolgt war, sonst nichts.«

Alice erinnerte sich an die Geräusche, an den vorbeitreibenden Kranz und an das dumpfe Gefühl, dass jemand sie beobachtet hatte. Wenn Tom sich nicht getäuscht hatte, wenn ihr tatsächlich jemand gefolgt war? Ihr Vater konnte ihr nicht helfen. Wenn dieser Jemand ihren Vater in eine Falle gelockt hatte? Wenn dies nur ein strategischer Schachzug war und der Mörder von Lisas Vater hinter ihr her war? Sie war die Einzige, die nicht glaubte, dass Lisa ihren Vater getötet hatte. Und wenn man erst ihren Vater damit in Verbindung brachte, dann würde niemand mehr Fragen stellen. Konnte Gertrude Hofer Lisas Vater kaltblütig töten? Sie war ein wenig verrückt mit ihren Prophezeiungen, aber Alice traute ihr keinen eiskalten Mord zu. Noch weniger hatte die alte Frau alleine die Moorleiche verschwinden lassen können. Alice musste zurück nach Kaltenloch, um mit ihr zu sprechen.

»Hast du heute Abend schon etwas vor?«, fragte Alice. Sie waren vor ihrem Haus angekommen.

Alice suchte den Schlüssel unter dem Blumentopf.

»Du willst heute Abend deinen Geburtstag feiern?«

»Ja, so ähnlich. Wir müssen etwas unternehmen.«

»Das klingt nicht nach Unterhaltung, sondern nach einem Abenteuer à la Alice.«

»Mein Geburtstag …«

Sie hatte sich die Haare gerade abgetrocknet, als das Telefon läutete. Niemand bewegte sich im Haus. Amalia war also nicht da, denn zu 99 Prozent waren alle Anrufe für sie.

»Ich bin's, Großvater. Gib mir deinen Vater! Ich muss dringend mit ihm reden.«

TEIL DREI

Tod im Moor

1.

»Ist da jemand?«

Anneliese Brackl zog ihre Kapuze tief ins Gesicht und stieg über den Gartenzaun. Der Gemüsegarten der alten Frau hatte auch schon bessere Tage gesehen. Zwischen dem kniehohen Farn lag ein rostiges Kinderfahrrad. Dann sah sie ein wackliges Schaukelgestell, das von Efeu zugewuchert war, und eine Terrasse mit umgekippten Stühlen. Hätte sie nicht gewusst, dass die alte Frau schon seit Jahrzehnten in diesem Haus nahe am Moor wohnte, hätte sie es für unbewohnt gehalten. Sie stieg über zerbrochene Blumentöpfe und Gartengeräte, die einfach liegen geblieben waren und die keiner mehr benutzte. Neben der Terrasse war noch der Rest eines Sandkastens zu erkennen. Anneliese zog ihre Taschenlampe aus ihrem Gürtel und leuchtete durch die Terrassentür. Was war das? Sie schrak zurück. Die alte Frau stand unmittelbar vor ihr und schaute in den grellen Lichtstrahl der Lampe. Anneliese fasste sich wieder und klopfte an die Scheibe.

»Polizei«, rief sie und strengte sich an, ihre Stimme tief zu halten, wie sie es auf der Polizeischule gelernt hatte. In der Stimme liegt die Autorität. Gib den Menschen nicht den Eindruck, dass sie eine Wahl haben. Höflich, aber bestimmt. »Frau Hofer, öffnen Sie bitte. Ich habe ein paar Fragen.«

Die alte Frau verschwand in der Dunkelheit des Zimmers. Erst wusste Anneliese nicht, ob Gertrude Hofer sie einfach ignorierte oder vielleicht gar nicht wahrgenommen hatte. Sie klopfte noch ein paar Mal an die Scheibe der Terrassentür, dann stolperte sie wieder durch das Unkraut zur vorderen Seite des Hauses. Die Tür stand offen. Anneliese Brackl trat ein. Es roch nach Schimmel und feuchten Wänden.

»Frau Hofer?«, rief sie und suchte nach einem Lichtschalter. Sie knipste ihre Taschenlampe wieder an. Auf dem Boden lagen überall Zeitungen und alte Lumpen. Die alte Frau wartete im Wohnzimmer auf sie. Es war stockdunkel. Sie saß in einem Stoffsessel, davor ein Fernseher, der nicht lief.

»Stromausfall«, sagte die Alte, »immer, wenn es regnet. Und es regnet oft bei uns. Das liegt an den Bergen, wissen Sie? Die Wolken ziehen über das ganze Land und bleiben hier hängen. Sie können gar nicht anders, als hier abzuregnen.«

»Ein paar Häuser weiter habe ich aber Licht gesehen«, sagte Anneliese. »Der Stromausfall betrifft nicht das ganze Dorf.«

»Wollen Sie sagen, dass ich lüge?«

»Nur, dass der Strom in Ihrem Nachbarhaus funktioniert.«

»Aber Sie sind doch nicht da, um einer alten Frau zu helfen, oder? Niemand hilft einer alten Frau ohne Strom. Man wartet, dass die Alten verrecken. Wer nicht mehr nutzt, der soll abtreten. Ich krieg eine kleine Rente, von meinem Mann, Gott hab' ihn seiner Seele gnädig. Und jedes Jahr muss ich bestätigen, dass ich noch lebe. Manchmal ruft mich auch einer vom Amt an. Leichenfledderer sind das. Können Sie's nicht erwarten, habe ich dem Fledderer am Telefon gesagt. Aber Sie sind nicht deswegen da, oder?«

»Nein, ich wollte Sie wegen dem Tod von Josef Bork etwas fragen.«

»Den hat der Teufel geholt.« Die Alte kicherte. »Hat sich auch für unsterblich gehalten. Wie fast jeder. Sie halten sich alle für unsterblich.«

»Sie haben vor seinem Haus gestanden, als die Polizei eintraf.«

»Kann schon sein.«

»Sie standen davor. Ich habe Sie gesehen.«

»Nicht verboten, oder?«

»Was haben Sie vor dem Haus gemacht?«

»Na, schauen, wie sie ihn raustragen, was sonst?«

»Sie haben Josef Bork auch prophezeit, dass er bald sterben wird.«

»Der Teifl hat ihn auch auf seiner Liste gehabt.«

»Sie haben es ihm kurz vorher mitgeteilt. Wie hat er darauf reagiert?«

»Wie die meisten, denen ich die Nachricht bringe, dass ihre letzten Stunden gezählt sind. Er hat mich verscheucht und mich angeschrien. Ich bin jedoch nur der Bote ...«

»Und warum behalten Sie ihre Botschaften nicht für sich?«

Die alte Frau bäumte sich leicht in ihrem Sessel auf. Das fahle Licht glänzte auf ihren fettigen Haaren.

»Weil er es so will und weil er mich auserwählt hat. Jede Gabe ist auch ein Fluch. Verstehen Sie?«

»Und wer sagt Ihnen, wer als Nächstes sterben muss?«

»Was geht Sie das an?«

»Ich ermittle in dem Fall Josef Bork. Es gibt da einige Unklarheiten.«

»Er ist tot«, erwiderte die Alte und sank zurück in ihren Sessel, »gerichtet von der Hand des eigenen Kindes. Was gibt es da noch zu ermitteln?«

»Es gibt neue Erkenntnisse.«

»Was geht's mich an?«

»Wer sagt Ihnen, wer der Nächste ist?«

»Scheren Sie sich jetzt zum Teufel, bevor er auch Sie holt.«

»Sie waren heute am Grab Ihres Sohnes.«

»Lassen Sie meinen Karl in Ruhe. Ihresgleichen hat ihm genügend angetan.«

»Sie waren am Grab, und danach haben Sie Gustl Pokel noch auf der Beerdigung von Josef Bork gesagt, dass er bald sterben wird.«

»Lassen Sie meinen Karli in Ruhe, ich sage es Ihnen im Guten ...«

»Ist es Ihr Sohn, der zu Ihnen spricht?«

»Er ist tot. Was wollt Ihr mehr? Mehr kann ein Mensch doch gar nicht sein als tot. Könnt Ihr ihn nicht endlich in Ruhe lassen?«

»Wer hinterlässt dann die Nachrichten am Grab mit den Namen?«

Die alte Frau sah die Polizistin prüfend an. »Wer die Toten nicht ruhen lässt, wird bald von ihnen heimgesucht.«

»Die Toten interessieren mich nicht.«

»Das ist ein Fehler, mein Kind, ein großer Fehler.«

»Tote hinterlassen keine Zettel mit Namen.«

Die alte Frau sank in den Sessel, so tief es ging. Das wenige Licht, das von draußen durch die schmutzigen Fenster fiel, verlor sich auf dem hohen Sessel, der die Alte zu umschließen schien.

»Er spricht zu mir, aber das verstehen Sie nicht.«

»Ihr Sohn Karl spricht zu Ihnen?«

»Wir reden oft ... wie man mit Lebenden redet.«

»Sie wissen, was Ihr Sohn gemacht hat?«

»Haben Sie Kinder?«

»Nein, ich ...«

»Unfruchtbar ...«

Anneliese machte einen Schritt zurück. *Unfruchtbar.* Ohne es zu wissen, hatte die Frau einen wunden Punkt getroffen. Zweimal war sie schwanger gewesen, zweimal eine Fehlgeburt. Ihr früherer Freund hatte sich von ihr getrennt. Nicht aus diesem Grund, aber das machte das Ganze auch nicht einfacher. Und jetzt das hässliche Lachen der Alten.

»Ich habe gewusst, dass Sie einen toten Schoß haben«, fuhr die Alte fort. »Sie sind das nutzloseste Wesen, das die Natur hervorgebracht hat, und wollen mir etwas von Kindern erzählen. Ich kannte Kinderlachen. Mein Karli hat hier im Haus gespielt, im Garten, damals als wir noch eine Familie waren. Und dann haben sie meinen Karli umgebracht. Erst haben sie ihn eingesperrt und dann umgebracht.«

»Er kam bei der großen Feuersbrunst um, die damals die Klinik und das ganze Dorf um diese Klinik zerstört hat. Es war ein Unfall.«

Die Alte lachte schrill. »Hören Sie auf, Dummerchen. Es gibt keine

Unfälle. Es stecken immer Menschen dahinter, und der Mensch ist böse. Ein äußerst durchtriebenes Wesen. Deshalb bevölkert er auch die ganze Erde. Es hat sich noch kein böseres Wesen gefunden, um ihn zu verdrängen. Aber wer selbst keine Kinder hat, der kann das nicht verstehen. Gehen Sie jetzt!«

Anneliese ließ den Lichtkegel der Taschenlampe in dem Wohnzimmer herumwandern. Die Tapete hing schon seit Jahrzehnten an der Wand. Überall gelbliche Flecke. Auf dem Tisch stand eine Flasche Wein. Zwei Gläser. Hatte die alte Frau Besuch gehabt? Wer setzte seinen Fuß in dieses Haus?

»Vielen Dank«, sagte Anneliese und bahnte sich einen Weg zur Tür. Im Flur hielt sie kurz inne. Das Licht ihrer Lampe fiel in ein Zimmer, das ungewöhnlich aufgeräumt war. Darin Spielsachen. Ein Holzfahrrad, ein Teddybär ohne Arm und Augen. Das Bett war gemacht. Darüber ein Bild. Es zeigte einen Jungen von ungefähr acht oder neun Jahren. Er lachte in die Kamera. Auf einem Schreibtisch Bücher. Jugendliteratur, ein altes Exemplar der Bibel. Anneliese ging in das Zimmer. Der Strahl ihrer Taschenlampe fiel auf eine Wand, die bis zur Decke mit Büchern vollgestapelt war. Die Bücher waren verstaubt, aber fein säuberlich aufgereiht. *Hexenkunst im Mittelalter … Hexengebräu … Zaubersprüche … Voodoo-Realität … Träume deuten und Schadzauber … Die Kunst der Unsterblichkeit.* Alle Bücher handelten von Hexerei, Wiedergeburt, Besessenheit. Über dem Schreibtisch hing eine Art Skizze, die wie ein Baum aussah.

Als Anneliese näher herantrat, erkannte sie, dass es ein Stammbaum war. Über einigen Namen waren Fotos geklebt. Dann sah sie andere Jugendfotos von Karl Weidmann. Auf einigen war er schon ein junger Mann. Anneliese nahm eine Schwarz-Weiß-Aufnahme in die Hand und hielt sie in den Schein der Lampe.

»Das gibt's doch nicht …« Bevor ihr Gehirn begriffen hatte, was sie da sah, spürte sie einen dumpfen Schlag auf ihrem Kopf. Sie verlor das Gleichgewicht und fiel in eine scheinbar endlose Tiefe.

2.

Ihr Großvater hörte ihr zu und unterbrach sie nicht einmal, um etwas nachzufragen. Tom kaute auf seiner Unterlippe. Er war nervös.

»Du wirst zu Hause bleiben und die Türen verriegeln«, sagte ihr Großvater durch das Telefon.

»Opa, wir müssen …«

»Nein, Alice. Du musst gar nichts. Kannst du nicht einmal das machen, was man dir sagt? Mir zuliebe?«

»Das nennt man emotionale Erpressung«, erwiderte Alice.

»Das ist kein Spiel. Es sterben Menschen …«

»Warum wolltest du Papa so dringend sprechen?«

»Es geht um das Foto, das du mir gegeben hast.«

»Das Foto deiner Jugendfreundin, die vor neunundzwanzig Jahren bei dem Busunglück starb.«

»Es hat mich nicht losgelassen. Ich hatte einfach keine Erklärung dafür, wie Ulrikes Foto in die Hand des Toten im Moor kommen konnte. Da habe ich meine alten Sachen durchstöbert.«

»Vielleicht können wir herausfinden, wer die Leiche im Moor war?«

»Ich weiß nicht, wer der Tote ist, aber ich weiß, woher das Foto von Ulrike stammte. Gleich nach der Beerdigung habe ich die alten Fotoalben durchgeblättert, und ich bin mir ganz sicher. Das Foto in der Hand des Toten ist nur eine Hälfte. Jemand hat die andere Hälfte weggeschnitten. Man sieht noch deutlich die Schnittspuren.«

»Du meinst, der Tote im Moor war auf der anderen Hälfte?«

»Nein. Auf der anderen Hälfte war ich«, sagte ihr Großvater. »Ich kann mich nicht mehr erinnern, wer das Foto gemacht hat. Aber ich erinnere mich, dass ich damals sehr glücklich war. Ich glaubte, die Frau meines Lebens gefunden zu haben. Kurze Zeit später ging Ulrike nach München, um mit diesem Psychiater zusammen zu sein.«

»Arthur Horos.«

»Ich dachte, Ulrike hätte ihn erst in München kennengelernt, doch sie kannte ihn schon vorher. Wahrscheinlich hat sie ihn beim Wintersport getroffen, als ich noch mit ihr zusammen war. Es gibt auch noch Fotos von Ulrike und ihrem Schwarm. Ich habe noch Fotoalben aus dieser Zeit. Schwarz-Weiß-Fotos, doch als ich sie jetzt durchsah …«

Ihr Großvater verstummte. Es raschelte, als hätte er den Hörer abgelegt.

»Opa? Wir müssen Papa helfen. Er sitzt in U-Haft.«

»Sag ihm«, flüsterte Tom, »dass er auf keinen Fall diesem Kommissar trauen soll.«

»Hast du gehört, Opa? Trau keinem, sprich mit keinem und erst recht nicht mit diesem Kommissar. Ich weiß, dass Lisa ihren Vater nicht getötet hat … Opa, bist du noch da?«

Sie hörte ihn atmen. Hatte es ihrem Großvater die Sprache verschlagen?

»Und die alte Hofer … Sie kann nicht in die Zukunft blicken. Das kann kein Mensch. Aber findest du es nicht seltsam, dass ihre Prophezeiungen oft in Erfüllung gehen? Wenn sie aber nicht in die Zukunft sehen konnte, dann kann dies nur bedeuten, sie wusste schon vorher, wer ins Gras beißen würde. Dies kann aber nur der Mörder wissen.«

Dütdütdüt. Das Besetztzeichen. Ihr Großvater hatte aufgelegt.

»Da stimmt was nicht«, sagte Alice. »Opa legt nicht einfach so auf. Das hat er noch nie gemacht.«

»Vielleicht hat er nur eine falsche Taste gedrückt. Meine Mutter macht das ständig, weil sie die Telefonanlage nicht kapiert.«

Sie warteten auf den Rückruf, doch das Telefon blieb stumm. Alice rief zurück. Nur das Besetztzeichen. Das war nicht Großvaters Art. Er hasste angebrochene Gespräche, und er hasste es, unterbrochen zu werden. Wer dich nicht ausreden lässt und dauernd unterbricht, der wird niemals ein Freund sein, erklärte er Alice oft. *Doch als ich sie jetzt durchsah …* Was hatte er gefunden? Auch auf Großvaters Handy meldete sich niemand. Tom versuchte es ebenfalls, für den Fall, dass Alice nicht fähig war, eine einfache Ziffernfolge einzugeben.

»Da ist was nicht in Ordnung.«

Alice wählte die Telefonnummer der Polizistin. Anneliese hatte ihr gesagt, dass sie sie jederzeit anrufen könnte, wenn sie Hilfe brauchte. Nun brauchte sie Hilfe. Ihr Vater würde da nicht alleine herauskommen. Sie mussten ihn so schnell wie möglich aus dem Untersuchungsgefängnis holen.

Sie haben Annelieses Nummer gewählt. Bitte quasseln Sie nicht meine Mailbox voll. Ich rufe Sie zurück, sobald ich kann und wenn ich Lust habe. Auf Wiederhören.

3.

Wer so alt wird wie er, dachte sich Alices Großvater, hat eine natürliche Strategie, wie man überlebt. Leider hatten weder Alice noch sein Sohn diese Strategie von ihm geerbt. Wie konnte er Alice nur dazu bringen, sich zu Hause einzuschließen, bis die Polizei eintraf? Warum hatte er Mati nicht gleich nach der Beerdigung von dem Bild erzählt, von Ulrike und von dem Mann, der noch auf dem vollständigen Bild zu sehen war?

Der Regen war kaum auszuhalten. Seit ein paar Tagen prasselte er vom Himmel, schwemmte alles auf und ließ Felsen in die Tiefe stürzen. Dann war auch noch die verrückte Hofer, die auf jeder Beerdigung herumstreunte und ihre Weisheiten wie Tollwut unter die Leute brachte. Hätte er die Alte doch ins offene Grab gestoßen, dann könnte sie sich selbst prophezeien, wann sie das Zeitliche segnete.

Alice war ein kluges Kind, aber sie war ein Kind. Und er … was war er für ein Großvater? Anstatt ihr zum Geburtstag zu gratulieren, hätte er heute beinahe dazu beigetragen, dass man Hobbes einschläferte. Alice hatte von Anfang an recht gehabt. Das Moor hatte einen Toten ausgespuckt. Als er die alten Fotoalben durchgesehen und die leere Stelle gefunden hatte, an der das Foto gewesen war, das er vor vielen Jahren Ulrike geschenkt hatte, war ihm klargeworden, dass ihn etwas eingeholt hatte. Ulrike … sie war von ihm gegangen, nach München, in ein anderes Leben. Und er hatte sie ziehen lassen. Er hatte ein Leben gelebt, mit dem er zufrieden war, aber es war nicht das Leben, das er sich mit Ulrike vorgestellt hatte, als er ihre Hand hielt und sie auf dem Gipfel des Breitenbergs auf dem Rücken lagen und jeder Wolke einen Namen gaben. Hätte er sie zurückhalten können? Ulrike war im Tobel gestorben. Jahre später starb seine Frau. Und es war wieder so wie am Anfang, nur dass es nichts mehr zu hoffen gab. Er musste diejenigen schützen, die er liebte.

Alice war ans Telefon gegangen. Sie würde auf ihn hören, diesmal, weil er sie darum bitten würde. Sie war ein braves Mädchen. Er erzählte ihr von dem Foto und dass es nur die Hälfte war, wie sein ganzes Leben nur eine Hälfte war. Sie hörte ihm zu. Viel wichtiger war, dass er die Polizei informierte. Er fuhr mit dem Finger über ein vergilbtes Foto aus der Zeit, als Ulrike ihn noch geliebt hatte. Im Hintergrund waren die Berge, Latschenkiefern, die Berghütte, und da war noch eine Gestalt. Alice brauchte davon nichts zu wissen. Sie durfte nicht zu viel wissen. Was da aus dem Moor zu ihnen gekommen war, war gefährlich.

Gerade wollte er das Album schließen und Alice etwas sagen, als kein Ton mehr aus seinem Mund kam. Seine Zunge war wie festgeklebt. Er hörte sich selbst gurgeln. Panikartig griff er nach seinem Hals, doch seine Arme gehorchten ihm nicht. Nur seine Augen konnte er bewegen. Er verdrehte sie, bis er die Hand sah, die ihm von hinten auf den Mund fasste.

»Am Anfang erstickten sie mir, ohne dass ich es merkte. Die eigene Zunge verstopft die Luftröhre. Sie können sich beruhigen, sie werden nicht ersticken. Ich muss ihnen aus diesem Grund in den Mund greifen. Ein einfacher Griff und doch so wirksam.«

Alices Großvater fühlte nicht, wie die Hände seine Lippen berührten. Ihm war, als bestünde sein Körper nur noch aus seinen Augen. Was hatte der Teufel mit ihm gemacht? Die Hände steckten in Gummihandschuhen, wie sie Chirurgen verwendeten. Hatte er einen Schlaganfall erlitten? Waren die Sanitäter gerade dabei, sein Leben zu retten? So hatte er sich seinen Tod nicht vorgestellt. Niemals hatte er sich ausgemalt, dass er bewusst miterleben würde, wie der Tod jedes Licht einzeln in seinem Körper ausknipste. Zumindest hatte er keine Schmerzen. Er atmete, aber er spürte nicht, dass er atmete. Was meinte der Sanitäter damit? Am Anfang erstickten sie mir immer? Er hatte keine Atemmaske. Niemand redete beruhigend auf ihn ein. Vielleicht war er schon tot?

»Strengen Sie sich nicht an! Sie können nichts mehr bewegen. Den Stich haben Sie nicht gespürt, oder? Ich habe inzwischen Übung darin. Die Nadel hat einen Nerv in Ihrem Nacken angestochen. Akupunktur. Sie kennen das sicherlich. Hier im Westen wendet man diese Technik nur an, um Verspannungen zu lösen oder um Migränepatienten von ihren Schmerzen zu befreien. In China operiert man seit Jahrhunderten Menschen mit dieser Technik. Jeder Nerv im Körper gehört zu einem ganzen System, das unser Bewusstsein ausmacht. Ich habe einen Zentralnerv lahmgelegt. Sie sind völlig gelähmt. Allein die Augen können Sie noch bewegen. Nur einen Millimeter daneben, und Sie sind völlig gelähmt, auch Ihre Atemmuskulatur. Sie würden innerhalb kürzester Zeit ersticken. Ihre Augen verraten mir, dass Ihnen eine Menge sinnloser Fragen durch den Kopf gehen. Ich kann Ihnen versichern, es hat nichts mit Ihnen zu tun. Keine persönliche Angelegenheit, keine Rache … Es ist einfach nur eine Frage des Überlebens. Verstehen Sie das? Manchmal muss ein Wesen sterben, damit ein anderes überleben kann. Wir erleben das jeden Tag. Wir töten Tiere, um sie zu essen oder um das Fell zu verwenden oder einfach, weil es uns Spaß macht. Und der Spaß gehört für viele ja schon zum menschlichen Überleben. Nicht für mich allerdings. Glauben Sie mir, es ist eine Frage des Überlebens, von Sein oder Nichtsein. Warum ich

Sie nicht gleich töte? Ganz einfach, weil es dann nicht nach einem natürlichen Tod oder nach einem Unfall aussehen würde. Sie sind mir zu nahegekommen. Sie und ihre Enkelin. Aber ich werde mich wohl um die ganze Familie kümmern müssen. Eine Frage des Überlebens. Auf die Frage, ob Sie lebend aus der Sache kommen. Nein! Ich will Ihnen keine falsche Hoffnung machen. Sie werden sterben. Damit müssen Sie leben, wenn man das so sagen darf. Solange, bis Sie tot sind. In Ihrem Alter hat man den Tod doch schon akzeptiert. Aber Sie glauben gar nicht, wie viele der Greise, die ich schon habe sterben sehen, an ihrem kümmerlichen Leben gehangen haben. Sie sind schon körperliche Wracks, klammern sich aber ans Leben. Sie halten sich alle für unsterblich. Doch was wissen sie schon von Unsterblichkeit! Ich verrate Ihnen ein Geheimnis. Sie nehmen es sowieso mit ins Grab. Ich bin unsterblich. Doch die Bedingungen dafür sind schwierig. Das Überleben der Unsterblichen ist ein Drahtseilakt. Sie sterben für etwas Heiliges.«

Die Gestalt schaltete das Licht aus. Alices Großvater fürchtete das erste Mal die Dunkelheit. Warum half ihm keiner? Die Gestalt huschte vor ihm durch das dunkle Zimmer. Er beobachtete, wie sie das Fotoalbum durchblätterte. Ulrike im Schnee, Bergluft vor schwarz-weißen Gipfeln und hinter ihr der Mann, in den sie sich verliebt hatte. Die Gestalt ging zum Kachelofen, in dem noch ausreichend Glut war, um das Fotoalbum in Asche zu verwandeln. Doch er riss Seiten heraus und warf das Album daneben. Unsterblich … Dieser Mann war wahnsinnig. Er war so wahnsinnig, dass es keiner bemerkte. Der Gedanke zu sterben machte ihm keine Angst, doch der Wahnsinnige würde nicht nur ihn töten. Sein nächstes Opfer würde Alice sein. Das durfte er nicht zulassen. Doch mehr als seine Augen konnte er nicht bewegen. Es war zu spät …

4.

Tom blätterte in dem Zeichenblock, den Lisa in der Klinik Alice gegeben hatte. *Hilf mir.* Er ließ die Ecken des Blocks wie ein Daumenkino nach unten schnellen. Er wiederholte das Daumenkino noch einmal.

»Das ist komisch«, sagte er und schaute sich jeden der Buchstaben an, der in der rechten Ecke geschrieben stand. Hilfmirhilfmirhilfmir …

»Sie hat mich warnen wollen«, sagte Alice, »das ist klar. Nur vor wem?«

»Hast du dir mal die Buchstaben angesehen?«

»Was soll damit sein?«

»Na, die Anordnung.«

»Sie hat auf jede Seite im Eck einen Buchstaben geschrieben.«

»Aber für diese Nachricht hätte sie dir auch einen Zettel zustecken können. Wozu diesen ganzen Block?«

»Vielleicht hatte sie nichts anderes.«

»Sie hätte ein Stück abreißen können und dir die Nachricht zustecken können. Das verstehe ich nicht.«

Alice nahm den Block und blätterte ihn durch. Nichts als Gekritzel. Auf jeder Seite nur ein paar Striche.

»Sie hat mir etwas sagen wollen, aber die Nachricht war nicht das Einzige«, sagte Alice und ließ die rechte Ecke zum Daumenkino nach unten schnellen, von der letzten zur ersten Seite. *Hilfmirhilfmir …* Mehr war da nicht zu erkennen.

»Fällt dir nichts auf?«, fragte Tom.

»Was soll da schon sein? Mehr als die Buchstaben?«

»Wenn du die Ecken als Daumenkino anschaust, dann siehst du es sofort. Das ist Wahnsinn.«

Alice ließ die Ecken an ihrem Daumen vorbeisurren. Nur die Buchstaben … Sie schüttelte den Kopf.

»Kannst du aufhören, in Geheimnissen zu reden?«

»Jeder Buchstabe ist genau über dem anderen, und jeder Buchstabe hat die gleiche Größe. Jeder Buchstabe ist identisch mit dem nachfolgenden. Und dies, obwohl sie offenbar jeden Buchstaben von Hand gezeichnet hat. So genau kann man Buchstaben nur mit einer Schreibmaschine oder einem Computer machen. Aber sie noch genau so zu platzieren, dass sie exakt übereinander stehen, das ist eine Präzision, die man mit bloßem Auge gar nicht hinbekommt, außer deine Freundin Lisa ist ein Genie.«

Jetzt verstand Alice, was Tom meinte. Ein handgezeichnetes Daumenkino war immer bewegt und wirkte beim Anschauen etwas verschwommen, weil die Buchstaben niemals genau übereinander standen. Es kam zu leichten Verschiebungen. Nur Lisas Buchstaben waren alle gleich groß und waren auf jeder Seite auf derselben Stelle. Tom sah sich die Striche auf den Seiten an. Willkürliche Striche. Auf einigen Blättern waren zwei oder drei. In der Mitte einige kleine Kreise und Punkte.

»Lisa kann unglaublich gut malen. Ich habe die Porträts gesehen, die sie im Unterricht von unserem Lehrer gemacht hat.«

»Mit den Strichen gewinnt sie jedenfalls keinen Preis«, sagte Tom und legte den Block vor sich auf den Tisch.

»Wenn sie mir etwas mitteilen wollte, ohne dass jemand es bemerkte, dann hätte sie mir nicht einfach einen Zettel zustecken können. Lisa redet nicht. Jeder glaubt, sie steht unter Schock.«

»Das soll jeder glauben.«

»Richtig, sie kann sich niemandem anvertrauen. Keiner würde ihr glauben, und bis sie jemanden gefunden hat, der sich ihre Geschichte anhört und ihr vielleicht glaubt, wird sie einen bedauerlichen Unfall erleiden. Wie Hobbes, der plötzlich leblos vor der Tür lag, oder wie ihr Vater. Ich bin mir sicher, dass Lisa mehr weiß.«

Alice schlug den Block auf. Tom lehnte sich über den Tisch. Das Wasserglas, das Alice auf dem Nachttisch stehen hatte, kippte um. Es war nur noch halb voll, das reichte jedoch, um die Blätter des Zeichenblocks zu bedecken.

»Oh, Scheiße, das tut mir …«

Alice schüttelte das Wasser von dem Block. Die Blätter hatten sich vollgesogen.

Tom hantierte ungeschickt mit einem Taschentuch und verteilte das Wasser auf dem ganzen Tisch.

»Egal, das macht nichts. Verdammt, Tom, schau dir das an. Siehst du es nicht?« Alice zeigte auf die Blätter, die nun durchsichtig waren, leicht gewellt, aber dort, wo das Wasser in das Gewebe gedrungen war, schienen die unteren Striche hindurch.

»Ich seh's nicht«, sagte Tom.

»Du hattest recht, Tom. Lisa ist ein Genie. Die Buchstaben, die so exakt in die rechte Ecke geschrieben waren, dass sie genau übereinander waren, wenn man jede Seite im Schnelldurchlauf per Daumenkino ansieht, sind nur ein Hinweis. Die eigentliche Nachricht sind diese Striche …«

»Aber es sind doch nur komische Linien?«

»An den Stellen, wo das Wasser das Papier durchsichtig gemacht hat, schimmern die unteren Linien durch das Papier. Erkennst du es?«

»Beim heiligen Bill Gates … das ist doch …«

»Ja, Lisa hat die Striche dreidimensional angeordnet. Wir müssen die Striche übereinander legen.«

»Sind sie doch schon, oder nicht?«

»Aber wir können uns unter den Linien nichts vorstellen. Lisa hat ein fotografisches Gedächtnis. Sie kann sich Striche und Positionen im Millimeterbereich merken. Sie malt einen Strich auf ein Blatt, merkt ihn sich, malt den nächsten auf eine andere Seite und merkt ihn sich wieder, bis sich in ihrem Kopf ein Gesamtbild ergibt.«

»Du meinst, sie hat uns eine Botschaft hinterlassen.«

»Ja, wir müssen nur jede Seite übereinander legen und uns das Papier wegdenken.«

»Nichts leichter als das«, meinte Tom, »ich muss nur jede Seite abfotografieren. Dann speichere ich jede Seite einzeln und füge sie in einem Zeichenprogramm zusammen.«

Er fotografierte die erste Seite mit seinem Handy und speicherte das Ergebnis.

»Jetzt brauche ich nur noch mein Malprogramm. Das hat eine Überblendfunktion. Es wird ein wenig dauern ... Das sind mehr als hundert Seiten.«

Alice blickte auf das Telefon. Ihr Großvater rief nicht zurück. Die junge Polizistin meldete sich auch nicht. Ich kann hier nicht tatenlos rumsitzen und nichts tun, dachte sie. In diesem Augenblick läutete das Telefon. Alice griff nach dem Hörer, doch statt der Stimme ihres Großvaters war da nur Amalias Jammerton. *Es regnet ... Der Bus fährt nicht, und ich habe keine Lust, meine Haare bei diesem Sauwetter zu ruinieren.* Amalia hatte keine Ahnung, dass ihr Vater verhaftet worden war. Sie hatte den ganzen Tag Haare geschnitten und mit den greisen Damen von der Löbli-Pension übers Wetter geplaudert.

»Gib mir mal Paps, kleine Schwester?«

»Er ist nicht da.«

»Er müsste aber schon da sein um diese Zeit, oder? Wo ist er?«

»Keine Ahnung, aber ich muss jetzt Schluss machen.«

»Hey, warte mal, und wer holt mich hier ab?«

»Wenn du jetzt losläufst, dann bist du in zwei oder drei Stunden zu Hause.«

»Das kann doch nicht ...«

Alice legte auf. Tom hatte die letzten Seiten abfotografiert.

»Jetzt wollen wir doch mal sehen, was das gibt. Ich schicke die Dateien an meinen Rechner im Hotel. Der Zugriff ist zwar langsam, aber das Programm rechnet. Siehst du?« Er zeigte auf den weißen Bildschirm seines Handys. »In einer Stunde müsste jede Datei durch sein.«

Alice stand auf und zog ihre Jacke an.

»Wo willst du hin?«

»Ich muss los. Da stimmt was nicht. Großvater hätte schon längst zurückrufen müssen.«

»Er ruft sicherlich noch an. Wahrscheinlich macht er sich erst etwas zu essen und ruft dich dann an.«

»Nein, er hätte nicht einfach aufgelegt und dann nicht mehr zurückgerufen. Da ist etwas passiert.«

Sie nahm ihren Regenmantel und schlüpfte in ihre nassen Stiefel.

»Du willst da echt wieder raus, in dieses Pisswetter?«

»Ich gehe«, sagte Alice, »du kannst gerne hier bleiben.«

»Wenn du das sagst, dann weißt du doch schon, dass ich mitkomme.«

»Niemand zwingt dich.«

»Ja, ja, ich bin ja nur der Trottel, der alles mitmacht.«

Alice grinste. »Wofür hat man Freunde?«

»Sollen wir nicht die Polizei rufen oder auf deinen Vater warten? Er hat eine Pistole und eine schusssichere Weste, er kann Verstärkung anfordern, Hubschrauberunterstützung, den Notarzt …«

Alice stand schon draußen im Regen. Tom zog noch seine Schuhe an. Von der Einfahrt aus konnte sie Großvaters Haus sehen. Das Haus war dunkel. Doch ihr Großvater war zu Hause, und um diese Zeit ging er noch nicht schlafen. Warum hatte er nicht zurückgerufen? Alice musste an die Prophezeiung der alten Hofer denken. *Bring deine Angelegenheiten ins Reine … deine Tage sind gezählt.* Wenn sie doch in die Zukunft sehen konnte? Wenn es Menschen gab, die wussten, was geschehen würde? Nein, Aberglauben, denn niemand kann in die Zukunft sehen, die er nicht selbst gestaltet hat. Die alte Hofer konnte nichts über den Tod anderer wissen, es sei denn, sie sorgte auf irgendeine Art und Weise dafür, dass der Tod auch so eintrat, wie sie ihn vorausgesagt hatte.

Tom rief ihr etwas durch den Regen zu, doch Alice stieg schon die steile matschige Wiese hinauf. Geröll und Schlamm rutschten den

Wanderweg nach unten ins Tal. Alice hatte das dumpfe Gefühl, zu spät zu kommen. *Es waren die letzten Worte deines Großvaters … und du hast es nicht kapiert.* Sie glitt aus und fiel in den Schlamm.

5.

Die Tür stand offen. Der Regen hatte in der Garderobe Pfützen hinterlassen. Großvaters Gummistiefel, die er auf der Beerdigung getragen hatte, standen fein säuberlich vor der Eingangstür. Das Haus war dunkel. Alice kannte den Weg genau. Tom war hinter ihr.

»Ich ruf die Polizei … wir sollten warten.«

Alice war schon im Esszimmer. Ein Stuhl war umgeworfen worden. Sie rief ihren Großvater. Nur ihre Schritte und das Prasseln des Regens auf dem Blechdach waren zu hören. Dann sah sie ihn, vor dem Fernseher, in seinem Sessel zusammengesunken. Der Telefonhörer lag daneben.

»Opa!«, rief sie. Die Augen ihres Großvaters standen offen und starrten auf den dunklen Bildschirm vor ihm. Äußerlich hatte er keine Wunden. Sie bewegte seinen Kopf hin und her, klatschte ihm ein paar Mal auf die Wange, doch keine Reaktion. Sie legte ihre Finger an seinen Hals. Kein Puls. Er war tot. Doch das hatte sie am Morgen auch bei Hobbes gedacht.

»Ich habe den Notarzt gerufen«, sagte Tom. »Das sieht nicht gut aus, Alice.«

»Er wollte mir etwas sagen …«

»Ich fürchte, dass du nicht mehr viel für deinen Opa tun kannst.«

»Er hat ihn sich geholt«, sagte Alice vor sich hin, »wie die Alte es vorausgesagt hat.«

»Der Notarzt kommt gleich.«

Alice hielt die Hand ihres Großvaters. Sie war warm. Warum hatte er keinen Puls?

»Mach das Licht an!«

Tom drückte den Lichtschalter, doch keine Lampe leuchtete auf. Nur der schwache Schein der Straßenlaterne, der durch die Tür fiel, ließ sie die Konturen der Dinge erkennen. Alles war erstarrt, so als verginge die Zeit nicht in der Dunkelheit.

Dann hörte sie die Sirenen des Rettungswagens. Alice hatte nicht auf die Uhr gesehen. Es mussten aber mindestens zwanzig Minuten vergangen sein. Die Hand ihres Großvaters lag in ihrer Hand. Tom lief zur Tür, als der Rettungswagen vorfuhr. Dann fiel ihr etwas ein ... Sie hörte schon die Stimmen eines Sanitäters, als sie Großvaters Hals abtastete. Taschenlampen suchten sich einen Weg in das dunkle Zimmer. Dann spürte sie die kleine Erhebung im Nacken. Es war wie ein Insektenstich, und in der Wunde steckte ein kleiner, harter Gegenstand.

»Wie lange liegt er schon da?«, fragte der Notarzt.

»Wir haben ihn vor zwanzig Minuten so gefunden«, sagte Alice, »wir hatten telefoniert, und plötzlich war er weg ... das Gespräch unterbrochen. Der Hörer lag daneben ...«

»Sieht aus wie ein Schlaganfall«, sagte der Rettungsarzt. »Wie ist sein Name?«

»Gustl Pokel«, antwortete Alice.

»Herr Pokel«, rief der Notarzt laut, »können Sie mich hören? Wenn Sie nicht sprechen können, dann versuchen Sie zu zwinkern oder bewegen einen Finger.«

»Keine Reaktion«, sagte der zweite Notarzt, der seinen Finger an den Hals ihres Großvaters gelegt hatte. »Kein Puls.«

Mit einer kleinen Taschenlampe leuchteten sie in die Augen ihres Großvaters.

»Puppillenreaktion ...«

Sie rissen sein Hemd auf und hörten den Brustkorb mit einem Stethoskop ab.

»Puls sehr schwach, aber vorhanden.«

»Er hat am Nacken diesen Stich …«, erklärte Alice.

Sie legten ihren Großvater auf die Rettungstrage.

»Wir werden unser Bestes tun, aber es sieht nicht gut aus.« Der Notarzt rief die Klinik an.

»Er hat diese Verletzung im Nacken, Sie müssen nachsehen …«, erklärte Alice erneut.

Ihr Großvater verschwand im Innern des Wagens. Jemand legte eine Atemmaske über sein Gesicht. Der Notarzt hatte ihr gar nicht zugehört. Die Nadel … der Einstich im Nacken … wie bei Hobbes … Toms Ohnmacht …

»Wohin bringen Sie ihn?«, rief sie dem Fahrer noch hinterher, bevor er die Tür des Rettungswagens schloss.

»Ins Kaltenloch-Klinikum. Dort gibt es auch eine Abteilung für Neurologie. Wir haben ja die Telefonnummer …«

Das Rettungshorn war unendlich laut. Blaue Lichtfetzen. Dann standen Tom und sie in der Dunkelheit, durch die nur der Regen fiel.

6.

Anneliese Brackl fühlte erst ihre Handgelenke und dann ihre Füße. Es roch nach Staub und fauligen Äpfeln. Mit den Schmerzen in ihren Gliedern floss auch ihr Bewusstsein langsam in sie zurück. Die alte Frau hatte sie niedergeschlagen. Sie hatte den Schlag nicht gespürt. Sie lag noch an der Stelle, wo sie gefallen war. Ihre Hände schmerzten, und als sie zu ihren Händen sah, wusste sie auch, woher die Schmerzen kamen. Die Alte hatte ihre Hände zusammengebunden – mit einem feinen Blumendraht, der ihr ins Fleisch schnitt. Ihre Füße kribbelten. Sie waren ebenfalls gefesselt und wurden kaum mehr durchblutet. Wenn sie aus dieser Sache wieder heil herauskommen würde, dann mit der Erkenntnis, dass alte Frauen nicht harmlos waren. Sie versuchte sich zu strecken, als ihr etwas den Hals zuschnürte.

»Bleiben Sie ruhig liegen«, sagte die Alte dicht neben ihr, »sonst schneiden sich die Drähte ins Fleisch. Das wollen Sie doch nicht.«

»Was haben Sie mit mir gemacht?«

»Niedergeschlagen und gefesselt. Was für eine überaus kluge Frage!«

Die alte Frau hatte sie so gefesselt, dass jede Bewegung mit den Beinen oder Armen an einem weiteren Strick zerrte, der um ihren Hals gebunden war.

»Ich hatte nicht vor, Ihnen weh zu tun. Sie stehen nicht auf der Liste.«

Anneliese ließ ihre Arme sinken. Wieder zog sich das Seil um ihren Hals zu.

»Pssst, keine Bewegung. Glauben Sie mir, Sie erdrosseln sich, wenn Sie so weitermachen. Das ist dann nicht meine Schuld. Es bringt auch nichts, sich zu wehren. Wissen Sie, wenn man Tiere so fesselt, dann erwürgen sie sich vor lauter Panik. Bei Kühen, ja selbst bei Hunden geht das nicht. Meine Eltern hatten einen Schlachthof. Früher musste man die Tiere noch fesseln, bevor man sie töten konnte. Und wenn ein Tier sich erwürgt, dann ist das Fleisch ungenießbar. Es muss schnell gehen. Zwischen Fesselung und Tötung dürfen höchstens ein paar Sekunden vergehen, sonst bekommt das Fleisch einen komischen Geschmack. Aber Ihnen kann ich es ja sagen. Sie verstehen es ja …«

»Sie sind doch verrückt.«

»Ach, Sie kommen nachts zu mir. Belästigen eine alte Frau und wollen sie dann auch noch bestehlen.«

»Ich wollte Sie nicht bestehlen. Ich bin von der Polizei.«

»Sicherlich, von der Polizei. Eine Uniform bekommt heute schon jeder aus dem Faschingsladen.«

»Meinen Dienstausweis finden Sie in meiner linken Brusttasche. Sie können auch gerne bei meiner Dienststelle anrufen.«

»Und was soll ich denen erzählen? Dass ich Sie niedergeschlagen habe?«

»Ich ermittle in einem Fall. Wenn Sie mich jetzt losbinden, dann kann das als Unfall angesehen werden. Sie haben mich für einen Einbrecher gehalten.«

»Warum stecken Sie Ihre Nase in das Leben anderer Menschen?«

»Gegen Sie wurde schon Anzeige erstattet, weil Sie andere Menschen mit Ihren Prophezeiungen belästigt haben.«

»Die Wahrheit will in diesem Land keiner hören.«

»Keiner will hören, dass er bald stirbt.«

»Aber habe ich mich jemals getäuscht?«

»Wer gibt Ihnen die Hinweise?«

»Ich bekomme Sie aus dem Jenseits, Liebchen. Aus dem Reich der Toten.«

»Aber die Toten schreiben keine Zettelchen. Wer steckt die Zettelchen ans Grab.«

»Sie wissen ja schon einiges, aber wenn Sie so klug wären, wie Sie vorgeben, dann wüssten Sie, dass ich selbst die Zettel dort hinstecke.«

»Sie selbst?«

»Ja, Liebchen. Ich stecke Zettel in die Ritzen des Grabsteins. Und wenn ich wiederkomme, dann steht da ein Name darauf.«

»Und wer schreibt ihn auf den Zettel?«

»Die Toten, denn für sie gibt es keine Zukunft und keine Vergangenheit. Und manchmal flüstert er dann zu mir.«

»Wer – Karl Weidmann?«

»Das geht nur mich etwas an. Erwähnen Sie nicht seinen Namen, Liebchen, sonst sorge ich dafür, dass die Schlinge sich um Ihren kleinen Hals zuzieht. Aber an so einem unfruchtbaren Liebchen ist sowieso nichts verloren. Sie haben keine Kinder und werden nie welche haben. Sie wissen gar nichts vom Leben.«

»Ihr Sohn ist tot, seit dreißig Jahren …«

»Ihr habt ihn auf dem Gewissen. Die Justiz, der Polizeiapparat, die Gutachter … Er hatte niemandem etwas getan.«

»Er hatte mindestens drei Familien ausgelöscht.«

»Er hatte Fehler begangen, das tut doch jeder.«

»Nicht jeder tötet Menschen, nur aus perverser Mordlust.«

»Mordlust ... Mein Sohn war kein Mörder. Das hat man mir später gesagt, dass er all diese Sachen gemacht haben soll. Aber mein Karl war ein liebes Kind. Im Garten stehen noch seine Schaukel, der Sandkasten, in dem er seine Nachmittage verbracht hat. Er war ein besonderes Kind, er war verwirrt, als sein Vater ihn mir wegnahm. Der Justizapparat meinte, ich sei nicht fähig, ein Kind zu erziehen. Derselbe Justizapparat, der ein paar Jahre vorher unsere Kinder in Kriegen verbrannt hat. Und dieser Apparat nimmt mir mein Kind weg und sagt, dass ich nicht fähig sei ...«

»Man hat ihn auch nicht ins Gefängnis gesperrt, sondern in die Psychiatrie.«

»Um ihn nie wieder rauszulassen. Als sie dann nicht anders konnten, als ihn wieder frei zu lassen, haben sie ihn getötet.«

Anneliese schüttelte den Kopf. »Die Klinik ist abgebrannt und mit der Klinik das ganze Dorf. Ihr Sohn kam bei dem Brand ums Leben. Niemand hat ihn getötet.«

»Ich kann Sie auch in den Keller werfen, und nach einer Woche sind Sie verdurstet, mein Liebchen. Dann hat der Durst Sie umgebracht und nicht ich.«

»Niemand hat ein Feuer gelegt. Es war ein Unfall.«

»Sie sind keine Mutter. Seien Sie still! Toter Schoß. Eine Mutter spricht immer zu ihrem Kind. Diese Beziehung kann niemand zerstören, selbst der Tod nicht.«

»Sie wissen, wer die Namen auf die Zettel schreibt?«

»Er spricht zu mir, aus der Tiefe des Totenreichs, weil ich seine Mutter bin. Und er beseitigt all die, die sich ihm in den Weg stellen. So wie er seinen missratenen Vater ausgelöscht hat.«

»Ihr Sohn ist also ein Mörder gewesen?«

Die Alte zischte, dann riss sie an dem Seil, das Annelieses Beine und Arme verband. Anneliese röchelte. Ihr wurde schwarz vor Augen.

Die alte Hofer zog einen Zettel unter ihrer Strickjacke hervor. Er war leer.

»Den stecke ich ins Grab. Wenn ich ihn wieder rausziehe, dann steht da ein Name drauf, und dieser Name steht dann schon bald auf einem Grabstein. Vielleicht ist es Ihr Name, Liebchen. Ich habe mich noch nie geirrt, weil die Toten nie irren.«

Die alte Frau schloss die Tür zur Küche. Der Boden war kalt. Selbst wenn Anneliese schrie, würde sie niemand hören. Der Regen prasselte ans Fenster. Der Wind fuhr durch einen Kamin. *Toter Schoß.* Du darfst nicht einschlafen. Versuch deine Beine zu bewegen, die Fesseln zu lockern ... nur nicht einschlafen. Der Wind schlug Äste ans Fenster. Der Sturm kam über die Berge, und sie lag in einer dunklen Küche auf dem Fußboden. Alte Hexe ...

7.

Ihr Großvater hatte die Kommode mit den Fotoalben offen gelassen. Auf dem Boden lagen verstreut einzelne Bilder und herausgerissene Seiten. Alice legte die Alben auf den Tisch. Jemand hatte sie aus dem Schrank gerissen. Großvater hätte die Fotoalben nie so behandelt. Fotografien sind Türen zur Vergangenheit, pflegte ihr Großvater zu sagen.

»Warum hat dein Großvater die Fotoalben aus dem Schrank gerissen?«

»Das ist nicht Opas Werk. Jemand war hier und hat sie durchgesehen. Er hatte es nicht eilig.«

Alice nahm das oberste Album. Die ersten Seiten waren herausgerissen. Auf den verbliebenen Seiten fehlten reihenweise Fotos. Nur die Bildunterschriften standen noch da. *Ulrike und ich am Bretterspitz ... Ulrike vor der Abfahrt ... Ulrike mit ihrer Ski-Gruppe ... Ulrike mit Schüler ...* Keines der Bilder war vorhanden. Zum Teil waren sie grob herausgerissen worden. Alice blätterte weiter. Nahezu alle Fotografien mit Ulrike waren entfernt worden.

»Warum fehlen die Bilder von Opas früherer Freundin? Sie ist vor neunundzwanzig Jahren bei dem Busunglück ums Leben gekommen. Das ergibt keinen Sinn.«

»Ich verstehe überhaupt nicht, was dein Opa mit dem Tod von Lisas Vater zu tun hat.« Tom hielt die Taschenlampe höher.

»Hat er auch nicht …«

»Wo ist der Sicherungskasten?«

»Hinter der Eingangstür«, antwortete Alice und nahm Toms Taschenlampe. Er verschwand für ein paar Minuten, dann ging plötzlich das Licht an. Der Fernseher meldete sich zurück.

»Jemand hatte den Hauptschalter einfach ausgeschaltet.«

Im Licht sah das Chaos noch größer aus. Im ganzen Raum lagen Fotografien, fast alle zerrissen.

Auf der letzten Seite eines zerrissenen Albums war wieder eine Bildunterschrift. *Ulrike mit Schüler aus München.*

»Vielleicht hat er sich für etwas anderes interessiert?«

Es waren nur ganz harmlose Fotos. Überall Ulrike, ein paar Aufnahmen von ihrem Großvater, der wohl die meisten Fotos gemacht hatte. Gruppenbilder, Ulrike auf dem Gipfel … Was hatte der Eindringling gesucht? Warum Großvater? Sie hatte ihrem Großvater das Bild gegeben, das sie in der Hand des Toten gefunden hatte. Sie hatte Großvater mit in die Geschichte gezogen, und jetzt lag er auf der Intensivstation.

»Es war mein Fehler«, sagte Alice und nahm ein letztes Album aus dem Schrank.

»Was war dein Fehler?«, fragte Tom.

»Dass ich Großvater das Bild gegeben habe.«

»Du konntest doch nicht wissen, dass dein Opa die Fotografie kennt, die du in der Hand einer Moorleiche gefunden hast.«

»Ich hätte ihn nicht mit hineinziehen dürfen.«

»Die Frage ist doch, mit wem hat dein Opa geredet? Wer hat noch von dem Foto gewusst?«

»Auf dem Bild war Ulrike. Opa meinte, dass das Bild in der Mitte durchgeschnitten war. Ursprünglich war noch jemand auf dem Foto … er selbst. Opa meinte, er habe das ganze Bild als Erinnerung an schöne Zeiten Ulrike geschenkt. Ulrike besaß also das Bild bis zu ihrem Tod. Danach musste es ihr Mann bekommen haben. Vielleicht gefiel ihm das Bild seiner Frau, doch ohne Großvater.«

»Wer war ihr Mann?«

»Ein Schüler aus Ulrikes Skigruppe, ein Arzt aus München, ein Psychiater. Professor Doktor Horos.«

»Der Leiter der Psychiatrie in Kaltenloch?«

»Er hatte Ulrike bei einem Skikurs kennengelernt. Ulrike verliebte sich in ihn und zog nach München. Dann kam das Unglück in der Klinik in Niederdorf, in der er damals gearbeitet hatte. Horos war ziemlich schwer verletzt, überlebte aber als Einziger das Unglück.«

»Sonst niemand?«

»Niemand, der in dieser Nacht in der Klinik gearbeitet hatte. Das Schicksal verschonte Horos, aber nicht seine Frau und auch nicht seine einzige Schwester. Mit einem Schlag löschte das Busunglück im Tobel seine ganze Familie aus.«

»Schrecklich!«

»Großvater wollte wissen, wie das Foto seiner geliebten Ulrike in die Hand einer Moorleiche gekommen war. Er hatte das Foto einst Ulrike gegeben, und der Einzige, der mehr über das Foto wissen konnte, war ihr Mann. Der einzige Überlebende des Brandes, der einzige seiner Familie … Großvater muss mit Horos über das Bild gesprochen haben. Schau dir die Alben an! Die Fotos, auf denen die Skigruppen zu sehen waren oder Ulrike mit ihrem Schüler … sie fehlen alle.«

»Stimmt, jetzt, wo du es sagst«, bestätigte Tom und blätterte in dem Album zurück. »Alle Gruppenfotos. Doch warum?«

»Großvater konnte sich nicht erklären, wie Ulrikes Foto in die Hand eines Toten im Moor gelangen konnte.«

»Du hast deinem Opa erzählt, wie du an das Foto gekommen bist?«

»Ich habe es ihm erzählt und auch, dass ich glaubte, eines der Opfer des Familienmörders, Karl Weidmann, entdeckt zu haben.«

»Weidmann wurde aber gefasst«, sagte Tom, »und starb bei dem Brand der Klinik in Niederdorf. Der Tote musste also schon mehr als dreißig Jahre im Moor gelegen haben.«

»Großvater muss Horos von dem Bild erzählt haben«, sagte Alice, »und wie wir es auch drehen und wenden, Horos taucht immer am Ende jeder Geschichte auf. Ich muss mit ihm reden.«

»Du musst gar nichts, Alice. Das ist Sache der Polizei.«

»Papa sitzt in U-Haft, und sonst hört sich niemand das Gerede einer Zwölfjährigen an. Wir haben nicht den geringsten Beweis. Die Moorleiche wurde gestohlen, Großvater liegt im Krankenhaus, und die junge Polizistin, Anneliese …«

»Wer?«

»Eine Polizistin hat mir geholfen, nachdem Papa verhaftet wurde.«

»Du solltest niemandem trauen, solange dein Vater in U-Haft sitzt.«

Alice wählte Annelieses Nummer. Besetzt.

»Es ist schon neun Uhr«, sagte Tom, »du kannst heute Nacht im Hotel schlafen.«

»Nett von dir, Tom, aber ich muss ein wenig alleine sein. Mein Kopf dreht sich.«

Alice verschloss das Haus ihres Großvaters. Es lag wieder im Dunkeln und sah unbewohnt aus.

Sie nahmen den Weg über die Straße. Der Wiesenhang war zu glitschig. In den Bergen rumorte es. Geröllawinen. Wenn es lange regnete, dann bewegten sich die Hänge. Tonnen von Felsen und Geröll brachen dann plötzlich ab und rasten in die Tiefe.

Tom drückte Alice kurz. »Willst du nicht doch mit ins Hotel kommen?«

»Danke. Ich brauche jetzt Ruhe.«

»Die hast du auch im Hotel.«

»Ich brauche absolute Ruhe.«

»Dir kann ich sowieso nichts ausreden. Ist Amalia schon da?«

»Es brennt kein Licht. Sie ist wahrscheinlich in Kaltenloch geblieben und schläft bei einer Kollegin oder Freundin.«

»Und du hast keine Angst, allein in dem großen Haus zu sein?«

»Ich fürchte nur mich selbst«, sagte Alice, doch als Tom ihr zuwinkte, fühlte sie sich plötzlich alleine. Ihr Vater kauerte irgendwo in einer Zelle, ihr Großvater hing an Schläuchen in der Kaltenlocher Klinik. Sie öffnete die Tür und drückte wie gewohnt den Lichtschalter. Nichts. Es blieb dunkel.

Tom wartete nach hundert Metern. Wie konnte er ihr nur helfen? Ihm wäre viel wohler gewesen, wenn sie mit ihm gekommen wäre. Doch Alice hatte ihren eigenen Kopf und fürchtete sich vor nichts. Diesmal war es jedoch anders. In ihren Augen hatte er Unsicherheit gesehen und die Angst, dass sich etwas Schlimmes in ihrem Leben anbahnte.

Er war bereits an der Weggabelung, als er den großen dunklen Geländewagen am Straßenrand sah. Wer parkte bei diesem Regen seinen Wagen am Straßenrand? Kein Haus in der Nähe. Tom beugte sich vor, um in das Wageninnere zu sehen. Es war leer. Klar, was hoffte er auch zu sehen? Doch warum stellte jemand seinen Wagen weit von den Häusern ab? Wollte man jemanden besuchen, dann stellte man sich direkt vors Haus. Tom notierte die Nummer, dann zog er sich die Kapuze seines Regenmantels tiefer ins Gesicht und ging weiter. Alice hatte noch immer kein Licht gemacht.

8.

Die Hauptsicherung war herausgesprungen. Wie in Großvaters Haus. Wahrscheinlich der Blitz. Als das Licht anging, schienen alle Gegenstände sich wieder auf ihre gewohnten Orte zurückzuziehen.

In der Dunkelheit ist noch etwas, was bei Licht verschwindet, dachte Alice. Es handelt sich um eine Art dunkler Materie, die sich zwischen die Gegenstände schiebt und sie unsichtbar macht. Es gibt Dinge, dachte sie weiter, die verschwinden einfach, wenn man das Licht wieder einschaltet.

Alice ging ins Badezimmer, sie zog sich aus und stellte sich unter die heiße Dusche. Sie schloss die Augen, als sie plötzlich einen Schatten auf der anderen Seite des Duschvorhangs wahrnahm. Es gab Dinge, die es nicht geben konnte. Sie hatte die Tür von innen verriegelt. Sie riss den Vorhang beiseite. Wittgenstein saß auf dem Rand der Badewanne und sah sie an. Alice stellte sich schnell hinter den Duschvorhang.

»Verdammt, du kannst doch nicht einfach ins Bad kommen, wenn ich gerade dusche. Ich bin nackt.«

»Das stört mich nicht.«

»Mich stört es aber. Ich will nicht angestarrt werden, wenn ich nichts anhabe.«

»Frauen haben mich noch nie interessiert, schon gar nicht, wenn sie überhaupt noch keine sind.«

»Dann tun Sie wenigstens so, als ob Sie wegschauen.«

»Wie kann ich denn so tun, als ob ich wegschaue? Entweder ich schaue weg oder nicht. Du hast eine Frage gestellt?«

Alice schüttelte den Kopf und stieg aus der Dusche. Wittgenstein reichte ihr das Badehandtuch.

»Ich habe keine Frage gestellt. Ist ja keiner da … außer ich selbst.«

»Das ist doch schon wer … Es gibt jemanden, der eine Frage stellt und der sie nicht beantworten kann.«

»Ich habe an etwas gedacht, aber das ist völlig nebensächlich. Wenn ich müde bin, dann gehen mir manchmal solche Fragen durch den Kopf wie, ob die Dinge, wenn ich nicht hinsehe, noch immer da sind.«

»Und hast du eine Antwort darauf gefunden?«

»Es ist den Dingen völlig egal, ob ich nach ihnen frage oder nicht.«

»Das ist richtig, aber was sagt das über deine Frage aus?«

»Sie ergibt keinen Sinn«, antwortete Alice. Es hörte sich jedoch wie eine weitere Frage an.

»Die Gewissheit über die Wahrheit der Dinge können wir nie erlangen. Aber wir können uns fragen, ob es sinnvoll ist zu zweifeln. Die Sprache verführt uns dazu, da zu zweifeln, wo es überhaupt keinen Zweifel geben kann. Um überhaupt zweifeln zu können, müssen wir in unserem Sprachspiel erst einmal Gewissheiten haben. Ohne Gewissheit kein Zweifel.«

Alice trocknete sich ab und zog sich an. Sie fühlte sich schon besser.

»Das heißt, wenn ich an irgendeinem Ding oder an einem Menschen zweifle, dann geht das nur, weil ich mir sicher war?«

»Der Zweifel an Dingen außerhalb deiner selbst setzt natürlich voraus, dass du nicht an deinen eigenen Worten zweifelst. Wenn du nicht weißt, ob du lügst oder die Wahrheit sagst, dann kannst du auch nicht zweifeln.«

... kannst du auch nicht zweifeln. Wer Lüge und Wahrheit nicht mehr unterscheiden kann, der kann auch nicht mehr an sich selbst zweifeln. Warum war sie vorher nicht auf diese Idee gekommen?

Wittgenstein ging vor ihr aus dem Bad. Er tauchte bei bestimmten Fragen auf, die sie sich bewusst oder unbewusst stellte. Wittgenstein existierte nicht unabhängig vor ihr. Sie musste an die Würfel bei dem Verhör denken. Sie hatte Angst gehabt, ihren Vater zu belasten, ohne es zu wollen. Sie hatte Angst vor den Fragen gehabt. Sie war nervös gewesen, und dann war Wittgenstein mit seinen Würfeln eingesprungen. Aber es gab wieder Sachen, die Wittgenstein erwähnte, von denen sie nichts wusste. Was hatte der Bus nach Gestern zu bedeuten oder sein Philosophenfreund Grandval?

Du kannst nicht zweifeln, wenn du nicht weißt, ob du lügst oder die Wahrheit sagst ... Sie wählte die Nummer von Anneliese Brackl. Immer noch besetzt. Die junge Polizistin hatte ihr doch versprochen, sie zurückzurufen.

Sie stand im Flur des ersten Stocks, als sie das Geräusch hörte. Schritte, dann Klopfen. War ihr Vater zurück und hatte keinen Schlüssel dabei? Sie rannte nach unten. Wieder das Geräusch. Hobbes schlief auf der Couch, auf der ihr Vater normalerweise um diese Zeit Fernsehen guckte. Der Kater spitzte die Ohren. Er schaute in die Richtung, aus der das Geräusch gekommen war, dann begann er zu knurren, und sein zerzaustes Fell stellte sich auf. Er glich plötzlich einer dicken Schneekugel. Alice wartete, bis das Geräusch noch einmal kam. Es dauerte, es kam wieder, nur leiser. Es war mehr ein Kratzen und Schlurfen, als würde jemand mit sandigen Schuhen über einen Holzboden gehen.

Pochpochpoch. Eindeutig, jemand schlug von außen an die Tür. Das konnte doch nicht wahr sein! Ihr Vater würde nicht an die Tür klopfen, sondern rufen. Amalia hätte schon längst das ganze Dorf aufgeweckt mit ihrem Gekreische, und alle Welt wäre schuld am Desaster ihrer Frisur.

Alice stand auf der anderen Seite der geschlossenen Tür. Sie wartete bis zum nächsten Pochen. Da stand jemand draußen und klopfte. Sie öffnete. Tom stand vor ihr, außer Atem.

»Zieh deine Schuhe an und komm.«

»Was ist denn los?«

»Na ... na ... nachher«, stotterte Tom, »nach-her. Wir müssen weg.«

»Ganz ruhig. Was ist?«

Im Haus hinter ihr fiel etwas um. Die Bretter im Büro ihres Vaters knarrten, als drückten schwere Schritte die alten Dielen durch. Alice nahm ihre Stiefel, riss ihren Regenmantel von der Garderobe, dann rannte sie mit Tom in den Regen. Niemand folgte ihnen. Sie hatten kein Ziel, waren einfach nur losgerannt.

Auf halber Höhe zu dem Haus ihres Großvaters, unter dem Blätterdach einer alten Buche hielt Alice inne.

»Warum rennen wir wie Gestörte durch die Nacht?«

»Ich war auf dem Weg nach Hause, als mir dieser schwarze Geländewagen am Straßenrand aufgefallen ist.«

»Jemand hat geparkt – wie aufregend!«

»Aber dieser Jemand hat an einer Stelle geparkt, wo weit und breit kein Haus steht. Und bei dem Wetter wird wohl kaum einer seinen Hund Gassi führen und sein Auto an den Hang stellen. Das ist mir komisch vorgekommen.«

»Noch kein Grund, so eine Panik zu machen.«

»Ich habe mir die Nummer aufgeschrieben. Und weil ich noch immer das Passwort deines Vaters benutze, kam ich gleich in den Polizeicomputer …«

»Du benutzt das Passwort meines Vaters?«

»Ja, ich hätte dir das auch bei Gelegenheit mal gesagt. Ich habe es ganz zufällig entdeckt.«

»Als du mal unseren Computer benutzt hast. Das ist verboten …«

»Aber du hättest es mir doch auch so gegeben, wenn ich es gebraucht hätte.«

»Das ist aber nicht dasselbe. Außerdem kenne ich das Passwort meines Vaters gar nicht.«

»Aber das ist jetzt nicht wichtig. Ich habe jedenfalls nach dem Namen des Halters des Wagens gesucht. Du wirst es nicht glauben. Der Wagen ist auf Doktor Arthur Horos zugelassen.«

»Was sucht sein Wagen hier in Hintereck?«

»Was sucht sein Wagen hundert Meter von deinem Haus entfernt?«

War Horos im Haus gewesen? Hatte er in seinem Versteck gewartet, weil er nicht wusste, mit wem sie geredet hatte? Er hätte Wittgenstein weder hören noch sehen können, sondern nur ihre Stimme wahrnehmen. Er hatte gedacht, sie sei nicht alleine. Wittgenstein hatte ihr vielleicht heute das Leben gerettet. Niemand war aus ihrem Haus gekommen. Doch er hätte auch durch die Küche ungesehen das Haus verlassen und über die Felder ins Dorf gehen können.

»Wir könnten uns im Haus deines Großvaters verschanzen«, sagte Tom.

Alice runzelte die Stirn. Verschanzen, sich eingraben und warten, bis alles vorüber war. Doch was geschah inzwischen mit ihrem Großvater? Und mit ihrem Vater?

»Angriff ist das Geheimnis der Verteidigung«, sagte Alice, »wenn eine Flucht nicht mehr möglich ist. Sunzi.«

»Ich weiß, dein zweitausend Jahre alter General ... die Kunst des Krieges. Wir sind aber nicht im Krieg, Alice. Wir können abwarten und warten, bis morgen die Polizei da ist.«

»Wir haben keine Zeit mehr. Mein Vater sitzt in einer Zelle, und wenn der Psychiater hundert Meter vor unserem Haus geparkt hat, dann hat er zuerst Großvater besucht und dann ...«

»... dann dich. Du bist in Gefahr.«

»Sie haben Großvater in die Klinik von Horos gebracht. Ich muss zu ihm.«

»Wie sollen wir nach Kaltenloch kommen?«

»Mit dem Auto.«

»Siehst du hier irgendwo einen Bus oder jemand, der uns hinbringen könnte?«

»Wir können hier nicht bleiben.«

»Lass uns ins Hotel gehen.«

»Du kannst gehen.« Alice ließ Tom stehen und lief zum Haus ihres Großvaters, wieder quer über die matschigen Felder.

Tom stapfte neben ihr her. »Das ist mal wieder typisch. Du hörst nur auf dich und läufst beleidigt los ...«

»Ich bin nicht beleidigt. Ich kann nur nicht einfach meinen Opa sterben lassen. Warte … sei still.« Alice zog Tom hinter einen Baumstumpf.

»Du hast mich voll in den Dreck gezogen.«

»Duck dich!«, flüsterte sie. »Da ist jemand aus unserem Haus gekommen.«

Alice blieb geduckt. Der Mann stand im Schein der Eingangslampe und blickte nach allen Seiten, dann ging er zu dem schwarzen Geländewagen.

»Das ist nicht Horos«, sagte Alice. »Horos ist viel größer und dünner. Diesen Typ kenne ich. Es ist der Polizist, der mich verhört hat. Kommissar Abzenz.«

»Der so komisch geredet hat?«

»Warum redet der komisch?«, fragte Alice.

»Ich weiß es nicht, aber es war ziemlich schräg.«

»Doch erklär mir mal lieber, was der Kommissar mit dem Wagen des Psychiaters macht?«

Die Lichter des Wagens sprangen an. Der Motor heulte kurz auf, dann verschwanden die Rücklichter hinter der Kurve.

Alice wartete, bis die Rücklichter weiter unten auftauchten, um dann endgültig aus dem Blickfeld zu verschwinden, dann suchte sie den Schlüssel unter dem Blumentopf und sperrte die Tür zum Haus ihres Großvaters auf.

Warum hatte die Polizistin sich nicht gemeldet? Sie wollte doch mit der alten Hofer sprechen? Was hatte Gertrude Hofer mit dem Tod von Lisas Vater zu tun? Hatte sie wirklich nur vor seinem Haus gestanden und von seinem Tod gewusst?

»Wir müssen nach Kaltenloch«, sagte Alice und schaltete das Licht ein.

»Heute kommen wir da nicht mehr hin. Nicht ohne Auto …«

»Es gibt ein Auto.« Sie grinste und nahm die Autoschlüssel ihres Großvaters.

»Du willst … nicht dein Ernst … du glaubst, dass du … fahren kannst … spinnst total.«

»Bleib hier, wenn du nicht willst.«

»Aber du kannst gar nicht fahren. Wir landen beide im Straßengraben oder an einem Baum. Und was machen wir, wenn uns die Polizei anhält?«

»Die Polizei sitzt in U-Haft.«

Fünf Minuten später saß Alice hinter dem Steuer des Rovers ihres Großvaters. Im Kofferraum lag Holz. Es roch nach Harz und nassem Wald.

»Du kannst nicht fahren, Alice.«

»Ich bin schon oft mit Großvater mitgefahren. Ich habe gesehen, wie er es macht. Das kann nicht so schwer sein. Das mit den Gängen hat er mir mal erklärt. Mit dem ersten fährt man los. Solange man die Kupplung drückt, passiert gar nichts. Neben dem Gas ist die Bremse. Die Pedale sind ziemlich weit vorne.«

Sie zog an einem Hebel und rutschte mit dem Fahrersitz so weit wie möglich nach vorne.

Tom legte den Sicherheitsgurt an. »Ich werde jung sterben … wie die meisten Jugendlichen, im Straßenverkehr … mit jemandem, der nicht einmal weiß, wo die Scheibenwischer sind.«

»Ach ja, wo sind die denn?«

Tom stellte einen Hebel an. Nichts geschah. »Du musst die Zündung anschalten. Dreh den Zündschlüssel herum.«

Alice drückte die Kupplung, wie ihr Großvater es ihr gezeigt hatte. Erster Gang. Zündung. Der Motor brummte tief. Wo war der Rückwärtsgang?

»Tom, du schaust nach hinten.«

Sie ließ die Kupplung los. Der Wagen machte einen Satz nach vorne. Der Rasenmäher fiel vom Garagenregal. Die Scheibenwischer funktionierten. Tom fand auch den Schalter für die Scheinwerfer.

»Falscher Gang.« Alice legte den Rückwärtsgang ein. Diesmal ließ sie die Kupplung langsam los. Der Wagen setzte zurück und rollte aus der Garage. Regen trommelte auf das Dach. Der Scheibenwischer schaufelte die anstürmenden Tropfen beiseite.

»Wir sind auf der Straße«, sagte Alice. Sie bremste und legte den ersten Gang ein. Wieder kam die Kupplung zu heftig. Der Wagen bockte, der Motor starb ab.

»Siehst du, es geht allmählich«, beruhigte Alice sich selbst. »Alles nur eine Frage der Übung.«

»Du übst gerade fünf Minuten.«

»Ich habe ja meinen Fahrlehrer an meiner Seite.«

»Sehr witzig! Schau lieber auf die Straße.«

Dann folgte der Rover der Straße. Alice schaltete spät, um den Motor nicht abzuwürgen. Drei von fünf Gängen, mehr brauchte sie nicht. Sie hatten das Ende der Talstraße erreicht. Alice holperte über abgebrochene Äste hinweg und bog nach Kaltenloch ab. Der Wagen schraubte sich die Passstraße entlang. Bald waren sie am Tobel. Im Scheinwerferlicht tauchten die Kreuze auf. Ein Stoß schüttelte den Wagen durch.

»Was war das?«, schrie Tom.

»Ich habe einen Baum überfahren … einen ganz kleinen.«

»Du hast auch eine Bremse, Alice.«

»Du kannst ja nur rumnörgeln.«

»Ich versuch nur zu verhindern, dass wir eins von diesen Wegkreuzen werden.«

Nach weiteren zehn Minuten auf der überschwemmten Straße erreichten sie das Ortsschild von Kaltenloch.

»Ich fasse es nicht«, sagte Tom. »Du bist Auto gefahren.«

»Ich fahre Auto.«

»Wohin fahren wir?«

»Zur Klinik.«

»Du bist aber falsch abgebogen«, sagte Tom.

Bei dem Regen sah alles gleich aus. Zu ihrer Linken war die Friedhofsmauer. Dahinter das Haus von Gertrude Hofer. Der Zaun war umgekippt, das Dach eingesunken, einige Dachziegel fehlten. Nur der Briefkasten aus Plastik zeugte davon, dass hier jemand wohnte.

Alice bremste stark ab. Tom wurde in den Gurt gepresst. Der Motor erstarb.

»Das ist doch ein Polizeiwagen, oder?«

Im Kegel der Scheinwerfer konnte sie die Aufschrift POLIZEI lesen. Die Polizistin stattete der alten Hofer einen Besuch ab. Doch es musste schon spät sein. Nach zehn Uhr abends. Würde mich wundern, dachte Alice, wenn die alte Frau noch auf wäre. Doch was machte der Wagen hier?

Alice zog den Zündschlüssel ab und machte die Scheinwerfer aus. Sofort war alles schwarz um sie. Im Haus brannte kein Licht. Doch Anneliese Brackl würde die alte Frau sicherlich nicht im Dunkeln befragen, und sonst gab es weit und breit kein anderes Haus.

»Warte hier«, sagte Alice und stieg aus.

Der Wind war stärker und kälter geworden. Sie hatte nur eine dünne Jogginghose nach dem Duschen angezogen, ein T-Shirt und einen Regenmantel. Ihre Augen hatten sich an die Dunkelheit gewöhnt. Sie lief zu dem Polizeiwagen. Er war verschlossen. Kein Mensch darin. Tom saß noch immer im Wagen.

Das ist keine gute Idee, sagte Alice zu sich selbst, sie ging aber trotzdem zum Haus der Alten. Das Gartentor hing schief in den Angeln. Sie stolperte über einen Müllsack und fiel gegen die Eingangstür. So, jetzt weiß jeder, dass du kommst. Sie rappelte sich auf und drückte die Klinke herunter. Die Tür war nicht verschlossen. Dann betrat Alice das Haus, und es wurde noch dunkler.

9.

Ein furchtbarer Gestank wehte ihr entgegen, als Alice die Tür aufstieß. Beißender Urin, verschimmeltes Essen, verkrustete Töpfe, modernde Tapeten. Die alte Frau hatte das Haus wahrscheinlich seit Jahren nicht mehr geputzt. Im Alter wird man gegen Pissgeruch unempfindlich, hatte ihr Vater einmal gesagt.

Vorsichtig tastete Alice sich durch den Hausflur. War denn hier nirgends ein Lichtschalter? Im Wohnzimmer stand ein leerer Stuhl, davor ein Fernseher. Alice erkannte die Konturen von Gerümpel, das überall herumlag. Sie stand mitten in der Wohnung der wohl meist gehassten Frau von Kaltenloch und Hintereck. Die Ankündigung des eigenen Todes nahm niemand auf die leichte Schulter. Das Problem von Gertrude Hofers Prophezeiungen war, dass sie immer eintrafen. Kaum hatte sie jemandem prophezeit, dass er sterben würde, holte ihn auch schon der Leichenwagen im Laufe der nächsten Woche. Es grenzte an ein Wunder, dass noch keiner die alte Frau in den Fluss gestoßen oder ihr einen Stein auf den Schädel geschlagen hatte. Offensichtlich hatte jeder Angst, vom Fluch der Alten getroffen zu werden.

Alice wollte eben den Namen der alten Frau rufen, als sie ein Kratzen hörte. Es kam von einer Tür, an der sie vorbeigegangen war. Sie machte ein paar Schritte zurück und wartete. Stille im Haus. Nur der Regen fiel. Sie trat einen Schritt in Richtung Eingangstür, als das Kratzen wieder anfing. Die Tür war geschlossen. Dahinter vermutete Alice die Küche. Sie drückte gegen die Tür. Etwas blockierte sie von der anderen Seite. Alice dachte an riesige Müllsäcke.

Noch einmal drückte sie mit aller Gewalt gegen die Tür, bis die sich einen Spalt öffnete. Ein Lichtschimmer von der Straßenlaterne fiel durch die Tür in den Hausflur. Alice drückte weiter, nun noch stärker mit ihren Schultern. Der Spalt wurde groß genug, um hindurchzuschlüpfen.

Alice sah die Umrisse eines Menschen. Gertrude Hofer war wie viele alte Menschen gestorben, einsam, irgendwo in ihrer muffigen Küche. Alice tat die alte Frau leid. Sie bückte sich zu ihr, und erst aus der Nähe erkannte sie das Gesicht der Polizistin. Anneliese war bewusstlos. Ihre Arme und Beine waren gefesselt und über eine seltsame Seilkonstruktion am Hals befestigt. Sie atmete flach, röchelte dann und versuchte sich umzudrehen. Dabei berührte sie die Tür. Das war das Kratzen, das Alice gehört hatte.

Auf der Arbeitsplatte lag ein großes Küchenmesser, das Alice ergriff. Vorsichtig begann sie das Seil um Annelieses Hals durchzuschneiden. Die Polizistin entspannte sich sofort, als das Seil herabgefallen war. Ihre Hände waren mit Draht umwickelt. Alice setzte vorsichtig das Messer an, doch der Draht gab nicht nach. Mit den Fingerspitzen tastete sie sich zu dem Anfang und wickelte ihn auf.

Als Alice sie befreit hatte, stöhnte Anneliese auf. Die Fesseln hatten ihre Hände und Füße abgeschnürt. Sie legte ihre Hand auf Alices Wange.

»Du hast mir das Leben gerettet«, flüsterte die Polizistin. »Ohne dich hätte mich diese Irre hier verrecken lassen.«

»Wir müssen hier raus.«

»Verdammt«, sagte die Polizistin, »die Irre hat meine Dienstwaffe. Sie liegt hier irgendwo in diesem Gerümpel.«

Alice entdeckte die Taschenlampe mit der Aufschrift POLIZEI.

»Ich habe den Eindruck, dass ich glühende Drähte in den Beinen habe.«

»Du warst auch ganz schön eingeschnürt.«

»Wie bist du hergekommen – mit deinem Vater?«

»Nein, mit dem Wagen meines Großvaters.«

»Wir müssen nach Sonthofen zur Dienststelle. Wir brauchen eine Fahndung nach der Irren. Sie ist total übergeschnappt. Sie glaubt, dass die Toten mit ihr reden. Sie steckt leere Zettel in die Ritzen am Grabstein ihres Sohnes. Sie ist davon überzeugt, dass er mit ihr spricht. Ich glaube, dass sie die Namen selbst auf die Zettel schreibt …«

Sie durchquerten den verwilderten Garten und gingen auf den Wagen zu. Tom öffnete die Tür und kam den beiden entgegen.

»… und nachdem sie die Namen auf die Zettel geschrieben hat, tötet sie ihre Opfer und lässt so ihre Prophezeiungen wahr werden. So stärkt sie ihren Wahn, dass ihr Sohn zu ihr spricht.«

Die Polizistin wollte gerade auf der Beifahrerseite Platz nehmen, als sie Tom sah.

»Wo ist dein Großvater?«

»In der Klinik … im Koma«, sagte Alice.

»Und wer ist dann gefahren?«

»Wir beide«, antwortete Tom.

»Ihr beide?«

»Gar nicht so schwer. Wir hatten auch keine andere Wahl. Wir müssen meinem Großvater helfen.«

»Zuerst muss ich zur Dienststelle. Wir brauchen Verstärkung, um die Alte zu finden, bevor sie noch jemanden umbringt. Sie hat wieder einen leeren Zettel mit auf den Friedhof genommen.«

»Gertrude Hofer hat niemanden umgebracht«, sagte Alice.

»Sie ist heimtückisch genug, um sogar Lisas Vater abzustechen.«

»Aber nicht heimtückisch genug, um den Verdacht auf Lisa zu lenken. Irgendjemand muss Lisa betäubt haben und ihr das blutige Messer in die Hand gedrückt haben. Und dieser Jemand«, fuhr Alice fort, »hat auch die Moorleiche verschwinden lassen.«

»Die Alte ist trotzdem gemeingefährlich.«

»Sie wurde nur benutzt«, sagte Alice. »Jemand anderes beschreibt die Zettel. Für den Fall, dass die Polizei Verdacht schöpft, wäre Gertrude Hofer als Verrückte da gewesen.«

»Wer hat dann Lisas Vater getötet?«

»Derselbe, der auch Großvater ins Koma verfrachtet und zuvor Hobbes betäubt hat. Mein Vater hätte ihn fast einschläfern lassen. Lisa hat mir eine Botschaft geschickt. Sie war verschlüsselt, und es dauert, bis wir die Nachricht lesen können. Auf dem Block schrieb

Lisa äußerst exakt ›Hilf mir‹ und wiederholte das auf jeder Seite des Malblocks. Auf jeder Seite waren nur ein paar Striche. Tom hat jede Seite fotografiert und mit einem Programm übereinander gelegt.«

»Es ist fast fertig. Es hat leider ein paar Stunden gedauert.«

Er schaltete sein Handy an. Auf dem Bildschirm erschien erst verpixelt, dann in voller Schärfe eine Handzeichnung.

»Lisa hat dieses Portrait in der Klinik gezeichnet. Du verstehst auch gleich, warum sie es chiffrieren musste.«

99 Prozent fertiggestellt. Tom drückte auf ok. Dann erschien das Gesicht auf dem Display.

»Doktor Horos«, sagte Alice. »Er hat Lisas Vater auf dem Gewissen.«

»Aber warum?«

»Weil Josef Bork etwas über Horos herausgefunden hat. Er hat nur den Fehler gemacht, Horos direkt darauf anzusprechen. Das war sein Todesurteil.«

»Moment mal«, sagte Anneliese, »kann ich das Bild noch einmal sehen?«

Sie drehte es und vergrößerte es.

»Er sieht hier viel älter aus, aber die Augen ... Ich bin mir nicht ganz sicher, doch ich denke, dass der Mann, den ich auf den Fotos im Kinderzimmer der alten Frau gesehen habe, dieser Mann ist. Nur ist er hier auf dem Handy etwas älter. Dieser Mann auf der Zeichnung ist Karl Weidmann.«

»Doch wer liegt dann im Grab von Karl Weidmann?«, fragte Alice.

»Schnallt euch an!«, sagte die Polizistin.

10.

»Wir könnten doch per Polizeifunk Verstärkung rufen«, sagte Tom und klammerte sich an den Sitz.

»Der Schlüssel für den Polizeiwagen liegt irgendwo im Haus.«

Der Rover schlingerte durch die Spurrillen des Friedhofswegs. Die Polizistin beschleunigte. Alice fragte sich, wie sie es geschafft hatte, den Wagen bis nach Kaltenloch zu bringen, ohne gegen irgendeine Mauer gefahren zu sein. Sie dachte an ihren Großvater in der Klinik. Wenn sie nichts unternahm, dann würde er die Klinik nicht mehr verlassen.

Das Ende des Friedhofswegs war asphaltiert. Der Wagen beschleunigte noch einmal, als Alice plötzlich nach vorne geschleudert wurde. Tom wurde von seinem Sitz gerissen und prallte gegen die Kopflehne des Beifahrersitzes. Durch die Windschutzscheibe sah Alice den schwarzen Schatten, der über die Straße geflattert war. Malavers Huhn mit dem Strick am Bein. Es hockte auf der Friedhofsmauer und flatterte mit den Flügeln.

»Was war das?« Die Polizistin sah zu dem Huhn.

»Überlebende …«, sagte Alice, »das sind Überlebende.«

Die Polizistin legte den ersten Gang ein. Das Getriebe krachte. Das Huhn war in die Nacht geflüchtet. Dann sah Alice den Schatten, der sich vor den weißen und grauen Grabsteinen bewegte. »Da ist sie«, sagte sie und zeigte auf die Gestalt. »Da läuft die alte Gertrude Hofer.«

»Die hole ich mir«, sagte Anneliese Brackl und riss die Fahrertür auf.

Alice öffnete ihre Tür und folgte ihr. Der Regen war kalt. Im Auto hörte sie Tom rufen: »Und die Verstärkung?«

Vom Rover aus konnten sie über die Friedhofsmauer sehen. Bis zum Friedhofstor waren es noch gut fünfzig Meter. Die Kieswege konnte man zwischen den Gräberreihen nicht mehr sehen, sondern nur vermuten. Von der alten Frau keine Spur. Anneliese blieb stehen und schüttelte den Kopf. Alice deutete auf die alten Gräber und balancierte auf dem erhöhten Wegrand.

»Wir finden sie nie bei diesem Sauwetter«, sagte die Polizistin. »Wir gehen zurück.«

Alice zeigte auf den Grabstein vor ihren Füßen.

»Das Grab ihres Sohnes. Karl Weidmann.«

Anneliese suchte nach Fußspuren im Schlamm.

»Sie war schon hier«, sagte Alice und bückte sich zu der Ritze, die unter einer Kupferverzierung war. Der Zettel war trocken. Sie faltete ihn auseinander.

»Leer«, sagte Alice. Anneliese war unruhig. Sie lief die Gräberreihe entlang und hielt nach der alten Frau Ausschau. *Unfruchtbarer Schoß*, wiederholte Anneliese in Gedanken. Wäre ihr in diesem Moment die Alte unter die Finger gekommen, hätte sie ihr das Leben mit bloßen Händen genommen. Keine Spur von der alten Hexe. Sie blickte zu dem Grab. Alice stand noch dort. Das kleine Mädchen ist mutig, dachte die Polizistin, mutiger als alle Erwachsenen, die sie kannte. Sie rief ihr zu, doch Alice schien sie nicht zu hören.

Alice hielt den Zettel in der Hand. Sie hörte Annelieses Stimme durch den Regen. Sie mussten weiter. Ihr Großvater war in Lebensgefahr. Doch bevor der Zettel in ihrer Hand aufweichte, wusste sie, was zu tun war. Das Todesorakel der Gertrude Hofer war so übernatürlich wie alle Orakel. Sie beruhten auf mehrdeutigen Antworten oder darauf, dass sie die Antwort schon kannten. Am liebsten hätte sie darauf gewartet, wer den nächsten Namen auf den Zettel schrieb, doch dafür blieb keine Zeit. Sie durchsuchte ihre Taschen und fand, was sie brauchte.

11.

In der Dienststelle brannte Licht. Anneliese Brackl kannte den Schichtplan nicht. Wenn keiner krank war, mussten mindestens drei Beamte da sein. Falls sie ausrücken mussten, hatte einer die Stellung zu halten.

»Ihr wartet am besten hier«, sagte Anneliese. »Ich bin gleich wieder da.«

»Wir kommen mit«, sagten Tom und Alice gleichzeitig.

»Hey, ich bin von der Polizei«, sagte Anneliese. »Ich kann euch auch hier festketten.«

»Ja, aber deine Handschellen liegen noch im Haus von der Hofer.«

Anneliese ging die Treppen hinauf. Nicht nur die Handschellen fehlten, auch ihre Dienstwaffe. Das gab riesigen Ärger. Sie konnte nur hoffen, dass damit niemand erschossen wurde. Verrückte Hexe.

Am Empfang saß Sackner über einem Sudoku-Heft.

»Wie siehst du denn aus?«

»Ich bin angegriffen worden«, antwortete Anneliese. »Wir müssen dringend jemand festnehmen.«

»Und wer hat dich denn angegriffen?«

»Gertrude Hofer …«

Sackner lachte und schob sein Sudoku-Heft beiseite. »Die Verrückte? Die ist doch schon über neunzig. Hat sie dich mit ihrem Spazierstock bedroht oder mit Stricknadeln?«

»Du findest dich wohl komisch.« Anneliese war nicht zu Scherzen aufgelegt.

Noch ein Wort mehr, dachte Alice, und der dickliche Polizist hätte sein Sudoku-Heft aufgegessen. Sackner gehörte zu den Polizisten, die selbst beim Treppensteigen Atemprobleme bekamen, aber fest überzeugt waren, dass Frauen nichts bei der Polizei verloren hatten.

»Und deine Dienstwaffe?«, fügte Sackner hinzu. »Du hattest sicher keine Zeit, sie zu ziehen, oder? Ach, die Verrückte hat auch deine Dienstwaffe …« Er grinste hämisch.

»Was sind das für Kisten im Gang?«, fragte Anneliese. Hatte Sackner nicht recht? War sie nicht unfähig, eine Polizistin zu sein? Wenn schon eine neunzigjährige Greisin ihr die Dienstwaffe abnehmen und sie fesseln konnte.

Alice spürte, dass Anneliese unsicher war. In einer Kiste entdeckte

Alice das Bild ihrer Schwester und daneben ein Foto von ihr als Baby. Das Bild stand normalerweise auf dem Dienstschreibtisch ihres Vaters.

»Das sind Pokels Sachen«, antwortete Sackner beiläufig.

»Und was tun die auf dem Gang?«

»Der Chef meinte, wir sollten seine Sachen zusammenpacken. Nach so einer Sache kann Pokel seinen Hut nehmen.«

»Aber es gibt noch gar keine offizielle Ermittlung gegen ihn?«

Sackner schlug sein Sudoku-Heft wieder auf. Anneliese wischte es mit einer Handbewegung vom Tisch.

»Das reicht jetzt aber, meine Liebe, ja ...«, sagte Sackner mit einer Stimme, die sich um Autorität mühte.

»Schlacks hat gesagt, ihr sollt Pokels Sachen in Kisten packen?«

»Verhaftet, wegen Mordverdacht. Davon erholt sich kein Polizist. Ich mach nur, was man mir sagt.«

»Habt ihr diesen Kommissar überprüft?«, fragte Anneliese.

»Kommissar Samuel Abzenz, vom LKA München. Es gab eine Info vom Chef, dass ein Mann von der Kripo kommt. Wegen der Sache mit dem toten Arzt.«

»Dieser Kommissar ist vor einer Stunde in unserem Haus gewesen, und er ist mit dem Wagen von Horos gekommen, dem Psychiater«, sagte Alice.

Sackner schüttelte den Kopf. »Und was soll ich jetzt tun? Der Kommissar hat sich den Wagen des Psychiaters ausgeliehen und hat bei dir nach dem Rechten gesehen.«

»Dazu hat er sich ins Haus geschlichen?«, warf Anneliese ein.

»Alice und ihr Vater leiden an Verfolgungswahn. Wenn du willst, dann kannst du es ja dem Kommissar morgen selbst erzählen. Kannst ihm ja sagen, dass er in Wirklichkeit kein Kommissar ist, sondern ein Komiker, der sich einen Scherz erlaubt. Sicher gut für deine Karriere. Dann kannst du ihm ja noch erklären, dass dir eine alte Frau die Dienstwaffe abgenommen hat.«

Anneliese kochte vor Wut. Dieser selbstzufriedene Sesselfurzer! »Hast du sicher den Kommissar gesehen?«, hakte sie nach.

Alice nickte. »Ganz sicher. Er stand im Eingangslicht bei unserem Haus. Ich war aber schon weg. Er muss sich schon vorher ins Haus geschlichen haben, wäre Tom nicht gewesen, der mich gewarnt hätte …«

»Er wollte nach dem Rechten sehen«, wiederholte Sackner und bückte sich nach seinem Sudoku-Heft. »Allmählich glaube ich, dass alle zu spinnen anfangen.«

»Ich werde beim LKA in München anrufen«, sagte Anneliese. »Ich muss mehr über diesen Abzenz wissen.«

»Und du glaubst, dass man dir dort um elf Uhr abends antwortet? Wir warten bis morgen, dann kannst du ja dort anrufen. Für heute ist Schluss mit dem Unfug. Morgen kannst du dann auch eine Verlustmeldung deiner Dienstwaffe schreiben. Bis dahin warten wir ab. In den meisten Fällen löst die Zeit alle Probleme. So ist das, und so ist es erst recht hier im Allgäu.« Sackner schlug das Heftchen wieder auf. »Geh jetzt nach Hause«, setzte er fort, »und bete, dass sich niemand mit deiner Waffe erschießt.«

»Du rufst jetzt beim LKA an.«

»Jetzt hör mal zu«, sagte Sackner und schlug einen väterlichen Ton an, »du bist noch ein Frischling. Ich mache den Job schon seit vierzig Jahren, und glaube mir, ich weiß, von was ich rede.«

»Ruf bitte an!«, wiederholte Anneliese.

»Warum sollte ich mir jetzt einen Stress machen?«

Alice beugte sich zu Sackner vor und flüsterte ihm etwas zu. Anneliese konnte nicht verstehen, was sie gesagt hatte, doch Sackners Gesichtsausdruck änderte sich. Er stand auf und kam nach einer Minute mit einer Telefonliste zurück.

»Was hast du ihm gesagt?«, flüsterte die Polizistin ihr zu.

»Dass dir heute die Beruhigungsmittel ausgegangen sind und du unkontrollierbar bist.«

Die Blätter steckten in Klarsichtfolien. Die meisten Nummern waren von Hand ausgebessert worden. Er gab Anneliese wortlos den Telefonhörer. Es war eine Durchwahlnummer. Es läutete, dann war da die Stimme einer jungen Frau.

»Landeskriminalamt München. Zentrale.«

»Anneliese Brackl, Dienststelle Sonthofen, ich möchte jemanden von der Mordkommission sprechen.«

»Ich sehe Ihre Nummer auf dem Display. Wie war noch einmal Ihr Name?«

»Anneliese Brackl, ich bin Polizeiratsanwärterin.«

»Um diese Uhrzeit wird es schwer sein, jemanden bei der Mordkommission zu erwischen. Ich stelle Sie mal durch.«

Anneliese wartete. Sackner konzentrierte sich wieder auf sein Sudoku.

»Das ist falsch«, sagte Tom und zeigte auf ein Kästchen. »Da gehört eine Eins hin, und da kann keine Drei hin, sonst passt die Vier nachher nicht.«

»Hast wohl im Lösungsheft nachgeschlagen«, erwiderte Sackner.

»Es gibt immer nur eine Lösung beim Sudoku, und die ergibt sich aus den Zahlen, die vorgegeben sind. Soll ich's zu Ende machen?«

»Ich krieg's schon hin«, murrte Sackner. »Ich hab schon schwerere geschafft.«

»Ja, spreche ich mit jemandem von der Mordkommission?« Anneliese Brackl nickte Alice zu. Dann schaltete sie auf Lautsprecher.

»Kriminalhauptkommissar Mayerhof, wie kann ich Ihnen helfen?«

»Kennen Sie einen Kommissar Abzenz?«

»Den Kollegen kenne ich, ja, warum?«

»Weil bei uns auf der Polizeidienststelle in Sonthofen ein Kommissar Abzenz aufgetaucht ist. Er ermittelt in einem Tötungsdelikt. Wissen Sie, wer die Ermittlung leitet?«

Auf der anderen Seite entstand kurzes Schweigen.

»Ich weiß nichts von einer Ermittlung in Sonthofen.«

»Es geht um eine Tat, die in Kaltenloch stattgefunden hat«, ergänzte Anneliese.

»Ist auch unwichtig«, sagte der Kripobeamte. »Ich kann Ihnen versichern, dass Kommissar Abzenz diese Ermittlung nicht leitet. Er leitet zurzeit gar nichts mehr. Kommissar Abzenz ist vor einer Woche mit einem Schlaganfall in die Klinik eingeliefert worden. Seitdem liegt er im Koma. Wer auch immer da bei Ihnen ist, ist mit Sicherheit nicht Kommissar Abzenz.«

»Vielen Dank«, sagte Anneliese tonlos und ließ den Hörer sinken.

Sackner hatte mitgehört. »Aber ich habe seinen Dienstausweis gesehen und den Haftbefehl. Der Chef hat mir das Fax gezeigt und gesagt, dass der Pokel ernste Probleme hat. Wie konnten wir wissen, dass der Kommissar … ich meine, dass er ein Betrüger ist?«

»Kann ich noch etwas für Sie tun«, kam es aus dem Lautsprecher. Anneliese schüttelte den Kopf, vergaß aber, dass ihr Gesprächspartner dies nicht sehen konnte.

Alice nahm den Hörer und sprach mit möglichst tiefer Stimme: »Könnten Sie uns ein Foto aus Ihrer Kartei faxen?«

»Um wen handelt es sich?«

»Karl Weidmann«, sagte Alice, »der Familienmörder. Er wurde vor ungefähr dreißig Jahren verhaftet.«

»War vor meiner Zeit, aber ich schau, ob ich was finde. Ich faxe das Bild. Mit wem spreche ich? Sie haben eine sehr junge Stimme.«

»Mit Alice Pokel, auch Anwärterin.«

Anneliese nahm den Hörer wieder. »Sie haben uns wirklich sehr weitergeholfen. Gute Nacht.«

Fünf Minuten später schaltete sich das Fax ein. Das Erkennungsfoto war recht scharf. Darauf war ein junger Mann mit Schnurrbart und dichtem Lockenhaar zu sehen. Sackner hielt Anneliese das Fax hin. Alice nahm es ihm aus der Hand.

»Wenn man sich die Haare wegdenkt und den Schnurrbart … und vor allem diese stechenden Augen …«

»Sieht richtig wie ein Psychopath aus«, sagte Sackner, »allein schon der stiere Blick.«

»Du meinst, dass dies …« Anneliese sprach es nicht aus und schaute Alice an.

»Ja, das ist Arthur Horos.«

»Moment mal«, warf Sackner ein, »der Mann auf dem Fax ist seit gut dreißig Jahren tot. Das steht bei den Daten der Personenbeschreibung. Außerdem, wie kann ein Toter Psychiater sein?«

»Die Augen sind dieselben«, sagte Alice, »und auch der Rest, die Wangenknochen und diese Narbe unter den Augenbrauen. Sie ist mir aufgefallen, als der Psychiater zu uns in die Schule kam.«

»Ich verstehe nicht ganz«, sagte Anneliese. »Was hatten Horos, der gar nicht Horos ist, und Abzenz, der weiß Gott wer ist, in der Schule verloren? Wozu haben sie die Schüler befragt?«

Alice lief es kalt den Rücken herunter. Sie hatte plötzlich begriffen, was Karl Weidmann alias Arthur Horos und der falsche Kommissar gewollt hatten.

»Sie wollten wissen, ob Lisa irgendetwas erzählt hat, ob irgendetwas, was ihr Vater über ihn wusste, nach außen gedrungen ist«, sagte Alice.

»Und jetzt brauchten sie sich nur noch um Lisa und ihre Mutter zu kümmern.«

Dann um ihren Großvater und ihren Vater, fügte Alice in Gedanken hinzu.

»Ganz sicher kann man sich mit Bildern aber auch nicht sein«, sagte Sackner.

»Eine genaue biometrische Analyse des Bildes«, sagte Alice, »wird beweisen, dass Karl Weidmann niemand anders ist als Arthur Horos. Es gibt Teile des Gesichtes, die sich nie verändern. Diese lassen sich vermessen.«

»Fräulein Superklug …« Sackner nahm das Fax noch einmal in die Hand und atmete tief aus. »Auf jeden Fall wird der Chef nicht erfreut sein, wenn er hört, dass er einem Betrüger und einem Irren auf den Leim gegangen ist.«

»Schicke alle verfügbaren Einheiten zur Kaltenloch-Klinik. Wir müssen Horos und den falschen Kommissar zu fassen kriegen, bevor sie alle Zeugen beseitigt haben.«

Bei der Vorstellung, wie der Psychiater sich dem Bett ihres wehrlosen Großvaters näherte, schnürte es Alice den Magen zusammen.

»Wir müssen zur Klinik«, sagte Anneliese.

»Bei dem Zustand der Straßen kann ich für nichts garantieren«, sagte Sackner.

»Hat dieser falsche Kommissar irgendetwas gesagt, wohin er Pokel bringen lässt?«

Sackner zuckte mit den Schultern. »War nicht meine Angelegenheit.«

»Hat er nichts gesagt, als er ihn weggebracht hat?«

»Nur, dass er ihn an einen Ort bringen würde, wo er sicher verwahrt sein würde.«

»Die Klinik«, sagte Alice. »Sie haben sie alle in die Klinik gebracht, um sie dort …«

12.

Die Hauptstraße nach Kaltenloch wurde von umgestürzten Bäumen blockiert. Ein Feuerwehrmann leitete den Verkehr um. Es gab nicht mehr viele Wege nach Kaltenloch. Auf der einen Seite waren das Moor und die Berge, auf der anderen war der Tobel. Es gab nur noch einen unbefestigten Weg über einen schmalen Kamm, der wieder auf die Hauptstraße nach Kaltenloch führte. Anneliese lenkte den Wagen auf einen Feldweg. Sie schaltete das Vierradgetriebe des Rovers ein.

»Ich verstehe nicht«, sagte sie, »wie Karl Weidmann sich einfach für seinen Psychiater ausgeben konnte. Ich meine, der echte Horos muss doch Freunde und Verwandte gehabt haben, die ihn kannten.«

»Das ist alles nach dem Brand in der Klinik geschehen«, sagte Alice. »Karl Weidmann hat das alles geplant. Den Brand der Klinik, seinen eigenen Tod und den Tod der Kollegen, die Horos kannten.«

»Als ich über Karl Weidmann wegen dieser Moorleiche recherchierte, bin ich auch auf die enormen Ausmaße des Brandes gestoßen. In der Klinik hatte keiner überlebt. Es muss ein riesiges Chaos gewesen sein. Doch noch merkwürdiger war, dass auch die Kollegen von Horos, die nicht in dieser Nacht Dienst hatten, kurze Zeit später in Folge eines Unfalls oder aufgrund einer Krankheit starben. Ich konnte niemanden auftreiben, der uns mehr über diesen Brand sagen konnte.«

»Karl Weidmann hat den Brand selbst gelegt«, sagte Alice, »vielleicht wollte er auch nur fliehen und sich selbst als tot ausgeben, und nach dem Brand verwechselte ihn jemand mit dem Psychiater Horos, und er spielte das Spiel mit.«

»Oder er hat es von Anfang an geplant«, sagte Tom. »Er hat sich verhaften lassen, um sich dem Psychiater zu nähern. Dann hat er jeden, der jemals mit dem echten Psychiater zu tun hatte, aus dem Weg geräumt.«

»Dabei halfen ihm seine Brandwunden im Gesicht. Ich glaube, dass Horos, also Weidmann, Verbrennungen dritten Grades im Gesicht hatte«, sagte Alice.

Anneliese schüttelte ungläubig den Kopf. »Das ist abstrus, völlig wahnsinnig, einfach die Identität eines anderen Menschen anzunehmen.«

»Wir sind diejenigen, für die wir gehalten werden«, sagte Alice, »und wenn all die, die uns kennen, tot sind, dann können wir für alles und jeden gehalten werden.«

»Dann war das Busunglück vor dreißig Jahren, bei dem Professor Horos seine ganze Familie verlor und mehr als zwanzig Kinder starben, gar kein Unfall«, sagte Anneliese.

»Ich fürchte«, sagte Alice, »Weidmann hat sich der Familie des echten Professors Horos entledigt. Ulrike, dessen Frau und dessen Schwester mit ihrem Mann.«

»Horos hatte noch einen Bruder«, sagte Tom, »er war nicht im Bus. Er starb aber auch kurze Zeit nach dem Brand.«

»Niemand kam auf die Idee«, sagte Alice, »dass an die Stelle des echten Psychiaters Horos sein Patient, der Psychopath Weidmann, getreten war.«

»Aber Weidmann war doch kein Arzt, noch weniger ein Psychiater.«

»Es gibt genügend Fälle«, erklärte Alice, »in denen irgendwelche Leute mit medizinischem Halbwissen sich für Ärzte ausgeben und mit gefälschten Urkunden sogar über Jahre praktizieren und operieren. Mit den Jahren bekommen sie Erfahrung. Und wenn der Laie jahrelang selbst Patient war und Zeit hatte, sich mit dem Leben des Psychiaters zu beschäftigen, wer sollte ihn noch von einem Arzt mit Studium unterscheiden können? Das Einzige, was die beiden unterscheidet, ist ein Stück Papier. Aber das brauchte Weidmann gar nicht. Er ist einfach in die Identität von Arthur Horos geschlüpft.«

»Jetzt verstehe ich auch, was Weidmann gesagt hat, als man ihn verhaftet hatte.« Tom suchte in seinem Handy. »Die Presse schrieb darüber … *Der Familienmörder … Der Seelenwanderer. Psychopath gefasst.* Weidmann sagte bei Gericht, dass man ihn gar nicht verhaften könne. Man könne höchstens seinen Körper für eine Weile festsetzen, doch das, was er sei, gehe durch die Geschichte hindurch. Er hielt sich für so etwas wie einen Seelenwanderer.«

»Für mich ist dieser Typ nur verrückt«, sagte Anneliese, »und ich will ihn einfach nur verhaften. Haltet euch fest!«

Sie steuerte den Rover über eine Böschung, als sie ein Wasserloch umfuhr. Der Wagen nahm eine bedrohliche Seitenlage ein. Das Holz im Kofferraum rollte über die Rückenlehne auf die Rückbank. Dann lag vor ihnen die Hauptstraße.

Alice stellte sich vor, wie Weidmann vor Jahren den Bus gestoppt hatte, verkleidet als Feuerwehrmann oder als Polizist. Der Fahrer hatte gar nicht begriffen, was geschehen war. Der Fahrer erwachte später im Wald, nur einige Meter von den steilen Klippen des Tobels entfernt, ohne sich an etwas erinnern zu können. Weidmann hatte den vollbesetzten Bus in die Tiefe rasen lassen.

»Aber wer ist die Moorleiche?«, fragte Tom.

»Das ist Arthur Horos«, sagte Alice. »Weidmann hatte ihn genauso verstümmelt wie die anderen Opfer. Er war davon besessen, für einige Zeit in die Leben anderer Menschen zu schlüpfen. Er hat Familien getötet und hat sie zu Hause so hingesetzt, als wären sie seine eigene Familie. Den Vater hat er verstümmelt. Die Finger abgeschnitten und sein Gesicht entstellt. Dann hat er sich die Kleider des Mannes angezogen, hat seine Briefe beantwortet und hat sich auf der Straße für ihn ausgegeben. Irgendwann flog der Schwindel auf, und er zog weiter. Es dauerte, bis die Polizei ihm auf die Spur kam.«

»Er wurde steckbrieflich gesucht. Sein Bild erschien in Tageszeitungen«, fügte Tom hinzu. »Es wurde immer schwieriger für ihn, sich passende Opfer auszusuchen.«

»Ihm blieb nur eines übrig«, sagte Alice, »er musste für eine Weile abtauchen. Und der beste Ort, um für eine Weile von der Bildfläche zu verschwinden, war das Gefängnis oder die Psychiatrie.«

»Wer denkt sich so etwas aus!«, rief Anneliese aus.

»Und er wird nicht aufhören«, sagte Alice. »Wir müssen uns beeilen.«

13.

Die Klinik war offen. Die Abteilung für Neurochirurgie und Psychiatrie befand sich im Ostflügel. Sie folgten den Hinweisschildern. Dann standen sie vor einer Tür, die nur mit einer Magnetkarte zu öffnen war. Anneliese rüttelte an der schweren Glastür. Auf der anderen Seite erschien eine Krankenschwester. Die Tür öffnete sich automatisch.

»Lasst mich reden«, flüsterte Anneliese, »kein Wort …«

»Die Besuchszeiten sind vorbei«, sagte die Krankenschwester. »Bitte kommen Sie morgen wieder.«

»Ich muss Professor Horos sprechen«, erwiderte Anneliese und zeigte ihren Dienstausweis.

»Der hat erst morgen Dienst. Am besten versuchen Sie es am Nachmittag. Am frühen Morgen hat der Professor zwei schwierige Operationen.«

»Es handelt sich um einen psychiatrischen Notfall.«

»Um was geht es genau?«

»Meine Tochter«, sagte Anneliese und zeigte auf Alice, »hat wieder einen von ihren psychotischen Schüben. Sie faselt den ganzen Abend schon wirres Zeug. Ich habe Angst, dass sie …«

»Was sagt sie denn?«

»Sie sagt, dass ihr Großvater in die Klinik eingeliefert worden ist und dass ihn jemand ermorden will. Das erzählt sie schon den ganzen Abend. Letzte Woche haben wir ihre Dosis zwar erhöht, aber das Medikament schlug wohl nicht an.«

Die Krankenschwester nahm ihren verständnisvollen Ausdruck an. *Es wird alles wieder gut, wenn du erst deine Medikamente nimmst.*

»Wie heißt denn dein Opa?«

»Gustl Pokel«, antwortete Alice artig.

Die Krankenschwester runzelte die Stirn. »Wir haben einen Patienten, der so heißt. Ein älterer Herr, nicht ansprechbar, mit einem riesigen Sarkom im Kopf. Das operiert der Professor morgen aus seinem Kopf.«

»Operieren?« Alice glaubte, sich verhört zu haben.

»Können wir ihn kurz sehen? Vielleicht beruhigt meine Tochter das.«

»Eigentlich geht das nicht, aber Sie sind ja von der Polizei. Also gut, ich bringe Sie hin. Was für Medikamente bekommt denn die Kleine normalerweise?«

»Opipramol«, antwortete Alice, bevor Anneliese ein fragendes Gesicht machen konnte.

»Kommen Sie mit mir!«

Alice erkannte ihren Großvater auf den ersten Blick nicht wieder. Er war kahl geschoren. Auf seinem Kopf waren mit blauem Stift Linien gezeichnet. Auf dem Schild an seinem Bett stand: *Astrozytom. Operative Entfernung.*

»Die Chancen sehen schlecht aus, dass er wieder ganz gesund wird«, sagte die Krankenschwester. »Der Professor meinte, dass der Hirntumor Grund für den komatösen Zustand sei. Ich hole Ihnen das Medikament. Kommen Sie morgen auf jeden Fall in die Sprechstunde des Professors. Ich melde Sie an.«

»Machen wir«, sagte Anneliese.

Kaum war die Krankenschwester durch die Tür, wandte sich Alice an die Polizistin. »Vielen Dank, dass ich die bekloppte Tochter spielen durfte.«

»Hat doch funktioniert.«

Tom grinste.

»Gehen wir«, sagte Alice und machte die Bremse des Krankenbetts los.

»Wohin willst du mit dem Bett?«

»Ich gehe nicht ohne meinen Großvater.«

Sie schoben ihn durch die ganze Abteilung. Auf einem Stuhl lag ein weißer Kittel.

Anneliese zog ihn sich über. »Wenn es Psychiater gibt, die keine sind und damit durchkommen, dann kann ich auch Krankenschwester spielen.«

Sie verließen die Neurologie. Am Tag saßen hier überall Besucher und Patienten auf den Plastikstühlen. In der Nacht waren die Gänge verwaist.

»Wohin willst du ihn bringen?«, fragte Anneliese.

»Einfach nur weg«, antworte Alice, die auch nicht wusste, wie weit sie ihren Großvater schieben wollte. Bis ans Ende der Welt, wo kein Tod wartete, dachte sie. Doch sie musste eine Entscheidung treffen.

»Alice, wir müssen deinen Opa im Krankenhaus lassen, wo er medizinisch betreut wird.«

»Ihm fehlt nichts«, entgegnete Alice, »genauso wenig wie Hobbes.«

»Wer ist Hobbes?«

»Die Katze«, sagte Tom.

»Sie lag heute Morgen vor der Tür. Gleiche Symptome und auch dieser Stich im Nacken.«

»Wir können deinen Opa aber nicht transportieren. Wir müssen deinen Vater finden und Lisa. Morgen kümmert sich die Polizei um Weidmann.«

Alice überlegte. Sie hatte keine Wahl. Sie musste Großvater irgendwo in der Klinik verstecken, nur wo? Am besten versteckt man etwas da, wo niemand suchen wird, also in der Nähe.

»Wir bringen ihn in die Psychiatrie«, sagte sie.

»In Horos', ich meine, in Weidmanns Abteilung?«

»Er wird niemals in dieser Abteilung suchen. Nicht bis morgen.«

Anneliese drückte auf den Knopf der Sprechanlage.

»Ich habe einen Patienten, der zurück auf sein Zimmer muss, bevor er aufwacht.«

Ein kräftiger Pfleger erschien. Er schöpfte keinen Verdacht. Wer schob auch schon ein Bett mit einem Patienten freiwillig in die Psychiatrie? Die Tür öffnete sich automatisch, nachdem der Pfleger einen Code eingegeben hatte. Dann verschwand er wieder in seinem Zimmer. Alice und Tom hatten sich unter dem Bett versteckt. Das Laken hing fast bis zum Boden. Kaum war der Pfleger weg, schlüpften sie aus ihrem Versteck. Über einen Korridor mit blassgrünen Wänden gelangten sie in einen Aufenthaltsraum. Von der Decke hing ein Gestell mit einem Fernseher. Ein Schwarzweißfilm lief. Davor saßen auf Plastikstühlen und einer alten Couch drei Männer in Bademänteln. Als sie mit dem Bett in den Aufenthaltsraum kamen, drehte sich nur einer der Männer um und hielt den Finger an seine Lippen. Ruhe, Film läuft. An der Wand hing ein Poster, auf dem groß »Carpe diem« stand.

»Das gibt's doch nicht«, sagte Tom plötzlich laut.

»Pssssssst!« Der eine Mann drehte sich auf dem Plastikstuhl um. Die anderen beiden schienen zu schlafen.

»Dieser Film ...«, sagte Tom weiter und ging auf den Fernseher zu. Aus der Nähe musste er nach oben schauen, so hoch hing das Gerät.

»Das ist Chandler«, zischte der Mann auf dem Plastikstuhl, »und ich sehe ihn zum sechsundneunzigsten Mal, eine der schlechtesten Chandler-Verfilmungen, aber ich will ihn trotzdem ohne Gequatsche ansehen.«

»Jeder Abschied ist ein bisschen sterben«, sagte Tom, »jetzt weiß ich, was an dem Kommissar so komisch war. Diese Sätze ...«

»Welche Sätze?«, fragte Alice.

»Na, bei dem Verhör ... der Kommissar. Er redete in solchen Sätzen, die direkt aus einem Film stammen könnten. Und an diesen Satz erinnere ich mich. *Jeder Abschied ist ein bisschen sterben.* Ich wusste am Anfang nicht, was so komisch war ...« Tom holte sein Handy aus der Tasche. »Alice hatte mich angerufen, so konnte ich die Befragung mithören. Ich habe alles aufgezeichnet.« Er schaltete den Lautsprecher seines Handys an:

... tote Männer sind schwerer als gebrochene Herzen ...

... jedes Lebewohl ist wie ein bisschen sterben ...

Der Mann vom Plastikstuhl war aufgestanden und kam auf sie zu.

»Dead men are heavier than broken hearts«, sagte er wie ein Schauspieler, der seine Stimme senkte. »Raymond Chandler, the big sleep ... *To say goodbye is to die a little,* The long goodbye. Woher habt ihr das?«

»Aus einem Polizeiverhör«, sagte Alice.

»Ich meine, wer spricht da?«

»Der Kommissar.«

Der Mann aus dem Plastikstuhl lachte los.

»Das ist Raymond Chandler«, sagte er und lachte weiter.

»Chandler ist schon lange tot.«

»Wir haben ihn immer Chandler genannt, weil er alle Filme auswendig konnte. Jeden Dialog, er wusste sogar, wie viele Schüsse Marlowe in jedem Film abgefeuert hatte, was allerdings nicht so schwer ist, denn sie zeigen hier nur Chandler-Filme. Den meisten ist es egal. Hauptsache, sie sind nicht allein. Verrückte ertragen es nämlich nicht, alleine zu sein. Deshalb reden sie mit sich selbst oder erfinden irgendwelche Figuren.«

O ja, dachte Alice. Verrückte ertragen es nicht, allein zu sein. Wittgenstein sprach zu ihr, und sie sprach zu ihm. Die Frage war, ob es etwas änderte, wenn er ihr nicht mehr erschien.

»Wie heißt dieser Chandler mit richtigem Namen?«, fragte Anneliese.

»Keine Ahnung. Ich kenne ihn nur unter Chandler. Manchmal nannte er sich auch Marlowe. Kein gefährlicher Typ, denke ich. Aber der ist schon seit mehr als fünfzehn oder zwanzig Jahren da.«

»Warum kam er in die Psychiatrie?«

»Das müssen Sie den Professor fragen.«

»Und warum sind Sie hier?«, wollte Anneliese wissen.

»Ich bin freiwillig hier. Ein Verrückter auf Dauerurlaub ... Immer nach einem Suizidversuch nehmen sie mich hier für eine Weile auf. Ich hab's schon so oft versucht und versaue es immer wieder. Mir fehlt der Mut, es richtig zu tun, wissen Sie? Weil ich irgendwie denke, dass ich weiterleben muss, auch wenn ich es nicht will. Das sagt der Arzt. Weiterleben kann eine Qual sein. Leben ist leiden ... Seit dem Tag, an dem ich all die Menschen in den Tod gerissen habe ... Mir ist es nicht vergönnt abzutreten. Ich muss mich jeden Tag daran erinnern. Leben ist meine Strafe.«

»Welche Menschen haben Sie in den Tod gerissen?«

»Das ist schon lange her, und ich kann mich an nichts erinnern, an gar nichts. Doch als ich aufwachte, lag ich im Wald, und später sagte man mir, dass ich den Bus gefahren hätte. Ich war der Todesfahrer. Ich hatte als Einziger überlebt. Ich kann mich an nichts erinnern.«

»Sie waren der Fahrer«, sagte Alice, »der den Bus in den Tobel gefahren hat?«

»Ich kann mich nicht mehr erinnern, ob ich ihn in den Abgrund gefahren habe.«

»Erinnern Sie sich noch daran«, fragte Alice weiter, »wer in dem Bus war?«

»Kinder, lauter Kinder. Sie haben gesungen. Und ein paar Erwachsene, die nach Kaltenloch wollten. Sie saßen hinter mir. Einer Frau wurde schlecht durch die vielen Kurven. Dann war die Baustelle … und der Polizist. Ich habe angehalten. Danach lag ich auf dem Waldboden. Seit Jahren versuche ich mich zu erinnern, was dazwischen geschah. Wie ich auf den Waldboden kam und die Kinder in den reißenden Tobel. Ich will das nicht mehr … Ich will wissen, warum ich überlebt habe.«

»Weil es jemand gab, der wollte, dass sie überleben«, sagte Alice, »jemand, der wollte, dass sie sich schuldig fühlen.«

»Ich bin den Bus gefahren«, sagte der Mann.

»Wenn Sie sich nicht daran erinnern, dann ist es auch nicht sicher, dass Sie gefahren sind. Sonst lägen Sie ja auch im Tobel.«

Sind die Dinge noch da, auch wenn ich nicht hinsehe?

Der Mann ging, dann drehte er sich noch einmal um.

»Sollten Sie Chandler sehen, dann sagen Sie ihm, dass er üblen Mundgeruch gehabt hat. Wie unser Neuzugang, der stinkt auch gewaltig. Machen wohl die Medikamente, die sie ihm eingeflößt haben.«

Alice sah zu den beiden anderen Männern. Beide trugen sie Bademäntel. Doch nur einer von ihnen Pantoffeln. Der andere trug Stiefel, die von oben bis unten mit Schlamm bespritzt waren. Die Männer saßen mit dem Rücken zu ihr.

»Die sind zugedröhnt«, sagte der Mann vom Plastikstuhl, »medikamentiert sagen sie hier. Dem Neuen haben sie richtig was verpasst. Anfangs hat er noch geredet, gemeint, er sei in Wirklichkeit Polizist, der entführt worden sei … und dass nicht er irr sei, sondern der Polizist, der ihn gebracht hat, sei verrückt. Immer wieder dasselbe. Was ich hier schon alles erlebt habe …«

»Papa«, sagte Alice und umarmte ihren Vater.

Ihr Vater reagierte nicht. Zusammengesunken lehnte er auf der Couch. Er roch fürchterlich.

»Mensch, Mati«, sagte Anneliese, »was haben sie mit dir gemacht?«

Alice konnte ihren Vater nicht hier lassen, genauso wenig wie ihren Großvater. Ihrem Großvater würden sie am nächsten Tag den Kopf aufsägen, und ihrem Vater würden sie das Hirn chemisch in wertlosen Schaumstoff verwandeln. Obwohl ihr Vater immer gemeint hatte, dass man keine Leuchte sein musste, um Polizist zu sein, war ihr ein Vater mit Hirn doch angenehmer als ein ewig lächelnder Zinnsoldat. Die einzige Frage war: Wie kamen sie draußen an dem Pfleger vorbei?

Anneliese schob das Bett, in dem Alices Großvater lag. Vorne saß ihr Vater, im Morgenmantel. Die Uniform hatte ihm Abzenz wahrscheinlich ausgezogen. Sie rollten den Korridor entlang. Das war ihr Plan. Der Pfleger saß mit dem Rücken zu ihnen vor einem Computer, neben ihm eine Thermoskanne aus Metall. Anneliese ließ das Bett stehen und näherte sich ihm. Als sie nach der Thermoskanne griff, drehte sich der Pfleger plötzlich zu ihr um.

»Was zum …«

Er konnte seinen Satz nicht zu Ende bringen. Anneliese schlug ihm die Thermoskanne auf den Hinterkopf. Sie schleppten den stöhnenden Pfleger in sein Zimmer. Doch um herauszukommen, brauchten sie den Türcode. Sie durchsuchten den Pfleger. Ein Handy, Bonbons, Kondome … Tom schaltete das Handy an. Auf dem Display erschien ein Code.

»Eigentlich sollte er sich diese Nummer merken«, sagte Tom, »aber die Leute merken es sich nie. Sie stecken Scheckkarte und Geheimnummer in ihren Geldbeutel, wählen ihren Vornamen als Passwort und speichern Geheimcodes auf ihren Handys ab.«

Ihren Vater packten sie hinten auf den Rücksitz. Ihren Großvater legten sie mit angewinkelten Beinen in den Laderaum des Rovers. Das Holz warfen sie auf den Parkplatz. Im Rückspiegel sah Alice das weiße Bett stehen, in dem am nächsten Morgen ihr Großvater hätte sterben sollen.

14.

Starke Böen schüttelten den Wagen. Alice hielt ihren Vater fest, damit er nicht in den Kurven zur Seite kippte. Sie musste an Leo Faulkners Enzyklopädie des Verbrechens denken: *Es gibt immer einen Prozentsatz an Psychopathen in einer Gesellschaft. Die meisten davon fallen nie auf oder werden nie entdeckt. Als Politiker sind sie radikal und als Unternehmer rücksichtslos. Sie tun alles, um erfolgreich zu sein.*

Ein Psychiater, der von seinem Patient ermordet wurde, das war ja nicht außergewöhnlich. Berufsrisiko. Aber ein Patient, der dann auch noch die Identität seines Psychiaters annahm, war kaum vorstellbar. In seiner neuen Identität hatte Weidmann dann geisteskranke Patienten für gewisse Dienste benutzt. Selbst wenn die Polizei dem falschen Kommissar auf die Schliche gekommen wäre, hätte keiner einem Verrückten geglaubt, der sich als Kommissar ausgegeben hatte. Der Psychiater, Professor Horos, hat es mir befohlen …

Im Rückspiegel tauchten Lichter auf. Sie kamen schnell näher. Anneliese verringerte die Geschwindigkeit. Als der Wagen hinter ihnen nur noch ein paar Meter entfernt war, blendete er auf. Das grelle Fernlicht reflektierte im Rückspiegel. Anneliese konzentrierte sich auf die Straße. Es war noch ungefähr ein Kilometer bis zur Abzweigung in den Waldweg.

»Überhol schon, Idiot!« Anneliese verringerte noch weiter die Geschwindigkeit. Auf der rechten Seite war der kantige Felsen. Jenseits der Leitplanke auf der Gegenfahrbahn fiel das Gelände nun steiler ab. Der erste Stoß traf sie unerwartet. Anneliese fluchte und klammerte sich an dem Lenkrad fest. Alice versuchte, zu sehen, wer hinter ihnen war, doch das Licht blendete zu stark. Der Rover ihres Großvaters geriet ins Schlingern, und Anneliese hatte größte Mühe, den Wagen unter Kontrolle zu bekommen.

»Zieh in die Mitte«, rief Alice, »damit er uns nicht an die Wand drängen kann.«

Doch der Wagen setzte schon an, um sie zu überholen. Alice erkannte den dunklen Geländewagen. Es war derselbe, der vor ihrem Haus gestanden hatte.

Wieder rammte der Wagen den Rover. Der Kopf ihres Vaters kippte zur Seite und knallte gegen die Seitenscheibe.

»Dieses Arschloch!«, fluchte Anneliese. »Dem schieb ich seinen Führerschein in den Arsch.«

»Wenn er überhaupt einen hat«, sagte Alice.

»Der bringt uns noch um, und übermorgen steht dann in der Zeitung ein Fünfzeiler: Auto in den Tobel gestürzt. Fünf Tote. Für jeden Toten eine Zeile.«

»Es sind noch ungefähr fünfhundert Meter bis zur Abzweigung«, sagte Alice, »dort hängen wir ihn ab.«

Die Lichter des schwarzen Geländewagens fielen zurück. Dann kamen sie wieder sehr schnell näher. Bei dieser Geschwindigkeit würde sie die Kontrolle über den Wagen verlieren, dachte Anneliese. Als die Lichter im Rückspiegel fast nicht mehr zu sehen waren, zog sie das Lenkrad nach links auf die Gegenfahrbahn. Für einen Moment sah sie die getönten Scheiben des wuchtigen Geländewagens, als er rechts an ihnen vorbeiraste. Ein hässliches Knirschen war kurz zu hören, als der Geländewagen gegen den Fels prallte. Der Stoß wirbelte den Wagen um seine eigene Achse, dann überschlug er sich. Auf dem Dach rutschte er auf die andere Straßenseite, durchschlug die Leitplanke und blieb nahe am Abgrund liegen.

Anneliese brachte den Rover zum Stehen. »Den kauf ich mir«, zischte sie und riss ihre Tür auf.

»Wo willst du hin?«, rief Tom Alice hinterher, die ebenfalls in den Regen rannte.

Anneliese bückte sich, um durch die zerbrochenen Seitenfenster zu dem Fahrer zu gelangen. Überall waren Scherben aus Glas und Plastik. Ein Ärztekoffer lag offen auf der Straße. Alice hob ihn auf. Der Großteil des Bestecks hatte sich auf der Straße zwischen den Scherben verteilt, doch ein Teil war noch intakt im Koffer geblieben. Ein Plastiketui mit Akupunkturnadeln verschiedener Größe und Dicke. Der Wagen gehörte dem Psychiater. Daneben lag ein Handy. Alice steckte es ein. Sie ging zur Fahrerseite, wo Anneliese kniete und versuchte, dem Fahrer zu helfen.

»Bleib im Wagen«, rief ihr die Polizistin zu. »Das ist kein schöner Anblick.«

»Habe schon Schlimmeres gesehen«, antwortete Alice und beugte sich zu Anneliese hinunter.

Hinter dem Steuer war der Mann eingeklemmt, der sie verhört hatte. Kommissar Abzenz oder Chandler, wie ihn der Busfahrer genannt hatte. Die Leitplanke war in das Wageninnere gedrungen und hatte dem Mann den Arm abgetrennt.

»Ich krieg ihn nicht raus«, rief Anneliese und versuchte, den Mann herauszuziehen. »Er verblutet, wenn wir nichts tun.«

»Die Straße war dunkel …«, stöhnte der Mann und hustete Blut, »… mit etwas mehr als Nacht. Ende.« Er schloss seine Augen und hörte auf zu atmen.

Plötzlich lag ein Donnern in der Luft. Alice kannte das Geräusch aus den Bergen.

Sie packte Anneliese und zog sie aus dem Wagen. Alice zerrte die Polizistin hinter sich her, zur Felswand hinüber, als über ihnen Felsen auf die Gegenfahrbahn aufschlugen. Die Erschütterung hatte eine Geröllawine ausgelöst. Sie hatten keine Zeit, um zum Rover zurückzulaufen. Doch zum Glück stürzten die größten Brocken vom Felsvorsprung über ihnen direkt in die Tiefe. Es krachte, als schlüge eine eiserne Faust in Blech. Ein großer Stein traf den Geländewagen, der wie ein verwundeter Käfer auf dem Rücken lag. Der Wagen kippte leicht und rutschte vollends über die Klippe. Lautlos verschwand er in der Tiefe.

»Weg hier«, sagte Anneliese, »bevor der Rest vom Berg auch noch runterkommt.«

Die Polizistin startete den Wagen, als das Handy klingelte, das sie neben dem Wagen gefunden hatte. Sie bestätigte den Anruf und hielt es sich ans Ohr.

»Du hast es jetzt hoffentlich zu Ende gebracht«, sagte eine Männerstimme. »Ist die Kleine weg? Einmal hast du sie entkommen lassen, das reicht. Die Welt wird sie nicht vermissen. Um den Rest kümmere ich mich selbst. Bringe die Leiche zum Moor …«

Alice unterbrach die Verbindung.

»Wir müssen zurück nach Kaltenloch«, sagte sie. »Er wird Lisa töten und ins Moor bringen.«

15.

Der Parkplatz am Moor befand sich hundert Meter hinter dem Friedhof. Alice hatte wenig Hoffnung, Lisa noch einmal lebend zu sehen. Wenn Weidmann allerdings wie bei den anderen Opfern vorging, dann würde er sie erst betäuben und dann töten.

»Wo hast du das Handy her?«, fragte Anneliese.

»Es hat auf der Straße gelegen. Wahrscheinlich hat es sich auf dem Beifahrersitz befunden, als der Wagen sich überschlug.«

»Das ist ein Beweisstück«, sagte die Polizistin. »Du kannst das nicht einfach an dich nehmen.«

»Jetzt weiß ich aber, dass Weidmann zum Moor will.«

»Ich muss Lisas Mutter erreichen. Hast du ihre Nummer?«

Alice suchte auf dem Display die Adressliste. Chandler hatte nur wenige Nummern gespeichert. Eine Nummer kannte Alice. Es war die Polizeidienststelle in Sonthofen. Sie blätterte weiter. Bork. Sie drückte auf Wählen und gab Anneliese das Telefon.

»Frau Bork … hier ist die Polizei, Anneliese Brackl, bitte bleiben Sie zu Hause und schließen Sie Türen und Fenster. Haben Sie mich verstanden? Ja? Lassen Sie niemanden ins Haus. Niemanden. Wir schicken Ihnen eine Streife vorbei … Haben Sie keine Angst … Sie sind nicht alleine. Lassen Sie keinen … Doktor Horos ist bei Ihnen?« Anneliese schluckte. »Er ist bei Ihnen, und er hat Lisa bei sich? … Ja, alles wird gut, Frau Bork. Machen Sie sich keine Sorgen. Verlassen Sie nicht das Haus …«

Die Verbindung war unterbrochen, als sie Alice das Handy reichte.

Anneliese trat das Gaspedal durch.

»Weidmann ist bei den Borks zu Hause, er hat Lisa bei sich.«

16.

Die Straße nach Kaltenloch war gesperrt. Vor dem Morgen konnten sie nicht auf Verstärkung hoffen.

Sie hielten vor Lisas Haus. Die Eingangstür stand offen. Es brannte kein Licht.

»Er hat sie zum Moor gebracht«, rief Alice, doch Anneliese war schon im Haus.

»Wir kommen zu spät«, sagte Tom, der auf der Rückbank Platz genommen hatte. Alices Vater schlief noch immer.

Alice öffnete die Tür.

»Wohin willst du?«, rief Tom ihr zu.

Anneliese war noch im Haus. Alice drückte das weiße Gartentor auf. Gartenzwerge und Solarlampen säumten den Weg. Sie rief Anneliеses Namen. Keine Antwort. In der Küche knipste sie das Licht an. An den Holzschrankwänden waren noch dunkle Flecken. Getrocknetes Blut von Lisas Vater. Im Wohnzimmer war es kalt. Die Terrassentür stand offen. Am Boden lag Anneliese. Neben ihr die große Stabtaschenlampe. POLIZEI. Alice fühlte ihren Puls. Er war schwach, aber vorhanden. Sie schien friedlich zu schlafen. Mit der flachen Hand fuhr sie ihr über den Nacken. Die Nadel steckte noch im Nacken. Vorsichtig zog Alice sie heraus.

Die Polizistin stöhnte. »Was ist passiert?«

»Er hat dich betäubt.«

»Ich kann meine Füße nicht bewegen …«

»Es dauert, bis deine Nerven wieder mit dem Gehirn verbunden sind. Ich weiß nicht, wie das genau funktioniert, aber du wirst schon wieder. Hast du ihn gesehen?«

»Ich habe gar nichts gesehen, nur Dunkelheit«, sagte Anneliese.

»Er wird sie beide ins Moor bringen«, sagte Alice. »Ich komme zurück.«

Sie griff nach der Stablampe und verließ das Haus. Tom wollte gar nicht wissen, was sie vorhatte. Er hielt sie für lebensmüde. Allein wollte er sie auch nicht lassen. Doch jemand musste am Wagen bleiben, bei ihrem Vater und Großvater.

»Wenn Anneliese kommt«, rief sie ihm zu, »dann sag ihr, ich werde ihn aufhalten.«

17.

Der Weg zum Friedhof war steil. Alice war außer Atem, als sie vor dem Haus der alten Hofer ankam. Vor dem Gartenzaun parkte Borks Wagen. Weidmann musste Anneliese im Wohnzimmer überwältigt haben. Durch die Terrassentür gelangte er in den Garten. Alice konnte sich nicht erinnern, Borks Wagen vor dem Haus gesehen zu haben. Abzenz war mit dem Geländewagen des Psychiaters in Hintereck, und Weidmann nutzte den Wagen des Mannes, den er ermordet hatte. Er fuhr seinen Wagen und ging in seinem Haus ein und aus, als Helfer und Tröster.

Der Sturm war stärker geworden. Die Tannen im Garten von Gertrude Hofers Haus bogen sich weiter über das Haus. Äste flogen durch die Luft. Die Haustür stand offen. Alice zögerte. Wenn du über diese Schwelle trittst, dachte sie, dann gibt es kein Zurück mehr. Sie war allein, und irgendwo in diesem Haus befand sich ein Mann, der jeden tötete, der sich ihm in den Weg stellte. Weidmann ist nur zum Teil ein Mensch, dachte sie, er ist zur Hälfte ein Gespenst, das dem Wahnsinn entstiegen war.

Finsternis hüllte sie ein. Draußen war der Regen heftiger geworden. Ihr Herz pochte in ihren Ohren. Es war zu still. Weidmann hatte vor dem Haus angehalten, in dem er seine frühe Kindheit verbracht hatte. Gertrude Hofer hatte ihr Kind bei dem Brand verloren. Doch die Toten redeten mit ihr, ihr Sohn Karl redete mit ihr, wenn sie an sein Grab ging. Sie wusste nicht, dass ihr Sohn noch lebte. Einen Kilometer weiter im selben Dorf arbeitete er als Psychiater. Jeden Tag ging sie zum Friedhof, steckte leere Zettelchen in eine Ritze am Grab ihres Sohnes. Sie konnte nicht ahnen, dass es ihr Sohn Karl war, der die Namen auf die Zettel schrieb. Das Todesorakel war niemand anders als ihr leiblicher Sohn.

Alice überlegte, ob sie nicht auch an diese Botschaften geglaubt hätte, wenn sie sie am Grab ihrer Mutter gefunden hätte. Zu schön wäre die Idee, dass ihre Mutter nicht so weit weg und dass der Tod nur ein unsichtbarer Nebenraum war. Wir sehen, was wir glauben. Wenn statt Wittgenstein ihre Mutter zu ihr sprechen würde?

Sie betrat den Raum, in dem sie Anneliese gefunden hatte. Verschimmeltes Brot lag neben einem rostigen Messer auf dem Tisch. Am Boden befanden sich noch der Blumendraht und das Seil, mit dem die Alte Anneliese gefesselt hatte. Alice ging zurück in den Flur, der der dunkelste Ort im Haus zu sein schien. Sie nahm die Stabtaschenlampe von Anneliese aus ihrer Manteltasche. Sie war schwer. Das weiße Licht warf kantigen Schatten über das Gerümpel am Boden. Die Stille war kein gutes Zeichen. Die Tür vor ihr war nur angelehnt. Im Schein der Lampe glitzerte etwas am Boden. Es war der Autoschlüssel, den Anneliese verloren hatte. An dieser Stelle hatte die alte Frau sie von hinten überrascht. Alice wandte sich um, leuchtete in den Flur. Bis auf Tüten und leere Plastikflaschen war nichts zu sehen. Dann drückte sie die Tür auf. Der Schein der Lampe tauchte in einen relativ aufgeräumten Raum ein. Staub flirrte in der Luft. Ein hölzerner Spielzeuglaster stand am Boden, zwei große Teddys ohne Augen saßen auf einem Stuhl. An der Wand neben dem Bett hing die Zeichnung eines Baumes, an dessen Zweigen lauter Namen zu kleben schienen. Alice stand jetzt mitten im Raum. Der Strahl ihrer Lampe fiel auf das Bett. Sie hatte ihn erst nicht gesehen, weil er regungslos da saß, versunken wie ein Mönch beim Beten. Erst dachte sie, Wittgenstein hätte sich in das verfallene Haus der Gertrude Hofer verirrt, dann erkannte sie die silbernen Haare und die langen dürren Finger. Karl Weidmann. Und hinter ihm auf dem Bett lagen Lisas Mutter und Lisa, die Arme dicht am Körper ausgestreckt, so als hätte sie ein Leichenbestatter für den Sarg vorbereitet.

»Dich hatte ich nicht erwartet, kleine Frau«, sagte Weidmann. Auf seinen Knien war eine durchsichtige Plastikschachtel, wie Alice sie auf der Straße neben dem Geländewagen gesehen hatte. Darin waren Nadeln. Und eine davon wird er mir gleich ins Genick stechen, dachte sie. Wie es sich wohl anfühlt? Tom hat gesagt, dass er sich an nichts erinnern konnte. Die Nadeln lähmten nicht nur, sie löschten auch die Erinnerungen aus.

»Ich werde dir nicht weh tun«, sagte Weidmann mit freundlicher Stimme. »Es geht ganz schnell. Und was danach kommt, das interessiert dich nicht mehr.«

»Sie haben Lisa umgebracht … und ihre Mutter.«

»Die beiden schlafen nur. Zum Sterben ist noch Zeit. Sehr mutig von dir, alleine hierher gekommen zu sein. Aber weißt du, Mut zahlt sich nicht immer aus. Es wäre besser gewesen, du wärest zu Hause geblieben. Dann würdest du vielleicht in ein paar Jahren selbst Kinder haben. Doch jetzt endet alles hier.«

»Sie haben all die Menschen im Bus umgebracht, vor Jahren ... und jeden, der den echten Psychiater Horos kannte.«

»Die anderen machen uns zu dem, was wir sind. Das habe ich in all den Jahren gelernt. Für eine bestimmte Zeit kann man den Ausweis von jemandem nehmen, seine Kleider anziehen, sein Auto fahren und sich mit seiner Familie umgeben, aber das reicht nicht, um dieser Jemand zu werden.«

»Sie haben die Familien umgebracht.«

»Ich habe nur verhindert, dass sie mich als jemand anders sehen als der, der ich sein wollte. Doch um ein Leben eines Menschen ganz zu übernehmen, um er zu werden, dafür braucht es mehr. Und das kostet auch Opfer.«

»Die Leiche des echten Professors Horos hat sie eingeholt.«

»Der Regen hat sie hochgetrieben. Ansonsten wäre er noch Tausende von Jahren in der Tiefe des Moores geblieben. Der Doktor Horos sah noch so aus wie an dem Tag, als ich ihn versenkte. Er hat mich angefleht, es nicht zu tun. Sie alle glaubten, ihrem Schicksal entgehen zu können, wenn sie mich anflehen. Später habe ich ihnen gar nicht mehr die Möglichkeit gegeben, darüber nachzudenken. Es war besser. Sie waren einfach ausgeschaltet. Der Mensch versteht nie, dass er sterben muss. Erst recht nicht, wenn sein Tod einen bestimmten Zweck haben soll. Das ist das Schlimmste für den Menschen, dass sie für etwas sterben sollen. Doktor Horos ... den Professorentitel erhielt ich erst viel später, nachdem ich einen Posten an der Universität angenommen hatte. Der Doktor Horos hielt nicht viel von der Lehre. Ich aber sage, dass man Wissen weitergeben muss.«

»Aber Sie sind ja kein Wissenschaftler.«

»Wer sagt das?«

»Sie haben den echten Doktor Horos getötet. Sie sind nichts anderes als eine schlechte Kopie.«

Weidmann lachte und schaute sie aus seinen stechend blauen Augen an.

»Ich bin viel besser, als Horos jemals hätte sein können. Und vom wissenschaftlichen Standpunkt aus gesehen, habe ich sein Leben verbessert.«

»Aber Sie haben ihn getötet.«

»Der Tod ist nichts als ein Übergang von einem Körper in den nächsten. Das, was an Arthur Horos wesentlich war, das ist auch in mir. Nur in verbesserter Form. Ich bin seit Jahrtausenden unterwegs.« Er zeigte auf den Stammbaum. »Ich wusste schon als Kind, dass ich nicht nur ein Leben haben würde, sondern schon unzählige vor mir gelebt habe.«

Alice blickte an den Anfang des Stammbaums. Ein Name fiel ihr auf. Kaiser Nero.

»Sie wollen mir sagen, dass Sie Kaiser Nero waren?«

»Unter anderem.«

»Dann müssen Sie ja fließend Latein sprechen.«

Nero war ein Künstler. Ob Wittgenstein mit Nero plaudern konnte, wenn er den Bus nach Gestern nahm? Das wäre dann schon eine längere Reise.

»Jede Epoche hat ihre Sprache. Man nimmt nicht alles mit in das nächste Leben. Die Seele besteht aus dem Wesentlichen, und die Sprache gehört nicht dazu.«

»Und zwischen den bekannten Persönlichkeiten … da sind manchmal Hunderte von Jahren, in denen sie gar nichts waren.«

»Ich war das, was ich heute nur bin. Ein Nichts. Ein belangloser Psychiater, der belanglose Artikel über Schizophrenie und Paranoia schreibt. Niemand in der fernen Geschichte wird sich an mich erinnern. Aber vielleicht an denjenigen, der ich sein werde.«

Weidmann war aufgestanden und kam auf Alice zu. In der einen Hand hielt er eine Nadel, in der anderen einen Wattebausch.

Alice machte einen Schritt rückwärts. Sie spürte noch den Gegenstand an ihren Füßen, doch da verlor sie auch schon das Gleichgewicht. Weidmann war über ihr. Seine Hände griffen nach ihrem Hals. Die Stablampe war ihr aus der Hand gefallen. Für einen Moment blendete sie Weidmann, der kurz stolperte. Dann geschah etwas Seltsames: Weidmann taumelte zurück. Er drehte sich um die eigene Achse und versuchte etwas in seinem Rücken zu greifen. Die Klinge war nicht tief in seine Schulter eingedrungen. Gertrude Hofer war zu klein und hatte die Klinge senkrecht gehalten, so dass sie an den Rippen abbrach.

Weidmann wirbelte herum und schlug zu. Der Schlag warf die alte Frau um. Sie stützte sich wieder auf.

»Dich hat der Teufel geschickt, um mich zu holen«, zischte sie. »Mein Name stand auf dem Zettel. Ich war die Nächste. Der Teufel ist undankbar. Mein Sohn hat immer zu mir gesprochen. Jetzt sagt er, dass ich die Nächste sein werde. Aber so ein Lump bläst mir nicht das Lebenslicht aus. Ich werde nicht sterben, und wenn du meinen Sohn in der Hölle triffst, dann sagst du ihm, dass er undankbar ist. Ich habe immer getan, was er von mir wollte, all die Jahre …«

Alice hatte den Augenblick genutzt, um zur Tür zu gelangen.

Weidmann hatte das Messer in der Hand. Die rostige Klinge schimmerte im Schein der Lampe. Er beugte sich zu der alten Frau und flüsterte: »Ich bin gekommen, um dich zu holen.«

Alice sah wieder die Klinge. Dann fiel ein Schuss. Weidmanns Arm senkte sich langsam. Gertrude Hofer hatte die Waffe in der Hand, die Anneliese hier verloren haben musste. Die Klinge steckte quer im Hals der alten Frau. Weidmann bückte sich zu ihr und hielt sich den Bauch. Das Letzte, was Gertrude Hofer aus dem Mund des Mannes hörte, war: »Mama.«

Alice rannte aus dem Haus. Hinter ihr waren Schritte. In der Hand Weidmanns sah sie das Messer. Der Weg zum Friedhof und zurück zum Dorf war abgeschnitten. Es blieb nur ein Weg. Der Weg durchs Moor.

Sie lief quer über den Boden, der sich bewegte. Unter den Grasnarben war eigentlich ein See, eiskalt und von Pflanzen bedeckt. Einmal sank sie bis zu den Knöcheln ein. Fünfzig Meter hinter ihr erblickte sie Weidmann. Dann fiel er zurück. Alice wartete. Sie achtete auf jeden Schritt, um nicht mit den Beinen steckenzubleiben. Jede Bewegung würde sie tiefer ziehen, in das eisige Wasser des Moors. Dann konnte sie Weidmann nicht mehr sehen. Sie folgte ihren eigenen Spuren zurück. Jetzt sah sie auch, warum sie Weidmann nicht mehr sehen konnte. Er steckte mit beiden Oberschenkeln tief in einem Schlammloch. In der Hand das rostige Küchenmesser. Seine Augen waren aufgerissen. So musste in der Tat Nero ausgesehen haben, dachte sie, als er Rom angezündet hatte.

Alice lief vorsichtig über den Boden, der wie eine weiche Matte nachfederte. Darunter schlief der eisige See seit Tausenden von Jahren. Weidmann steckte mittlerweile bis zu den Hüften in dem schwarzen Wasser. Er warf sich nach vorne und versuchte, die Beine aus dem eisigen Schlamm zu bekommen, doch je mehr er sich bewegte, desto tiefer sank er.

»Hilf mir!«, rief ihr Weidmann zu. »Bieg den Baum zu mir herüber.«

Alice stand wie versteinert neben dem Schlammloch. Das erste Mal in ihrem Leben musste sie eine Entscheidung treffen, von deren Ausgang das Leben oder der Tod eines Menschen abhing. *Wittgenstein, hilf mir.* Doch was hätte Wittgenstein ihr sagen können? Es gab nur die Theorie, was man mit Sprache sagen konnte, und was nicht, das konnte man nur zeigen. Helfe ich ihm heraus oder nicht? Vor ein paar Minuten wollte er dich noch töten. Seine Welt forderte Opfer. Würden die Kinder im Bus, Ulrike und Horos' Schwester ihrem Mörder helfen? Sie war keine Richterin. Sie hatte nicht über Leben und Tod zu entscheiden.

Alice näherte sich dem Schlammloch. Weidmann war inzwischen kreidebleich geworden. Seine Lippen waren blau vor Kälte. Doch warum musste sie die Entscheidung treffen?

»Manche Menschen verstehen nicht, wenn sie sterben müssen«, sagte Alice und setzte sich auf einen Baumstumpf neben das Schlammloch.

»Zieh den Baum ein Stück zu mir herüber, dann reden wir darüber.«

»Karl Weidmann ist vor dreißig Jahren gestorben. Er hat einen Grabstein. Und Arthur Horos lebt, liegt aber mumifiziert irgendwo vergraben.«

»Arthur Horos hat ein richtiges Grab bekommen. Nicht mit seinem Namen, den brauchte er nicht mehr. Tote brauchen keine Namen. Sie sind alle namenlos. Horos ist zu Weidmann geworden. Wir haben unsere Leben getauscht. Er ist für mich gestorben, dafür habe ich sein Leben verbessert. Ich habe aus ihm einen Psychiater von Rang und Namen gemacht.«

»Aber Arthur Horos hätte viel lieber sein erbärmliches und unwichtiges Leben weitergeführt.«

»Nein«, rief Weidmann, »er wäre mir dankbar, wenn er mich sehen könnte, was ich aus seinem Leben gemacht habe.«

»Aber das kann er nicht mehr, und all die Menschen, die Sie getötet haben, weil sie Arthur Horos nahestanden, und all die Familien, die Sie getötet haben, nur um für ein paar Tage eine Familie zu haben, sie hatten nie eine Wahl.«

Weidmann war tiefer abgesunken. Seine Hüfte war vollständig im Schlamm. Blut quoll zäh aus der Einschusswunde und mischte sich mit dem schlammigen Wasser.

»Mein Großvater hatte Ihnen nie etwas getan …«

»Er kam mit dieser Fotografie von Ulrike zu mir. Eine Frau aus dem früheren Leben von Horos. Der bessere Horos brauchte keine Frauen mehr. Ihr Großvater stellte mir Fragen über das Foto und wie es in die Hand einer Moorleiche gekommen war. Der frühere Horos musste das Bild in der Hand gehalten haben, als er starb. Warum hat sich dein Großvater in das Leben anderer eingemischt? Was ging ihn die Fotografie einer Frau an, die schon seit dreißig Jahren tot ist?«

»Weil er diese Frau liebte. Wenn jetzt diese Menschen weiterleben wollen ... Haben Sie dann nicht Verständnis dafür, dass Sie sterben müssen?«

»Ich bin unsterblich«, sagte Weidmann und lachte, »ob ich aus diesem Loch klettere oder nicht. Ich bin überall und in jedem von euch. Ich bin ein Teil eurer Träume.«

»Aber mit unseren Träumen können wir leben ...«

Weidmann war bis zu den Schultern eingesunken. Die Kälte hatte ihm die Kraft geraubt. Alice begriff, dass es mit ihm zu Ende ging. Der Regen ließ nach. Weidmann streckte ihr einen Arm entgegen. Es war ein Gruß, oder er zeigte auf etwas im Himmel.

»Warum Lisa?«, fragte Alice. »Warum haben Sie Lisa das Messer in die Hand gegeben, nachdem Sie ihrem Vater die Kehle aufgeschlitzt hatten? Sie hätten Bork doch auch anders ...«

»Wer sagt, dass ich ihr das Messer gegeben habe? Vergiss nicht, ich bin überall und in jedem von euch.«

Dann versank Karl Weidmann mit einer hämischen Grimasse im Moor.

Alice blieb noch auf dem Baumstumpf sitzen und blickte über die dunstige Moorlandschaft. Die morschen Bäume glichen müden Gestalten, die in den Wolken umhergingen. Auf einem umgestürzten Baum landete ein schwarzer Vogel. Als Alice näher hinsah, erkannte sie das schwarze Huhn mit der Schnur am Bein. *Überlebende.*

EPILOG

Drei Tage später. Die Wolken hatten sich zurückgezogen. Die Sonne schien in das nasse Tal, auf die Lebenden und auf die Toten. Ihr Vater hatte noch zwei Tage geschlafen. Er konnte sich an nichts erinnern, außer daran, dass ihn der Mann vom LKA verhaftet und in einem schwarzen Auto weggebracht hatte. Er erinnerte sich an eine Müdigkeit, und sein letzter Gedanke war, dass er die Sportschau am Abend versäumen würde. Die Wahrheit über den falschen LKA-Mann sagte Alice ihm nicht. Das sollten ihm lieber seine Kollegen erzählen. Anneliese hatte seine Sachen wieder in sein Büro geräumt. Auch darüber verlor keiner ein Wort. Ihr Großvater war schneller wieder auf den Beinen, nachdem ihm die abgebrochene Nadel aus dem Nerv im Nacken entfernt worden war. Anneliese Brackl hatte es auf sich genommen, ihm zu erklären, woher die Beulen an seinem Rover stammten und warum sein Feuerholz auf dem Parkplatz der Kaltenlocher Klinik lag. Großvater konnte sich nur daran erinnern, dass er telefoniert hatte. Dann war plötzlich die Leitung tot gewesen, und er war in einem Krankenhausbett erwacht.

»Ja, so sieht der Tod aus«, sagte er. »Plötzlich ist die Leitung tot, keiner antwortet mehr.«

Amalia war in der Nacht vor dem Sturm nach der Arbeit zu einer Kollegin gegangen und hatte sich dort in den älteren Bruder verliebt. Seit zwei Tagen befand sie sich in einem Zustand, den Alice den Brautmodus nannte. Sie schnitt ihre Haare, als wären es die Blätter eines japanischen Bonsai-Baumes, und ihr Parfüm zog so penetrant durch das Haus, dass Hobbes sich in den Keller verzogen hatte. Alice hoffte nur, dass diese Art der chemischen Kriegsführung nicht zu lange dauerte. Doch nach all dem, was geschehen war, war Alice froh, dass sich manche Dinge nie änderten.

Als drei Tage nach dem Sturm ihr Vater die Zeitung aufschlug, war dort ein Bild von seiner Tochter zu sehen. Sie stand neben einem Krankenwagen. Eine junge Polizistin sperrte den Bereich um den Friedhof ab. Sein Chef gab ein Interview und erzählte von erfolgreicher Kooperation der Polizei, auf die immer noch Verlass sei, wenn es drauf ankam. Die meisten Online-Medien hatten Anneliese Brackls Interview gesendet. Sie erzählte, dass ein zwölfjähriges Mädchen an ihrem Geburtstag eine schreckliche Entdeckung gemacht hatte. Sie erzählte des Weiteren von der Moorleiche, einer alten Frau, die die Zukunft voraussagen konnte, und von Karl Weidmann. Sie erzählte, dass das Mädchen nicht nur ihren Vater und ihren Großvater gerettet hatte, sondern sie ihr Leben ihm ebenfalls verdankte.

»Wer war dieses zwölfjährige Mädchen?«, fragte eine junge Journalistin von einem Privatsender.

Anneliese Brackl antwortete, was Alice ihr gesagt hatte: »Namen haben überhaupt keine Bedeutung. Deshalb behält sie ihn lieber für sich.«

Anneliese erhielt ihre Waffe wieder. Ein Schuss war aus der Waffe abgefeuert worden, doch eine Kugel fand man nie. Dafür fand man eine alte Frau mit einem Messer im Hals und einem Zettel in ihrer Hand, auf der ihr Namen geschrieben stand. Im Schwarzen Bichl in Hintereck ging die Geschichte um, dass der Gangerl den Namen der Gertrude Hofer auf den Zettel geschrieben hatte. Die meisten waren froh, dass die alte Frau nicht mehr auf Beerdigungen auftauchte. Niemand wollte die Zukunft wissen.

Nur Alice und Anneliese wussten, wer den Namen auf den Zettel geschrieben und dem Todesorakel der Gertrude Hofer ein Ende bereitet hatte.

Lisa Borks Platz in der Schule blieb leer. Ihre Mutter verkaufte das

Haus. Alice kam noch einmal zur Schule, um ihr Fach auszuräumen, obwohl in den Büchern, die dort in einem Spind lagerten, nur nutzloses Wissen stand. Wegen dieser Bücher war sie nicht zurückgegangen. Doch zwischen all den Büchern steckten auch einige Zeichnungen, die Lisa im Unterricht angefertigt hatte. Theosophus Rexner unterrichtete gerade Geschichte, als Alice an der Tür klopfte. In der Klasse fehlte noch ein Mädchen. Betty die Pest. Und eine halbe Stunde später, erfuhr sie auch, warum sie fehlte. Betty hatte geredet. Sie hatte der Direktorin erzählt, dass Alice sich nur gewehrt und dass sie, Betty, die Prügel verdient gehabt habe.

Alice hatte die Zeichnungen aus ihrem Spind genommen und noch zwei Bücher über Geografie, als die Klassenzimmertür aufging und Betty hereinkam. Die Direktorin hatte ihre Prinzipien. »Christen halten die andere Wange hin«, sagte sie zu Alices Vater, der sich dafür einsetzte, dass Alice wieder auf die Schule gehen durfte. Bettys Geständnis brachte nur eines: Betty wurde ebenfalls von der Schule verwiesen.

»Es tut mir leid«, sagte Betty, laut genug, dass Alice es hören konnte.

»Können wir mit dem Unterricht weitermachen?«, fragte T-Rex und deutete auf die Tür.

In der ersten Reihe erhob sich ein Mädchen, die Alice immer als Masern bezeichnet hatte.

»Wir möchten, dass Alice und Betty bleiben.«

Rexner hob nur die Arme und meinte, dass dies nicht seine Entscheidung sei. Die Entscheidung hätten die beiden getroffen, als sie sich in der Toilette geprügelt hatten.

»Es tut mir leid«, wiederholte Betty mit Tränen in den Augen.

»Wir möchten, dass Alice und Betty bleiben«, sagte das Mädchen neben den Masern.

Weitere Schüler erhoben sich. Alle riefen sie: »Wir möchten, dass Alice und Betty bleiben.«

Gemeinsam verließen sie das Schulgebäude. Alice sah Betty hinterher, die von ihrem Onkel abgeholt wurde. Alices Vater stand am Auto, als sich plötzlich der Schulhof mit Schülern füllte. Sie riefen Alices und Bettys Namen. Am Fenster stand die Direktorin und am Eingang ein verzweifelter Geschichtslehrer.

Die Absperrbänder am Friedhof waren verschwunden, als Alice zum Grab von Karl Weidmann ging. Sie hatte ein Holzkreuz angefertigt, das sie in die weiche Erde steckte.

Hier ruht der Psychiater Doktor Arthur Horos.

Auf dem Rückweg zum Friedhofstor machte Alice einen Umweg zum Grab von Lisas Vater. Die Kränze hatte der Regen über das ganze Grab verteilt. Blumentöpfe und Gestecke lagen wie nach einem Erdbeben auf dem Grabhügel. Alice bückte sich und richtete einige Gestecke wieder auf, als sie plötzlich Schritte hinter sich hörte.

»Mein Mann hat Blumen immer gehasst.« Lisas Mutter war schwarz gekleidet. In ihrer Hand hatte sie eine Schale Gummibärchen. »Die hatte er lieber als Blumen. Ich weiß, was du für uns getan hast, Alice. Ich möchte mich noch einmal bei dir bedanken.«

»Sie sollten meinem Vater danken.«

»Ich weiß«, erwiderte sie verlegen, »es ist viel geschehen, und ich kann es nicht wieder rückgängig machen. Wir verlassen Kaltenloch. Das Haus wird verkauft. Wir ziehen in eine andere Stadt.«

»Eine Frage habe ich noch ... wenn Sie mir erlauben.«

Lisas Mutter hob den Kopf. »Bitte.«

»Was hat Ihr Mann herausgefunden ... Weswegen ist das alles geschehen?«

»Du meinst, warum ihn Karl Weidmann umgebracht hat?«

»Ja.«

»In seinen Aufzeichnungen fand ich eine Kopie des Untersuchungsberichtes. Das Original hatte der Psychiater an sich genommen. Ich hatte es ihm gegeben. Aber gut ... Josef hatte die Moorleiche untersucht und an ihr eine alte Narbe entdeckt. Eine schlecht verheilte Narbe. Viele Chirurgen erkennen die Narben wieder, die sie operiert haben, vor allem die misslungenen. Und diese Narbe hatte er hinterlassen. Es war seine erste Operation. Er war damals gerade erst mit seinem Studium fertiggeworden und hatte seine erste OP als Assistenzarzt. Ein Skiunfall. Ein Kollege hatte sich den Knöchel gebrochen. Josef war der einzige Arzt im Dienst und operierte. Die Operation verlief damals glatt, doch die Narbe wollte nicht verheilen. Josef hatte die Wunde nicht richtig behandelt. Es dauerte jedenfalls sehr lange, bis die Wunde verheilt war, und zurück blieb eine hässliche Narbe. Josef erinnerte sich an den Namen des Kollegen, denn er arbeitete als Psychiater an demselben Klinikum. Professor Doktor Horos. Und da tauchte dieser Tote aus dem Moor auf.«

»Sie haben diesen Bericht nie gelesen? Ihr Mann hat nichts davon erwähnt?«

»Er hatte mit dem Professor geredet, dann wollte er zur Polizei. Ich wusste nicht, was Josef vorhatte. Er hatte nur unglaubliche Angst.«

Sie liefen zurück zum Friedhofstor. Im Wagen erkannte sie Lisa.

»Geht es Lisa besser?«, fragte Alice.

»Sie ist ein besonderes Kind«, antwortete Lisas Mutter.

Alice nickte und ging auf das Auto zu. Lisa kurbelte das Fenster herunter. Sie reichte Alice ein Blatt Papier mit einer Zeichnung. Lisas Mutter stieg in den Wagen, und sie fuhren weg.

Alice erinnerte sich an Weidmanns Worte.

Wer sagt, dass ich ihr das Messer gegeben habe? Vergiss nicht, ich bin überall und in jedem von euch.

Alice stand alleine vor dem Friedhof. Sie rollte das Papier auseinander. Darauf war sie, wie sie an der Tafel in der Schule stand und neben ihr … Neben ihr hatte Lisa einen hageren Mann im Anzug gezeichnet, der Wittgenstein zum Verwechseln ähnlich war.

DANKSAGUNG

Ein Roman ist das Werk eines Autors, doch möchte ich an dieser Stelle all die Menschen nicht vergessen, die mir beiseitegestanden und die mich bei der Fertigstellung des Manuskripts unterstützt haben.

Ich danke vor allem meinem Lektor Reinhard Rohn für seine wertvollen Vorschläge und Anmerkungen. Seinem scharfen Blick ist der letzte Feinschliff des Manuskripts zu verdanken. Ein Dank auch an meine Literaturagentin Petra Eggers.

Besonderen Dank auch an Dr. med. Olav Laubinger für die medizinischen Details. Anna Mandt und Marta Patykiewicz danke ich für die polnischen Ausdrücke und Wendungen.

Bedanken möchte ich mich auch bei meinem Vater und meiner Mutter für ihre Geduld und Ausdauer, jedes meiner Manuskripte durchzulesen. Meiner Mutter wünsche ich gute Genesung nach ihrer schweren Krankheit. Ich bin sehr froh, dass du bei uns geblieben bist.

Zum Schluss möchte ich noch einen Namen erwähnen, der inzwischen ein Teil meines Lebens geworden ist. Meine Frau Félicie. Nach zehn Jahren Ehe hat sie sich an die Bücherstapel, die langen Nächte und an meine schlechte Laune am Morgen gewöhnt. Ich danke ihr für zehn Jahre Liebe und für ihren Scharfsinn und ihre leidenschaftliche Kritik.

Nicht zu vergessen: meine Tochter Manon. All deine Fragen werde ich nicht beantworten können. Aber ich werde mir Mühe geben.

C. B.

Taavi Soininvaara
Das andere Tier
Ratamo ermittelt
Aus dem Finnischen von
Peter Uhlmann
392 Seiten
ISBN 978-3-7466-3094-6
Auch als E-Book erhältlich

In tödlicher Mission

Bei Ratamo, dem Liebhaber schwieriger Frauen, kühlen Biers und siedender Saunagänge, scheint alles unverändert: Er macht sich Sorgen um seine 14-jährige Tochter, und sein Exchef betritt noch immer ungefragt die Wohnung. Doch etwas ist anders: Ratamo hat eine Hüfte aus Titan und ist psychisch labil. Als er mit Schmerzmitteln und eisernem Willen seinen Dienst antritt, wird er sofort degradiert. Trotzdem ist er mitten im Geschehen: eine Leiche, kriminelle Geschäfte mit illegalen Einwanderern und atomares Wettrüsten im explosiven Nahen Osten.

Von Spionage über Terroranschläge bis zum atomaren Wettrüsten: Soininvaara ist unbestritten der Meister des politischen Thrillers.

Regelmäßige Informationen erhalten Sie über unseren Newsletter. Jetzt anmelden unter: www.aufbau-verlag.de/newsletter

atb aufbau taschenbuch

Christian Buder
Die Eistoten
Thriller
384 Seiten
ISBN 978-3-7466-2995-7
Auch als E-Book erhältlich

Philosophisch, mystisch, spannend

Eine Mädchenleiche, die aufrecht mitten im Wald steht.
Ein Mörder, der seit Jahren unerkannt tötet.
Ein elfjähriges Mädchen mit einem besonderen Helfer: Wittgenstein, einen toten Philosophen.

Alice ist elf Jahre alt, sehr intelligent und das, was man in ihrer Allgäuer Heimat als besserwisserisch bezeichnet. Und sie hat eine besondere Gabe: Sie spricht mit dem Philosophen Wittgenstein, der 1951 gestorben ist. Er taucht auf, wo sie es am wenigsten erwartet, und verschwindet auch ebenso geheimnisvoll. Als Alice in ihrem Dorf die erfrorene Leiche eines Mädchens findet, ist sie überzeugt, dem Mörder auf der Spur zu sein, der vor Jahren auch ihre Mutter getötet hat. Gemeinsam mit Ludwig Wittgenstein beginnt sie zu ermitteln. Doch niemand schenkt den Vermutungen einer Elfjährigen Gehör, bis auf einen und der will sie zum Schweigen bringen.